Deux secondes de trop

Rachel Joyce

Deux secondes de trop

Roman

Traduit de l'anglais par Édith Walter

EDITIONS

Du même auteur

*La lettre qui allait changer le destin d'Harold Fry
arriva le mardi...*, XO Éditions, 2012 ; Pocket, 2013.

Première publication en Grande-Bretagne
en 2013 par Doubleday,
une marque de Transworld Publishers

Pour la version originale :
Titre original : *Perfect*
© Rachel Joyce 2013

© XO Éditions 2014 pour la traduction française.
ISBN : 978-2-84563-653-8

Prologue

L'ajout du temps

En 1972, deux secondes furent ajoutées au temps. La Grande-Bretagne accepta de rejoindre le Marché commun et les New Seekers se présentèrent à l'Eurovision en chantant «Beg, Steal or Borrow». On ajouta les secondes parce que c'était une année bissextile et que le temps n'était plus en harmonie avec la rotation de la Terre. Les New Seekers ne remportèrent pas l'Eurovision, mais cela n'a rien à voir avec la rotation de la Terre, et rien non plus avec les deux secondes.

Cet ajout de temps terrifia Byron Hemmings. À onze ans, il ne manquait pas d'imagination. Allongé sur son lit, il se représenta l'événement, son cœur se mit à battre très fort et il frissonna de la tête aux pieds. Il scruta son réveil pour guetter l'arrivée précise des deux secondes.

— Quand est-ce qu'ils vont le faire? demanda-t-il à sa mère.

Debout devant l'îlot nouvellement installé dans la cuisine, elle coupait des pommes en quartiers. Le soleil matinal traversait la porte vitrée en carrés si nets que Byron pouvait s'y tenir.

— Pendant notre sommeil, probablement, répondit-elle.

— Notre sommeil?

Les choses se présentaient plus mal encore qu'il ne l'avait craint.

— Ou peut-être quand nous serons éveillés.

Il eut l'impression qu'elle n'en savait absolument rien.

— Deux secondes, ce n'est rien, ajouta-t-elle avec un sourire. Je t'en prie, bois ton Sunquick.

Elle avait le regard vif, une robe bien repassée, les cheveux parfaitement mis en plis.

C'était James Lowe qui avait parlé à Byron des deux secondes. James était l'ami le plus intelligent de Byron : chaque jour il lisait le *Times*. L'addition des deux secondes était très excitante, d'après James. On avait commencé par envoyer un homme sur la Lune, et voilà qu'on modifiait le temps ! Les scientifiques allaient devoir réfléchir à des sujets comme l'expansion de la croûte terrestre, avait-il énoncé gravement, et aussi les frémissements de la planète sur son axe. Mais comment deux secondes pouvaient-elles exister alors qu'elles n'existaient pas auparavant ? Pouvait-on ajouter quelque chose qui n'était pas là ? Byron mesurait tout le danger de cette entreprise. Quand il le fit remarquer à son ami, James sourit. C'était justement ça, le progrès !

Byron rédigea quatre lettres : une à son député, une à la Nasa, une autre à l'éditeur du *Livre Guinness des records,* et une dernière à Mr Roy Castle, à la BBC. Il les confia à sa mère pour qu'elle les poste et lui assura que c'était très important (à l'époque, on pouvait compter sur elle pour conduire jusqu'au bureau de poste).

Il reçut en retour une photo signée de Roy Castle et une brochure illustrée sur l'atterrissage d'Apollo 15 sur la Lune, mais il n'y trouva aucune allusion aux deux secondes.

***

Quelques mois plus tard, tout avait changé. Dans la maison, les horloges que sa mère vérifiait jadis méticuleusement marquaient désormais chacune une heure différente. Les enfants dormaient quand ils étaient fatigués, mangeaient quand ils avaient faim. Des jours entiers passaient semblables les uns aux autres. Si deux secondes avaient pu être ajoutées à une année, permettant à un événement terrible de se produire – qui ne se serait pas produit sans cet ajout –, sa mère était-elle réellement responsable ? L'ajout des secondes n'était-il pas le vrai coupable ?

— Ce n'était pas de ta faute, disait-il.

On la trouvait souvent près de l'étang, en bas de la prairie. À cette période, c'était Byron qui préparait le petit déjeuner –

un mince triangle de fromage, par exemple, écrasé entre deux tranches de pain. Sa mère restait voûtée sur sa chaise, remuant distraitement les glaçons dans son verre, ôtant les graines qui s'étaient déposées sur un brin d'herbe. Au loin, la lueur émanant des tourbières traversait un voile couleur sorbet au citron. La prairie était parsemée de fleurs.

— Est-ce que tu m'entends ? demandait-il, parce qu'elle avait tendance à oublier qu'elle n'était pas seule. C'est seulement parce qu'ils ont ajouté du temps. C'était un accident.

Elle levait le menton et souriait.

— Tu es un gentil garçon. Merci.

***

Toute l'histoire découla de ce petit arrangement avec le temps. On en sentit les répercussions pendant des années et des années. Des deux gamins, James et Byron, un seul ne fut pas bloqué. Un seul continua sa route.

Il arrivait à Byron de regarder le ciel au-dessus de la lande, les étoiles envoyant leur lumière pulsée avec une telle énergie dans l'obscurité qu'elles semblaient vivantes, et son cœur se serrait – il aspirait à ce qu'on retire ces deux secondes supplémentaires. Il aspirait à ce qu'on respecte l'intégrité du temps.

Si seulement James ne lui en avait jamais parlé !

PREMIÈRE PARTIE

À L'INTÉRIEUR

1

Quelque chose de terrible

James Lowe et Byron Hemmings fréquentaient Winston House School, parce que c'était un établissement privé. Il y avait bien une autre école plus près, mais elle était publique, ouverte à tous, et en particulier aux enfants des logements sociaux de Digby Road, ceux qui lançaient des pelures d'orange et des mégots sur les casquettes des garçons de Winston House depuis les fenêtres de leur bus. Les garçons de Winston House ne circulaient pas en bus. C'était leur mère qui les convoyait, parce qu'ils allaient plus loin.

L'avenir était tout tracé, pour les élèves de Winston House. Leur histoire avait un début, un développement et une fin. L'année suivante, ils réussiraient le Common Entrance, un examen pour entrer au collège. Les plus intelligents décrocheraient une bourse et, à treize ans, ils seraient internes. Ils parleraient avec le bon accent et apprendraient ce qu'il était bon d'apprendre pour établir les bons contacts. Puis ce serait Oxford ou Cambridge. Les parents de James envisageaient St Peter, ceux de Byron préféraient Oriel. Ils feraient carrière dans le droit ou la finance, l'Église ou l'armée, comme leurs pères. Un jour, ils auraient une garçonnière à Londres et une grande maison à la campagne, où ils passeraient leurs week-ends avec leur femme et leurs enfants.

On était début juin 1972. Une frange de lumière matinale glissait sous les rideaux bleus de Byron et mettait en valeur ses affaires parfaitement rangées – ses livres de classe, son album de timbres, sa lampe torche, sa nouvelle boîte de magie

13

Abracadabra et le jeu de petit chimiste avec sa loupe qu'il avait reçu pour Noël. Son uniforme scolaire, lavé et repassé par sa mère la veille au soir, silhouette aplatie de jeune garçon, reposait sur une chaise. Byron consulta sa montre et son réveil. Les deux secondes n'avaient pas été ajoutées. Il traversa le couloir en silence, ouvrit sans bruit la porte de la chambre de sa mère et s'assit au coin de son lit.

Elle reposait, tranquille, ses cheveux retombant en boucles dorées sur l'oreiller, le visage frémissant à chaque souffle comme si elle était faite d'eau. À travers sa peau, il voyait ses veines pourpres. Les mains de Byron avaient la douceur potelée d'une pêche, mais sur celles de James les veines étaient déjà apparentes, en un réseau à peine perceptible qui partait des articulations de ses doigts. Un jour elles gonfleraient, comme chez un homme.

À six heures et demie, le réveil sonna dans le silence et les yeux de sa mère, éclat bleu, s'ouvrirent d'un coup.

— Bonjour, mon chéri.

— Je suis inquiet.

— Ce n'est pas encore cette histoire de temps ? demanda-t-elle en prenant son verre pour avaler un comprimé.

— Et s'ils ajoutaient les deux secondes aujourd'hui ?

— On en a déjà parlé. On ne cesse d'en parler. Quand ils ajouteront les secondes, ils le diront dans le *Times*. Ils l'annonceront au niveau national.

— Ça me donne des maux de tête.

— Quand ça se produira, tu ne le remarqueras pas. Deux secondes, ce n'est rien.

Byron sentit son sang bouillir et faillit se lever.

— C'est ce dont personne ne se rend compte ! Deux secondes, c'est énorme ! C'est la différence entre quelque chose qui se produit et quelque chose qui ne se produit pas. Je pourrais faire un pas de trop et tomber d'une falaise. C'est très dangereux ! exposa-t-il précipitamment.

Elle posa sur lui le même regard fixe que lorsqu'elle tentait de faire un calcul sans papier ni crayon.

— Il faut qu'on se lève, dit-elle.

Elle ouvrit les rideaux de la large fenêtre et regarda au-dehors. Une brume estivale émanait de la lande de Cranham, si épaisse que les collines au-delà du jardin semblaient courir le risque d'être effacées. Sa mère jeta un coup d'œil à son poignet.

— Sept heures moins vingt-quatre ! dit-elle, l'air d'informer sa montre de l'heure exacte.

Elle décrocha son déshabillé rose et alla réveiller Lucy.

***

Quand Byron se représentait l'intérieur de la tête de sa mère, il imaginait une série de petits tiroirs en marqueterie, avec des poignées en pierreries si délicates que ses doigts auraient du mal à les saisir. Les autres mères ne lui ressemblaient pas. Elles portaient des débardeurs en crochet, des jupes à volants et parfois ces nouvelles chaussures à semelle compensée. Le père de Byron préférait que son épouse soit vêtue de manière plus classique. Comparées à Diana, avec ses jupes droites et ses chaussures à talons, son sac assorti et son porte-documents, les autres femmes avaient l'air à la fois immenses et mal fagotées. Andrea Lowe, la mère de James, géante aux cheveux noirs, la dominait. Le porte-documents de Diana contenait, collés sur des fiches cartonnées, des articles qu'elle avait découpés dans *Good Housekeeping* et *Family Circle,* ces magazines que lisaient les maîtresses de maison exemplaires. Elle notait aussi les anniversaires à ne pas oublier, les dates importantes pour l'école ainsi que des recettes, des recommandations pour la couture et le tricot, des idées pour son jardin, des astuces de coiffure et des mots qu'elle n'avait jamais entendus auparavant. « Vingt-deux nouvelles coiffures pour vous rendre plus jolie encore cet été », « Des cadeaux en papier de soie pour toute occasion », « Cuisiner les abats », « *i* avant *e* sauf après *c* ».

— *Elle est la plus belle des mères,* disait parfois James en français.

À cette occasion, il rougissait et demeurait silencieux, comme en contemplation d'un objet sacré.

Byron enfila son short et sa veste en flanelle grise. Il eut du mal à fermer les boutons de sa chemise, qui était presque neuve. Il attacha ses chaussettes sous ses genoux à l'aide de jarretières faites maison et descendit. Le lambris des murs luisait d'une patine sombre couleur châtaigne.

— Je ne parle qu'à toi, mon chéri, chantonna la voix de sa mère.

Elle se tenait à l'autre extrémité du couloir, le téléphone contre son oreille, déjà habillée. Près d'elle, Lucy attendait qu'on noue ses tresses avec un ruban. Ça sentait l'encaustique, une odeur aussi rassurante que l'air frais. Quand Byron passa près d'elle, sa mère embrassa le bout de ses doigts qu'elle pressa ensuite sur son front. Elle était à peine plus grande que lui.

— Il n'y a que moi et les enfants, assura-t-elle dans le combiné.

Derrière elle, les fenêtres étaient d'un blanc opaque.

Dans la cuisine, Byron s'assit à l'îlot et déplia sa serviette propre. Sa mère parlait à son père. Il appelait chaque matin à la même heure, et chaque matin elle lui disait qu'elle l'écoutait.

— Oh! Aujourd'hui, ce sera comme les autres jours. La maison, le désherbage. Les rangements après le week-end. Il devrait faire chaud.

Les mains de sa mère l'ayant libérée, Lucy fila dans la cuisine et se hissa sur son tabouret pour incliner la boîte de céréales Sugar Stars au-dessus de son bol Pierre Lapin.

— Attention! l'avertit Byron, alors qu'elle tendait la main vers le pichet bleu.

Il regarda le lait éclabousser les céréales et le plan de travail.

— Tu risques de faire des dégâts, Lucy, prévint-il pour rester poli.

C'était déjà le cas.

— Je sais ce que je fais, Byron, je n'ai pas besoin d'aide.

Chaque mot prononcé par Lucy sonnait comme une vibrante petite attaque contre l'air ambiant. Le pichet était géant, entre ses mains. Elle le posa sur la table et entreprit de construire un mur de boîtes de céréales autour de son bol, si bien que Byron ne pouvait plus voir que le sommet de sa chevelure couleur de blé.

— Oui, Seymour, déclara la voix de sa mère, elle est toute propre.

Il supposa qu'ils parlaient de la nouvelle Jaguar.

— Est-ce que je peux voir les Sugar Stars, s'il te plaît, Lucy ?

— Tu n'es pas censé en manger. Tu dois te contenter d'une salade de fruits et des Alpen, c'est plus sain.

— Je voudrais juste lire ce qui est écrit et regarder l'image de Sooty.

— Moi aussi, je suis en train de lire ce qui est écrit sur les paquets.

— Tu n'as pas besoin de tous les paquets en même temps, dit-il gentiment. De toute façon, tu ne sais pas lire, Lucy !

— Tout est en ordre, chantonna la voix de sa mère dans le couloir avant d'émettre un petit rire frissonnant.

Byron sentit quelque chose de brûlant au creux de l'estomac. Il tenta de subtiliser une boîte de céréales, juste une, avant que Lucy ne puisse l'en empêcher, mais elle lança la main tandis que la boîte s'éloignait d'elle. Le pichet de lait fut propulsé au-delà du bord de la table. Après un bruit de casse retentissant, le nouveau carrelage se retrouva tout blanc de lait et parsemé d'éclats de porcelaine bleue. Les enfants se figèrent, horrifiés. Il était presque l'heure d'aller se brosser les dents.

Diana apparut dans la seconde.

— Personne ne bouge ! ordonna-t-elle en levant les mains comme pour arrêter des voitures à un carrefour. Vous pourriez vous blesser.

Byron resta si immobile qu'il sentit la crispation dans son cou. Sa mère atteignit le placard à serpillières, sur la pointe des pieds, les bras écartés, les doigts tendus, et le sol ondula et crissa sous ses chaussures.

— C'est de ta faute, Byron ! lança Lucy.

Diana sortit serpillière et seau, pelle et balai. Elle tordit la serpillière après l'avoir trempée dans de l'eau savonneuse et la traîna dans la flaque de lait. Après un coup d'œil à sa montre, elle rassembla les bouts de pichet brisé et les ramassa dans la pelle, mais elle dut prendre à mains nues les derniers éclats, qu'elle jeta d'un geste vif dans la boîte à ordures.

— Voilà ! dit-elle gaiement.

C'est alors seulement qu'elle sembla remarquer que la paume de sa main gauche était striée de rayures rouges qui dégoulinaient.

— Maintenant, tu saignes ! accusa Lucy, que les blessures terrorisaient et ravissaient à la fois.

— Ce n'est rien, chantonna leur mère.

Elle était coupée au poignet et, malgré son tablier, le sang avait taché l'ourlet de sa jupe en plusieurs endroits.

— Que personne ne bouge ! répéta-t-elle en tournant les talons pour se précipiter hors de la cuisine.

— On va être en retard, protesta Lucy.

— On n'est jamais en retard, contra Byron.

C'était une règle de son père.

Quand Diana reparut, elle était vêtue d'une robe vert menthe avec un cardigan assorti. Sa main entourée d'un bandage ressemblait à une patte d'animal. Elle avait mis du rouge à lèvres couleur fraise.

— Pourquoi est-ce que vous êtes encore assis là ? s'écria-t-elle.

— Tu nous as dit de ne pas bouger ! s'étonna Lucy.

Clac, clac, clac firent ses talons dans le couloir. Les enfants se dépêchèrent de la rattraper. Leurs blazers et leurs canotiers de paille pendaient au portemanteau, au-dessus de leurs chaussures. Diana ramassa leurs cartables et leurs sacs de gym.

— On y va !

— On ne s'est pas lavé les dents !

Leur mère ne répondit pas. Elle ouvrit la porte et courut dans le nuage de brume. Byron dut se dépêcher de sortir pour la rejoindre.

Il la trouva là, frêle silhouette devant la porte du garage, qui consultait sa montre, son poignet gauche serré entre le pouce et les doigts de sa main droite, comme si le temps était une petite cellule qu'elle examinait à travers un microscope.

— C'est bon, dit-elle. Si on se dépêche, on pourra rattraper le temps perdu.

***

Cranham House était un bâtiment de style géorgien en pierre pâle qui prenait une couleur d'os séché sous le soleil estival et de chair rose les matins d'hiver. Il n'y avait pas de village.

Juste cette maison, les jardins et la lande. Malgré tout, la maison tournait résolument le dos au vent, au ciel et à la terre qui s'imposait derrière elle. Byron était certain qu'elle aurait préféré être construite ailleurs, sur des hectares de parc anglais plat, par exemple, ou au bord d'une rivière. L'avantage de ce lieu, disait son père, c'était qu'il était isolé. James trouvait que c'était là un euphémisme. Le premier voisin était à cinq kilomètres, au moins. Entre les jardins et les premières pentes menant à la lande, s'étendait une prairie avec son étang, puis un rideau de frênes. On avait récemment clôturé l'étang pour en interdire l'accès aux enfants.

L'allée de gravier crissa sous les pneus de la Jaguar tout juste sortie du garage. Ce matin-là, on ne distinguait que peu de signes de la présence d'un jardin. Les bordures d'herbacées, les parterres de roses, la pelouse, les arbres fruitiers, la rangée de hêtres, le potager derrière ses murs – il n'en restait rien. La brume, telle une capuche, bloquait la vue de Byron. Elle retirait leur couleur et leurs angles aux objets, même aux plus proches. La voiture tourna à gauche et traça sa route vers le haut de la pente. Personne ne disait mot. Diana, tendue, était penchée sur le volant.

Là-haut, dans la lande, c'était pire encore. La lande couvrait quinze kilomètres dans toutes les directions, même si, ce matin-là, ses replis herbeux s'étaient dissous. Le brouillard se déplaçait en nuées épaisses et tourbillonnantes. À l'occasion, du bétail ou une branche basse prenait forme, et le cœur de Byron bondissait, tandis que sa mère évitait l'obstacle. Une fois, Byron avait dit à James que les arbres étaient si effrayants, dans les tourbières, qu'on pouvait les prendre pour des fantômes, et James avait froncé les sourcils. C'était très poétique, avait-il remarqué, mais ce n'était pas réel, tout comme *Star Trek* n'était pas réel, et qu'il n'y avait jamais eu de chien détective qui parlait et qui s'appelait Scooby-Doo. Ils passèrent les plots en pierre du portail et partirent vers Besley Hill, où vivaient les fous. Quand les pneus de la Jaguar cahotèrent sur la grille antibétail, il poussa un soupir de soulagement. À l'approche du village, ils contournèrent une maison et freinèrent brusquement.

— Oh ! non... dit-il en se redressant. Qu'est-ce qu'il y a, encore ?

— Je n'en sais rien, répondit sa mère. Un embouteillage.

Ils avaient bien besoin de ça ! Diana porta ses doigts à ses dents et arracha un bout d'ongle.

— C'est à cause du brouillard ?

— Je n'en sais rien.

Encore. Elle serra le frein à main.

— Je crois que le soleil est quelque part, là-haut, dit Byron avec optimisme. Il va bientôt faire s'évaporer tout ça.

Aussi loin qu'ils pouvaient voir, des voitures bloquaient la route, traversant le voile de nuages. À leur gauche, la silhouette estompée d'un véhicule calciné marquait l'entrée du domaine de Digby Road. Jamais ils ne prenaient cette direction. Il remarqua que sa mère y jetait un coup d'œil.

— On va être en retard ! gémit Lucy.

C'est alors que Diana fit quelque chose de tout à fait inattendu. Libérant le frein à main, elle passa en première d'un geste brusque, tourna le volant et partit à gauche. Ils filèrent tout droit vers Digby Road. Elle ne regarda même pas dans le rétroviseur, n'enclencha pas sa flèche, ne prévint pas de sa manœuvre.

Sur le coup, les enfants furent trop stupéfaits pour parler. Ils dépassèrent la voiture brûlée. Les vitres en étaient brisées et les portières et le moteur avaient disparu, ne laissant qu'un squelette noir. Byron se mit à fredonner pour éviter d'y penser.

— Papa dit qu'on ne doit jamais prendre cette route, protesta Lucy en se cachant le visage dans les mains.

— C'est un raccourci par les logements sociaux, assura sa mère en accélérant. J'y suis déjà passée.

Il n'était plus temps de réfléchir à ce qu'elle venait de dire – qu'en dépit des ordres du père, elle était déjà passée par là. Digby Road était pire que ce qu'il avait imaginé. Il n'y avait même pas d'asphalte, à certains endroits. La brume collait aux rangées de maisons qui se suivaient, floues, toutes identiques, en un long tunnel. Des ordures obstruaient les caniveaux. Gravats, sacs, couvertures, cartons – difficile de savoir de quoi il s'agissait, car tout se ressemblait. Des cordes à linge apparaissaient parfois, dont pendaient des draps et des vêtements sans couleur.

— Je ne regarde pas ! déclara Lucy en glissant plus bas dans son siège pour se cacher.

Byron tenta de trouver quelque chose qui ne soit pas menaçant, quelque chose qu'il reconnaîtrait et qui pourrait le réconforter, là, sur Digby Road. Il s'inquiétait trop. Sa mère le lui disait souvent. Soudain, il la vit, cette belle chose : un arbre qui illuminait le brouillard de ses larges branches arquées festonnées de fleurs roses comme de gros chewing-gums, alors que les fleurs des arbres fruitiers de Cranham House étaient tombées depuis longtemps. Byron se sentit aussi soulagé que s'il avait été témoin d'un petit miracle ou d'un geste de bonté, à un moment où il ne croyait plus que quoi que ce soit de ce genre se produirait. Sous l'arbre apparut quelqu'un ou quelque chose qui bougeait. Il distingua la fine silhouette d'un enfant pédalant vers la route. C'était une petite fille sur une bicyclette rouge.

— Quelle heure il est ? demanda Lucy. On est en retard ?

Byron consulta sa montre et se figea. La trotteuse reculait. Sa voix déchira sa gorge et il se rendit compte qu'il criait.

— Maman, c'est en train de se produire. Arrête !

Il saisit sa mère par l'épaule. Il tira. Tira fort.

Il ne comprit pas ce qui se passa ensuite. Tout alla si vite. Pendant qu'il tentait de brandir sa montre, ou, plus important, d'imposer la trotteuse aux yeux de sa mère, il était conscient de la présence de l'arbre miraculeux et de la petite fille dont le vélo débouchait sur la route. Ces éléments formaient un tout. Un tout qui jaillissait de nulle part, hors du brouillard dense, hors du temps. La Jaguar vira et il projeta ses mains contre le tableau de bord en acajou pour se retenir. À l'instant où la voiture s'arrêtait brutalement, il perçut une sorte de murmure métallique, puis rien que le silence.

Les battements de son cœur semblèrent à Byron plus courts que des secondes, plus courts même que des étincelles, tandis qu'il cherchait des yeux l'enfant sur le côté de la route et ne la trouvait pas. Il comprit qu'il s'était produit quelque chose de terrible et que la vie ne serait plus jamais la même. Il le sut avant même de trouver ses mots.

Un dôme étincelant de lumière blanche s'élevait de la lande. Byron avait eu raison, à propos du soleil. D'un moment à l'autre, sa chaleur brûlante percerait la brume.

2

Jim

Jim vit en bordure du lotissement, dans une fourgonnette aménagée en camping-car. Chaque matin à l'aube, il traverse la lande et il rentre chaque soir par le même chemin. Il travaille au nouveau café du supermarché. On peut s'y connecter en WiFi et y recharger la batterie de son téléphone portable, ce qui n'est d'aucune utilité pour Jim qui n'a rien de tout cela. À son arrivée là, six mois plus tôt, il travaillait au rayon des boissons chaudes, mais après avoir malencontreusement garni des cappuccinos de chantilly à la framboise, il a été relégué au nettoyage des tables. Si là aussi il fait une bévue, il n'aura plus rien à espérer. Pas même Besley Hill.

Le ciel noir est parsemé de traînées de nuages tels des cheveux blancs et l'air glacial agresse sa peau. Sous ses pieds, le sol a gelé, et ses bottes cassent les brins d'herbe durs. Il perçoit déjà les néons qui annoncent Cranham Village, tandis que, loin derrière, les phares des voitures progressent à travers la lande, l'encerclant d'un collier de petites lumières rouges et argentées.

Lorsqu'il était adolescent, on l'avait retrouvé là presque nu, en caleçon et chaussures. Il avait donné ses vêtements aux arbres et dormi dans la nature pendant des jours. On l'avait immédiatement interné.

— Re-bonjour, Jim ! avait dit le médecin, comme s'ils étaient de vieux amis, comme si Jim était vêtu, lui aussi, d'un costume cravate.

— Re-bonjour, docteur, avait dit Jim pour montrer qu'il ne posait pas de problème.

Le médecin avait prescrit des électrochocs. Jim en était ressorti avec un bégaiement et des fourmillements dans les doigts, qu'il ressent encore.

La douleur est imprévisible, il le sait. Quelque part dans son cerveau, ce qui lui est arrivé à l'époque s'est mélangé au reste. Cette confusion ne provient pas simplement de la souffrance qu'il a ressentie autrefois, mais d'une autre, plus profonde, plus complexe, qui remonte à plus de quarante ans, et qui symbolise tout ce qu'il a perdu.

Jim suit la route jusqu'au lotissement. Une pancarte souhaite la bienvenue à Cranham Village et demande aux visiteurs de conduire prudemment. La pancarte a été vandalisée, comme l'abribus et les balançoires pour les enfants. On y lit désormais « Bienvenue à Cracram Village ». Par chance, on ne vient à Cranham que si le GPS de la voiture a fait une erreur. Jim essuie le panneau, parce que ça lui fait mal au cœur de le voir abîmé à ce point, mais le *n* de Cranham ne revient pas.

Les nouvelles maisons sont serrées les unes contre les autres comme des dents dans une mâchoire. Chacune est précédée d'une cour qui laisse juste la place de garer une voiture et s'orne d'une jardinière en plastique où rien ne pousse. Ce week-end, nombreux furent ceux qui décorèrent leur façade de guirlandes lumineuses en forme de stalactites ou de flocons. Sur un toit se dresse même un Père Noël gonflable qui a l'air de démonter l'antenne satellite. Sûrement pas le genre de gars que vous aimeriez voir descendre dans votre cheminée ! Jim dépasse l'espace négligé qu'on appelle « jardin public », avec au beau milieu une vaste dépression boueuse entourée d'une clôture. Il ramasse quelques canettes de bière et les jette dans le conteneur.

Quand il entre dans l'impasse, il longe la maison louée par les étudiants étrangers et celle où un vieil homme est toujours assis derrière une fenêtre. Puis c'est la barrière avec la pancarte « Chien dangereux », et le jardin avec le linge qu'on n'a jamais décroché. Son camping-car luit sous la lune, aussi pâle que du lait.

Deux gamins passent à bicyclette en criant d'excitation, l'un sur la selle, l'autre en équilibre sur le guidon. Jim leur crie d'être prudents, mais ils ne l'entendent pas.

Comment est-ce que j'en suis arrivé là ? se demande Jim. On était deux, à une époque. On avait un avenir doré.

Le vent souffle sans rien dire.

3

Talismans protecteurs

Quand James mentionna pour la première fois l'ajout des deux secondes, ce n'était pour lui qu'un fait intéressant parmi d'autres. Byron et lui aimaient s'asseoir devant la chapelle, pendant la pause du déjeuner, tandis que les autres gamins couraient dans le champ. Ils se montraient leurs cartes trouvées dans le thé Brooke Bond – tous deux collectionnaient celles sur l'histoire de l'aviation – et James racontait à Byron ce qu'il avait lu dans le journal. En l'occurrence, l'article n'avait pas fait la une, et il avait dû le lire rapidement, parce que son œuf dur était prêt. En gros, on y disait qu'à cause de l'année bissextile, l'heure ne correspondait plus au mouvement naturel de la Terre. Afin de la modifier, avait-il expliqué doctement, les scientifiques allaient devoir réfléchir à l'expansion de la croûte terrestre et aux frémissements de la planète sur son axe, entre autres. Byron fut abasourdi par ces révélations. Ce concept le terrifiait. James avait commenté avec enthousiasme cette nouvelle, puis il était passé à un tout autre sujet, mais Byron n'écoutait plus : l'idée que l'ordre naturel des choses serait modifié avait crû démesurément dans son esprit. Le temps donnait au monde sa cohérence. Il conservait la vie telle qu'elle devait être.

Contrairement à James, Byron Hemmings était un enfant costaud. Ils formaient un curieux couple : James, mince, pâle, se mordant les lèvres lorsqu'il était en proie à l'une de ses réflexions, sa frange lui mangeant les yeux ; Byron, grand et solide près de lui, attendant que James ait terminé. Parfois,

Byron tirait sur ses plis de chair, à la taille, et demandait à sa mère pourquoi James n'en avait pas, et elle répondait qu'il en avait, bien sûr qu'il en avait, mais Byron savait qu'elle essayait d'être gentille. Son corps faisait souvent éclater boutons et coutures. Son père le disait sans ambages : Byron était en surpoids, il était paresseux. Sa mère répliquait qu'il s'agissait des rondeurs de l'enfance, que ça n'avait rien à voir. Ils parlaient comme s'il n'était pas là, ce qui était très étrange, puisqu'il était question de son excès de poids qu'il interprétait comme : trop de moi, trop de Byron.

Dans les secondes qui suivirent l'accident, Byron eut soudain l'impression de ne plus exister. Il se demanda s'il était blessé. Il attendit que sa mère réagisse à ce qu'elle avait fait, attendit qu'elle crie ou qu'elle sorte de la voiture, attendit que la petite fille pleure ou quitte la chaussée, mais rien de tout cela ne se produisit. Sa mère demeura parfaitement immobile sur son siège et la petite fille demeura parfaitement immobile sous son vélo rouge. Pourtant brusquement, presque brutalement, des choses se produisirent. Les larmes lui montèrent aux yeux et il leva le bras pour cacher son visage à sa mère et à sa sœur, afin qu'elles ne voient ni n'entendent rien. Sa mère jeta un coup d'œil par-dessus son épaule droite et rajusta le rétroviseur. Lucy demanda pourquoi ils s'étaient arrêtés. Seule la petite fille resta immobile.

Diana redémarra et plaça ses mains sur le volant exactement comme son mari le lui avait appris. Elle recula pour remettre la voiture bien parallèle à la chaussée et passa la première. Byron n'arriva pas à croire qu'elle reparte, laissant la petite fille à l'endroit où ils l'avaient renversée ; puis il comprit que sa mère ne savait rien. Elle n'avait pas vu ce qu'elle avait fait. Le cœur de Byron cognait si fort qu'il en avait mal à la gorge.

— Avance, avance, avance ! cria-t-il.

Pour toute réponse, sa mère se mordit la lèvre, preuve de sa concentration, et pressa le pied sur l'accélérateur. Elle redressa le rétroviseur, le tournant un peu à gauche, un peu à droite…

— Dépêche-toi, enfin !

Ils devaient s'enfuir avant que quiconque ne les voie.

À vitesse constante, ils progressèrent dans Digby Road. Byron ne cessait de se contorsionner, de se démancher le cou pour regarder à travers le pare-brise arrière. S'ils ne se hâtaient pas, la brume se dissiperait. Ils tournèrent dans High Street et dépassèrent le nouveau Wimpy et ses hamburgers, l'Unwins et ses bouteilles, Lewis Meessons et ses journaux et l'échoppe où on pouvait faire des paris. Les ombres des enfants de Digby Road formaient une file d'attente à l'arrêt du bus. Il y avait une épicerie, une boucherie, une boutique de disques et aussi le quartier général du parti conservateur. Plus loin, des employés portant l'uniforme du grand magasin nettoyaient les vitrines et déployaient les stores rayés. Un portier en haut-de-forme fumait devant l'hôtel. Un camion de livraison de fleurs venait d'arriver. Seul Byron, agrippé à son siège, s'attendait au pire, redoutant que quelqu'un ne se précipite sur la voiture pour l'arrêter.

Rien de tout ça ne se produisit.

Diana se gara dans la rue bordée d'arbres, où les mères se garaient toujours, et sortit les cartables du coffre. Les imposantes demeures des années trente semblaient refermées sur des résidents civilisés. Les haies au feuillage persistant formaient des murs impeccablement rectilignes et les toits pentus des garages aux fausses poutres dans le style Tudor ressemblaient à des maisons en miniature. Diana aida les enfants à s'extraire de leur siège et verrouilla la Jaguar. Lucy courut devant. D'autres mères leur dirent bonjour et les interrogèrent sur leur week-end. Une d'entre elles parla des embouteillages, tandis qu'une autre nettoyait la semelle d'une chaussure de son fils avec des mouchoirs en papier. La brume se dissipait vite. Déjà le ciel bleu apparaissait par endroits et des gouttes de soleil ouvraient de petits yeux sur les feuilles des sycomores. Au loin, la lande évoquait une mer pâle. Seule une écharpe de fumée s'accrochait encore au pied des collines.

Craignant que ses genoux ne s'affaissent sous lui, Byron marchait auprès de sa mère. Il avait l'impression d'être un verre qui contiendrait trop de Sunquick : s'il se dépêchait ou s'il s'arrêtait brusquement, le jus de fruits se renverserait. Il n'arrivait pas à comprendre qu'ils aillent quand même à l'école. Il n'arrivait pas à comprendre que tout continue comme avant. Cela ressemblait à un matin normal, mais plus rien n'était normal. Le temps avait été bouleversé, et tout était différent.

Dans la cour de récréation, il resta collé à sa mère, écoutant si fort que ses yeux devinrent des oreilles. Pourtant, personne ne dit « J'ai vu votre Jaguar, portant la plaque d'immatriculation KJW 216K, sur Digby Road. » Personne ne dit qu'une petite fille avait été blessée et personne ne mentionna les secondes en plus. Il accompagna sa mère jusqu'à l'entrée de l'école des filles. Lucy était si insouciante qu'elle oublia même de leur faire un signe en les quittant.

Diana serra la main de Byron.

— Est-ce que ça va ?

Byron hocha la tête, parce que sa voix ne sortait pas.

— Il est temps d'y aller, mon chéri !

Il sentit qu'elle le regardait s'éloigner d'elle à travers la cour, et c'était si dur d'avancer qu'il éprouva une violente douleur dans la colonne vertébrale. L'élastique de son béret lui coupait le front.

Il fallait qu'il trouve James. C'était d'une urgence absolue. James comprenait les choses d'une manière qui échappait à Byron. Il représentait la pièce logique qui manquait à Byron. La première fois que Mr Roper avait expliqué la théorie de la relativité, par exemple, James avait hoché la tête avec calme, comme si les forces magnétiques représentaient une vérité dont il avait toujours soupçonné l'existence, alors que l'esprit de Byron était tout embrouillé par ce nouveau concept. James avait l'avantage d'être calme, mesuré et précis. Byron le regardait parfois aligner les deux côtés de la fermeture à glissière de sa trousse, ou écarter sa frange de ses yeux, et il exécutait ces gestes avec une telle méticulosité que Byron en était ébloui d'admiration. S'il lui arrivait d'essayer d'imiter son ami – de marcher avec application ou de ranger ses crayons en fonction de leur couleur –, il découvrait souvent que ses lacets étaient défaits ou que sa chemise sortait de son pantalon : rien n'y faisait, il était de nouveau Byron.

Dans la chapelle, il s'agenouilla près de James sans parvenir à attirer son attention. D'après ce que Byron savait, James ne croyait pas en Dieu – « il n'y a aucune preuve de son existence », disait-il –, mais, comme toujours lorsqu'il se concentrait sur une activité, il priait avec un grand sérieux. Tête baissée, paupières serrées, il chuchotait les mots avec une telle intensité qu'il eût été blasphématoire de l'interrompre. Byron tentait de se faufiler à côté de James dans la queue pour le réfectoire quand Samuel Watkins demanda à James ce qu'il pensait des Glasgow Rangers. Le problème, c'était que tout le monde voulait connaître son opinion. Il réfléchissait aux choses avant même que vous ayez conscience qu'il y avait matière à y penser, et quand vous vous en rendiez compte James avait déjà reporté son attention ailleurs. Byron attendit pendant toute la pause, mais James était réquisitionné par les dames de service. Même elles voulaient l'entendre parler. Elles le hissaient sur le passe-plat. James n'appréciait pas cette position, parce qu'il trouvait que ces dames le traitaient comme un bébé, mais elles aimaient qu'il soit perché ainsi, tel un ornement. Byron eut enfin sa chance pendant le sport.

Il repéra James devant le pavillon de cricket. Byron avait déjà tenu la batte et James attendait son tour. À cette heure-là de la journée, il faisait si chaud que chaque geste était douloureux. Sans un nuage dans le ciel, le soleil hurlait presque. James était assis, plié en deux, à l'extrémité d'un banc. Il aimait se concentrer avant un match et préférait être seul. Byron se percha à l'autre extrémité du banc mais James l'ignora et demeura immobile. Sa frange recouvrait en partie ses yeux et sa peau lumineuse commençait à rosir là où ses manches ne la protégeaient pas.

Byron osa un « James ? » mais quelque chose le dissuada de poursuivre.

James comptait. En un flot continu. Il murmurait, comme si quelqu'un de très petit était coincé entre ses genoux et qu'il devait enseigner les nombres premiers à cette minuscule personne. Byron était habitué à entendre James marmonner. Il l'avait souvent surpris dans cet exercice, mais, en temps normal, il le faisait si discrètement qu'on pouvait facilement ne rien percevoir.

— Deux, quatre, huit, seize, trente-deux.

Au-dessus de la lande de Cranham, l'air scintillait au point que ses sommets se fondaient dans le ciel. Byron se sentit bouillir dans sa tenue blanche.

— Pourquoi tu fais ça ? demanda-t-il.

Il voulait juste engager la conversation.

James sursauta. Byron rit pour montrer qu'il n'avait pas de mauvaise intention.

— Tu révises tes tables de multiplication ? Parce que tu les connais mieux que quiconque, James. Moi, par exemple, je suis un cas désespéré. J'ai toujours faux pour la table de 9. Celle de 7 *aussi*. Elles sont *très difficiles* pour moi.

Il avait glissé des mots en français pour que leur langage secret les rapproche, mais ce n'était pas vraiment un secret, puisque n'importe lequel de leurs camarades pouvait en faire autant.

James enfonça le bout de sa batte dans l'herbe à ses pieds.

— Je m'assure de pouvoir multiplier les nombres par deux. Ces nombres assurent ma sécurité, dit-il dans un souffle.

— Ta sécurité ? répéta Byron, qui eut du mal à avaler sa salive. Comment est-ce qu'ils peuvent assurer ta sécurité ?

Les mots étaient comme collés dans sa bouche. Jamais James n'avait parlé de cette manière. Ce n'était pas du tout lui.

— C'est comme courir jusqu'à sa chambre avant que les toilettes cessent de couler. Si je ne le fais pas, tout peut mal tourner.

— Ce n'est pas logique, James.

— En fait, c'est très logique, Byron. Je ne laisse rien au hasard. Avec l'examen pour la bourse qui approche, je suis complètement sous pression. Il m'arrive aussi de chercher des trèfles à quatre feuilles. Et désormais, j'ai un scarabée porte-bonheur.

Ce que James sortit de sa poche étincela brièvement entre ses doigts. Le scarabée irisé était plus petit que l'ongle d'un pouce, et sombre, les ailes fermées. Un crochet argenté tinta contre l'insecte en métal.

— Je ne savais pas que tu avais un scarabée porte-bonheur, dit Byron.

— Ma tante me l'a envoyé. Il vient d'Afrique. Je ne peux pas me permettre de faire des bêtises absurdes.

Byron ressentit une douleur derrière les yeux et dans l'arête de son nez, et il se rendit compte, honteux, qu'il allait pleurer. Par chance, du terrain de cricket le cri « Out » s'éleva, suivi d'applaudissements.

— C'est mon tour à la batte, dit James d'une voix anxieuse. Il faut que j'y aille.

Il n'était pas bon en sport. Il avait tendance à fermer les yeux quand la balle arrivait vers lui. Il se leva.

— Est-ce que tu as vu, *ce matin*? demanda Byron dans leur mélange de langues secret.

— Vu quoi?

— Les deux secondes. Ils les ont ajoutées aujourd'hui, à huit heures et quart.

Il y eut une brève pause pendant laquelle rien ne se produisit. Byron attendait que James dise quelque chose mais James demeurait silencieux. Il se contenta de poser sur Byron son regard intense, le scarabée serré dans sa main. Le soleil, contre son dos, força Byron à plisser les yeux pour continuer à voir le visage presque blafard de son ami. Les oreilles de James, transparentes et roses, ressemblaient à des coquillages.

— Tu en es sûr?

— La trotteuse de ma montre a reculé. Je l'ai vue. Et puis, quand j'ai regardé à nouveau, elle est repartie dans le bon sens. C'est certain, c'est arrivé.

— Il n'y avait rien à ce sujet dans le *Times*.

— Rien non plus à *Nationwide*. J'ai regardé toute l'émission, hier soir, et personne n'y a fait allusion.

James consulta sa montre, une montre suisse à l'épais bracelet en cuir qui avait appartenu à son père. Pas de trotteuse, même les minutes n'étaient pas indiquées, juste une petite fenêtre pour la date.

— Tu es sûr? Tu es certain de l'avoir vu?

— Absolument.

— Mais pourquoi? Pourquoi est-ce qu'ils auraient ajouté les secondes sans nous le dire?

Byron crispa ses paupières pour retenir ses larmes.

— Je n'en sais rien.

Il souhaita soudain avoir lui aussi un scarabée accroché à son porte-clés. Il aurait aimé qu'une tante lui envoie des porte-bonheur d'Afrique.

— Ça va? s'inquiéta James.

Byron hocha si vigoureusement sa tête qu'il sentit ses yeux bouger dans leurs orbites.

— *Dépêchez-vous*, dit-il en français, *les autres* attendent.

James se tourna vers le terrain et prit une profonde inspiration. Il se mit à courir, levant haut les genoux, ses bras exécutant un mouvement de piston. S'il continuait à cette vitesse, il s'évanouirait avant d'arriver à son poste. Byron se frotta les yeux, de crainte que quelqu'un ne le voie, puis il éternua plusieurs fois comme s'il souffrait d'un rhume des foins ou d'une sorte de refroidissement estival.

***

Diana avait reçu les clés de la nouvelle Jaguar en cadeau de son mari, quand elle avait réussi son permis de conduire. Seymour n'était pas le genre d'homme à faire des surprises. Diana, en revanche, était plus spontanée. Elle achetait un cadeau parce qu'elle voulait vous l'offrir, et elle l'enveloppait de papier de soie entouré de rubans, même si ce n'était pas votre anniversaire. Seymour n'avait pas enveloppé la clé. Il l'avait placée dans une boîte sous un mouchoir blanc en dentelle.

— Oh, mon Dieu ! Quelle surprise !

Diana n'avait pas semblé comprendre qu'il s'agissait de la clé, au début. Elle caressait le mouchoir, l'air perdu. Il était brodé de l'initiale « D » entourée de petites roses.

Seymour avait fini par s'impatienter :

— Pour l'amour de Dieu, chérie !

Mais il avait parlé durement et ses mots semblaient exprimer une menace plutôt qu'une marque de tendresse. C'est alors qu'elle avait soulevé le mouchoir et trouvé la clé avec l'emblème de la Jaguar gravé dans le cuir du porte-clés.

— Oh, Seymour ! n'avait-elle cessé de répéter. Tu n'aurais pas dû. Vraiment. Je ne peux pas…

Le père de Byron avait hoché la tête à sa manière rigide, son corps rêvant peut-être de jaillir des vêtements dans lesquels il semblait toujours si engoncé. Désormais, avait-il dit, les gens allaient la remarquer et lui montrer du respect. Plus personne ne regarderait les Hemmings de haut. Diana avait dit : « Oui, chéri, tout le monde nous enviera. » Elle était la plus chanceuse des femmes. Elle avait tendu la main pour lui caresser la tête et, fermant les yeux, il avait posé le front sur son épaule, comme s'il était soudain épuisé.

Quand ils s'étaient embrassés, Seymour avait murmuré quelque chose d'une voix rauque. Les enfants s'étaient éclipsés.

Diana avait eu raison à propos des mères. Elles s'étaient rassemblées autour de la voiture neuve. Elles avaient touché le tableau de bord en acajou et les sièges en cuir. Elles s'étaient assises derrière le volant. Deirdre Watkins avait dit que plus jamais elle ne se satisferait de sa Mini Cooper. La Jaguar avait même l'odeur du luxe, avait relevé la nouvelle mère, dont personne n'avait encore retenu le nom. Pendant tout ce temps, Diana les avait suivies avec son mouchoir pour effacer les traces de doigts, tout en arborant un sourire contraint.

Chaque week-end, Seymour posait les mêmes questions. Est-ce que les enfants s'essuyaient bien les pieds ? Est-ce qu'elle lustrait la grille en chrome ? Est-ce que tout le monde était au courant ? Bien sûr, affirmait-elle. Toutes les mères en étaient vertes de jalousie. Est-ce qu'elles en avaient informé leurs maris ? Oui, oui, assurait-elle avec un sourire.

— Ils en parlent tout le temps. Tu es si gentil avec moi, Seymour !

Seymour tentait alors de cacher son sourire satisfait derrière sa serviette de table.

De penser à nouveau à la Jaguar et à sa mère fit bondir le cœur de Byron si fort qu'il eut l'impression d'avoir soudain un trou en pleine poitrine. Il pressa sa main contre son cœur au cas où il aurait une crise cardiaque.

— On rêvasse, Hemmings ?

En classe, Mr Roper le mit debout et dit aux autres garçons que c'était à ça qu'on ressemblait quand on était un *ignoramus*.

Rien ne changeait son état. Quoi que fasse Byron, qu'il regarde ses livres ou par la fenêtre, les mots et les collines devenaient flous. Il ne voyait que la petite fille. Sa petite forme recroquevillée, juste à côté de la fenêtre du passager, coincée sous son vélo rouge dont les roues fouettaient l'air. Elle gisait si immobile ! On aurait dit qu'elle s'était arrêtée brusquement et avait décidé de s'endormir. Byron scruta sa montre et la progression inexorable de la grande aiguille, et ce fut comme s'il se faisait dévorer.

4

Les choses qui doivent être faites

Jim déverrouille la portière de son camping-car et l'ouvre. Il doit se courber pour entrer. La lueur blanche et froide de la lune d'hiver traverse la fenêtre pour se poser sur les surfaces en contreplaqué. Il y a un petit réchaud, un évier, une table à abattant et, à droite, une banquette qu'on tire pour former un lit. Jim ferme la porte, la verrouille et commence son rituel.

— Porte, bonsoir ! dit-il. Robinets, bonsoir ! Rideaux, bonsoir ! Matelas roulé, bonsoir ! Bouilloire, bonsoir ! Serviette du Jubilé, bonsoir !

Il ne doit oublier aucune de ses possessions. Quand il a salué chaque objet, il rouvre la portière et ressort. Son haleine fleurit dans l'obscurité. De la musique lui parvient de la maison des étudiants étrangers. Le vieil homme qui s'assoit toute la journée à sa fenêtre est parti se coucher. À l'ouest, le flot des voitures, en cette heure de pointe, progresse au flanc des collines de la lande. Un chien aboie et quelqu'un lui crie de la fermer. Jim rouvre la portière de son camping-car et rentre.

Il exécute son rituel vingt et une fois. C'est le nombre de fois nécessaire. Il entre. Il salue les objets. Il ressort. Entre, salue, sort. Entre, salue, sort. Et chaque fois il verrouille et déverrouille la portière.

Vingt et une fois, c'est la sécurité. Rien de mal ne se produira s'il le fait vingt et une fois. Vingt, ce n'est pas sûr, et vingt-deux non plus. Si quelque chose d'autre lui passe par la tête – l'image d'un monde différent – il doit recommencer tout le processus.

Personne n'est au courant de cette part de la vie de Jim. Dans le quartier, il lui arrive de ramasser des petites ordures, ou de redresser une poubelle sur ses roues, de dire « B-bonjour, comment ça va ? » aux jeunes qui se regroupent autour de la rampe de skate.

Il transporte aussi les boîtes au recyclage, pour aider les éboueurs. Personne ne sait ce qu'il endure, quand il est seul. Une dame qui promène son chien lui demande parfois où il habite, s'il aimerait se joindre à elle, un jour, pour jouer au loto au centre de loisirs de la commune. Elle dit qu'on peut gagner des prix formidables : par exemple un repas pour deux au pub en ville. Mais Jim invente des excuses pour ne pas y aller.

Quand il a fini de sortir et de rentrer dans son camping-car, son cérémonial n'est pas terminé. Il s'allonge à plat ventre pour sceller la portière avec du ruban adhésif, puis condamne aussi les fenêtres, contre les intrus. Il inspecte encore et encore les placards, il se glisse sous le lit, regarde derrière les rideaux. Parfois, même quand il a tout bien exécuté, il ne se sent toujours pas en sécurité, et il recommence son cérémonial depuis le début. Le ruban adhésif, la clé. Étourdi de fatigue, il sort et rentre, verrouille la porte, la déverrouille, dit : « Paillasson, bonsoir, robinets, bonsoir. »

Il n'a plus eu d'ami depuis qu'il a terminé ses études. Il n'a jamais fréquenté de femme. Dès qu'on l'a laissé quitter Besley Hill, il a espéré les deux, les amis et l'amour – connaître et être connu –, mais si vous entrez et sortez vingt et une fois de votre triste logis, si vous saluez des objets inanimés et si vous condamnez les ouvertures avec du ruban adhésif, il ne reste guère de temps. De plus, il est si nerveux qu'il ne peut pas dire un mot.

Jim contemple l'intérieur de son camping-car. Les fenêtres. Les placards. La moindre fissure a été colmatée, même le tour du toit ouvrant électrique. L'endroit donne l'impression d'un paquet hermétiquement scotché. Il sait alors qu'il a tout fait correctement, et il se laisse enfin aller à un soulagement libérateur. C'est aussi agréable que de se purifier de toute saleté en se frottant le corps dans la douche. Par-delà la lande de Cranham, la cloche de l'église sonne deux coups. Il n'a pas de montre. Il n'en a plus depuis des années.

Il lui reste quatre heures de sommeil.

5

La contorsionniste

James Lowe déclara un jour à Byron que la magie n'était pas un mensonge ; c'était plutôt un jeu avec la vérité. Ce que les gens voyaient dépendait en grande partie de ce qu'ils voulaient voir. Quand une femme était sciée en deux au cirque Billy Smart, par exemple, ce n'était pas réel. C'était une apparence de la réalité... un procédé pour vous faire voir la vérité d'une manière différente.

— Je ne comprends pas, avoua Byron.

James lissa sa frange et donna quelques précisions. Il tailla même un crayon et fit un dessin. L'assistante, expliqua-t-il, entre dans la boîte et le magicien ferme le couvercle de manière à ce que la tête sorte d'un côté et les pieds de l'autre. Le magicien fait ensuite pivoter la boîte et, quand les pieds sont au plus loin du public, l'assistante les rétracte et les remplace par des faux. Cette femme doit être contorsionniste, assez souple pour replier ses jambes dans la partie supérieure de la boîte que le magicien va scier en deux.

— Tu comprends ? demanda James.

— Je ne peux pas le regarder faire ça. Je n'aime pas penser qu'on lui coupe les pieds.

James admit que c'était un problème de taille.

— Peut-être que tu devrais déguster ta barbe à papa, pendant ce numéro.

La mère de Byron, elle, n'était pas contorsionniste. Parfois il la surprenait en train d'écouter de la musique en se balançant. Un jour, il la vit lever les bras et les poser sur quelqu'un d'invisible, puis virevolter comme s'ils dansaient. Ça ne faisait pas d'elle l'assistante du magicien, mais tout de même, c'était étrange. Pourtant, après l'école, elle l'attendait en compagnie de Lucy et elle était exactement comme d'habitude.

Elle portait un manteau d'été rose assorti à son sac à main et à ses chaussures. D'autres femmes mentionnèrent des dates et elle sourit à chacune en sortant son carnet. Personne n'aurait pu deviner que, quelques heures plus tôt, elle avait blessé une enfant et qu'elle était repartie sans s'arrêter.

— Café des mères mercredi prochain, répéta-t-elle en notant avec soin. J'y serai.

— Qu'est-il arrivé à ta main, Diana ? demanda quelqu'un, Andrea Lowe, peut-être.

— Oh, ce n'est rien.

À nouveau, aucune allusion à l'accident. Aucune allusion non plus aux secondes supplémentaires.

— *Au revoir,* Hemmings, lança James en français.

— *Au revoir,* Lowe, répondit Byron.

Après avoir entraîné les enfants jusqu'à la voiture, Diana déverrouilla les portières sans rien dire. Byron l'observait, attendant qu'elle se trahisse par un petit signe d'anxiété, mais elle l'interrogea sur sa journée et vérifia la position de son siège comme si c'était une journée tout à fait ordinaire. Quand ils dépassèrent l'embranchement de Digby Road, avec le véhicule calciné sur le bas-côté, la peur le paralysait à tel point qu'il se mit à chanter. Sa mère se contenta d'ajuster ses lunettes de soleil en regardant droit devant elle.

— Oui, la journée a été très agréable, dit-elle au téléphone à son père, plus tard ce soir-là.

Elle tortillait le fil du combiné, et son index sembla bientôt orné d'une série de bagues blanches.

— Il faisait très chaud. J'ai nettoyé le parterre de roses. J'ai fait la lessive. J'ai cuisiné quelques petits plats pour les mettre dans le congélateur. Monsieur Météo annonce du soleil pour demain.

Byron mourait d'envie de l'interroger à propos de l'accident, et il avait l'impression de devoir mettre du sparadrap sur sa bouche pour s'imposer le silence. Il se jucha sur un tabouret devant l'îlot de la cuisine pendant qu'elle préparait le dîner. Combien de temps faudrait-il à sa mère pour qu'elle se tourne vers lui et dise quelque chose ? Il compta les secondes, les minutes pendant lesquelles elle ne dit rien, puis il se rappela une fois de plus que sa mère ne disait rien parce qu'elle n'avait aucune idée de ce qu'elle avait fait.

— Tu devrais sortir respirer un peu, mon chéri, tu as l'air épuisé.

Byron saisit l'occasion de s'introduire dans le garage, dont il laissa la porte entrouverte derrière lui, juste assez pour que passe un filet de jour, puis il sortit une torche électrique de sa poche de blazer et examina la Jaguar. Aucune trace d'un dégât quelconque. Il promena lentement le faisceau lumineux de gauche à droite, plus minutieusement, cette fois, mais il ne décela pas la moindre éraflure. Il fit glisser ses doigts sur la peinture. Les portières. Le capot. La grille argentée. Tout était parfaitement lisse. Il ne trouva rien.

Dans le garage sombre et froid qui sentait l'essence, Byron ne cessait de regarder par-dessus son épaule de crainte d'être surpris. Le long du mur du fond se dressaient les silhouettes drapées de tissu de vieux meubles, ceux qui étaient arrivés après la mort de la mère de Diana. Un jour, avec James, ils avaient soulevé le tissu et découvert une lampe avec un abat-jour rouge foncé orné de pompons, des tables gigognes et un vieux fauteuil, dont l'assise laissait apparaître des nuages de rembourrage comme si quelqu'un avait tailladé le tissu pour faire ressortir les intestins du siège. C'était triste à voir. James prétendait que quelqu'un était sûrement mort dans ce fauteuil, peut-être même la femme qui était la mère de Diana. Byron ne pouvait pas l'appeler grand-mère, parce qu'il ne l'avait jamais rencontrée. Ce fut un soulagement de refermer la porte du garage et de tout laisser derrière lui.

Dehors, le ciel était aussi lisse qu'une assiette bleue. L'air épais sentait la chaleur. Des lupins se dressaient, tisonniers multicolores, près des roses et des pivoines épanouies. Tout dans le jardin avait sa place attitrée, définie sans contestation possible. Rien ne choquait l'œil. Les parterres roses se fondaient dans les blancs puis dans les bleus, les petites formes devenaient grandes. Déjà les arbres s'ornaient de sortes de billes vertes annonçant les fruits, alors qu'il n'y avait que des fleurs blanches quelques semaines plus tôt. Byron inspira la douceur de l'air, et c'était aussi tangible que d'entrer dans la maison et d'entendre la musique de sa mère sur le tourne-disque avant de la trouver. Les odeurs, les fleurs, la maison – tout cela était sûrement plus essentiel que ce qu'elle avait fait ce matin. De plus, même si sa mère avait commis un crime, ce n'était pas sa faute. L'accident s'était produit à cause des deux secondes supplémentaires. Quand on ne sait pas qu'on a fait quelque chose de mal, on ne peut pas être un criminel. Il se demanda ce que dirait son père, s'il savait. Encore une chance que la Jaguar n'ait rien eu !

— Côtelettes d'agneau ! À table ! annonça sa mère.

Elle les avait décorées de papier froissé découpé en couronne et les avait arrosées de sauce.

Il ne pouvait pas manger. Il ne put que couper sa viande en petits bouts et la mélanger à sa pomme de terre. Quand sa mère s'étonna qu'il n'ait pas faim, il lui dit qu'il se sentait mal, et elle bondit à la recherche du thermomètre.

— Et ton Sunquick ? suggéra-t-elle. Tu n'en veux pas non plus ?

Il se demandait ce qu'il était advenu de la petite fille, si ses parents ou des voisins l'avaient trouvée. Si elle était gravement blessée.

— Je prends le Sunquick de Byron ! déclara Lucy.

***

Byron aimait que sa mère parle des denrées alimentaires en utilisant le nom de la marque commerciale. Il trouvait cette précision rassurante. Comme les petites notes qu'elle prenait sur le bloc de papier près du téléphone *(Cirer les Clarks de Lucy, Acheter de la cire Turtle)*. Une marque, ça suggérait qu'il existait un nom approprié à chaque chose et donc aucune possibilité d'erreur. En regardant sa mère empiler les assiettes sales en fredonnant, il eut envie de s'accrocher à elle et de ne plus jamais la lâcher. Après ce qu'elle avait fait sur Digby Road, on aurait dit qu'un fossé s'était creusé tout autour d'elle, et que plus rien ne serait pareil. Il devait tout faire pour la protéger.

Pendant que sa mère remplissait l'évier d'eau pour la vaisselle, Byron s'éclipsa dehors pour parler à Lucy. Il la trouva accroupie sur les dalles de la terrasse devant une jardinière de fleurs aux couleurs de pierres précieuses. Elle disposait quatre escargots par ordre de taille pour une course de vitesse. Il lui demanda l'air de rien comment elle allait, et elle répondit qu'elle allait très bien, sauf qu'il s'était agenouillé sur la ligne d'arrivée de sa course d'escargots. Byron se déplaça.

— Est-ce que ça va, après ce matin ? Après… reprit-il en se raclant la gorge… après ce qui s'est passé ?

— Qu'est-ce qui s'est passé ?

Il y avait encore autour de sa bouche les traces de la crème Angel Delight qu'elle avait mangée au dessert.

— Quand on est allés… tu sais où.

Byron fit un clin d'œil appuyé.

Lucy porta les mains à ses joues.

— Oh ! Je n'ai pas aimé ça.

— Est-ce que… Est-ce que tu as vu quelque chose ?

Lucy retourna un des escargots qui partait dans le mauvais sens.

— Je ne regardais pas. J'étais comme ça, Byron, dit-elle en se cachant les yeux de ses mains pour montrer à quel point elle était effrayée.

La situation nécessitait que Byron déploie tous ses talents. Il tripota sa frange, comme James le faisait pour réfléchir. Ça pourrait irriter leur père, expliqua-t-il doucement, s'il découvrait qu'ils avaient traversé Digby Road. Il était important de ne pas le dire, quand il rentrerait le week-end suivant. Il fallait à tout prix faire comme s'ils n'y étaient jamais allés.

— Et si j'oublie ? demanda Lucy dont la bouche trembla au point que Byron craignit qu'elle ne pleure. Suppose que j'oublie qu'on n'y est pas allés ?

Elle avait souvent un discours confus. C'était pire quand elle était troublée ou fatiguée.

Bouleversé par sa candeur, Byron se pencha pour la prendre dans ses bras. Elle sentait le sucre et la rose, et il comprit à cet instant qu'il était devenu différent. Alors qu'elle était encore une petite fille, il avait perdu l'innocence de l'enfance. Cet éclair de lucidité lui serra l'estomac comme le matin de Noël, sauf qu'il n'y avait pas de cadeaux. Il jeta un coup d'œil à sa mère, dans la cuisine. Elle essuyait les assiettes près de la fenêtre, qui reflétait déjà le ciel cramoisi du soir. Il prit conscience d'avoir franchi une étape dans sa vie et d'avoir vécu un moment décisif de son existence. Il avait beau être surpris, il devinait confusément que tout ça faisait partie du chemin pour devenir un homme, de la même façon qu'il était essentiel qu'il réussisse l'examen pour avoir la bourse. Il devait se montrer à la hauteur pour affronter ces deux épreuves.

— Tout ira bien, je te le promets ! dit-il en hochant la tête comme son père quand il énonçait un fait, et qu'il avait tellement raison que même sa tête approuvait. Il suffit que tu chasses cette matinée de ton esprit.

Byron se pencha pour déposer un baiser sur la joue de sa sœur. Ce n'était pas très viril, mais c'était ce que ferait sa mère.

Lucy recula en fronçant le nez. Redoutant qu'elle ne pleure, il sortit son mouchoir.

— Ton haleine pue, Byron ! déclara-t-elle.

Elle retourna dans la maison, ses couettes frappant ses omoplates, ses genoux levés bien haut, écrasant au moins deux de ses escargots sous ses chaussures vernies.

Ce soir-là, Byron regarda à la fois les nouvelles régionales et les nouvelles nationales. La violence régnait encore en Irlande, mais on ne parla ni de l'accident ni des deux secondes supplémentaires. Il se sentit nauséeux et vide.

Que ferait James ? On imaginait mal Andrea Lowe commettant une erreur. Si la situation était inversée, James serait logique. Il tracerait un diagramme pour expliquer les choses. Bien que les enfants n'y soient pas autorisés, Byron ouvrit discrètement la porte du bureau de son père.

Au-delà de la fenêtre, une lumière chaude éclairait encore le jardin, les flèches des lupins rouges rayonnaient dans le soleil du soir, mais la pièce demeurait austère et silencieuse. Le bois du bureau et du fauteuil avaient été astiqués comme pour figurer dans un musée. Même la boîte de caramels et la carafe de whisky ne devaient pas être touchées. C'était presque comme avec son père. Si Byron tentait de se blottir dans ses bras, et il lui arrivait d'en avoir envie, l'embrassade tant attendue se transformait au dernier moment en poignée de main.

Assis tout au bord du fauteuil afin de laisser le minimum de traces de sa présence, Byron sortit une épaisse feuille de papier blanc et prit le stylo de son père. Il dessina une carte précise, symbolisant par des flèches la progression de la Jaguar sur Digby Road. Il indiqua les cordes à linge et l'arbre en fleur. Puis, en changeant le sens des flèches, il montra comment la voiture avait viré à gauche et s'était arrêtée contre le trottoir. Il traça un cercle où ils avaient laissé la petite fille. Elle était juste à côté de la voiture, où lui seul pouvait la voir.

Il plia sa carte et la glissa dans sa poche. Il remit le stylo à sa place et essuya le fauteuil avec la manche de sa chemise pour que son père ne sache pas qu'il s'était introduit dans son domaine. Il allait sortir quand il eut l'idée d'une autre expérience.

Il s'agenouilla sur le tapis et se recroquevilla, reproduisant la position exacte de la petite fille sous son vélo, sur le flanc, les genoux repliés vers son menton et entourés de ses bras. Si elle avait été en bonne santé, la petite fille se serait relevée. Elle aurait émis un son. Lucy émettait un bruit horrible à la moindre égratignure infligée par inadvertance. Et si la police était à la recherche de sa mère à cet instant même ?

— Que fais-tu ici ?

Surpris, il se tourna vers la porte et vit sa mère. Elle s'était arrêtée sur le seuil comme si elle n'osait pas entrer. Il ne pouvait savoir depuis combien de temps elle était là.

Byron roula sur tout le tapis pour suggérer qu'il était un petit garçon parfaitement ordinaire, bien qu'un peu imposant, qui s'amusait. Il roula si vite que ça échauffa la peau nue de ses bras et de ses jambes et que ça lui fit tourner la tête. Sa mère éclata de rire et les cubes de glace dans sa boisson tintèrent contre le verre. Comme ça semblait la réjouir, il roula un peu plus, puis s'agenouilla et déclara :

— Je crois qu'on devrait aller à l'école en bus, demain.

À ses yeux, sa mère oscilla quelque peu pendant un moment, parce qu'il avait exagéré ses roulades.

— Le bus ? Et pourquoi donc ? s'enquit-elle alors qu'il la voyait droite à nouveau.

— Ou peut-être un taxi. Comme avant que tu saches conduire.

— Mais c'est inutile, puisque ton père m'a appris.

— Je me disais juste que ce serait bien de changer un peu.

— On a la Jaguar, mon chéri. Il l'a achetée pour que je puisse vous conduire à l'école.

— Exactement ! Cette voiture est tellement neuve qu'on ne devrait pas l'utiliser. En plus, il dit que les femmes ne savent pas conduire.

— Ça, ce n'est pas vrai ! protesta-t-elle dans un éclat de rire. Même si ton père est un homme très intelligent, bien sûr. Beaucoup plus intelligent que moi. Jamais je n'ai lu un livre jusqu'à la fin.

— Tu lis des magazines. Tu lis des livres de cuisine.

— Oui, mais il y a des images. Les livres intelligents n'ont que des mots.

Dans le silence qui suivit, elle contempla sa main blessée, la tourna paume vers le haut, paume vers le bas. Il n'y avait que le rai de lumière de la fenêtre où dansait une poussière argentée, et le tic-tac insistant de l'horloge sur la cheminée.

— On a juste un peu dérapé, ce matin, dit-elle avec calme. C'est tout. Oh ! s'écria-t-elle en consultant sa montre. C'est l'heure de ton bain.

Elle était redevenue une mère, comme un parapluie qui prend d'un coup la forme adéquate, et elle sourit :

— Si tu veux, tu peux mettre de la mousse. Tu es sûr de ne pas avoir touché aux affaires de ton père ?

C'est tout ce qu'elle dit à propos de l'accident.

La semaine se déroula comme toutes les autres. Personne ne vint arrêter sa mère. Le soleil se leva, décrivit son arc céleste et se coucha de l'autre côté de la lande. Des nuages passèrent, enfoncèrent parfois leur doigt noueux dans le flanc des collines, grossirent et s'assombrirent à d'autres moments comme des taches. La nuit, la lune se levait, pâle copie du soleil, dégoulinant sur les collines en nuances de bleu argenté. Sa mère laissait ouvertes les fenêtres des chambres pour que l'air circule. Les oies cacardaient au bord de l'étang. Les renards glapissaient dans le noir.

Diana exécutait les mêmes gestes qu'avant. Son réveil sonnait à six heures et demie. Elle avalait son comprimé avec une gorgée d'eau et consultait sa montre pour ne pas être en retard. Elle revêtait les jupes démodées qu'aimait son mari et préparait pour Byron un petit déjeuner sain. Dès le mercredi, son bandage avait disparu de sa main et plus rien ne la reliait à cette matinée sur Digby Road. Même James semblait avoir oublié les deux secondes.

Seul Byron entretenait ce souvenir. Le temps avait été changé. Sa mère avait heurté une enfant. Byron l'avait vu et elle non. Telle une écharde dans son pied, la vérité était toujours présente. Il avait beau tenter de l'éviter en se montrant très précautionneux, il oubliait parfois de faire attention, et la réalité s'imposait de nouveau à lui.

Il essayait de faire autre chose, de jouer avec ses soldats de plomb ou de s'entraîner à un tour de magie, pour le montrer à James, mais l'image revenait toujours. Le moindre détail faisait désormais partie de lui. La robe d'uniforme rayée de la petite fille, ses tresses d'un noir de réglisse, ses chaussettes repliées aux chevilles, les roues du vélo rouge qui tournaient. On ne pouvait rien faire qui n'ait de conséquences. Mr Roper lui donnait des lignes parce qu'il était un *ignoramus* et, quand Byron jetait une pierre par-dessus la clôture de l'étang, il se formait dans l'eau des cercles qui s'ouvraient comme des fleurs. Rien ne se produisait spontanément. Même si ce n'était pas la faute de sa mère, même si personne n'était au courant de l'accident, il provoquerait des répercussions. Il écoutait les horloges dans toute la maison, leur tic-tac, leur musique qui marquaient le passage du temps.

Un jour – sinon tout de suite, du moins dans l'avenir –, quelqu'un devrait payer.

6

Le chapeau orange

Jim utilise un pulvérisateur pour nettoyer la table près de la fenêtre. Une fois. Deux fois. Il essuie. Une fois. Deux fois. Il a son propre pulvérisateur de produit nettoyant antibactérien, et aussi un chiffon bleu spécial.

Le ciel est lourd d'une neige qui ne tombe pas, en ce jour de début décembre. Peut-être que Noël sera blanc. Ce serait un événement d'avoir pour la première fois de la neige autour de son camping-car. Des clients traversent à pas pressés l'aire de stationnement avec des sacs recyclables et des petits enfants, leur corps arc-bouté contre le froid comme si l'air était constitué de poivre. Certains portent un foulard aux couleurs de Noël et le serre-tête avec antennes d'une petite fille ne cesse de glisser de côté. Au-delà du parking, les sommets de la lande de Cranham montent vers le ciel. Les verts, jaunes, roses et violets qui coloraient les fougères, la bruyère, les orchidées sauvages et l'herbe ont disparu, brûlés par le froid. Tout est marron. Au loin, il distingue Besley Hill et les véhicules de chantier qui sillonnent le domaine. On dit qu'on va élever là quinze luxueuses maisons cinq étoiles. Depuis la construction de Cranham Village, des ensembles immobiliers ont jailli partout dans la lande. Ils émergent de la terre, fragments d'os sans chair.

— T'as rien à faire ? demande Mr Meade derrière lui.

C'est un petit homme à la moustache bien taillée qui transporte une collection de cônes de stationnement, au cas où.

— Oui, M…

Mr Meade l'interrompt. Tout le monde l'interrompt. On n'a pas envie de voir un homme buter si douloureusement sur les mots.

— Au fait, Jim, ton chapeau est de travers.

Le chapeau de Jim est de travers parce qu'il est trop petit. Et ce n'est pas réellement un chapeau, en tout cas pas un chapeau sérieux. Il est orange, comme son T-shirt d'uniforme, son tablier d'uniforme, ses chaussettes d'uniforme et, bien qu'en résille de plastique, il a la forme d'un feutre mou. Le seul à ne pas porter ce chapeau, c'est Mr Meade, parce qu'il est le manager. On ne peut quand même pas demander à un monarque d'agiter un drapeau ou d'accrocher des banderoles ! C'est aux autres de lui manifester leur patriotisme.

Jim redresse son chapeau et Mr Meade va servir une jeune femme. La nouvelle cuisinière est de nouveau en retard.

De toute façon, ce n'est pas le coup de feu permanent, au café. Malgré la rénovation, en plus de la jeune femme, il n'y a aujourd'hui que deux hommes, assis tellement immobiles devant leur café qu'ils pourraient être gelés. L'élément le plus vivant du café est l'arbre de Noël en fibres optiques, installé en haut des marches pour accueillir les consommateurs quand ils émergent du supermarché en contrebas. Il passe du vert au rouge et au bleu en clignotant. Jim pulvérise et essuie. Deux fois. Une fois. C'est acceptable de le faire de cette manière, au travail. C'est comme utiliser un sparadrap magique jusqu'à ce que Jim rentre dans son camping-car et exécute le rituel dans les normes, vingt et une fois.

Une main fine le tire par la manche.

— Vous avez oublié ma table, dit une voix féminine.

C'est la jeune femme que Mr Meade vient de servir. Jim se recroqueville, brûlé par le contact de ses doigts. Il ne peut même pas la regarder dans les yeux.

À Besley Hill, les internés se déplaçaient côte à côte. Sans jamais se toucher. Même quand les infirmières les aidaient à s'habiller, elles le faisaient presque mécaniquement, pour ne pas les inquiéter.

— Vous voyez ?

Elle montre une table au milieu du café, à mi-distance exacte de la fenêtre et du comptoir, à l'autre extrémité. Elle a déjà drapé son manteau neuf sur le dossier d'une chaise et laissé son café sur la table, près du présentoir de condiments et de sachets de sucre. Il la suit et elle soulève sa tasse pour qu'il puisse nettoyer. Si seulement elle n'était pas si près de lui ! Les mains de Jim tremblent.

— Pour être franche, soupire la femme avec impatience, l'état de cet établissement me choque. Ils ont dépensé une fortune pour le rénover, mais ça reste un dépotoir. Pas étonnant que personne n'y vienne !

Jim pulvérise. Deux fois. Une fois. Il essuie. Deux fois. Une fois. Pour se détendre, il se vide l'esprit. Ce sont les infirmières qui le lui ont conseillé. Il pense à une lumière blanche, il se voit flotter – quand il est ramené au présent par une autre interruption :

— Foutues marches ! Oh, oh, oh ! Saloperie !

Il ne peut pas continuer. Il jette un coup d'œil furtif à la cliente si désagréable, mais il voit qu'elle semble effarée, tout comme les deux autres clients jusque-là figés. Ils regardent tous l'arbre de Noël en haut de l'escalier.

— Eh merde ! dit l'arbre.

Jim se demande si Mr Meade sait qu'en plus de clignoter l'arbre parle et profère des jurons, quand la nouvelle cuisinière, Eileen, apparaît en haut des marches dont elle gravit les dernières avec l'allure d'un alpiniste sur une face nord.

— Putain ! dit-elle.

Clignotements de l'arbre de Noël.

Elle n'est pas censée utiliser l'escalier des clients. Elle doit emprunter celui du personnel. Ça suffit à faire frémir Jim. En plus, elle a interrompu le rituel. Il doit pulvériser à nouveau. Essuyer encore.

— Je n'ai pas toute la journée ! proteste la cliente. Est-ce que vous pourriez vous dépêcher ?

Il essaie de ne pas penser à Eileen, mais elle représente l'arrivée d'un front nuageux. C'est dur de prétendre qu'elle ne va rien déclencher. Parfois, il l'entend rire avec les deux gamines, dans la cuisine, et le son de leurs rires est si fort, si gai et spontané qu'il doit se couvrir les oreilles et rester immobile jusqu'à ce que ça cesse. Eileen est une grande femme bien charpentée aux cheveux blond vénitien très raides – un peu plus sombres que le chapeau réglementaire – qui semblent jaillir d'une raie d'un blanc de craie au milieu de son crâne. Le manteau vert houx qu'elle porte s'étire aux coutures dans son effort pour la contenir.

— Mais enfin ! crie presque la cliente, je vous demande juste de nettoyer ma table ! Qu'est-ce qui ne va pas, chez vous ? Où est le manager ?

Eileen fronce les sourcils en entendant ça. Pour gagner la cuisine, elle va devoir passer juste à côté de lui. Jim recommence. Il pulvérise et essuie. Il doit se vider l'esprit.

— Dépêchez-vous ! répète plusieurs fois la cliente.

Malgré sa corpulence, Eileen est d'une rapidité surprenante et la femme est sur son chemin. Pourquoi est-ce qu'elle ne s'écarte pas ? Pourquoi Eileen ne fait-elle pas un détour ? Il va y avoir une collision. Eileen va rentrer dans la femme. La respiration de Jim s'accélère. Sa tête bourdonne. Si la femme ne bouge pas, s'il ne fait pas tout bien, quelque chose de terrible va se produire.

Gauche, droite, gauche, droite. Gauche, droite. Son bras s'agite si vite que ses muscles sont en feu.

Eileen est presque à côté de lui.

— T-t-table, bonjour ! articule-t-il parce que son nettoyage n'est pas bon et qu'il doit aussi prononcer les mots.

— Qu'est-ce que vous racontez ? s'étonne la femme en s'approchant pour mieux entendre.

Eileen la frôle d'un pas lourd. La crise est terminée.

On ne saura jamais si Eileen a heurté la chaise accidentellement ou volontairement, mais elle la fait osciller au point que le manteau de la femme glisse en une flaque soyeuse au sol.

— Merde ! dit Eileen sans s'arrêter.

C'est un désastre. La crise n'est pas du tout terminée.

— Excusez-moi ! dit la femme d'une voix si grinçante que ses mots prennent une signification opposée. Excusez-moi, madame, vous n'allez pas le ramasser ?

Eileen ne s'arrête pas. Elle continue vers la cuisine.

— Ramassez mon manteau ! ordonne la femme.

— Ramassez-le vous-même ! lance Eileen par-dessus son épaule.

Le cœur de Jim s'emballe. Le manteau gît à ses pieds.

— Je n'en supporterai pas davantage, dit la femme. J'appelle le manager. Je vais porter plainte.

— Vous gênez pas ! ironise Eileen.

Et là… Oh ! Non. Elle s'arrête. Elle se retourne. Eileen regarde la femme, la femme regarde Eileen. Au beau milieu, Jim pulvérise et essuie, chuchote « Salière, bonjour, Canderel, bonjour », pour tout arranger. Si seulement le manteau remontait sur la chaise par magie ! Il ferme les yeux et plonge la main dans sa poche à la recherche de son porte-clés. Il pense au ruban adhésif et au calme que ça lui procure. Rien ne marche. La cliente va être blessée, Eileen va être blessée. Les clients du supermarché et Mr Meade et les gamines en cuisine vont être blessés et tout est de la faute de Jim.

Il se penche pour ramasser le manteau. C'est de l'eau entre ses doigts. Il le plie sur le dossier de la chaise, mais ses mains tremblent tant que le manteau retombe, et qu'il faut qu'il se penche à nouveau pour le ramasser et le reposer sur le dossier. Il sent sur lui le regard des femmes, celui d'Eileen et celui de la cliente à la voix métallique. Il a l'impression d'être pelé comme un fruit trop mûr. Il est dans le corps de ces femmes plus que dans le sien. La femme s'assoit. Elle croise les jambes, mais ne dit pas merci.

Eileen percute la porte battante qui vient cogner le montant et elle disparaît. Jim est tellement bouleversé qu'il lui faut de l'air frais, mais il ne peut pas sortir. Il doit nettoyer une autre table, et cette fois il doit le faire convenablement.

***

— Pourquoi est-ce que tu dois exécuter tous ces rituels ? lui a demandé une infirmière, un jour. Que crois-tu qu'il se produirait, si tu ne le faisais pas ?

C'était une jolie fille tout juste sortie de formation. Elle lui dit qu'il voyait trop tout en noir, qu'il devait affronter ses peurs.

— Après, tu les relativiseras et tu verras que les rituels ne servent à rien.

Elle parla si gentiment de ses peurs, comme s'il s'agissait de meubles qu'il pouvait transporter dans une autre pièce et oublier, qu'il souhaita qu'elle ait raison. Elle obtint l'autorisation des médecins d'emmener Jim à la gare, où les gens allaient et venaient librement, où il n'y avait aucune occasion de vérifier les coins obscurs, les entrées et les sorties.

— Tu vois, c'est seulement dans ta tête, dit-elle en descendant du bus et en traversant l'esplanade devant la gare.

Mais elle avait tort. Il y avait tant de gens, tant de chaos – des trains rapides, des quais encombrés où il manquait des pattes aux pigeons, des fenêtres cassées et des bouches de ventilation caverneuses – que ce matin-là il apprit que la vie était plus dangereuse encore qu'il ne l'avait cru. En fait, il ne s'était pas suffisamment inquiété. Il n'avait pas pris les choses assez au tragique. Il devait agir. Il devait le faire immédiatement. En courant vers les toilettes pour exécuter les rituels en privé, il avait failli renverser une fontaine d'eau bouillante dans le salon de thé de la gare, ce qui aurait causé des blessures graves à une pièce pleine de voyageurs. C'en était trop. Jim tira le signal d'alarme. Une heure plus tard, après l'arrivée de tant de voitures de pompiers qu'il y eut des retards sur toutes les lignes du Sud-Ouest, on le retrouva pelotonné sous un banc. Jamais il ne revit l'infirmière au visage si frais. Elle perdit son emploi et, ça encore, c'était de sa faute.

***

Plus tard, Jim part chercher une des nouvelles serviettes bleues pour les toilettes, quand il entend Eileen. Elle est dans la cuisine, près des réserves, et elle parle aux deux jeunes femmes qui préparent les plats chauds.

— Qu'est-ce qu'il a, Jim ? l'entend-il demander.

C'est un choc de l'entendre utiliser son nom. Ça laisse croire qu'ils ont un lien alors qu'il est clair qu'ils n'en ont pas.

Il se fige, le rouleau de serviettes serré contre son ventre. Ce n'est pas qu'il veuille espionner ; c'est plutôt qu'il préférerait ne pas être là, et faire semblant de ne pas être là, ça lui paraît la meilleure solution.

— Il vit dans un camping-car, dit une des filles. Du côté du nouveau lotissement.

— Il n'a pas de maison, ni rien, dit son amie. Il est juste garé là.

— Il est un peu…

— Un peu quoi ? s'impatiente Eileen parce que, quoi qu'ait Jim, personne ne semble prêt à prononcer le mot.

— Tu sais… dit la première fille.

— Arriéré, déclare l'autre.

— Jim a des barèmes ! corrige la première fille.

Il se rend compte qu'il a mal entendu : elle a dit « problèmes ».

— Il a été interné à Besley Hill presque toute sa vie, continue la gamine. Quand ça a fermé, il n'a eu nulle part où aller. Il est vraiment à plaindre. Jamais il ne ferait de mal à une mouche.

Il ne savait pas qu'elle était au courant de tout ça.

— Il plante des trucs, dit la seconde fille. Des bulbes, des graines, tout ça. Il les achète à bas prix au supermarché, et parfois il obtient du fumier, ce genre de truc. Ça pue, c'est l'horreur !

Eileen produit un son si rugueux, si colossal qu'il faut un moment à Jim pour comprendre que c'est son rire. Pas un rire méchant. C'est ça qui le frappe. Il sent qu'elle rit *avec* lui, mais c'est étrange, parce qu'il ne rit pas. Il est écrasé contre le mur avec son rouleau bleu et son cœur va exploser.

— Oh, et puis merde ! s'emporte Eileen. Comment ça se met, ce truc ?

— On utilise des pinces à cheveux, explique la première fille. Tu les piques à travers la calotte.

— Pas question que je porte cette horreur !

— T'es obligée. C'est la règle. Et le filet à cheveux. Il faut le mettre aussi.

Jim n'entend pas ce qui se passe ensuite. La porte se ferme et les voix deviennent inaudibles, un son indistinct, à la manière dont le monde disparaît quand il fait des plantations. Il attend encore un peu et, quand c'est sans danger, il emporte le rouleau de papier absorbant bleu dans les toilettes et désinfecte les lavabos et les robinets. Le reste de la matinée, Jim nettoie des tables et remporte des plateaux aux gamines de la cuisine qui l'ont décrit comme un attardé. Les clients vont et viennent, mais ils sont rares. Au-delà des fenêtres, le nuage de neige est si lourd qu'il peut à peine bouger.

Toute sa vie d'adulte, il est entré et sorti d'unités de soins. Les années ont passé, et il y en a dont il ne se souvient plus. Après les traitements, il lui arrivait de perdre des journées entières ; le temps n'était qu'une sélection d'espaces vides sans liens entre eux. Il lui fallait parfois demander aux infirmières ce qu'il avait mangé à midi et s'il était sorti ou non en promenade. Quand il se plaignait de pertes de mémoire, les médecins lui disaient que c'était à cause de sa dépression. En vérité, il trouvait plus facile d'oublier.

Pourtant, ça avait été terrible de quitter Besley Hill pour la dernière fois. Terrible de regarder partir les autres résidents, avec leur valise et leur manteau, emmenés en minibus ou en voiture familiale. Certains pleuraient. Un malade avait même tenté de s'enfuir à travers la lande. Ils ne voulaient pas retourner dans leur famille, dont les membres les avaient abandonnés depuis longtemps. Ils ne voulaient pas vivre dans des hospices. Une assistante sociale avait trouvé cet emploi au supermarché, pour Jim. C'était une amie de Mr Meade, qu'elle voyait dans leur groupe de théâtre amateur. Elle décréta qu'après tout Jim pouvait très bien vivre dans son camping-car. Un jour, s'il le voulait, il pourrait avoir un téléphone portable. Il pourrait se faire de nouveaux amis. Il pourrait leur envoyer des textos et les retrouver.

— Mais j'ai peur ! avait-il protesté. Je ne suis pas comme les gens normaux. Je ne sais pas quoi faire.

L'assistante sociale avait souri. Elle ne l'avait pas touché, mais elle avait posé ses mains près de la sienne sur la table.

— Personne ne sait comment être normal, Jim. Nous faisons juste tous de notre mieux. Parfois il est inutile d'y penser et, d'autres fois, c'est comme courir après un bus qui a déjà parcouru un pâté de maisons. Mais il n'est pas trop tard, pour toi. Tu as à peine plus de cinquante ans. Tu peux tout recommencer.

***

Quand Jim repasse près d'Eileen, il évite son regard et la contourne, mais elle s'arrête.

— Salut, Jim ! Comment ça va ?

Elle est en train de servir un sandwich à un client.

Sa question est franche et facile, mais il n'arrive pas à répondre. Il regarde ses chaussures. Elles sont longues et étroites. Les jambes de son pantalon ne descendent pas jusqu'à ses chevilles. Depuis son enfance, son corps semble s'être donné le ciel comme but, plutôt que les vêtements et les fauteuils que les autres corps visent à remplir. Il achète des bottes et des baskets trop grandes d'une taille parce qu'il a peur que son corps le surprenne et pousse de quelques centimètres de plus dans la nuit.

Jim continue de fixer ses pieds comme s'ils étaient très intéressants. Il se demande combien de temps il va tenir et si Eileen va bientôt partir.

— T'inquiète pas pour moi ! dit-elle.

Il se sent inondé de chaleur. Même sans la regarder, il voit comment elle se tient, les pieds bien plantés dans le sol. Le silence, pendant qu'elle le regarde rougir, est insupportable.

— À bientôt ! dit-elle.

Elle est sur le point de s'éloigner, quand Jim lève la tête. Ce serait trop de la regarder dans les yeux, mais il veut qu'elle sache… quoi ? Il tente de sourire. Eileen tient un sandwich de saison avec accompagnements ; il tient son pulvérisateur. Ce n'est donc pas un grand sourire. C'est l'utilisation minimum de ses muscles faciaux. Il veut juste qu'elle comprenne, mais ce qu'il aimerait qu'elle comprenne est difficile à dire. C'est un peu comme agiter un drapeau, ce sourire. Ou allumer une lampe dans la nuit. C'est comme dire « je suis là ». Tu es là. C'est tout.

Elle fronce les sourcils, car elle croit qu'il souffre.

Il va devoir travailler ce sourire.

7

De justesse

— Je crois qu'il y a eu une conspiration, murmura James Lowe un vendredi après-midi.

Les gamins étaient penchés sur leur pupitre pour tout apprendre de la reproduction des cellules et des amibes.

— Une conspiration ? répéta Byron.

— Je pense que c'est pour ça qu'on n'a pas mentionné les deux secondes. On n'était pas censés connaître la vérité. C'est comme l'alunissage.

— Qu'est-ce que tu veux dire ?

— J'ai lu que ça a été complètement truqué. Les astronautes n'y sont jamais allés. Ils ont créé une Lune en studio et ont pris des photos, c'est tout.

— Mais pourquoi est-ce qu'on n'était pas censés savoir, pour les secondes ? chuchota Byron. Je ne comprends pas.

Il ne comprenait pas non plus que l'alunissage puisse avoir été truqué, parce qu'il avait des photographies de la Nasa montrant les astronautes et Apollo 13. Ça ne pouvait pas être des faux. Rien que d'y penser, il en avait le vertige.

La chaleur n'aidait en rien. Dans la salle de classe, l'air était si étouffant qu'on l'aurait cru solide. Au fil de la semaine, la température avait grimpé. Chez lui, Byron sentait la pelouse terne et rêche sous ses pieds nus, et les dalles de la terrasse brûlaient autant que des plaques chauffantes. Les roses de sa mère laissaient pendre leur tête trop lourde et les feuilles, cuites par le soleil, se recroquevillaient sur leur tige, tandis que les pétales des coquelicots s'étiolaient. Jusqu'aux abeilles qui paraissaient trop écrasées de chaleur pour bourdonner. Au-delà du jardin, la lande s'étendait en un patchwork brumeux de vert, de pourpre et de jaune. Chaque jour, le soleil calcinait la terre sous un ciel décoloré.

— Pourquoi le gouvernement ne voulait-il pas qu'on sache pour les secondes ? répéta Byron, agacé parce que James dessinait un diagramme et semblait avoir oublié ce qu'il avait affirmé plus tôt.

Mr Roper leva le nez de son bureau, sur l'estrade, à une extrémité de la classe. Il scruta la mer de petites têtes comme pour décider laquelle dévorer. James attendit. La menace passée, il expliqua :

— C'est pour éviter que les gens organisent une manifestation. Il y en a déjà assez avec les mineurs. Si les choses continuent à ce rythme, on aura une semaine de trois jours. Le gouvernement ne veut pas d'ennuis. Il a ajouté les secondes en espérant que personne ne le remarquerait.

Byron tenta de revenir à son livre de biologie, mais les diagrammes demeuraient hermétiques. Ce n'étaient que des formes, de la même manière que les mots pouvaient perdre toute signification quand il les répétait encore et encore dans sa chambre. Il continuait à voir la petite fille sur Digby Road. Son image se collait sur tout. Sa jupe remontée au-dessus des genoux, ses chaussettes repliées sur ses chevilles, ses pieds sous la roue. Il ne pouvait plus rester silencieux.

— James, murmura-t-il, j'ai un problème.

James aligna son crayon et sa gomme. Il attendit, mais Byron ne disait rien.

— Est-ce que ça a un rapport avec les amibes, par hasard ?

— Non, murmura Byron. Pas du tout.

Pourtant, maintenant qu'il en parlait, il devait admettre qu'il ne comprenait pas qu'une cellule unique puisse décider de former deux cellules.

— C'est très compliqué. C'est une erreur.

— Quel genre d'erreur ?

— C'est en rapport avec ces deux secondes dont tu m'as parlé…

À cet instant, quelque chose de dur cingla l'oreille de Byron. Il vit Mr Roper dressé au-dessus de lui avec un dictionnaire, le visage luisant de colère, ce qui semblait noircir ses yeux et précipiter sa respiration, son souffle devenant avide et rauque. Byron fut traîné jusqu'au-devant de la classe, les bras immobilisés dans son dos. Il reçut cent lignes à écrire pour avoir bavardé pendant le cours, et cent autres pour avoir distrait un camarade – *Je dois tenter de ne pas être plus stupide que Dieu l'a voulu.*

— Je pourrais faire tes lignes pour toi, proposa James plus tard. C'est très tranquille, ce week-end. Je n'ai que mon travail pour la bourse. Et puis, ajouta-t-il en s'approchant si près que Byron put voir ses amygdales, je ne ferai pas de fautes.

Byron le remercia, mais dit que Mr Roper verrait la différence. James n'était pas du genre à faire des taches d'encre ou à pencher dangereusement ses lettres, comme Byron.

— Est-ce que *ton père* rentre, ce week-end ?

— *Oui,* James.

— *Moi aussi.* Est-ce qu'il… ?

Continuer en français était difficile.

— Est-ce qu'il quoi ?

— Est-ce qu'il joue avec toi, *et des choses comme ça* ? Est-ce qu'il parle ?

— À moi ?

— Oui, Byron.

— Tu sais, il est fatigué. Il doit se détendre. Il doit penser à la semaine qui s'annonce.

— Le mien aussi. Je suppose que ce sera *pareil pour nous,* un jour.

Les garçons se retranchèrent dans le silence, visualisant leur avenir.

Byron était allé chez James, une fois. La famille Lowe habitait une maison neuve et froide, dans un ensemble fermé par une grille électrique. Les pavés remplaçaient les pelouses, et des protections en plastique recouvraient la moquette crème. Les garçons avaient déjeuné en silence dans la salle à manger. Par la suite, ils avaient joué dans la rue privée, mais sans enthousiasme, presque avec solennité.

Les deux garçons se quittèrent après les cours sans plus faire référence aux deux secondes ni au secret de Byron. À la réflexion, Byron était soulagé. Il avait peur que ses confidences ne pèsent trop sur son ami. Il le voyait parfois s'éloigner, ses maigres épaules voûtées, la tête basse, comme si son intelligence, tassée dans son cartable, était très lourde à porter.

De plus, Byron avait d'autres soucis. Maintenant que la semaine d'école était terminée, plus rien ne le séparait de la visite de son père. Au moindre faux pas, son père ne manquerait pas de deviner ce qui s'était passé à Digby Road. Byron regarda sa mère disposer des roses fraîches dans un vase et arranger sa coiffure, et son cœur se mit à cogner. Elle téléphona à l'horloge parlante pour s'assurer que sa montre était bien ponctuelle et, tandis qu'elle passait de pièce en pièce pour vérifier si les serviettes étaient propres dans la salle de bains et les *Reader's Digest* disposés en une pile parfaite sur la table basse du salon, Byron s'esquiva dans le garage. Il scruta de nouveau la Jaguar à la lumière de sa torche, mais il n'y détecta aucune trace de l'accident.

Ils attendirent son père à la gare, aux côtés de toutes les autres familles du vendredi soir. Il faisait encore trop chaud pour rester au soleil, si bien qu'ils se mirent à l'ombre de la clôture, au bout du quai, un peu à l'écart. À la banque, son père fréquentait des tas de gens toute la semaine, et il n'aurait pas envie en descendant du wagon de trouver sa mère en train de bavarder avec des étrangers. Pendant qu'ils attendaient, Diana ne cessait de sortir son miroir de poche de son sac à main et de le tourner vers son visage pour vérifier que tout était bien en place. Byron apprit à Lucy comment dire l'heure en soufflant les graines d'un pissenlit, mais l'air était si dense, si immobile qu'elles ne s'envolèrent pas bien loin.

— Il est treize heures, chantonna Lucy. Il est quinze heures.

— Chut, tous les deux ! ordonna leur mère. Voilà le train.

Des portières de voitures s'ouvrirent d'un coup sur le parking de la gare, et mères et enfants bondirent sur le quai. La chaleur blanche, l'immobilité, le silence furent balayés par de l'animation et des rires.

Une fois, à l'époque où Diana ne conduisait pas encore, ils étaient arrivés en retard. Seymour n'avait rien dit dans le taxi, parce qu'il est impoli de se plaindre devant des étrangers, mais à Cranham House, il avait explosé. Est-ce que son épouse ignorait combien il était humiliant de se retrouver le seul homme abandonné sur le quai ? Est-ce qu'elle s'en moquait ? Non, non, avait-elle protesté, c'était une erreur. Seymour n'en était pas resté là. Une erreur ? Est-ce qu'elle ne savait pas lire l'heure ? Était-ce une chose de plus que sa mère ne lui avait pas apprise ? Byron s'était caché sous ses couvertures, les mains sur les oreilles, pour ne pas entendre. Chaque fois qu'il écoutait, il entendait sa mère pleurer, son père rugir, et plus tard un autre son, plus discret, dans leur chambre, comme si son père n'arrivait pas à respirer. Ça se passait souvent comme ça, le week-end.

Le train s'arrêta. Lucy et Byron regardèrent les autres pères retrouver leurs enfants. Certains leur donnaient une tape sur l'épaule, d'autres les prenaient dans leurs bras. Lucy éclata de rire quand un père laissa tomber sa valise par terre et souleva sa fille à hauteur de ses épaules.

Seymour descendit le dernier. Il parcourut le quai avec le soleil derrière lui, ce qui lui conféra l'apparence d'une ombre mouvante et ils le regardèrent en silence arriver vers eux. Il arrondit sa bouche humide sur la joue de sa femme.

— Les enfants ! dit-il sans les embrasser.

— Bonjour, père.

— Bonjour, mon chéri ! dit Diana en lui touchant la joue comme pour soigner sa peau.

Seymour prit place à l'avant, son attaché-case sur les genoux. Il observa Diana d'un regard dur tandis qu'elle tournait la clé de contact, ajustait son siège et lâchait le frein à main. Pendant tout ce temps, se sachant surveillée, elle se mordit les lèvres et ses joues rougirent.

— Rétroviseur, flèche, manœuvre ! récita-t-il.

— Oui, chéri.

Ses doigts tremblaient sur le volant et elle ne cessait de remettre des mèches derrière ses oreilles.

— Tu pourrais te rabattre dans la file de gauche, maintenant, Diana.

L'air semblait fraîchir, pendant les week-ends. Byron avait remarqué que sa mère touchait souvent le col de son cardigan quand son père rentrait à la maison.

***

En dépit des craintes de Byron, la visite se passait apparemment assez bien. Lucy ne parla pas de Digby Road. Sa mère ne dit rien à propos de la Jaguar, qu'elle gara à sa place dans le garage. Il ne fut pas question de la manière dont elle avait glissé et s'était arrêtée. Personne ne mentionna les deux secondes. Le père de Byron accrocha son costume dans l'armoire et choisit un pantalon de velours, une veste Harris Tweed et une cravate en soie, sa tenue habituelle pour la campagne. Sur son père, les vêtements semblaient toujours raides, même quand il était supposé se détendre. Ils avaient presque l'air d'être en carton plutôt qu'en tissu. Il lut ses journaux dans son bureau puis, le samedi après-midi, en compagnie de la mère de Byron, il fit une promenade jusqu'à l'étang pour la regarder jeter des graines aux canards et aux oies. Plus tard, elle lava ses chemises et ses sous-vêtements, et on aurait pu croire que la reine avait élu résidence chez eux, sauf que c'étaient les caleçons de son père qui pendaient au soleil, pas l'Union Jack.

Ce fut pendant le déjeuner du dimanche que tout se gâta.

Tandis que Diana servait des légumes à Seymour, il demanda où Byron en était de son travail pour la bourse. Son père avait les yeux fixés sur les mains de Diana, l'observant prendre une par une les pommes de terre dans la cuiller, si bien qu'il fallut un moment à Byron pour se rendre compte que son père attendait une réponse de sa part. Il dit qu'il s'en sortait bien. Sa mère sourit.

— Aussi bien que le petit Lowe ?

— Oui, père.

Malgré les fenêtres ouvertes, il n'y avait toujours pas le moindre souffle d'air dans la salle à manger.

Byron ne comprenait pas pourquoi son père n'aimait pas James. Il savait qu'il y avait eu un appel téléphonique après l'incident du pont, qu'Andrea Lowe s'était plainte, que son père avait promis de clôturer l'étang, mais tout avait été résolu, par la suite. Les deux pères s'étaient serré la main, à la fête de Noël, et ils avaient déclaré l'un et l'autre que le malentendu était oublié. Depuis, Seymour disait pourtant à Byron qu'il devrait se faire d'autres amis. Il considérait que le petit Lowe nourrissait un tas d'idées absurdes, et que, même si son père était diplômé du Queen's College, ce n'était pas une raison pour le fréquenter.

Diana retira son tablier et s'assit. Seymour sala son poulet rôti. Il disserta sur les troubles en Irlande et les mineurs en grève, ajoutant qu'ils avaient bien mérité leur sort, et Diana approuva, oui, oui, puis il changea de sujet de conversation :

— Parle-moi de la nouvelle Jaguar !

L'estomac de Byron se serra. Ses intestins s'enflammèrent.

— Pardon ? souffla Diana.

— Que disent les mères ?

— Elles souhaiteraient toutes avoir autant de chance que moi. Tiens-toi droit, Byron, s'il te plaît !

Byron jeta un coup d'œil à Lucy, qui serrait si fort ses lèvres qu'elles paraissaient sur le point de filer vers ses oreilles.

— Je me disais qu'on pourrait l'emmener faire un tour, après le déjeuner.

— Tu parles de Lucy ?

— Je parle de la nouvelle Jaguar.

Sa mère s'éclaircit la gorge. Ce ne fut qu'un son presque imperceptible, mais son père leva brusquement la tête. Il ne ratait rien. Il posa son couteau et sa fourchette et attendit en observant sa femme.

— Qu'est-ce qui s'est passé ? finit-il par demander. Il est arrivé quelque chose à la voiture ?

Byron ne respirait plus qu'à peine. Sa chemise se trempa de sueur et se colla à sa peau. Diana saisit son verre, mais sa main devait trembler légèrement, parce que les cubes de glace tintèrent.

— J'aimerais juste… commença-t-elle.

Quoi qu'elle ait souhaité, elle crut bon de se raviser et de s'interrompre.

— Qu'est-ce que tu souhaites, Diana ?

— Que tu cesses de parler de la Jaguar comme d'une personne.

— Pardon ?

Elle sourit et posa la main sur celle de son mari.

— C'est une voiture, Seymour, pas une femme.

Byron rit pour montrer à son père que cette remarque n'avait rien de personnel. En fait, c'était si hilarant qu'il fallait se tenir les boyaux. Quand on connaissait la gravité potentielle de la situation, c'était aussi extrêmement intelligent. Pour une femme qui se prétendait sans éducation, sa mère savait surprendre son monde. Byron croisa les yeux de Lucy et, de la tête, lui fit signe de se joindre à lui. Le soulagement de ne pas voir leur secret éventé les détendit. Lucy rit si fort qu'elle eut l'air de souffrir et que ses nattes vinrent baigner dans son assiette pleine de sauce. D'un regard furtif, Byron aperçut la lèvre supérieure de son père : figée, ourlée de quelques gouttes de transpiration.

— Est-ce qu'ils se moquent de moi ?

— Bien sûr que non ! Ce n'est pas drôle, les enfants !

— Je travaille toute la semaine, articula Seymour en extrayant chaque mot d'entre ses dents. Je fais tout ça pour vous. Je t'achète une Jaguar. Aucun autre homme n'achète de Jaguar à sa femme. Le garagiste n'en croyait pas ses oreilles.

Plus il parlait, plus il semblait vieux. Diana ne cessait de hocher la tête en répétant :

— Je sais, chéri, je sais.

Il n'y avait qu'une différence d'âge de quinze ans entre Diana et Seymour mais, à cet instant, le père semblait le seul adulte dans la pièce.

— S'il te plaît, pouvons-nous en parler après le déjeuner ? supplia-t-elle. Forêt-noire en dessert, ton gâteau préféré, mon chéri.

Seymour tenta en vain de cacher son plaisir en donnant à sa bouche une forme infantile. Par bonheur, il reprit son couteau et sa fourchette et ils terminèrent le repas en silence.

C'était toujours la même chose, avec Seymour. Parfois, un enfant transparaissait sur son visage, et il grimaçait pour le repousser. Dans le salon trônaient deux photos encadrées de Seymour enfant. La première avait été prise dans son jardin, quand la famille vivait à Rangoon. Vêtu d'un costume marin et coiffé d'un canotier, il tenait un arc et des flèches. Derrière lui s'épanouissaient de hauts palmiers et de belles fleurs aux pétales de la taille d'une main. À la manière dont l'enfant tenait ses jouets, loin de son corps, on savait qu'il ne s'en servait guère. L'autre photo le montrait avec ses parents à leur arrivée en Angleterre, devant leur bateau. Seymour semblait frigorifié. Il regardait ses pieds, et son costume marin était tout à fait déplacé. La mère de Seymour ne souriait pas non plus.

— Tu ne connais pas ta chance, disait parfois son père à Byron. Moi, j'ai dû me battre toute ma vie. On n'avait rien, quand on est rentrés en Angleterre. Rien.

Aucune photo de Diana. Jamais elle n'évoquait son enfance. On avait du mal à imaginer qu'elle ait pu être autre chose qu'une mère.

Dans sa chambre, Byron examina de nouveau sa carte secrète de Digby Road. Il aurait préféré que sa mère ne fasse pas de commentaire sur l'habitude qu'avait son père de parler de la voiture comme d'une femme. Il regrettait d'avoir ri. De toutes les fois où il aurait pu manifester son désaccord à son père, c'était à coup sûr la plus mal choisie. Il éprouva dans son ventre la même sensation que lorsque son père avait organisé un cocktail pour les parents de Winston House, le Noël précédent.

Il entendit parler dans la cuisine. Il tenta de ne pas écouter, mais son père avait élevé la voix, et, même en fredonnant, il l'entendait encore. Les traits sur la carte se mirent à onduler. Les arbres derrière sa fenêtre griffèrent le ciel bleu de leurs branches vertes. Soudain, la maison tomba dans le silence. Telles des poussières, toutes les autres personnes avaient disparu. Il sortit dans le couloir sur la pointe des pieds. Pas un souffle non plus du côté de Lucy.

Quand il trouva sa mère seule dans la cuisine, Byron dut prétendre avoir la respiration coupée par une longue course, tant il fut effrayé.

— Où est père ?

— Il est rentré à Londres. Il avait du travail.

— Est-ce qu'il a examiné la Jaguar ?

— Pourquoi l'aurait-il fait ? demanda-t-elle, interloquée. Il est parti en taxi.

— Pourquoi est-ce que tu ne l'as pas conduit ?

— Je n'en sais rien. Par manque de temps. Tu poses trop de questions, mon chéri.

Comme elle ne disait plus rien, il eut peur qu'elle soit fâchée, mais elle se retourna et souffla des bulles de savon dans l'air. Byron en attrapa sur ses doigts et elle en déposa une sur le bout de son nez. Sans son père, la maison avait retrouvé sa douceur.

***

Le cocktail de Noël avait été une idée de Seymour. C'était après l'incident de l'étang, le bon moment selon lui pour montrer une ou deux choses à ces parents de l'école. Diana avait passé des jours entiers en préparation – invitations spéciales sur carton blanc, achat d'un sapin si haut qu'il touchait le plafond de l'entrée, accrochage de guirlandes, polissage des lambris, confection de vol-au-vent, embrochage de cerises au marasquin sur de piques de cocktail. Tout le monde était venu, même Andrea Lowe et son mari du Queen's College.

C'était un homme taciturne, vêtu d'une veste en velours et d'un nœud papillon, qui suivait son épouse en lui tenant son verre et le canapé qu'elle grignoterait sur une serviette en papier.

Diana avait servi les boissons en poussant sa desserte à roulettes, et tous les invités avaient admiré le chauffage au sol qu'on venait de poser, la cuisine moderne, les salles de bains couleur avocat, les placards sur mesure de la chambre, la cheminée électrique et les fenêtres à double vitrage. Byron avait été chargé de prendre les manteaux.

« Des nouveaux riches », entendit-il une des mères remarquer.

Byron supposa que c'était une bonne chose. Son père passait justement à cet instant. Byron se demanda s'il serait flatté, lui aussi, mais Seymour parut soudain découvrir quelque chose de désagréable dans son vol-au-vent aux champignons et se renfrogna. De toute façon, il n'avait jamais aimé les légumes sans viande.

Plus tard dans la soirée, Deirdre Watkins suggéra un jeu. Byron s'en souvenait, même si son angle de vision de l'événement était alors réduit à un point d'observation en haut de l'escalier.

— Oh, oui, un jeu ! s'était exclamée sa mère en riant.

Bien que le père de Byron n'ait pas été du genre joueur, à moins qu'il ne s'agisse de solitaire ou de mots croisés difficiles, les invités furent tous d'avis qu'un jeu serait très amusant, et il fut contraint de participer. N'était-il pas leur hôte ?

Seymour noua un bandeau sur les yeux de Diana – un peu brutalement, de l'avis de Byron, mais elle ne protesta pas – et décida que le jeu consisterait à ce qu'elle le trouve.

— Mon épouse aime jouer. N'est-ce pas, Diana ?

Byron trouvait parfois que son père exagérait, s'il voulait paraître jovial. Il était plus à son affaire quand il donnait son opinion sur le Marché commun ou le tunnel sous la Manche. (Il était contre les deux.) Voilà que le salon bruissait soudain d'adultes qui riaient, buvaient et dirigeaient Diana, qui cherchait son chemin en trébuchant.

— Seymour, appelait-elle, où es-tu ?

Elle toucha les joues, les cheveux et les épaules d'hommes qui n'étaient pas son mari.

— Oh, non ! s'exclamait-elle alors. Mon Dieu, vous n'êtes pas Seymour !

Et la foule riait. Andrea Lowe réussit même à sourire.

Après avoir hoché la tête d'un air fatigué, offensé, peut-être agacé, c'était difficile à dire, Seymour s'était évaporé. Personne ne l'avait vu, à part Byron. Et Diana continuait à le chercher, bousculée, contournée, sorte de balle ou de poupée, parmi tous les autres qui riaient et l'encourageaient. Elle faillit même être renversée contre l'arbre de Noël en cherchant son mari de ses mains tendues et papillonnantes.

Jamais plus ses parents n'avaient organisé de fête. Son père avait déclaré qu'il faudrait lui passer sur le corps avant. De toute façon, Byron ne trouvait pas que sa maison soit faite pour ce genre de réjouissance. À ce souvenir, à nouveau pris de malaise, ressentant le trouble et la gêne qui l'avaient submergé en voyant sa mère errer comme un morceau de bois flottant, il souhaita qu'elle n'ait rien dit à propos de la nouvelle Jaguar.

***

Le dimanche soir, Byron disposa son édredon et son oreiller par terre et posa près de lui sa torche et une loupe, en cas d'urgence. Il sentait des difficultés à venir et, même si elles ne devaient entraîner ni mort ni famine, il était important pour lui de savoir qu'il pourrait les supporter et en tirer le meilleur parti. Au début, l'édredon lui parut d'une épaisseur et d'une douceur surprenantes, et il fut ravi que l'épreuve soit si facile. C'est juste qu'il ne lui sembla pas évident de dormir en même temps.

La chaleur n'aidait pas. Byron se mit sur ses couvertures et déboutonna son haut de pyjama. Il s'enfonçait dans le sommeil quand les cloches sonnèrent dix heures par-delà la lande de Cranham, et il se retrouva éveillé de nouveau. Il entendit sa mère éteindre la musique au salon. Il suivit ses pas légers dans l'escalier, le son de la porte de sa chambre qui se fermait et le calme envahit la maison. Même s'il se tournait dans toutes les positions et rassemblait ses couvertures sous lui, sa chair tendre trouvait toujours la surface dure. Il serait couvert de bleus, au matin. Le silence était si retentissant qu'il ne pouvait imaginer que quiconque puisse dormir. Il entendit des renards dans la lande. Il entendit la chouette, les criquets – et parfois la maison elle-même émettait un craquement grave, voire un coup sourd. Byron chercha sa torche et l'alluma, l'éteignit et la ralluma, projeta son faisceau sur les murs et les rideaux, au cas où il y aurait des voleurs au-dehors. Les formes familières de sa chambre surgissaient et disparaissaient dans le noir. Il avait beau fermer les yeux, il ne pouvait penser qu'au danger.

C'est alors que Byron comprit. Pour sauver sa mère, ça ne suffisait pas de ne rien dire, à propos de la Jaguar. Ça ne suffisait pas de subir en silence. Il devait découvrir ce que ferait James. Il devait être logique. Il lui fallait un plan.

8

Une sortie

Au-delà de la vitrine du supermarché, le nuage de neige semble si lourd que ça paraît miraculeux qu'il reste suspendu au ciel. Jim l'imagine en train de s'effondrer sur la lande avec un bruit sourd. Il le voit se déchirer et saupoudrer de blanc les collines. Il sourit. Dès qu'il a cette idée, une autre suit. Il ne sait pas pourquoi, mais cette deuxième idée lui tord le plexus solaire. Il souffre tant qu'il peut à peine respirer.

Malgré les années qu'il a perdues, il arrive parfois qu'un souvenir s'envole jusqu'à lui. Ça peut n'être qu'un minuscule détail qui éclaire un fragment du passé. Une autre personne pourrait ne pas y prêter attention. En ce qui le concerne, un détail insignifiant peut sortir de son cadre familier et provoquer en lui une douleur telle que son ventre se noue.

La première fois qu'on l'avait laissé quitter Besley Hill, c'était un après-midi d'hiver. Il avait dix-neuf ans. La lande était coiffée de poudre blanche. Il la regardait par la fenêtre pendant qu'une infirmière était partie chercher sa valise et sa gabardine bleue. Il avait eu du mal à poser le manteau sur ses épaules et, quand il avait voulu enfiler les manches, ses bras s'étaient retrouvés piégés derrière son dos et le tissu l'avait blessé à l'aisselle.

— On dirait qu'il va falloir passer à la taille au-dessus ! avait remarqué l'infirmière.

C'était alors qu'il avait pris la mesure du temps passé dans cette institution. Il s'était assis dans la salle d'attente, son manteau sur ses genoux, plié en forme de petit animal. Il caressait la doublure si douce. Il n'était pas revenu dans cette salle depuis son arrivée, et ça le perturbait, parce qu'il ne savait plus ce qu'il était. Il n'était plus un malade, il allait mieux, mais il ne savait pas encore ce que ça impliquait au juste.

L'infirmière reparut et sembla surprise.

— Comment se fait-il que vous soyez toujours là ?

— J'attends que quelqu'un vienne me chercher.

Elle dit qu'elle était sûre que ses parents ne tarderaient pas et lui proposa une tasse de thé.

Il avait soif et il aurait aimé du thé, mais penser à ses parents l'empêchait de parler. Il écouta l'infirmière chantonner tout en mettant de l'eau à bouillir, un son paisible, comme si tout allait bien dans la vie de cette jeune femme. La cuiller tinta dans sa tasse. Il se força à penser à ce dont il pourrait parler quand on viendrait le chercher. De pêche, par exemple. Il avait entendu les médecins raconter des parties de pêche. Il avait aussi entendu les infirmières évoquer une soirée dansante ou leur nouveau petit ami. Il aurait aimé connaître ce genre de chose. Il pouvait apprendre. Maintenant qu'il allait mieux, il pourrait faire tout ça – pêcher, flirter, danser. Il n'était pas trop tard. Il recommençait à zéro.

À la fenêtre, le jour s'assombrissait. La fine couche de neige sur la lande prenait une lueur d'étain. Quand l'infirmière reparut, elle sursauta.

— Vous êtes encore là ? Je vous croyais parti depuis des lunes !

Elle lui demanda s'il avait froid, et oui, la pièce était glacée, mais il l'assura que non, ça allait.

— Laissez-moi au moins vous préparer cette tasse de thé, dit-elle. Je suis sûre qu'ils arriveront très vite.

Pendant qu'elle chantonnait dans la cuisine, la vérité s'imposa à lui. Personne ne viendrait. Bien sûr que non ! Personne n'allait lui apprendre à pêcher ni à inviter une fille ni à danser. Il ne savait pas si c'était la pièce qui le faisait trembler ou cette nouvelle certitude dans sa tête. Il se leva et sortit discrètement. Comme il ne voulait pas vexer l'infirmière par sa disparition soudaine, il laissa sa gabardine, bien pliée, sur sa chaise, afin de montrer que la tasse de thé n'avait pas été préparée pour rien. Il espéra que quelqu'un courrait après lui pour le ramener à l'intérieur, mais ce ne fut pas le cas. Il se dirigea vers la lande, parce qu'il ne connaissait pas d'autre endroit où aller. Il y passa des jours, sans savoir ce qu'il ressentait, certain seulement d'avoir tort, d'être un marginal. Il n'était pas guéri. Il s'en voulait. Il n'était pas comme les autres. La police le trouva en sous-vêtements et le ramena à Besley.

— Tu aimes ces collines, dit son oreille droite.

Jim se retourne et voit Eileen. Il sursaute comme si elle était contagieuse. Son chapeau orange est perché à un angle si précaire sur sa tête qu'on pourrait le croire sur le point de s'envoler. Elle tient un plateau avec un sandwich au jambon.

Eileen sourit, un grand sourire franc qui éclaire son visage.

— Je n'ai pas voulu te faire peur. C'est souvent l'effet que je produis. Même quand je me crois tout à fait insignifiante, je rebute les gens.

Elle rit. Jim s'est tellement mal débrouillé en essayant de sourire qu'il aimerait tenter autre chose. Il songe à rire, mais il ne voudrait pas qu'Eileen croie qu'il se moque ou qu'il trouve qu'en effet qu'elle est rebutante. Il aimerait rire comme elle, d'un rugissement de gorge généreux. Il tente une espèce de sourire et émet un bruit.

— Est-ce que tu veux un verre d'eau ?

Il tente un rire plus franc, qui lui tord les amygdales, et le son est plus atroce encore. Il cesse de rire et regarde ses pieds.

— Les filles disent que tu es jardinier.

Jardinier. Personne ne l'a qualifié de ça auparavant. On lui a attribué bien des qualificatifs — bouche de crapaud, cinglé, zinzin, désaxé —, mais jamais ça. Le plaisir l'envahit, mais ce serait sûrement une erreur de rire à nouveau. Il essuie ses mains sur son pantalon. Plusieurs fois. Il devrait arrêter, car ça produit une mauvaise impression. Il tente d'enfoncer ses mains dans ses poches pour avoir l'air décontracté, mais ses mains se coincent dans son tablier.

— Un jour, quelqu'un m'a donné un bonsaï, raconte Eileen. J'ai fait la plus grosse bêtise de ma vie, en acceptant ce cadeau ! Pourtant, j'avais vraiment envie d'en prendre soin. J'ai lu le fascicule qui l'accompagnait, je l'ai mis dans le pot indiqué près de la fenêtre, je l'ai arrosé avec un dé à coudre, j'ai même acheté des miniciseaux pour le tailler, et devine quoi ? Cette saloperie s'est desséchée et il est mort. Un matin, je me suis levée, il avait laissé tomber toutes ses petites feuilles par terre, et il penchait de côté, dit-elle en mimant avec ses mains un petit arbre mort.

Il a envie de rire.

— Vous l'avez peut-être trop arrosé ? demande-t-il.

— Je m'en suis trop occupée, c'était ça, le problème.

Jim ne sait pas bien quoi penser de cette histoire de bonsaï. Il hoche la tête, l'air de réfléchir à autre chose. Il sort ses mains de ses poches et croise les bras.

— Vous avez de beaux doigts, dit Eileen. Des doigts d'artiste. Je suppose que vous devez être un très bon jardinier.

Elle jette un coup d'œil à l'arrière du café, et il se dit qu'elle doit chercher une excuse pour le quitter.

Il aimerait dire autre chose. Il aimerait rester un peu plus longtemps avec cette femme qui se tient avec les pieds bien plantés au sol et dont les cheveux ont la couleur des flammes, mais il ne sait pas bavarder. Un jour, une infirmière de Besley Hill lui a expliqué que c'était facile, qu'il suffisait de dire ce qui vous passait par la tête. Un compliment, ça fait toujours plaisir.

— J-j-j'aime votre sandwich.

Eileen fronce les sourcils, regarde le sandwich, puis Jim.

Jim a l'impression que sa bouche est en papier de verre. Peut-être le sandwich n'était-il pas un bon point de départ.

— J'aime bien comment vous avez disposé les chips, dit-il, sur le bord de l'assiette.

— Oh…

— Et la… et la… laitue. J'aime que vous ayez coupé la tomate en forme d-d-d'étoile.

— Je peux t'en faire un, si tu veux, propose Eileen, surprise de n'avoir jamais pensé à sa manière de présenter un sandwich.

Jim répond qu'il aimerait beaucoup et la regarde servir son client, à qui elle dit quelque chose qui le fait éclater de rire. Jim se demande de quoi il s'agit. Alors qu'elle regagne la cuisine, son chapeau orange tressaute sur ses cheveux. Elle lève la main pour le rabattre à la manière dont d'autres chassent une mouche. Jim éprouve quelque chose en lui, un interrupteur a allumé une petite lampe. Il ne veut plus penser au jour où personne n'est venu le chercher.

***

Bien qu'il ait été à nouveau guéri à vingt et un ans, et relâché pour la deuxième fois, Jim était de retour à Besley Hill six mois plus tard. Il avait pourtant tenté de tout faire comme il fallait. Il avait vraiment essayé d'être comme tout le monde. Il s'était inscrit aux cours du soir pour parfaire son éducation, il avait engagé la conversation avec sa propriétaire et avec les autres types qui louaient des chambres, mais il avait du mal à se concentrer. Depuis sa deuxième série d'électrochocs, il oubliait des choses. Pas seulement ce qu'il avait appris le jour même, mais des trucs aussi simples que son nom, par exemple, ou celui de la rue où il vivait. Il n'était pas allé au travail, un jour, parce qu'il avait oublié à quel arrêt de bus il devait descendre. Il avait tenté de travailler comme éboueur, mais ses collègues riaient en le voyant classer les boîtes à ordures par ordre de taille. Ils l'avaient traité de pédé quand il avait avoué ne pas avoir de petite amie. Néanmoins, jamais ils ne lui avaient fait de mal, et il commençait à se sentir à l'aise parmi eux, quand il avait perdu son emploi. Parfois, il regardait, par la fenêtre de son meublé, les éboueurs qui transportaient les poubelles sur leur dos, et il se demandait si c'était son équipe ou une autre. En travaillant avec eux, il avait un peu mieux compris ce que ça signifiait d'être fort et de faire partie d'un groupe. C'était un peu surprendre l'intérieur d'une maison inconnue et voir la vie d'un point de vue différent.

Il y avait des inconvénients à être éboueur. Pendant des mois, par la suite, ses vêtements sentaient encore les ordures. Il prit l'habitude de se rendre chaque jour à la laverie. La femme derrière le comptoir fumait à la chaîne, approchant son mégot incandescent du bout d'une nouvelle cigarette. Après un certain temps, il ne sut plus si c'était l'odeur des ordures ou celle de la fumée, sur ses vêtements, qui le forçaient à revenir les laver, car ils n'étaient jamais vraiment propres.

Elle finit par lui dire :

— Ça va pas bien dans ta tête, toi !

Ce qui l'empêcha d'y retourner.

C'était de porter du linge sale, qui le gênait le plus. Certains jours, il ne parvenait même pas à s'habiller. De là surgissaient des pensées inopportunes. Quand il tenta de faire autre chose pour se débarrasser de ces pensées, de leur dire non, d'aller se promener, les locataires commencèrent à redouter son odeur et s'écartèrent de lui. Un jour, en ouvrant sa porte, il dit « Bonjour » à la plaque de cuisson Baby Belling. Ce n'était pas grave. C'était juste parce que la cuisinière miniature lui avait paru un peu esseulée. Il remarqua ensuite qu'il se passait quelque chose, ou plutôt qu'il ne se passait rien, de toute la journée. Il n'eut même aucune pensée déplaisante. Peu après, sa propriétaire eut vent de ses séjours à Besley Hill et elle lui annonça que la chambre n'était plus disponible.

Après plusieurs nuits dans la rue, Jim se livra à la police. Il faisait courir un danger aux autres, déclara-t-il. Alors même qu'il savait que jamais il ne blesserait quiconque volontairement, il se mit à hurler et à donner des coups de pieds comme si ça pouvait se produire. On le reconduisit droit à Besley Hill, toutes sirènes hurlantes, alors que lui ne hurlait plus, qu'il était assis, très calme.

Ce n'était pas une dépression qui le ramena cette troisième fois. Ce n'était pas non plus une schizophrénie, un syndrome de personnalité divisée ou une psychose – quel que soit le nom que les gens donnent à cette affection –, mais plutôt une habitude. C'était plus facile selon lui d'être « le malade » que « le transformé ». Bien qu'il ait commencé à exécuter des rituels, son retour à Besley Hill, c'était comme remettre de vieux vêtements et retrouver des gens qui savaient qui il était. Il se sentait en sécurité.

**

Quelqu'un fait du bruit dans la cuisine du café. Une femme. Quelqu'un tente de la calmer. Un homme. La porte s'ouvre et Eileen en jaillit avec ses cheveux de flammes libres sur sa tête. Pas trace du chapeau orange, et son manteau est jeté sur ses épaules tel un animal qu'elle aurait tué. La porte gémit en se refermant sur elle-même. Quand Mr Meade émerge quelques secondes plus tard, il cache son nez de sa main.

— Madame Hill ! crie-t-il entre ses doigts. Eileen !

Il la poursuit tandis qu'elle passe entre les tables. Les clients posent leur boisson.

— C'est moi ou ce foutu chapeau ! déclare Eileen.

Mr Meade secoue la tête, la main toujours sur son nez, de crainte, peut-être, qu'il ne tombe au premier mouvement vigoureux. Les clients qui font la queue pour l'Assiette festive (une boisson chaude gratuite pour une tourte à la viande payée – galettes ou petits pains non compris) en restent bouche bée.

Eileen s'arrête si brusquement que Mr Meade percute le chariot des délices de Noël.

— Regardez-nous ! Regardez à quoi ressemblent nos vies ! dit-elle en s'adressant non seulement à toute la salle, aux clients, aux membres du personnel sous leurs chapeaux orange, mais aussi aux tables et aux chaises en plastique.

Personne ne bouge. Personne ne répond. Il y a un instant d'immobilité où tout semble figé, éteint, et ce qui va suivre est un mystère. Seul l'arbre de Noël paraît savoir quoi faire et continue son joyeux passage du vert au rouge et au bleu. L'incrédulité contracte le visage d'Eileen et elle émet un son de klaxon qui est en fait un éclat de rire. À nouveau, elle a l'air de rire non pas d'eux mais avec eux, comme si elle contemplait la scène, et y découvrait soudain une blague invraisemblable.

Elle se retourne, exhibant à présent deux jambes gris clair, parce que sa jupe s'est prise dans ses sous-vêtements.

— Oh, allez vous faire voir ! grogne-t-elle en saisissant la rampe et en avançant un pied sur la première marche de l'escalier réservé aux clients.

Sans Eileen, le silence se renouvelle. Il s'est déroulé un événement inhabituel et personne n'est prêt à bouger avant d'avoir compris toute l'étendue du problème. On perçoit des murmures et, quand rien ne se produit, rien n'éclate, rien ne tombe à grand bruit, quelqu'un d'autre rit. Peu à peu, tout doucement, des voix percent le silence jusqu'à ce que le café retrouve son atmosphère habituelle.

— Cette femme est virée ! annonce Mr Meade, même si on pourrait lui répondre qu'elle s'est congédiée toute seule. On reprend le travail ! Jim ? Chapeau !

Jim le redresse. Il vaut sans doute mieux qu'il ne revoie pas Eileen, qui provoque dans son sillage un tel chaos. Pourtant, ses dernières paroles résonnent dans sa tête, comme son rire généreux. Il ne peut éviter de se demander quel genre de sandwich elle lui aurait apporté, si elle l'aurait servi avec des chips, de la laitue et une tranche de tomate découpée en forme d'étoile. Il se souvient, il y a très longtemps, de sandwiches en triangle sur une pelouse, avec du thé bien chaud. Il doit tenir sa tête pour que, quand il la secoue, il ne perde pas son chapeau orange.

Les premiers flocons se mettent à tomber, silencieux, ondulants, plumes aériennes. Il ne les regarde pas.

9

Étang

Le soleil était levé et, dans le ciel, l'aube s'ornait de nuages ourlés d'or. Une lumière couleur miel inondait la lande. Six jours, vingt et une heures et quarante-cinq minutes s'étaient écoulés depuis l'accident. Byron avait enfin un plan.

Il gagna la prairie en traversant le jardin d'un pas vif. Sa mère et sa sœur dormaient encore, mais il avait mis son réveil. Équipé d'outils de base et d'un paquet de biscuits Garibaldi, au cas où son travail s'avérerait trop pénible, il referma le portail du jardin. De grosses gouttes de rosée s'accrochaient aux brins d'herbe comme des pendentifs. En quelques minutes, ses chaussons, son pantalon de pyjama et l'ourlet de son peignoir furent trempés. Il se retourna et vit les empreintes noires qu'il avait laissées depuis la maison et les lueurs flamboyantes aux fenêtres des chambres. Au-delà des collines, dans une ferme, un chien aboya.

James Lowe avait expliqué un jour qu'un chien n'était pas nécessairement un chien. Ce n'était qu'un nom. Que « chapeau » n'était qu'un nom, ou « congélateur ». Il était bien possible, selon lui, qu'un chien soit en réalité un chapeau.

— Comment un chien pourrait-il être un chapeau ? avait demandé Byron, qui formait dans sa tête l'image troublante de la chapka de son père tenue en laisse.

— Je dis seulement que « chapeau » et « chien » sont des mots que quelqu'un a choisis. S'ils ne sont que des mots choisis par quelqu'un, il est envisageable que cette personne se soit trompée. De plus, tous les chiens ne sont peut-être pas des chiens. Ils pourraient être différents les uns des autres. Le seul fait qu'on leur ait attribué le même nom ne signifie pas que tous les chiens sont effectivement des chiens.

— Ça n'en fait quand même pas des chapeaux, ni des congélateurs.

— Tes pensées doivent aller au-delà de ce que tu sais.

À l'aide de la loupe de petit chimiste, d'une torche et de la pince à épiler en argent de sa mère, Byron entreprit sa recherche. Il trouva une pierre jaune, une araignée avec une grosse boule d'œufs bleue, une touffe de thym sauvage et deux plumes blanches, mais pas l'objet important dont il avait besoin. Peut-être regardait-il au mauvais endroit. Un pied sur le barreau le plus bas, il se hissa par-dessus la clôture entourant l'étang. C'était étrange de se retrouver du côté interdit de la clôture, après tout ce temps. Un peu comme lorsqu'il entrait dans le bureau de son père, où l'air sombre accentuait les angles. Les oies sifflèrent et avancèrent leur cou, mais ne coururent pas vers lui. Se désintéressant bientôt de l'intrus, elles regagnèrent la rive en se dandinant.

Les vestiges du pont enjambaient l'eau sombre et formaient une toile noire et lustrée allant de la rive de la petite île jusqu'au centre de l'étang. Il distinguait aussi l'endroit où cette fragile structure disparaissait avant d'atteindre la rive opposée. Accroupi dans l'herbe, il tenta de reprendre sa quête grâce à sa lampe torche et à sa loupe, mais il n'arrivait pas à se concentrer. Son esprit s'échappait pour ressasser les souvenirs du jour fatidique.

Le pont était une idée de James. Byron n'avait été que son exécutant. James en avait tracé le plan pendant des semaines. À l'école, ils ne cessaient d'en parler. Le jour de la construction, les garçons s'étaient assis côte à côte sur la rive devant l'étendue d'eau, qu'ils contemplaient les doigts écartés afin d'avoir une perspective professionnelle. Byron avait transporté des pierres jusqu'à l'étang et traîné les plus longues branches tombées dans la prairie.

— Très bien, très bien, avait murmuré James sans se lever.

Byron avait empilé les pierres dans l'eau de manière à ce qu'elles soutiennent les branches. Au bout de plusieurs heures, une structure irrégulière enjambait la surface de l'étang.

— Tu veux tester ? avait demandé Byron.

— Il faudrait qu'on évalue les charges, avait déclaré James en consultant ses plans.

Byron avait ironisé : ce n'était qu'un étang ! Il s'était engagé sur leur pont.

Il se souvint que son cœur avait oscillé comme la structure sous ses pieds. Sur le bois sombre et glissant, ses orteils n'avaient pas prise. À chaque pas, il s'attendait à tomber, et plus il appréhendait l'échec, plus celui-ci paraissait inévitable. Il se souvint que James avait marmonné des nombres et insisté : ce n'était pas par crainte, mais parce qu'il calculait.

Le souvenir de cette journée était si clair qu'il voyait leurs deux silhouettes près de l'eau. Puis autre chose se produisit.

Plus Byron regardait l'eau, plus le reflet du ciel lui apparaissait nettement, à côté de celui du pont. Il imagina, sous la surface, un second monde lui aussi orné de nuages cuivrés et des premiers rayons du soleil. S'il n'avait pas étudié à Winston House, on aurait pu lui pardonner de croire qu'il y avait deux ciels, ce matin-là, l'un au-dessus de sa tête, un autre sous l'eau. Et si, après tout, les scientifiques avaient tort ? À l'évidence, leurs théories étaient confuses. Et s'il y avait bien deux ciels ? Jusqu'à l'accident, Byron avait toujours cru que chaque chose était bien ce qu'elle semblait être, que si quelqu'un énonçait une affirmation, c'était la vérité. En regardant l'étang et le ciel reflété dans son disque luisant, il lui vint à l'idée que plus rien n'était tel qu'auparavant. Les gens ne savaient certaines choses que parce qu'on leur avait mainte fois répété qu'elles étaient vraies. James avait raison : ça n'était pas une très bonne base d'investigation.

Byron se concentrait si fort qu'il décida qu'il avait besoin de manger un Garibaldi. Une petite brise frôlait l'eau et projetait des éclats de pierres précieuses sur l'herbe. Il était déjà six heures et quart. Il reprit ses recherches après avoir débarrassé son peignoir des miettes de biscuit. La loupe et la torche ne servaient plus à grand-chose car le soleil montait un peu plus chaque minute. Il n'aurait eu besoin ni de l'une ni de l'autre si James avait été à ses côtés.

***

— Mon Dieu, tu es trempé ! s'exclama sa mère quand le réveil sonna et que ses yeux s'ouvrirent suffisamment pour qu'elle trouve sa pilule et son verre d'eau. Tu n'es pas allé à l'étang ?

— Je crois qu'il va encore faire très chaud, aujourd'hui. Est-ce qu'il faut vraiment que j'aille en classe ?

Diana l'attira contre elle. Il était impatient de lui montrer sa trouvaille.

— Ton éducation compte beaucoup. Si tu ne démarres pas bien, tu finiras comme moi.

— Je préfère être comme toi que comme n'importe qui d'autre.

— Mais non ! Les gens comme moi ne feront jamais rien de bien.

Elle posa le menton sur l'épaule de Byron, si bien qu'il eut l'impression que sa voix venait de ses propres os.

Il eut envie de s'écarter d'elle et de la regarder, mais elle le serrait si fort qu'il en fut incapable.

— De plus, ton père veut que tu profites de ce qu'il y a de meilleur. Il veut que tu réussisses ta vie. Il est très déterminé.

Pendant un moment, ils restèrent unis l'un à l'autre, visage contre visage. Puis elle embrassa ses cheveux et rejeta les couvertures.

— Je vais t'apprêter un bain, mon chéri. Je ne veux pas que tu attrapes un rhume !

Il ne comprenait pas ce qu'elle voulait dire. Pourquoi est-ce qu'il ne deviendrait pas comme sa mère ? Qu'est-ce que ça signifiait, qu'elle ne faisait jamais rien de bien ? Elle n'avait pas prévu Digby Road, en tout cas. Dès qu'elle fut partie, il sortit le trèfle de sa poche de peignoir. Il était un peu fripé, un peu trempé, et il n'avait pas vraiment quatre feuilles – en réalité, il n'en avait que trois –, mais il savait qu'il la sauverait, parce que James avait dit que le trèfle portait chance, et il ne se trompait jamais. Byron le plaça sous son oreiller, bien au centre, pour qu'il la protège, même sans qu'elle le sache.

Tout en fredonnant, Byron suivit sa mère dans la salle de bains. La lumière traversant la fenêtre formait des sortes de marches sur le tapis du couloir et il sauta de l'une à l'autre. Il pensa à sa mère qui « apprêtait » son bain. Elle n'avait pas utilisé cette expression auparavant. Il lui arrivait de dire des choses un peu étranges, décrétant par exemple qu'elle ne voulait pas qu'il devienne comme elle. On l'aurait crue habitée par une autre personne, de même qu'il y avait un petit garçon à l'intérieur de son père et un autre monde dans l'étang.

Il regretta d'avoir mangé tant de biscuits Garibaldi. Ce n'était pas le genre de chose que ferait James.

10

Plantations

La neige tombe presque sans arrêt pendant trois jours. Ça blanchit même la nuit. Dès que ça commence à fondre, arrive un autre blizzard, et la terre est de nouveau cachée. Le silence calfeutre l'air et la terre devient indistincte. Bientôt, ce n'est qu'en fixant l'obscurité que Jim peut distinguer le tourbillonnement des flocons. Le ciel se confond avec le sol.

Sur le terrain, les voitures sont abandonnées de guingois contre le trottoir. Le vieil homme qui ne sourit jamais regarde par sa fenêtre. Son voisin au chien méchant dégage un chemin jusqu'à sa porte à grands coups de pelle mais en quelques heures le chemin a de nouveau disparu. La neige, sur les arbres dénudés, ressemble à des fleurs en train d'éclore, et les branches des sapins ploient sous son poids. Les étudiants étrangers sortent vêtus d'anoraks et de bonnets de laine et vont faire de la luge sur des sacs en plastique. Ils enjambent la clôture et tentent de patiner sur la cuvette glacée au milieu du jardin public. Jim les regarde à distance rire et s'interpeller avec des mots qu'il ne comprend pas. Il espère qu'ils ne dérangeront rien. Parfois, quand personne ne le voit, il vérifie les bacs à fleurs, mais n'y trouve aucun signe de vie.

Au travail, les gamines en cuisine se plaignent qu'il n'y ait rien à faire et Mr Meade les informe que le supermarché baisse déjà le prix des denrées de Noël. Jim nettoie les tables auxquelles personne ne vient s'asseoir. Il pulvérise et essuie. Au crépuscule, la neige fraîche crisse sous ses pas et la lande s'étend, pâle, sous la lune. Des motifs de broderie en glace ourlent les réverbères et les haies.

Tard un soir, Jim retire la neige d'un parterre de bulbes d'hiver. C'est son dernier projet. Pas besoin de rituel pour ça. Ni de ruban adhésif ou de salutations. Quand il plante, il n'y a que lui et la terre. Il se souvient d'Eileen et de son bonsaï, de sa voix quand elle l'a appelé « jardinier » et, en dépit du froid mordant, il a chaud à l'intérieur. Il aimerait qu'elle puisse voir ce qu'il a fait.

C'était une infirmière de Besley Hill qui avait remarqué la première que Jim était plus heureux dehors ; elle avait suggéré qu'il aide au jardin. De toute façon, c'était une jungle, avait-elle dit. Il commença tout doucement par un peu de ratissage, d'élagage. Les murs gris de l'immeuble victorien derrière lui, il oubliait les barreaux aux fenêtres, les murs verdâtres, les odeurs de sauces et de désinfectant, l'interminable défilé de visages. Il apprit au fur et à mesure. Il lut le nom des plantes, il observa leur transformation, il trouva ce dont elles avaient besoin. En quelques années, il avait créé des parterres avec les taches jaunes des soucis, les pointes des delphiniums, des digitales et des roses trémières. Il y avait des touffes de thym, de sauge, de menthe et de romarin et des papillons venaient s'y poser, tels des pétales. Il arrivait à tout faire pousser, même des asperges et des groseilles, des cassis et des framboises. On l'avait aussi laissé planter des pommiers, mais l'établissement avait été fermé avant qu'ils ne fleurissent. Parfois, les infirmières lui parlaient de leur propre jardin, lui montraient des catalogues de graines et lui demandaient ce qu'elles devraient choisir. Lors d'un de ses arrêts d'hospitalisation, un médecin lui avait offert un cactus en pot pour lui porter chance dans le monde du dehors. Jim était revenu quelques mois plus tard, mais on l'avait laissé garder la plante.

Jim était entré et sorti de Besley Hill pendant tant d'années qu'il en avait perdu le compte. Tous ces médecins, ces infirmières, ces patients finissaient par n'avoir qu'un même visage, une seule voix, une seule blouse. Quand un client du café le regarde un peu longuement, il ne sait pas si c'est parce qu'il le reconnaît ou parce qu'il est bizarre. Il y a des trous dans ce qu'il se rappelle, des trous qui englobent des semaines, des mois, voire davantage. Se souvenir du passé revient à voyager dans un lieu où on est déjà venu et découvrir que tout a été retiré, effacé.

Ce qu'il ne peut oublier, c'est la première fois. Il n'avait que seize ans. Il se revoit dans la voiture, en pleurs, refusant de descendre. Il voit les médecins et les infirmières dévaler le perron et crier :

— Merci, Mrs Lowe, on prend le relais.

Il se souvient qu'ils ont détaché ses doigts du siège en cuir, qu'ils ont dû appuyer sur sa nuque pour qu'il ne se cogne pas la tête au toit – il était déjà si grand ! Il a même en tête l'image de l'infirmière qui lui a fait visiter les lieux, après qu'on lui avait administré quelque chose qui l'avait fait dormir. On l'avait placé dans une salle avec cinq hommes assez vieux pour être ses grands-pères. La nuit, ils appelaient leur mère, et Jim pleurait aussi, mais ça ne changeait rien et personne ne vint jamais.

Après son premier emploi comme éboueur, il avait tenté d'autres boulots. Rien de pénible. Il tondait des pelouses, ramassait les feuilles mortes, distribuait des journaux. Entre ses séjours à Besley Hill, il logeait dans des studios ou dans des meublés. Plus récemment, il y avait eu des foyers. Rien ne durait. On lui administrait d'autres électrochocs et des cocktails de médicaments pour soigner sa dépression. Après des piqûres de morphine, il avait vu des araignées descendre des ampoules au plafond, et des infirmières avec des lames de rasoir à la place des dents. Vers trente-cinq ans, il était tellement sous-alimenté que la peau de son ventre collait à sa colonne vertébrale. Quand on avait tenté une thérapie par l'apprentissage, il avait abordé la poterie et le dessin, le travail du bois et le français pour débutants. Rien ne l'empêchait de s'effondrer à nouveau, parfois des semaines ou des mois après avoir été libéré. La dernière fois qu'il était retourné à Besley Hill, il s'était résigné à ne plus jamais en sortir. Et voilà qu'on avait fermé l'établissement.

De la neige gelée forme de la dentelle sur les haies et dans les barbes des vieux. Les arbres blanchis agitent leurs branches au son d'une musique qu'eux seuls peuvent entendre. Les voitures progressent sur les routes glacées de la lande et la lumière au pied des collines est d'un bleu phosphorescent.

Il est trop tôt pour voir des signes de vie. Le froid tuerait toute nouvelle pousse, et la terre est aussi dure que de la pierre. Jim s'allonge dans la neige près de ses bulbes et étend ses bras pour leur transmettre sa chaleur. Parfois, s'occuper de quelque chose qui pousse déjà est plus périlleux que de planter quelque chose de nouveau.

11

Mères et psychologie

— Je ne comprends pas, dit James, pourquoi tu penses qu'il faut prévenir la police.

— Au cas où ils ne sauraient pas, pour les deux secondes. Au cas où tu aurais raison, à propos de la conspiration. Des innocents sont peut-être en danger, et ce n'est pas leur faute.

— S'il y a une conspiration, la police est sûrement au courant. Le gouvernement aussi. Il faut trouver quelqu'un d'autre. Quelqu'un à qui on peut faire confiance.

Jusqu'à l'accident, Byron ne savait pas qu'il était si difficile de garder un secret. Il ne pensait qu'à ce que sa mère avait fait et à ce qui se passerait si elle l'apprenait. Une sorte de caillou dans sa chaussure qu'il n'arrivait pas à expulser. Il se faisait violence pour ne plus penser à l'accident, mais ne pas y penser prenait tant d'espace que ça revenait à y penser tout le temps. Chaque fois qu'il commençait une phrase, il avait peur que les mots dangereux s'échappent de sa bouche. Il fallait donc qu'il les examine au moment où ils s'apprêtaient à résonner, comme il l'aurait fait pour vérifier des mains propres ou des chaussures bien cirées, et ce manège était épuisant.

— Est-ce qu'il faut parler à quelqu'un d'autre ? demanda James. Mr Roper, peut-être ?

Byron fit un signe de tête dubitatif. Il n'était pas certain d'avoir compris, et il attendait quelque nouvel indice de la part de James.

— Il faut que ce soit quelqu'un qui puisse nous comprendre. *Votre mère ? Elle est très sympathique !* continua son ami, qui frissonna au simple fait de mentionner Diana. Elle ne s'est pas mise en colère contre nous, à propos de l'étang. Elle nous a fait du thé et des petits sandwiches. Elle ne te force pas à rester dehors, si tu as des chaussures boueuses, par exemple.

Bien que James ait eu raison, à propos de la mère de Byron, bien qu'elle n'ait pas crié comme Seymour après l'épisode de l'étang ni même proféré des critiques acerbes comme la mère de James quand Diana avait expliqué que son fils était accidentellement tombé dans l'eau, Byron insista : ils ne devaient pas lui parler des deux secondes.

— Tu crois qu'une personne peut être coupable si elle ne sait pas qu'elle a commis une faute ? demanda-t-il.

— C'est aussi en rapport avec les deux secondes supplémentaires ?

Byron prétendit que c'était plus général, et sortit de la poche de son blazer ses cartes de thé Brooke Bond pour passer à une conversation plus légère. C'était la nouvelle collection sur l'histoire de l'aviation. Il avait toute la série, même le numéro un.

— Je ne vois pas comment quelqu'un pourrait être coupable d'un fait qu'il ignore ! répondit James, que les cartes fascinaient au point qu'il tendit la main sans pourtant les toucher. On ne peut être coupable que si on commet un crime délibérément. Quand on tue quelqu'un, par exemple.

Byron dit qu'il ne pensait pas à un meurtre, juste à un accident.

— Quel genre d'accident ? Tu veux dire couper la main de quelqu'un sur son lieu de travail ?

Byron trouvait parfois que James lisait trop les journaux.

— Non, juste faire quelque chose sans en avoir l'intention.

— Je crois que si tu t'excuses de ton erreur, que tu montres que tu regrettes vraiment, ça arrange tout. C'est ce que je ferais.

— Tu ne fais jamais rien de mal, lui rappela Byron.

— Si, quand je suis fatigué, je me trompe pour les liaisons avec les h. Et un jour, j'ai marché dans quelque chose en sortant de l'école et je l'ai emporté dans la voiture. Ma mère a dû frotter les tapis de sol. Elle m'a fait asseoir sur le muret tout l'après-midi.

— À cause de tes chaussures ?

— Parce qu'elle ne voulait pas me laisser entrer. Quand elle fait le ménage, je dois rester dehors. Parfois, je ne suis pas sûr que ma mère veuille de moi, marmonna James avant de se plonger dans la contemplation de ses ongles. Tu as la carte du ballon de Montgolfier ? demanda-t-il au bout d'un moment. C'est la première de la série.

Byron savait que c'était la première. On y voyait un ballon bleu festonné d'or. C'était sa préférée, et la plus difficile à trouver. Même Samuel Watkins ne l'avait pas. Néanmoins, son ami semblait si seul que Byron glissa la carte dans sa main et la lui offrit. Quand James protesta :

— Non, non, tu ne peux pas me la donner, tu n'auras plus la série complète !

Byron le chatouilla pour lui montrer que ce n'était pas un problème. James, plié en deux, hurla de rire tandis que les doigts de Byron s'insinuaient sous ses bras et son menton.

— Je t'en priiiiie, arrête ! Tu me donnes le hoquet !

Quand James riait, il redevenait un enfant.

Cette nuit-là ne fut pas plus facile. Byron dormit par à-coups, et rêva de choses qui l'effrayèrent tant qu'il se réveilla entortillé dans ses draps humides. Dans le miroir de la salle de bains, il fut choqué de découvrir un garçon pâle avec des cernes si foncés sous les yeux qu'on aurait cru des bleus.

Sa mère en fut tout aussi choquée. En le voyant, elle décida qu'il devait rester à la maison. Byron lui fit remarquer qu'il avait beaucoup de travail pour la bourse, mais elle se contenta de sourire. Une journée, ça ne ferait aucune différence. En plus, c'était le matin du « café des mères » : cela lui éviterait d'y aller. Cela inquiéta Byron. Si elle faisait quoi que ce soit d'inhabituel, les autres mères auraient des soupçons. Il accepta donc de rater l'école, mais seulement parce que ça lui permettrait de s'assurer qu'elle assistait bien au café du matin.

— J'aimerais rester à la maison, moi aussi, déclara Lucy.

— Tu n'es pas malade, rétorqua Diana.

— Byron non plus. Il n'a pas de boutons.

***

Une fois par mois, les mères de Winston House se retrouvaient autour d'une tasse de café dans le seul grand magasin du bourg. Il y avait bien d'autres cafés, mais c'étaient de nouveaux établissements, tout au bout de High Street, spécialisés dans les hamburgers américains et le lait aux arômes artificiels. Le salon de thé du grand magasin ouvrait à onze heures. On prenait place sur des chaises en bois doré aux coussins de velours bleu. Les serveuses, avec leur tablier blanc à volant de broderie anglaise, apportaient les gâteaux sur des plateaux ornés de napperons en papier découpé. Quand on prenait un café, on vous le servait avec de la crème ou du lait, au choix, et on ajoutait un petit chocolat à la menthe enveloppé de papier noir.

Elles étaient quinze mères, ce matin-là.

— Comme c'est merveilleux que nous soyons si nombreuses ! se félicita Andrea Lowe en fouettant l'air de son menu.

Ses yeux vifs demeuraient en permanence écarquillés, comme fixés sur quelque chose de surprenant.

Deirdre Watkins, arrivée la dernière, s'était contentée d'un tabouret qu'elle avait réquisitionné dans le salon attenant aux toilettes des dames, parce que toutes les chaises dorées étaient occupées. Elle tamponna son visage luisant de chaleur.

— Je me demande pourquoi on ne se réunit pas plus souvent, dit Andrea. Êtes-vous sûre de bien nous voir, assise aussi bas, Deirdre ?

Deirdre répondit que c'était parfait, mais est-ce qu'on pourrait lui passer le sucre ?

— Pas pour moi, dit la nouvelle mère.

Son mari était dans la vente, mais il ne faisait pas de porte-à-porte. Elle leva les mains comme si le simple fait de toucher du sucre risquait de faire gonfler ses doigts.

— Est-ce que Byron est malade ? s'enquit Andrea en le désignant du menton, à l'autre bout de la table.

— Il a mal à la tête, précisa Diana. Il n'est pas contagieux. Il n'a ni ganglions ni boutons.

— Heureusement ! s'écrièrent les mères en chœur. Qui emmènerait un enfant contagieux dans un magasin ?

— Il n'y a plus eu d'accident ? demanda Andrea.

Byron sentit sa gorge se serrer. Sa mère répondit que non, car l'étang avait été clôturé.

Andrea expliqua à la nouvelle venue que James et Byron avaient tenté de construire un pont à Cranham House, l'été précédent.

— Ils ont failli se noyer ! conclut-elle en riant.

Puis elle ajouta qu'elle n'en voulait à personne.

— Seul Byron est tombé dans l'étang, rectifia Diana d'une voix sourde, et l'eau ne lui arrivait qu'aux genoux. James n'a même pas été mouillé.

Ce n'était pas la chose à dire.

Andrea fouetta son café de sa cuiller.

— Néanmoins, vous ne voudriez pas que Byron rate les cours qui lui permettront d'obtenir la bourse. Si j'étais vous, je consulterais. Mon mari connaît quelqu'un de très bien, en ville. Il s'appelle Howards. Ils étaient à l'université ensemble. Il s'occupe d'enfants.

— Merci, Andrea, je m'en souviendrai, dit Diana en cherchant son carnet et en l'ouvrant à une page blanche.

— En fait, il est psychologue.

Ce mot cingla l'air comme une gifle. Sans la regarder, Byron vit sa mère se crisper sur son carnet. Il connaissait son problème. Elle ne savait pas écrire psychologue.

— Ce n'est pas que j'aie jamais eu besoin de ses services personnellement, ajouta Andrea. James va parfaitement bien.

Gratte, gratte, gratte, fit le stylo de Diana. Elle referma le carnet et le jeta dans son sac à main.

— Mais il y a des gens qui ont besoin de lui. Il ne manque pas de malades, par ici.

Byron fit aux dames son plus grand sourire, pour leur montrer qu'il ne faisait pas partie de ces malades, qu'il était normal, juste un peu souffrant.

— Ma belle-mère, par exemple, enchaîna Deirdre. Elle écrit des lettres d'amour à ce DJ de Radio 2. Quel est son nom, déjà ?

Andrea dit qu'elle n'en avait aucune idée. Elle n'était pas une fan de DJ, elle était plus portée sur Beethoven.

— Je ne cesse de lui dire : mère, vous ne pouvez pas lui écrire chaque jour ! Elle souffre de cette… Comment appelle-t-on ça ?

À nouveau, les mères secouèrent la tête, mais cette fois, Deirdre trouva ce qu'elle cherchait :

— Elle souffre de schizophrénie. C'est ça. Elle croit qu'il lui parle, à la radio.

— J'aime écrire des lettres, intervint Byron. Une fois, j'ai écrit à la reine, et elle m'a répondu, hein, maman ? Ou plutôt sa dame de compagnie m'a répondu.

Andrea l'observa avec les lèvres pincées de quelqu'un qui suce un bonbon pour la gorge. Il regretta d'avoir fait allusion à la reine, même si, au fond de lui, il était fier d'avoir correspondu avec elle. Il gardait sa lettre dans une boîte métallique de crackers Jacobs avec celle de la Nasa et celle de Mr Roy Castle. Il considérait qu'il était un bon épistolier.

— Mais je suppose que tu n'as pas écrit à la reine au sujet de tes sous-vêtements, plaisanta Deirdre. C'est ce qu'a fait ma belle-mère.

Les femmes éclatèrent de rire et Byron eut envie de disparaître. Même ses oreilles avaient honte. Il n'avait fait aucune allusion à des sous-vêtements, et voilà qu'il voyait soudain toutes ces mères en corset couleur pêche, et cette image le dérangeait. Il sentit, sous la table, la douce main de sa mère se refermer sur la sienne. Andrea Lowe était en train d'affirmer que les troubles mentaux étaient une maladie, et qu'il fallait mettre les gens qui en étaient atteints à Besley Hill. C'était en fait pour leur bien. Tout comme les homosexuels, qui avaient besoin d'être aidés pour guérir.

Les dames abordèrent d'autres sujets. Une recette pour des blancs de poulet. Les jeux Olympiques de l'été et l'opportunité d'utiliser encore des sets de table noirs et blancs. Deirdre Watkins raconta que chaque fois qu'elle se penchait sur son nouveau coffre congélateur pour y chercher quelque chose, elle craignait que son mari ne la pousse à l'intérieur. Est-ce qu'Andrea ne s'inquiétait pas pour la sécurité d'Anthony, demanda la nouvelle mère, avec les bombes qu'avait récemment fait exploser l'IRA ? Andrea répondit qu'à son avis les terroristes, tous des fanatiques, devraient être pendus. Fort heureusement, son mari se cantonnait aux crimes familiaux.

— Quelle horreur ! commentèrent les dames.

— Je l'ai entendu dire qu'il voyait même des femmes au tribunal. Parfois même des mères.

Le cœur de Byron se souleva comme une crêpe et retomba sur ses intestins.

— Des mères ? reprit Deirdre.

— Elles pensent que parce qu'elles ont des enfants, elles peuvent s'en tirer. Anthony ne leur laisse rien passer. S'il y a crime, quelqu'un doit payer. Même si c'est une femme. Même si c'est une mère.

— Tout à fait ! approuva la nouvelle. Œil pour œil.

— Il leur arrive de proférer les insultes les plus grossières, quand on les arrête. Anthony n'ose même pas me les répéter.

— Mon Dieu ! gémirent les dames en chœur.

Byron ne pouvait pas regarder sa mère. Il l'entendit retenir son souffle, murmurer comme les autres mères, aspirer son thé, heurter sa tasse de ses ongles roses. Son innocence était si évidente, si palpable qu'il eut le sentiment de pouvoir la toucher, et pourtant, sans le savoir, elle était coupable depuis neuf jours. C'était à la fois cruel et injuste.

— C'est le prix du féminisme, affirma Andrea. Ce pays va à vau-l'eau.

— Oui, oui, murmurèrent les dames en approchant de leur tasse leurs bouches en forme de becs.

Byron chuchota à sa mère qu'il aimerait partir, mais elle fit non de la tête, le visage glacial.

— C'est ce qui arrive quand les femmes travaillent, continua Andrea. Nous ne pouvons pas être des hommes. Nous sommes des femmes. Et nous devons nous comporter comme des *femmes,* dit-elle en insistant sur ce mot pour que, détaché de la phrase, il prenne toute son importance. Le premier devoir d'une femme mariée est d'avoir un bébé. Ça suffit. Nous ne devons pas en demander plus.

— Oui, oui, ponctua le chœur.

Plonk, plonk – deux sucres de plus tombèrent dans le thé de Deirdre.

— Pourquoi pas ? demanda une petite voix.

— Pardon ? sursauta Andrea en figeant sa tasse de café devant sa bouche.

— Pourquoi est-ce qu'on ne doit pas en attendre davantage ? précisa la petite voix.

Quatorze visages se tournèrent vers Byron. Il secoua la tête pour signifier qu'il n'avait pas voulu faire d'histoires quand, horrifié, il se rendit compte que la petite voix était celle de sa mère. Elle avait ramené ses cheveux derrière ses oreilles et elle s'était redressée sur sa chaise à la manière dont elle se tenait pour conduire et montrer à son père qu'elle se concentrait.

— Je ne veux pas passer toute ma vie à la maison. Je veux connaître autre chose. Quand les enfants seront grands, je reprendrai sans doute un emploi.

— Vous voulez dire que vous en avez eu un, jadis ? s'offusqua Andrea.

— Ça pourrait être intéressant, conclut Diana en baissant la tête. C'est tout ce que je voulais dire.

Que faisait-elle ? Byron essuya la sueur qui perlait sur sa lèvre supérieure et se recroquevilla sur sa chaise. Il voulait plus que tout qu'elle soit comme les autres, mais voilà qu'elle parlait d'être différente, alors qu'elle l'était déjà d'une façon qu'elle ne pouvait imaginer. Il eut envie de se lever, d'agiter les bras, de crier, juste pour faire diversion.

Deirdre redemanda du sucre. La nouvelle mère leva les mains à son passage. Plusieurs des femmes se mirent distraitement à tirer sur les fils qui pendaient aux coutures de leurs manches.

— Passionnant ! commenta enfin Andrea dans un éclat de rire.

***

Byron et sa mère parcoururent High Street en silence. Le soleil était un trou aveuglant dans le ciel et une buse planait au-dessus de la lande, prête à fondre sur une proie. L'air était lourd et oppressant. Même lorsqu'un nuage apparaissait, le ciel semblait en avaler l'humidité avant que le nuage ne puisse la reverser. Byron aurait voulu savoir combien de temps cette chaleur durerait.

Après ce que sa mère avait dit au salon de thé à propos de reprendre un travail, la conversation entre les femmes s'était plus ou moins arrêtée. Byron tenait la main de sa mère et veillait à marcher entre les fissures du trottoir. Il avait tant de questions à poser ! La robe jaune citron de Diana se refléta dans la vitrine du siège du parti conservateur et ses cheveux brillèrent au soleil.

— Elles n'ont aucune idée, dit-elle en regardant si droit devant elle que Byron se demanda si elle parlait à quelqu'un d'autre.

— Qui ?

— Ces femmes. Elles ne comprennent rien.

Byron, ne sachant comment prendre cette déclaration, murmura :

— Je crois qu'en rentrant je vais relire la lettre de la reine.

Sa mère sourit à son si intelligent petit garçon et il sentit sa main serrer la sienne.

— C'est une très bonne idée, mon chéri. Tu sais très bien écrire des lettres.

— Ensuite, je vais dessiner un nouveau badge *Blue Peter*.

— Je croyais qu'ils en avaient déjà un.

— Oui, en argent et en or. Mais il faut au moins sauver une personne en danger, pour obtenir l'or. Tu trouves ça réaliste ?

Elle hocha la tête, mais elle ne paraissait plus l'écouter. Ils s'étaient arrêtés devant l'épicerie. Elle regarda par-dessus son épaule et les talons de ses chaussures martelèrent le pavé.

— Attends-moi ici un instant, comme un gentil garçon. Je dois prendre une bouteille de tonic, pour ton père.

***

L'orage éclata, cette nuit-là. Byron fut réveillé par une rafale qui ouvrit brutalement sa fenêtre et gonfla ses rideaux comme des voiles. Tel un trident, un éclair fendit le ciel et la lande apparut, photo bleue encadrée par sa fenêtre. Il resta immobile et compta, dans l'attente du coup de tonnerre. Des aiguilles de pluie vinrent frapper le toit et les arbres du jardin, fusant à travers ses rideaux ouverts. S'il ne se levait pas pour fermer les battants, il y aurait une flaque sur le tapis. Allongé sur ses couvertures, il se sentit incapable de dormir, incapable de bouger. Il entendait la pluie sur le toit, les arbres et la terrasse et ne parvenait pas à imaginer quand elle cesserait.

Byron se remémora ce qu'avait dit Mrs Lowe sur les femmes à qui on ne pardonnait pas leurs crimes. Il ne savait pas comment il pourrait protéger sa mère. La tâche était trop ardue pour un petit garçon tout seul. Il pensa à la manière dont elle avait évoqué un emploi, à la manière dont elle s'était opposée à ce que son père parle de la Jaguar comme d'une femme. Ce n'était pas seulement son acte sur Digby Road qui mettait Diana à part. Il y avait quelque chose en elle, un élément pur et fluide qui ne pouvait être contenu. Si elle découvrait ce qu'elle avait fait, elle divulguerait la vérité. Elle ne serait pas capable de se taire. Il se représenta une fois de plus son esprit sous forme de minuscules tiroirs à boutons en pierre précieuse et, peut-être à cause de la pluie, il les vit débordant d'eau. Il poussa un cri.

En un instant, la silhouette de sa mère s'encadra à sa porte, auréolée par la lumière du couloir.

— Qu'est-ce qu'il y a, mon amour ?

Il lui dit qu'il avait peur, et elle courut fermer la fenêtre et tirer les plis bleus du rideau.

— Tu te fais trop de souci, lui sourit-elle. Les choses ne sont jamais aussi terribles qu'on le croit.

Assise sur son lit, elle lui passa les doigts sur le front et fredonna un air paisible qu'il ne connaissait pas. Il ferma les yeux.

Quoi qu'il arrive, il ne devrait jamais dire à sa mère ce qu'elle avait fait. De toutes les personnes à mettre au courant, elle était à coup sûr la plus dangereuse. Il se le répéta à l'envi en sentant ses doigts s'insinuer sous ses cheveux tandis que la pluie frappait les feuilles et que l'orage faiblissait. Il sombra dans le sommeil.

12

Un autre accident

Cinq jours après la sortie en trombe d'Eileen du café, Jim la rencontre à nouveau. La neige commence à fondre. Elle glisse des arbres et l'eau gicle avec un petit bruit sec quand un paquet de neige tombe sur le sol. La lande reparaît, et les couleurs qu'elle arbore – verts, bruns, pourpres – sont à la fois saisissantes et majestueuses. Seuls les sommets sont encore recouverts d'un châle de neige blanc.

Jim quitte l'aire de stationnement après sa journée de travail. Il fait sombre. Les banlieusards rentrent chez eux. Les réverbères éclairent d'une lumière orange les pavés mouillés et les monticules de neige dans les caniveaux. Il se dirige vers le rond-point pour traverser en toute sécurité quand une Ford Escort bordeaux le dépasse en cahotant. Sur le pare-brise arrière, on a collé un message : *Ma deuxième voiture est une Porsche*. Dans un crissement de frein et une odeur métallique de feux d'artifice, la voiture s'arrête brusquement sur les clous. Jim s'engage sur la chaussée.

Une voiture arrêtée n'a aucune raison de changer d'avis et de redémarrer en marche arrière, mais c'est ce que fait celle-ci. Dans un rugissement, enveloppée d'un nuage de fumée, la Ford fait un bond en arrière et freine juste contre Jim. Il se rend compte qu'il s'est produit quelque chose d'important, puis qu'il s'agit d'une douleur. Elle fuse en lui, de ses orteils tout le long de sa jambe et jusqu'à son dos.

— Hé là ! s'écrie un homme sur le trottoir d'en face.

La portière du passager s'ouvre d'un coup et elle est là. Du moins son visage, un peu en biais. Elle doit avoir sauté par-dessus le siège du chauffeur. Cheveux orange qui flamboient. Grands yeux. Il n'y a que sa voiture entre eux.

— Mais qu'est-ce… ?

C'est forcément elle.

Jim lève les mains. S'il avait un drapeau blanc, il l'agiterait.

— J-j-j- Votre voi-ture – votre voiture…

Il a beaucoup de choses à l'esprit et mille cent cinq kilos de Ford Escort sur le pied.

Eileen le regarde, stupéfaite. Il ne sait pas pourquoi mais, à regarder Eileen, il lui vient l'image de l'hortensia qu'il a trouvé en fleur ce matin-là, si rose qu'il en était vulgaire. Il se souvient qu'il a eu envie de prendre la fleur dans ses mains et de la garder en sécurité jusqu'au printemps.

Eileen et Jim continuent de se regarder fixement, lui concentré sur son hortensia, elle murmurant :

— Putain !

Jusqu'à ce que la voix d'homme se remette à crier :

— Arrêtez-vous ! Stop ! Il y a eu un accident !

Pendant un moment ces mots ne signifient rien puis, quand il les comprend, Jim est submergé par la panique. Il ne veut pas que ça se soit produit. Il ne faut pas que ça se soit produit. Il s'écrie :

— Tout va bien !

Des curieux s'approchent. Il agite les bras pour qu'Eileen soit libérée, qu'elle disparaisse.

— Allez-vous-en ! s'écrie-t-il, ou quelque chose dans le genre. Partez ! Allez !

C'est presque grossier.

La tête d'Eileen s'écarte, une portière claque et elle fait avancer la voiture. Ses roues frôlent le caniveau quand elle les tourne et des piétons glissent sur le trottoir gelé pour se mettre à l'abri.

L'homme qui criait traverse la rue en évitant les voitures. Il est jeune, il a les cheveux châtains, une veste en cuir et un visage de squelette. Son haleine se transforme en volutes de buée dès qu'elle rencontre le froid.

— J'ai noté le numéro d'immatriculation, annonce-t-il. Vous pouvez marcher ?

Jim dit que bien sûr ! Maintenant que le pneu d'Eileen s'est désolidarisé de sa chaussure, il se sent étonnamment léger, le pied aérien.

— Vous voulez que j'appelle la police ?

— J-j...

— Une ambulance ?

— N-n...

— Tenez ! dit le jeune homme en glissant dans la main de Jim un bout de papier sur lequel, apparemment, il a griffonné les références de la voiture d'une écriture puérile.

Jim plie le papier et le met dans sa poche. Ses pensées ont des difficultés à se lier les unes aux autres. Il a été renversé et il a mal. Tout ce qu'il veut, c'est retirer sa chaussure dans l'intimité de son camping-car et examiner son gros orteil, sans que personne lui roule dessus ni menace d'appeler des gens qui le terrifient. Il se rend compte alors qu'il n'a plié qu'une fois le papier du jeune homme. Il aurait fallu le plier deux fois, puis une. N'y avait-il pas eu un accident ? Il devait exécuter les rituels, même là, sur le pavé. Il l'a fait. Il a fait quelque chose de mal. En dépit du froid, il est inondé de sueur. Il se met à trembler.

— Vous êtes sûr que vous allez bien ? s'inquiète le jeune homme.

Jim tente de replier le bout de papier dans sa poche, mais il s'est pris dans son porte-clés.

Le jeune homme le regarde fixement.

— Est-ce que la voiture ne vous a pas aussi percuté la hanche ?

Voilà, c'est fait : le papier est plié deux fois.

— Ou-oui ! dit-il, parce qu'il est de nouveau en sécurité.

— Oui ? reprend le jeune homme. Merde !

Jim est en sécurité, mais il ne le sent pas. De mauvaises pensées s'imposent subrepticement. Il les entend. Il les éprouve. Il faut d'autres rituels. Il ne saura que tout va bien que s'il voit un 2 et un 1. Il doit trouver ces chiffres. Il doit les trouver tout de suite, sinon tout empirera.

— À-à-à l'aide ! gémit-il en scrutant les plaques d'immatriculation des voitures qui passent.

Le jeune homme tourne la tête et crie :

— À l'aide ! À l'aide !

Les voitures ralentissent ; aucune ne porte les bons chiffres.

Si Jim se dépêche, il peut retourner au centre commercial. Le café est fermé, mais le supermarché sera encore ouvert, et il pourra aller au rayon de parapharmacie, où on propose du shampooing 2 en 1. Ça a déjà marché. C'est un autre de ses sparadraps en cas d'urgence. En se détournant du jeune homme, il déclenche une douleur brûlante qui monte tout le long de sa jambe. Il se demande si son pied est toujours attaché au reste de son corps. Il doit serrer les poings pour que le jeune homme ne voie rien, mais, malheureusement, Jim est juste sur le chemin de quelqu'un d'autre.

Elle voit tout.

— Jim ? Qu'est-il arrivé ?

Sans son filet à cheveux ni son chapeau orange, il met un moment à la reconnaître. C'est une des gamines du café, celle qui l'a traité d'arriéré. Elle a une crinière rose et tant de piercings dans les oreilles qu'on dirait des clous de tapissier sur un fauteuil.

— Vous le connaissez ? demande le jeune homme.

— C'est un collègue. On travaille au café. Il s'occupe du nettoyage des tables. Moi, je suis en cuisine.

— Il a été renversé par une voiture.

— Un accident ?

— Le chauffeur ne s'est même pas arrêté.

— Un délit de fuite ? C'est une blague !

— Il dit qu'il n'a rien, mais il est en état de choc. Il faut le conduire à l'hôpital pour qu'on lui fasse des radios et tout le reste.

La bouche de la fille forme un sourire qui montre qu'elle vient de découvrir quelque chose d'aussi délicieux qu'inattendu.

— Jim ? Est-ce qu'on doit t'emmener à l'hôpital ?

Elle n'a aucun besoin de s'approcher autant, d'articuler si précisément ni de crier, comme s'il était sourd ou lent à comprendre, mais elle le fait quand même.

Jim secoue la tête pour indiquer que non.

— J-j-j…

— Je le connais. Je comprends son langage. Il dit oui.

C'est ainsi que Jim se retrouve à l'arrière d'un taxi, écrasé entre deux jeunes gens qui aiment bavarder. Il faut qu'il voie les chiffres 2 et 1, sinon la gamine sera blessée. Le jeune homme sera blessé. Le chauffeur du taxi aussi, et tous les piétons calfeutrés dans leurs vêtements d'hiver. Jim tente de prendre une profonde inspiration, de se vider l'esprit, mais il ne voit que dévastation.

— Regardez un peu comme il tremble, le pauvre ! dit la gamine en penchant la tête pour mieux voir le jeune homme. Au fait, je m'appelle Paula.

— Cool !

Il y aura des ambulances. Il y aura des médecins. Il y aura des blessés partout. La douleur vrille le corps de Jim quand la voiture entre sur le parking de l'hôpital. Il se souvient.

— Mes parents m'ont donné le nom de cette chanteuse. Celle qui est morte, explique la gamine.

Le jeune homme hoche la tête comme si tout lui paraissait limpide. Il la regarde et sourit.

***

Quand elles venaient chercher des patients pour un traitement, les infirmières leur demandaient de porter des vêtements larges. C'était facile. Le plus souvent ils portaient les vêtements les uns des autres, de toute façon. « Qui se fait griller, ce soir ? » avait-il entendu un des plus anciens patients demander, la première fois. Ils empruntaient le couloir en silence. Il y avait des portes battantes pour entrer, et d'autres pour sortir, pour éviter que ceux qu'on avait traités ne rencontrent ceux qui venaient recevoir le traitement.

Dans la salle d'opération, il y avait un lit très haut surmonté de lampes puissantes. La première fois, le personnel l'entoura pour le rassurer, le psychiatre, les infirmières, l'anesthésiste. On lui demanda de retirer ses pantoufles et de s'asseoir sur le lit. Les pieds nus, c'était nécessaire, avait expliqué son infirmière, pour qu'on puisse voir ses orteils s'agiter quand il convulserait. Jim se pencha pour obéir, mais il tremblait tant qu'il faillit tomber. Il voulait qu'ils rient, parce que ça les rendrait gentils et qu'ils ne lui feraient pas mal. Il plaisanta donc à propos de ses pieds, de leur longueur, et ils rirent tous. Tous, apparemment, se comportaient au mieux. Et ça l'effraya d'autant plus. L'infirmière rangea ses pantoufles sous le lit.

Ça ne prendrait pas longtemps, dirent-ils. Il devait se détendre.

— Ne lutte pas, Jim. Pense à respirer profondément, comme on t'a montré.

L'infirmière prit une de ses mains et l'anesthésiste l'autre. Il avait de la chance, dit une voix, d'avoir de si bonnes veines. Il y eut un pincement et le vide s'insinua dans ses mains, ses bras, sa tête. Il entendit un rire de femme, venant du dortoir, peut-être, un croassement dans le jardin, puis les femmes s'envolèrent et il n'y eut plus aucun son.

Il se réveilla dans une autre pièce. Des patients l'entouraient, assis en silence. Un homme vomissait dans un seau. Le cerveau de Jim semblait être devenu trop grand et poussait contre les os de son crâne. Il y avait des tasses de thé et une boîte de biscuits assortis.

— Vous devez manger, déclara une infirmière en lui apportant une gaufrette rose. Vous vous sentirez mieux, si vous mangez.

L'odeur du biscuit l'agressa. Il sentit aussi le vomi de l'homme et le parfum à la violette de l'infirmière. Tout sentait trop fort, et ça aggrava son état.

— Tous les autres mangent, affirma l'infirmière.

Elle avait raison. Assis à côté de leur infirmière, ils buvaient leur thé et mangeaient leurs biscuits, et tous avaient deux marques rouges sur le front, des brûlures qui semblaient être là de tout temps. Personne ne parlait. C'était terrible pour lui d'être témoin de cette scène mais, d'une certaine façon, il ne voyait rien. Il se demanda si lui aussi avait des marques. Quand il pensa à vérifier, bien des jours plus tard, ça n'avait plus aucun sens. C'était ainsi que ça se passait. Le temps était plus fragmenté qu'avant, discontinu. C'était comme de lancer une poignée de plumes en l'air et de les regarder retomber.

***

La salle d'attente des urgences est si pleine qu'on doit patienter debout. C'est à cause du week-end, déclare Paula. Son père était toujours aux urgences le samedi. Il y a des hommes au visage couvert de sang et aux yeux si tuméfiés qu'ils sont fermés, un petit garçon tout pâle qui lève très haut le menton (« Je parie que ce pauvre gosse s'est enfoncé des haricots secs dans le nez », explique Paula), une femme qui pleure sur l'épaule d'une autre et plusieurs personnes hâtivement bandées ou le bras en écharpe. Chaque fois que les ambulanciers arrivent avec un patient sur une civière, tout le monde détourne le regard, sauf Paula, qui observe avec avidité.

Elle va raconter à l'infirmière au comptoir de la réception que Jim a été renversé par une voiture. Un délit de fuite, précise-t-elle. La réceptionniste répond qu'il lui faut quelques détails : son nom, son code postal, son numéro de téléphone et l'adresse de son généraliste.

— Jim ? appelle Paula.

Elle lui donne un coup de coude parce que tout le monde attend et qu'il ne dit rien. Il se contente de trembler.

— Pièce d'identité ! répète la femme.

Jim entend à peine. La question se heurte à un nouveau barrage de souvenirs si profonds, si farouches qu'il lutte pour rester debout, sur un pied dont il se demande s'il est coupé en deux. La douleur intense qu'il y ressent fait écho à celle dans sa tête. C'est trop de penser à tant de choses. Il s'agrippe à la fenêtre de la réception et articule sans un son :

— Téléphone, bonjour ! Stylo, bonjour !

La voix de Paula résonne dans le silence.

— C'est bon, il est avec nous, dit-elle. Vous pouvez noter mon adresse ? Son dossier devait être à Besley Hill. Il y a passé des années, mais il ne vous fera pas de mal, ni rien.

Elle prend la mine de quelqu'un dont la bouche est sur le point d'énoncer quelque chose dont le reste de son corps n'est pas responsable.

— Il parle aux plantes, ce genre de truc.

— Allez vous asseoir ! dit la réceptionniste.

Quand un banc en plastique bleu se libère, Jim le propose à Paula, mais elle rit : c'est lui qui est blessé ! C'est lui qui s'est fait renverser par une voiture ! Elle a cette manière particulière de monter le son en parlant, si bien qu'à chaque fin de phrase les derniers mots sont projetés dans l'air, ce qui lui donne l'impression d'être conduit au bord d'un précipice et d'y être abandonné. Il en a des vertiges. Pendant ce temps, le jeune homme met des pièces dans une machine et récupère une canette de soda qu'il ouvre et dont il offre quelques gorgées à Jim et à Paula.

— Pas pour moi, refuse Jim, qui peut à peine avaler sa salive.

Il ne parvient toujours pas à voir où que ce soit des chiffres 2 ou 1.

— Je suis tout essoufflée, dit Paula. C'est le stress. Le stress a de curieuses conséquences. Je connais quelqu'un qui a perdu tous ses cheveux pendant la nuit.

— Non ! s'étonne le jeune homme.

— Et je connais quelqu'un d'autre qui a mangé une moule et qui a eu une crise cardiaque. Et une autre qui s'est étouffée avec un bonbon contre la toux.

Une infirmière appelle Jim et l'entraîne vers un box. Elle porte une blouse blanche, qui ressemble à toutes les blouses blanches, et il se demande brièvement si c'est un stratagème pour lui infliger à nouveau le traitement. Il manque de tomber.

— On devrait lui procurer un fauteuil roulant, proteste Paula. C'est scandaleux !

L'infirmière explique qu'il n'y aura pas de fauteuil roulant libre avant les radios. Paula saisit le bras de Jim. Elle le serre trop fort et il a envie de crier, mais comme elle le fait par gentillesse, il sait qu'il ne doit pas. Les semelles en caoutchouc de l'infirmière couinent sur le lino vert, donnant l'impression que quelque chose de vivant est coincé dessous. Elle consulte la fiche de Jim et lui fait signe de se mettre au lit. Il tremble au point qu'on doit le prendre par les bras pour l'aider à se hisser dessus. Quand l'infirmière tire le rideau en plastique autour du box, les anneaux en chrome grincent sur la tringle. Paula et le jeune homme restent à l'entrée, là où les pieds de Jim sortent à l'extrémité du matelas. Ils ont l'air inquiets mais très intéressés. Chaque fois que le jeune homme bouge, son blouson en cuir crisse.

— Il y a eu un accident, si j'ai bien compris, dit l'infirmière.

Une fois de plus, elle réclame le nom de Jim et Paula, de crainte d'une autre scène embarrassante, le lui fournit.

— Et moi, je m'appelle Darren, ajoute le jeune homme à qui on n'a rien demandé.

— C'est pas vrai ! s'étonne Paula.

— Mais si ! répond Darren d'une voix tout aussi surprise.

— Est-ce qu'on peut revenir à cet accident ? s'agace l'infirmière en levant les yeux au ciel. Est-ce que la police a été prévenue ?

Darren prend un air sérieux. Il décrit en détail comment le chauffeur a délibérément reculé et percuté Jim. Jim n'écoute pas. Il pense au regard affolé d'Eileen qui la faisait ressembler à une autre – pas la femme qu'elle était, mais une autre enfermée dans celle-là, une version fragile, toute petite, d'elle, la dernière d'un ensemble de poupées russes.

— Il ne veut pas porter plainte, dit Paula.

— On pourra aller à la police plus tard, affirme Darren.

— Oui, confirme Paula avec enthousiasme. J'ai connu quelqu'un qui a eu un accident de voiture. Elle a perdu ses deux jambes. Il a fallu lui en mettre en plastique. Elle les glisse sous son lit, la nuit.

— Non ! ponctue Darren.

L'infirmière demande à Jim de lui montrer son pied et le silence n'est enfin plus interrompu.

***

Il est vingt-deux heures trente quand ils sont prêts à quitter l'hôpital. Les radios n'ont pas révélé de fracture du gros orteil, mais un interne soupçonne que les ligaments ont été touchés. Par précaution, on lui a mis un plâtre bleu qui monte jusqu'au genou, et on lui a donné une boîte d'antalgiques et des béquilles.

— J'ai toujours rêvé d'avoir des béquilles, avoue Paula à Darren.

— Je suis certain qu'elles t'iraient à merveille, remarque-t-il.

Ils rougissent autant qu'une boule de Noël.

Jim a eu de la chance, ajoute l'infirmière d'une voix un peu étonnée. Grâce à la longueur invraisemblable de ses baskets, son pied n'a été que légèrement touché. Elle lui remet une fiche qui explique comment prendre soin de son plâtre et fixe un rendez-vous à la clinique orthopédique deux semaines plus tard. Quand elle demande s'il reconnaîtrait le chauffeur, Jim bégaie tant pour émettre un «non» qu'elle a le temps de se recoiffer. Elle conseille à Paula de le conduire à la police, dès qu'il sera remis du choc. Même s'il ne souhaite pas porter plainte, il pourra bénéficier d'un soutien aux victimes et de conseils par téléphone. Ce n'est pas comme dans le temps, quand «psychologie» était un mot tabou. On a mis en place toute une gamme de programmes d'aide.

Le jeune couple insiste pour prendre à nouveau un taxi et le déposer près de chez lui. Ils refusent son argent. Paula raconte à Darren tous les accidents dont elle a été témoin, dont un empilement de voitures sur l'autoroute et comment une de ses amies s'est brûlé l'oreille avec un fer à cheveux. Jim est si fatigué qu'il ne pense qu'à dormir. Sa banquette-lit prend forme dans l'obscurité, ainsi que ses couvertures et son oreiller. Il entend même le grincement des charnières.

Dès qu'ils ont dépassé le panneau incitant les conducteurs à ralentir, le jardin public et la rampe de skateboard, il demande à descendre.

— Mais où est ton camping-car ? s'enquiert Paula.

Elle scrute les maisons serrées les unes contre les autres, ornées de guirlandes clignotantes à vous donner la migraine. Jim indique l'impasse. Il habite tout au bout, dit-il, là où la rue s'arrête pour laisser place à la lande. Derrière son camping-car, les branches noires des arbres s'entrechoquent dans le vent qui fraîchit.

— On pourrait t'aider à entrer et te mettre de l'eau à chauffer, propose Paula.

— Vous pourriez avoir besoin d'aide, confirme Darren.

Jim décline la proposition. Personne n'est jamais entré dans son camping-car. C'est l'élément le plus profond de son être, celui que personne ne doit voir. À cette pensée, il prend conscience d'une douleur déchirante. Comme une crevasse délimitant la frontière entre lui et le reste du monde.

— Vous êtes sûr que ça ira ? demande Darren.

Jim hoche la tête, incapable de mettre sa bouche en mouvement pour parler. Il fait un signe de la main au taxi pour montrer qu'il va bien, qu'il est heureux.

Au-delà des petites maisons, la lande s'élève, sombre, solide. C'est une structure d'une tout autre nature. Là-haut, des replis intemporels de terre se pétrifient. La vieille lune les éclaire et des milliers de millions d'étoiles envoient des points de lumière par-delà les années. Si la lande s'ouvrait à cet instant et avalait les maisons, les rues, les pylônes, les lumières, il n'y aurait plus aucun souvenir de rien d'humain, il ne resterait que l'obscurité, des collines endormies et le ciel éternel.

Le taxi repart vers le jardin public, suivi de ses lumières rouges. Il tourne au coin et disparaît. Il ne reste que Jim, qui regarde l'obscurité.

13

L'erreur

Quand le secret fut dévoilé, ce fut par erreur. Il se révéla de lui-même, tel un chien qui file dans le jardin des voisins avant que vous puissiez l'en empêcher. Sauf que Byron n'avait pas de chien, bien sûr, parce que les poils d'animaux faisaient éternuer son père.

Diana n'était venue à son chevet que pour lui prendre sa température avant la nuit. Lucy dormait déjà et il avait long-temps attendu sa mère, mais son père avait téléphoné. Il n'avait pas pu entendre ce qu'elle disait car sa voix était trop sourde. Il ne perçut pas d'éclats de rire discrets. Quand elle entra dans sa chambre, elle resta debout un moment, le visage penché vers le sol, le regardant à peine, comme si elle était ailleurs. C'est là qu'il mentionna son mal de ventre, un peu pour lui rappeler qui il était.

Après avoir examiné le thermomètre, Diana avait soupiré. Elle ne comprenait pas ce qui lui arrivait.

— Tu n'as apparemment aucun véritable symptôme, assura-t-elle.

L'image de la petite fille à la bicyclette traversa son esprit.

— J'allais bien, avant que ça arrive.

Les mots avaient fusé et, lorsqu'il comprit ce qu'il venait de dire, il plaqua sa main sur sa bouche.

— Que veux-tu dire ? s'enquit sa mère en nettoyant le ther-momètre avec un mouchoir et en le replaçant dans sa longue boîte en argent. Tu allais bien avant que quoi arrive ?

La tête inclinée de côté, elle attendit.

Byron inspecta ses ongles. Il espérait, s'il restait silencieux, s'il prétendait ne pas être là, que cette conversation cesserait pour s'orienter vers d'autres mots et d'autres sujets.

— Rien, assura-t-il en revoyant la bicyclette rouge et la petite fille.

Sa mère se pencha et l'embrassa sur le front. Elle dégageait une douce odeur de fleur ; ses boucles lui caressèrent le visage.

— Elle n'aurait pas dû courir vers la route ! dit-il sans, à nouveau, pouvoir arrêter cette phrase qui avait coulé hors de lui aussi vite qu'un liquide brûlant.

Sa mère éclata de rire.

— De qui parles-tu ?

— Ce n'était pas de ta faute.

— Ma faute ? Quoi ? demanda-t-elle en riant encore, ou du moins en lui adressant un sourire.

— Tu n'as rien fait de mal, parce que tu ne savais pas. C'était à cause du brouillard et des secondes supplémentaires. On ne peut pas t'en vouloir.

— On ne peut pas m'en vouloir de quoi ?

— La petite fille. La petite fille, à Digby Road.

— Quelle petite fille ? insista sa mère, dont le visage se plissa. Je ne sais pas de quoi tu parles.

Byron sentit le sol se dérober ; il marchait de nouveau sur des pierres et des branches tandis que l'eau montait autour de ses pieds. Il ne continua la conversation que parce que reculer n'était plus possible. En tortillant le coin de son drap, il décrivit la petite fille quand elle avait bondi hors de la grille du jardin sur son vélo rouge, et à nouveau quand il l'avait revue, immobile, au moment où la voiture s'était arrêtée. Il répéta les quelques phrases qu'il avait trouvées pour décrire la situation. Digby Road. Brouillard. Deux secondes. Pas de ta faute. Puis, comme sa mère ne disait rien, qu'elle se contentait d'écouter, les mains pressées sur sa bouche, il ajouta :

— J'ai insisté pour que tu redémarres, parce que je ne voulais pas que tu aies peur.

— Non !

Cette exclamation soudaine, ce « non » apeuré ne correspondait pas du tout à la réponse qu'il attendait.

— Pardon ?

— Non, c'est impossible !

— Mais j'ai tout vu. J'ai vu l'accident.

— L'accident ? Il n'y a pas eu d'accident, affirma-t-elle d'une voix qui s'élevait à chaque mot. Je n'ai pas heurté de petite fille. Je suis une conductrice prudente. Très prudente. Je conduis exactement comme ton père me l'a appris. S'il y avait eu une petite fille, je le saurais. Je l'aurais vue. Je me serais arrêtée. Je serais descendue de voiture ! scanda-t-elle, le regard fixé sur le tapis comme si elle s'adressait à une tache.

Byron eut un vertige. Il inspira par à-coups, de plus en plus vite, malmenant sa poitrine et sa gorge. Il avait si souvent pensé à cette conversation et maintenant qu'elle avait lieu tout allait de travers. C'était trop. C'était trop frustrant de révéler la vérité à sa mère et de découvrir qu'elle n'en voulait pas. Il aurait voulu s'effondrer au sol et cesser de penser. Ne plus rien ressentir.

— Est-ce que ça va ? s'inquiéta-t-elle. Qu'est-ce qui t'arrive, mon chéri ?

Il n'avait rien d'autre à ajouter. Tous les mots avaient été dits et la pièce pivotait sur son axe, les murs glissaient, le parquet s'inclinait.

— Excuse-moi, murmura-t-il. J'ai envie de vomir.

C'était faux. Il s'agrippa à la cuvette des toilettes et baissa la tête. Il tenta même de contracter son estomac et sa gorge. Il eut un haut-le-cœur, mais rien ne sortit.

— Byron ? Est-ce que je peux entrer ? appela sa mère derrière la porte.

— Ça va, merci.

— Est-ce que tu veux que j'aille te chercher quelque chose ? Un verre d'eau ?

— Non, merci.

Il ne pouvait comprendre qu'elle ne le croie pas. Il ouvrit les robinets et attendit jusqu'à ce qu'il entende ses talons dans l'escalier. Elle s'éloignait d'un pas lent, plongée dans ses réflexions. Il tourna la clé dans la serrure et repartit dans sa chambre.

James Lowe manqua beaucoup à Byron, cette nuit-là. Non qu'il eût quoi que ce soit à lui dire, mais James occupait ses pensées, ainsi que le pont qu'ils avaient construit sur l'étang.

Si la situation avait été inversée, James saurait que faire, tout comme il avait compris le problème de la charge et de la gravité.

Byron se souvint de la sensation de chute, du moment entre la perte d'équilibre et le contact avec l'eau froide, le choc. Le fond boueux avait attiré ses pieds et, bien qu'il sût que l'étang n'était pas profond, il s'était agité frénétiquement, de crainte de soudain se noyer. L'eau était entrée dans ses oreilles, sa bouche, son nez.

— Madame Hemmings, madame Hemmings ! avait crié James depuis la rive.

Incapable de rien faire d'utile, il agitait les bras. Byron revit sa mère, traversant la prairie en courant, avec des mouvements si désordonnés qu'elle semblait sur le point de tomber. Elle était entrée dans l'eau sans même retirer ses chaussures, puis elle avait reconduit les deux garçons à la maison, les bras autour de leurs épaules. Bien que James ait été sec, elle les avait tous les deux enveloppés dans des serviettes.

— C'est ma faute, c'est ma faute ! ne cessait de dire James.

Diana s'était arrêtée et l'avait saisi par les épaules pour l'assurer qu'il avait au contraire sauvé Byron et qu'il devrait en être fier. Puis elle leur avait préparé des sandwiches et du thé sucré qu'ils étaient partis déguster sur la pelouse.

Tout en claquant des dents, James s'étonnait :

— Elle est tellement gentille, tellement gentille, ta mère !

Byron déplia la carte qu'il avait tracée dans le bureau de son père. À la lumière de sa torche, il l'étudia sous ses draps, suivit la série de flèches du bout du doigt. Son cœur battit plus fort, quand il arriva à la marque rouge qui indiquait l'endroit où la Jaguar s'était brusquement arrêtée. Il savait qu'il avait raison, pour l'accident. Il avait tout vu. Il entendit sa mère ouvrir le réfrigérateur, en bas, et heurter le bord de l'évier avec le moule à glaçons. Un peu plus tard, le tourne-disque joua une chanson si triste qu'il se demanda si sa mère pleurait. Il repensa à la petite fille de Digby Road et aux ennuis qu'avait sa mère. Il voulait plus que tout descendre la rejoindre, mais il ne pouvait pas bouger. Il irait dans une minute. Une minute passa, puis une autre, encore une autre, et il gisait toujours sur son lit. Parce qu'il avait révélé à Diana la faute qu'elle avait commise, il avait l'impression de faire désormais partie de l'accident, lui aussi. Si seulement il s'était tu, toute cette histoire aurait pu disparaître. Elle aurait pu demeurer irréelle.

Quand sa mère monta se coucher, elle entrouvrit sa porte, projetant un violent rai de lumière dans la chambre, jusqu'à son visage, et elle murmura :

— Byron, tu es réveillé ?

Il resta immobile, les yeux clos, imitant la respiration d'une personne endormie. Il entendit ses pas sur le tapis, perçut sa douce odeur, puis la chambre redevint sombre.

— Est-ce que tu vas bien ? demanda-t-elle le lendemain matin.

C'était à nouveau un vendredi. Il était en train de se brosser les dents dans la salle de bains. Il n'avait pas senti la présence de sa mère derrière lui avant de voir ses doigts sur son épaule. Il dut sursauter, parce qu'elle rit. Ses cheveux formaient un nuage doré autour de sa peau aussi soyeuse qu'une crème glacée.

— Tu n'es pas venu attendre que mon réveil sonne, ce matin. Tu m'as manqué.

— Je ne me suis pas réveillé à temps.

Il ne parvint pas à se retourner pour la regarder. Le fils dans le miroir parlait à la mère dans le miroir.

— C'est bien que tu aies dormi, dit-elle avec un sourire.

— Oui. Et toi ?

— Moi ?

— Tu as dormi ?

— Oh, oui ! Très bien, merci.

Ils restèrent un moment silencieux. Il sentit qu'ils cherchaient les mots les plus acceptables à la manière dont sa mère essayait des vêtements avant l'arrivée de son père. Elle les enfilait, soupirait et les retirait. C'est alors que Lucy réclama son uniforme scolaire et ils rirent tous les deux, longtemps, fort, soulagés de ne plus devoir parler.

— Tu es très pâle, remarqua-t-elle quand il ne resta plus rien de leur rire.

— Tu ne vas pas aller à la police ?

— La police ? Et pourquoi ferais-je ça ?

— À cause de la petite fille de Digby Road.

Sa mère secoua la tête. Elle ne pouvait comprendre qu'il revienne sur cette histoire.

— On en a parlé hier soir. Il n'y avait pas de petite fille. Tu t'es trompé.

— Mais je l'ai vue ! J'étais assis contre la fenêtre. J'ai tout vu. J'ai vu les secondes supplémentaires, et ensuite j'ai vu la petite fille. Tu ne pouvais pas la voir, parce que tu conduisais. Tu ne pouvais rien voir à cause du brouillard.

Sa mère posa son front dans ses mains et enfonça ses doigts dans ses cheveux comme si elle voulait dégager un espace à travers lequel voir.

— J'étais dans cette voiture, moi aussi, et il ne s'est rien passé. Je le sais. Il ne s'est rien passé, Byron.

Il attendit qu'elle dise autre chose, mais elle se contenta de le regarder. Il n'y avait entre eux que ce qu'elle venait d'affirmer. Ses paroles tournoyèrent au-dessus de leur tête et se glissèrent dans ses oreilles. Leur écho résonnait dans le silence. Il ne s'est rien passé. Il ne s'est rien passé, Byron.

Et pourtant, si. Il le savait.

***

Son père vint pour le week-end, et Byron n'eut plus d'autre occasion de reparler de l'accident à sa mère. La seule fois qu'il la trouva seule fut quand son père vérifia les comptes dans son bureau. Nerveuse, elle arpentait le salon, saisissait des objets, les reposait sans les regarder. Quand Seymour apparut à la porte et déclara qu'il avait une question, elle s'entoura le cou de ses mains et ouvrit de grands yeux. Il y avait à nouveau un talon de chèque sans indication.

— Un talon vide ? dit elle, l'air de ne pas savoir de quoi il parlait.

Ce n'était pas la première fois, répliqua Seymour. Il était immobile, mais Diana recommença à disposer avec soin des objets pourtant déjà à leur place. Elle leva les doigts à sa bouche. Elle ne voyait pas comment il pouvait y avoir un talon vierge, dit-elle. Elle promit de faire plus attention à l'avenir.

— J'aimerais bien que tu ne le fasses plus.

— Je viens de te dire que c'était une erreur, Seymour.

— Je parle de tes ongles. J'aimerais que tu ne les ronges plus.

— Oh, chéri, il y a tant de choses que tu aimerais que je ne fasse pas !

Elle rit et sortit s'occuper du jardin. Une fois de plus, son père repartit le dimanche matin.

Au début de la troisième semaine, Byron suivit sa mère comme une ombre. Il la regarda faire la vaisselle, biner la terre sous des rosiers. On distinguait à peine les tiges entre les fleurs énormes et roses qui couvraient la pergola telles des étoiles dans le ciel. Le soir, il écoutait sa mère passer de la musique sur son tourne-disque. Il était obsédé par Digby Road. Il n'arrivait pas à croire qu'il lui en ait parlé. Quelque chose se dressait désormais entre eux, comparable à la clôture autour de l'étang, parce qu'elle pensait une chose et que lui en savait une autre. Cela impliquait qu'il était, d'une manière presque monstrueuse, en train de l'accuser.

Il aurait aimé en parler à James. Le mardi il avait risqué :

— Est-ce que tu as des secrets ?

James avait avalé une bouchée de tourte et regardé autour de lui pour vérifier qu'aucun autre garçon n'écoutait, mais Watkins avait apporté un ballon qui émettait un bruit de pet et ils étaient tous occupés à le poser sur le banc et à se jeter dessus en riant.

— Oui, Byron, j'en ai. Pourquoi ? Et toi ?

Le regard de James était perçant tandis qu'il attendait la réponse de Byron sans plus mâcher son repas.

— Je n'en suis pas sûr, hésita Byron en luttant contre une montée d'adrénaline telle qu'il se sentait sur le point de se jeter du haut d'un mur.

— Par exemple, dit James, parfois, je plonge le doigt dans le pot de crème Pond de ma mère.

Byron ne trouva pas que c'était là un bien gros secret, mais James continua délibérément avec une lenteur qui fit craindre à Byron que le pire était à venir.

— Je n'en utilise que très peu. Je le fais quand elle ne me voit pas. C'est pour ne pas avoir de rides.

James reprit sa mastication et but une gorgée d'eau. Ce n'est qu'alors qu'il tendait la main vers le sel que Byron se rendit compte qu'il avait terminé.

— Je ne comprends pas, James. Tu n'as pas de rides !

— C'est parce que j'utilise la crème Pond, Byron.

Un exemple de plus de la manière dont James prévoyait le long terme.

***

Byron décida de racheter l'erreur qu'il avait commise en informant sa mère de ce qu'elle avait fait. Après l'école, il la suivit à l'office où elle triait les vêtements sales avant de les mettre dans la machine à laver. Il lui dit qu'il avait tort, qu'elle n'avait rien fait à Digby Road.

— Est-ce que tu vas arrêter avec ça ?

C'était étrange qu'elle proteste ainsi, parce que c'était la première fois en cinq jours qu'il y faisait allusion.

Byron resta en équilibre un pied sur l'autre comme si, en prenant moins de place au sol, il pouvait être moins gênant.

— En fait, il n'y a aucune preuve. La voiture ne porte pas de trace.

— Tu peux me passer l'amidon ?

— Si on avait renversé la petite fille, il y aurait une marque sur la Jaguar.

Il tendit l'amidon, dont sa mère arrosa généreusement le linge.

— Il n'y a aucune marque. J'ai vérifié. J'ai même vérifié plusieurs fois.

— Tu vois bien !

— Et personne ne nous a vus, à Digby Road.

— C'est un pays libre, Byron. On peut circuler où on veut.

Il aurait aimé souligner qu'en fait son père disait qu'on n'était pas censé aller à Digby Road et qu'on devrait réinstaurer la pendaison, et ni l'une ni l'autre de ces pensées ne lui paraissaient des signes de liberté, mais c'était une longue phrase, et il n'avait pas le temps. Sa mère déposa le linge dans le tambour de la machine et claqua la porte. Il répéta qu'il avait probablement tort, mais elle était déjà presque arrivée à la cuisine.

Pourtant, cet après-midi-là, il sut qu'elle pensait à Digby Road. En dépit de ses protestations, il l'avait plusieurs fois surprise en train de fixer du regard les portes-fenêtres coulissantes, un verre à la main, l'air préoccupé. Quand son père téléphona pour vérifier qu'elle l'écoutait et que tout allait comme il le fallait, elle se reprit :

— Pardon, tu disais ?

Quand il se répéta, elle éleva même la voix :

— Chéri, que veux-tu qu'il arrive ? Je ne vois jamais personne. Personne ne sait même où j'habite !

Elle termina avec son petit rire fébrile mais, à la façon dont elle s'interrompit, on sentait bien qu'elle ne trouvait rien de drôle à tout ça.

Byron ne voyait aucune raison pour qu'elle oublie ainsi la vérité. N'y avait-il pas eu la fête de Noël, à Cranham House ? Toutes les mères savaient où Diana vivait. Il considéra que cette erreur était une preuve de plus de son angoisse.

— Désolée ! Je suis désolée, Seymour, disait Diana au téléphone.

Quand elle raccrocha, elle resta immobile.

De nouveau, Byron s'employa à rassurer sa mère. Bien que ce qu'il avait dit soit vrai, expliqua-t-il, bien qu'elle ait heurté la petite fille, l'accident n'était pas de sa faute.

— Quoi ? dit sa mère comme s'il parlait une langue étrangère.

Puis elle secoua la tête et lui demanda de ne pas rester dans ses jambes ; elle avait mille choses à faire.

— Tu comprends, continua-t-il, ce n'était pas la bonne heure. C'était du temps ajouté. C'était du temps qui n'aurait pas dû être là. Il n'aurait pas existé, si on n'avait pas arrêté les montres pour ajouter deux secondes. Personne ne peut donc t'en vouloir, parce que ce n'était pas de ta faute. Il y a peut-être eu une conspiration, comme pour le président Kennedy ou l'alunissage.

Répéter ce qu'avait dit James visait à donner du poids à ses paroles, même si Byron ne savait pas du tout de quoi il parlait.

Sa mère sembla moins impressionnée.

— Bien sûr qu'ils ont atterri sur la Lune. Bien sûr que le temps ne s'est pas arrêté ! Le temps, justement, continue toujours à avancer.

Il tenta d'expliquer que, peut-être, le temps n'était pas si fiable que ça, mais elle ne l'écoutait plus. Pendant que les enfants goûtaient, elle feuilleta un magazine, mais si vite qu'elle ne pouvait sûrement pas le lire. Elle leur donna leur bain, mais oublia d'y mettre de la mousse, et quand Lucy demanda, comme chaque soir, si elle pouvait leur faire la lecture en prenant de drôles de voix, sa mère soupira et demanda si une voix ne suffirait pas.

Byron resta éveillé presque toute la nuit à se demander comment il pourrait aider sa mère. Le lendemain matin, il se sentait si mal qu'il pouvait à peine bouger.

Son père appela comme d'habitude et sa mère l'assura qu'elle écoutait et qu'il n'y avait personne d'autre.

— Pas même le laitier ! plaisanta-t-elle avant d'ajouter en toute hâte : Je ne me moque pas de toi, mon chéri. Je te dis seulement qu'il n'y a personne.

En écoutant son mari, elle ne cessait de donner des coups dans le tapis du bout de sa chaussure.

— Bien sûr que je pense à toi. Bien sûr que nous avons envie de te voir.

À nouveau, elle raccrocha le combiné et le scruta longuement.

Byron accompagna Lucy à l'école et retourna à la voiture avec sa mère. Diana ne cessait de soupirer, de ne rien dire, de soupirer encore. Il ne doutait pas qu'elle ruminait quelque chose qui la faisait souffrir, et ça devait être l'accident.

— Personne n'est au courant, assura-t-il.

— Pardon ?

— Sinon, on t'aurait arrêtée, depuis le temps. On n'en a pas parlé dans le *Times*. Il n'y a rien eu non plus aux informations.

— Tu n'arrêtes donc jamais ? demanda Diana en poussant un soupir exaspéré.

Elle s'était presque adressée au trottoir, et elle accéléra tant le pas que Byron dut courir de côté pour rester à sa hauteur.

Arrivée à la voiture, sa mère laissa tomber son sac et montra la carrosserie argentée tandis qu'il tournait la tête de droite et de gauche pour vérifier que personne ne les voyait.

— Regarde! ordonna-t-elle. Regarde bien! Il n'y a rien. Il n'y a rien, parce qu'il n'y a pas eu d'accident à Digby Road. Tu t'es trompé. Tu as tout imaginé.

Elle remonta sa jupe au-dessus de ses genoux pour s'accroupir et montrer le capot, les portières, les pare-chocs. Des mères approchaient, retournant elles aussi à leur voiture. Sa mère ne leva pas les yeux, elle ne les salua pas. Elle regardait fixement Byron. Personne n'était plus important que lui.

— Tu vois, tu vois? répétait-elle.

Il sourit aux mères pour qu'elles sachent qu'il n'y avait rien de grave, mais ce fut un tel effort que son visage le fit souffrir. Il ne voulait qu'une chose: monter dans la voiture. Il se pencha vers sa mère:

— Est-ce qu'on ne pourrait pas faire ça à la maison?

— Non. J'en ai assez! Tu n'arrêtes pas. Que je sois au jardin, que je fasse la lessive, tu es encore en train d'en parler! Je veux que tu voies que tout va bien.

Elle fit glisser ses doigts, ses ongles tels des coquillages nacrés, pour lui montrer à quel point la peinture était brillante. Elle avait raison: elle reflétait la lumière comme une lame de couteau.

— Il n'y a pas la moindre rayure. Rien. Tu vois?

Elle se pencha même pour regarder sous le châssis de la voiture.

— Tu vois, tu vois, mon chéri?

Byron sentit les larmes lui monter aux yeux. Il comprenait soudain. Il comprenait qu'il avait dû se tromper, qu'il n'y avait pas eu d'accident, qu'il se trompait sur ce dont il avait été témoin. La honte le brûla de l'intérieur. Soudain, en se redressant, sa mère laissa échapper un petit cri et cacha son visage dans ses mains.

— Qu'est-ce qu'il y a? s'inquiéta Byron.

Elle tenta de se relever, mais sa jupe était trop étroite, et elle ne pouvait la remonter, avec ses mains toujours sur sa bouche qui semblaient empêcher quelque chose de sortir.

Byron ne voyait rien de spécial. Il aida sa mère à se mettre debout. Elle s'adossa à la voiture, livide, les yeux terrifiés. Il craignit qu'elle ne soit malade.

Byron s'agenouilla, les mains dans la poussière, et regarda à l'avant du capot l'endroit qui avait fait sursauter sa mère. Il fut agressé par l'odeur de l'huile chaude, mais ne vit rien. Puis, à l'instant où il allait rire et dire « Ne t'en fais pas ! », il trouva. Il trouva la preuve. Son cœur s'emballa au point qu'il fit un bruit de visiteur impatient à la porte. Tout cognait à l'intérieur de lui. Il se pencha davantage.

— Monte dans la voiture ! murmura sa mère. Monte, immédiatement !

C'était là. Une petite indentation juste au-dessous de l'emblème de la Jaguar, pas plus grande qu'une éraflure. Il ne comprenait pas comment il avait pu la rater. C'était rouge. Rouge bicyclette.

14

Le chagrin de Jim

Un filament de nuage fragmente la lune qui baigne la lande d'une lueur métallique. Les feuilles grincent comme du plastique. Il va pleuvoir. Prudent, à pas lents, Jim gagne son camping-car. Il ne reconnaît plus le son de ses chaussures. Il perçoit le cliquetis des béquilles sur le pavé. Le flacon d'antalgiques pèse dans sa poche. Son pied n'est pas un pied, mais une brique. Une brique bleue.

Les rideaux sont tirés sur les fenêtres des maisons pour se garder de la nuit, du froid et d'étrangers tels que lui.

Il s'est produit quelque chose ce soir. Pas seulement l'accident. Quelque chose qui a tranché net entre le présent et le passé. Il n'est plus la personne qui s'est réveillée ce matin. La frontière était mince, de toute façon. Il regrette son lit de Besley Hill et les autres malades en pyjamas. Il aimerait que les repas soient servis à l'heure et que les infirmières lui apportent ses comprimés. Il souhaite se vider l'esprit. Dormir.

Rien de tout ça ne se produira ce soir, il le sait. Des fragments de souvenirs fusent dans son esprit et il a la sensation d'être roué de coups. Au-delà de Cranham Village, au-delà de la lande, il y a les années perdues, les personnes perdues, il y a tout ça. Il se souvient du regard bouleversé d'Eileen et du garçon qui était son ami. Il pense au pont sur l'étang et aux deux secondes qui ont été le début de tout.

La douleur dans son pied n'est rien comparée à cette autre blessure si profonde en lui. On ne peut racheter le passé. Il n'y a pas de pardon. Il n'y a que les erreurs qu'on a commises.

Les rituels prendront toute la nuit, et même quand il croira enfin en avoir réalisé suffisamment, demain sera là, et tout le processus sera à recommencer. Et le jour suivant. Et le suivant. Et le suivant. Il tire la clé de sa poche et l'anneau en laiton piège la lumière.

Une pluie noire se met à tomber, dure, qui explose sur les pavés de Cranham Village, sur les poubelles, sur les toits pentus, sur son camping-car. Lentement, Jim progresse. Tout, songe-t-il, n'importe quoi, vaudrait mieux que ce qui l'attend.

15

Brûler le passé

— C'était une terrible erreur ! dit doucement Byron.

Quand il avoua la vérité à James, son ami pâlit tant qu'il lui parut transparent. Il écouta l'histoire de la petite fille qui avait pédalé vers la route au moment exact où les secondes avaient été ajoutées et une marque apparut entre ses sourcils, aussi profonde que si elle avait été creusée par un couteau. Il tortilla sa frange jusqu'à ce qu'elle forme une anglaise, quand Byron confessa qu'il avait tenté de garder le secret, mais qu'il avait échoué. Après ça, James resta si longtemps assis, la tête dans ses mains, que Byron craignit d'avoir eu tort de lui demander son aide.

— Qu'est-ce que vous faisiez à Digby Road ? finit par s'étonner James. Est-ce que ta mère ne sait pas que c'est un quartier dangereux ? Un jour, quelqu'un s'est fait tirer dans les genoux, et certaines maisons n'ont pas de toilettes.

— Je ne crois pas que ma mère ait pensé à ça. Elle a dit qu'elle y était déjà passée.

— Je ne comprends pas comment ça a pu arriver. Elle conduit très prudemment. Je l'ai observée. D'autres mères ne sont pas de bonnes conductrices. Mrs Watkins, par exemple, est vraiment dangereuse, mais ta mère n'est pas comme ça. Est-ce qu'elle va bien ?

— Elle ne parle plus. Elle a lavé la voiture deux fois, hier. Si mon père le découvre, ce sera terrible. J'ignore ce qui va arriver ce week-end.

— Mais ce n'est pas sa faute ! L'accident ne s'est produit qu'à cause des deux secondes.

Byron dit que c'était une chance que James ait lu cet article sur l'ajout de temps. Quel soulagement de l'avoir à ses côtés !

— Tu es sûr d'avoir vu la petite fille ?

— Oui.

— Tu peux dire « exact », si tu veux.

— Exact, James.

— Et ta mère ne l'a pas vue ?

— Exact.

— On ne veut pas qu'elle aille en prison.

(Bien que cette affirmation soit exacte aussi, la gorge de Byron se serra au point que le mot y resta coincé.)

— Si la petite fille était morte, on en aurait entendu parler. On l'aurait lu dans le journal. On peut donc écarter cette possibilité. Si elle était à l'hôpital, on le saurait aussi. Ma mère ne lit pas le *Times,* mais elle est au courant de toutes sortes d'informations de ce genre, parce qu'elle bavarde avec les volontaires, à l'antenne du parti conservateur. De plus, même si ta mère a redémarré, elle ne savait pas ce qu'elle avait fait. C'est important.

— Mais elle ment mal. Elle va forcément le dire. Elle ne pourra pas s'en empêcher.

— Il faut donc qu'on réfléchisse à ce qu'on pourrait faire.

James sortit de sa poche de blazer son scarabée en laiton, il le serra fort, les yeux fermés, et se mit à murmurer. Byron attendit patiemment. Son ami concevait une idée. Il fallait réfléchir scientifiquement, déclara James d'une voix lente. Il fallait être très logique, très précis.

— Afin de sauver ta mère, nous devons mettre au point un plan d'action.

Byron l'aurait embrassé s'ils n'avaient été des garçons de Winston House. Il savait que tout irait bien maintenant que son ami était dans le secret.

— Pourquoi tu fais cette drôle de tête ? s'étonna James.

— Je te souris.

***

En fait Byron n'eut pas besoin de s'inquiéter au sujet de son père. Ce week-end-là, sa mère garda la chambre à cause d'une migraine. Elle ne descendit que pour faire la cuisine et la lessive, trop malade pour se joindre à eux dans la salle à manger. La Jaguar resta au garage et Seymour ne bougea pas de son bureau. Byron et Lucy jouèrent sagement dans le jardin.

Le lundi, leur mère les conduisit à l'école, mais Byron dut lui rappeler de regarder dans son rétroviseur et de rouler dans la file de gauche. Elle avait changé de tenue plusieurs fois avant de quitter la maison. On aurait dit que, maintenant qu'elle détenait une nouvelle information sur elle-même, elle tentait de découvrir qui elle était et à quoi elle devrait ressembler. Elle avait mis des lunettes de soleil alors même que, ce matin-là, le ciel était nuageux. Ils prirent une route différente à travers les collines, afin d'éviter le croisement avec Digby Road. Byron expliqua à Lucy que c'était parce que ce chemin-là était plus pittoresque. Leur mère aimait la lande, ajouta-t-il.

— Pas moi ! protesta Lucy. Il n'y a rien à voir.

Le plan d'action de James était très complet. Il y avait travaillé tout le week-end. Il allait consulter tous les journaux en quête de nouvelles de Digby Road, ainsi que de tous les accidents liés aux deux secondes. Il n'en trouva aucun. Il avait établi, avec un double pour Byron, une liste des atouts de Diana, au cas où ils en auraient besoin – de son écriture précise, chaque ligne séparée par un blanc, le décompte noté en français.

Numéro un : L'accident n'était pas de sa faute.

Numéro deux : DH est une bonne mère.

Numéro trois : DH ne ressemble pas à un criminel et ne pense pas de cette façon.

Numéro quatre : Quand son fils, Byron, est entré à l'école, DH fut la SEULE mère à visiter la classe.

Numéro cinq : DH a un permis de conduire et une vignette payée.

Numéro six : Quand l'ami de son fils (M. James Lowe) fut piqué par une guêpe, DH chassa la guêpe vers le fond du jardin, mais refusa de la tuer, respectant sa vie.

Numéro sept : DH est très belle.

(Cette dernière entrée était biffée.)

— Mais qu'est-ce qu'on fait des preuves ? demanda Byron.

James y avait pensé. Les garçons pourraient lever des fonds pour remplacer le capot mais, avant qu'ils aient la somme nécessaire, Byron devrait cacher la marque rouge avec de la peinture argentée. James en avait plein en réserve.

— Mes parents ne cessent de m'offrir des maquettes à construire, pour Noël, et la colle me donne mal à la tête.

Il sortit de la poche de son blazer un petit pot de peinture et un pinceau spécial et il expliqua à Byron comment plonger la pointe du pinceau dans la peinture, essuyer le trop-plein au bord du pot et appliquer la couleur en coups légers, sans se presser. Il aurait aimé le faire lui-même, mais il n'avait pas l'occasion de se rendre à Cranham House. Il fournit même le vieux sac à tricot de sa mère pour cacher ces ustensiles.

— Tu devras le faire quand personne ne te regarde !

Byron sortit de sa poche la carte qu'il avait tracée de Digby Road, et James approuva du chef, mais quand Byron demanda s'il n'était pas temps de prévenir la police, les yeux de James s'agrandirent tant que Byron dut se tourner pour vérifier qu'il n'y avait personne derrière lui. Il chuchota furieusement :

— Il est hors de question de parler à la police. Nous ne devons pas trahir ta mère. De plus, elle nous a sauvés, à l'étang, tu t'en souviens ? Elle t'a sorti de l'eau et elle m'a dit que je n'étais pas responsable. Elle a été gentille avec nous. En fait, à l'avenir, il faudra que nous utilisions un code secret chaque fois que nous discutons de l'affaire. *Il faut,* continua James en français, *que le mot ait quelque chose à voir avec ta mère.* Pour qu'on s'en souvienne.

Et James choisit « Parfaite ».

***

Le lendemain, James trouva une raison pour passer près de la Jaguar. Au niveau du capot, il s'arrêta et mit un genou à terre, pour relacer sa chaussure, apparemment. Il déclara que Byron avait fait un très bon travail. On ne voyait vraiment rien, dit-il, à moins de savoir où regarder.

Il y eut des moments, pendant la semaine, où Diana sembla oublier Digby Road. Elle participa à un jeu de l'oie, fit des gâteaux, mais soudain, elle cessait d'agiter les dés, ou de tamiser la farine, et s'éloignait. Quelques minutes plus tard, munie d'un seau d'eau savonneuse, elle nettoyait la Jaguar une fois de plus et la rinçait de plusieurs seaux d'eau froide avant de la lustrer avec une peau de chamois, décrivant des petits cercles précis, comme Seymour le lui avait appris. Ce n'est qu'en arrivant au bout du capot qu'elle flanchait. Elle s'en approchait la tête légèrement tournée, les bras tendus. C'était à peine si elle osait le toucher.

Dans la cour de l'école, Diana parlait peu. Quand une mère lui demanda le jeudi comment elle allait, elle se contenta de hausser les épaules, et Byron se rendit compte qu'elle faisait tout pour cacher ses véritables sentiments.

La nouvelle mère, en veine de conversation, déclara, sur un ton léger :

— Je parie que vous vous inquiétez pour la nouvelle Jaguar. Je serais terrifiée si je devais la conduire.

Diana pâlit.

— J'aurais préféré ne jamais poser les yeux sur cet engin ! s'exclama-t-elle.

Elle avait le visage sombre, crispé. Byron ne l'avait vue ainsi qu'une fois : quand elle avait appris la mort de sa mère.

La femme, décontenancée par cette sortie, émit un petit rire pour détendre l'atmosphère, mais Diana s'éloigna. Byron savait que sa mère n'était pas impolie. Il savait qu'elle allait pleurer. Il était si surpris et si soucieux qu'au lieu de la suivre il resta en compagnie de cette dame qu'il connaissait à peine, bavardant de tout et de rien en attendant que sa mère revienne.

Byron parla plusieurs fois du temps et du parfait état de la Jaguar. Il n'y avait aucun problème avec cette voiture et sa mère était une conductrice si prudente que jamais ils n'avaient eu d'accident. Il aurait aimé que sa bouche cesse de parler.

— Heureusement ! s'exclama la femme.

Elle regarda alentour et ne trouva pas Diana. Finalement, elle dit en esquissant un sourire crispé qu'elle avait été très contente de parler à Byron, mais qu'elle avait mille choses à faire et qu'elle devait se dépêcher de partir.

***

Cette nuit-là, un craquement étrange réveilla Byron et le conduisit à regarder par la fenêtre de sa chambre. Le jardin était plongé dans l'ombre, si ce n'était une lumière orange qui tremblait dans un coin, juste avant le portail. Il enfila son peignoir, prit sa torche électrique et gagna la chambre de sa mère, qu'il trouva vide. Il alla voir dans la salle de bains et la chambre de Lucy mais ne la trouva pas. Il descendit l'escalier, mit ses chaussures et sortit enquêter.

Le haut des pentes de la lande luisait faiblement, tandis qu'à leur pied l'obscurité n'était trouée que par la blancheur des moutons. Les fleurs se dressaient, élancées, immobiles, les primevères telles des lampes jaunes. Il traversa la pelouse, passa la roseraie, le verger, le potager, sans quitter des yeux le feu et son halo orange. Les fruits avaient beau ne pas être mûrs, l'air embaumait des promesses de leurs délices. La lune, rose, fine, en forme de sourire, touchait presque l'horizon, nichée contre la lande.

Il ne fut pas surpris de trouver sa mère en train de se réchauffer les mains aux flammes d'un feu. N'en allumait-elle pas souvent ? Il fut surpris qu'elle tienne à la fois un verre et une cigarette. Jamais il ne l'avait vue fumer, mais à la manière dont elle portait la cigarette à sa bouche et aspirait la fumée, elle semblait aimer ça. Des ombres profondes sculptaient son visage qui rayonnait, ainsi que ses cheveux. Elle se pencha pour sortir quelque chose d'un sac à ses pieds, marqua une pause pour boire et fumer et jeta dans le feu ce qu'elle avait trouvé dans le sac. Les flammes se racornirent brièvement sous le poids, puis lancèrent des langues de chaleur.

Sa mère leva de nouveau son verre à sa bouche avec une telle détermination qu'on pouvait penser que le verre exigeait qu'elle le vide, plutôt que l'inverse. Quand elle termina sa cigarette, elle la jeta et l'écrasa de la pointe de ses chaussures, comme pour faire disparaître une erreur.

— Qu'est-ce que tu fais là ? demanda-t-il.

Elle se retourna brusquement, terrifiée.

— Ce n'est que moi ! la rassura Byron en riant et en tournant sa torche vers lui pour montrer qu'il était inoffensif.

Le rayon de lumière crue l'aveugla. Soudain, tout se retrouva percé d'un trou bleu, même sa mère. Il continua à tout regarder, de crainte d'être devenu aveugle.

— Je n'arrivais pas à dormir, suggéra-t-il parce qu'il ne voulait pas qu'elle croie qu'il l'espionnait.

Les trous bleus s'estompèrent.

— Est-ce que tu sors souvent quand tu ne peux pas dormir ?

— Pas vraiment.

Elle eut un sourire triste, et il songea que s'il avait répondu autre chose, s'il avait affirmé « Oui, je sors à chaque fois », elle aussi aurait dit autre chose, que la conversation aurait pris une direction différente et que tout aurait trouvé une explication.

Sa mère sortit un autre objet de son sac, une chaussure apparemment, pointue, à talon aiguille. Elle la lança aussi dans le feu. L'air crépita quand les doigts des flammes vinrent l'attraper.

— Est-ce que tu brûles tes vêtements ? s'inquiéta-t-il.

Il ne savait pas bien comment il expliquerait ça à James. Sa mère ne parut pas en mesure de concevoir une réponse.

— Ce sont ceux que tu portais ce jour-là ?

— Ils étaient démodés. Je ne les ai jamais aimés.

— Père les aimait. Il te les avait achetés.

— Oui, dit-elle avec un haussement d'épaules avant de boire une gorgée, eh bien, c'est trop tard !

Elle souleva le sac et l'ouvrit en forme de bouche qui bâille au-dessus des flammes. Deux bas en serpentèrent à la suite d'une seconde chaussure, puis son cardigan en lambswool tomba aussi. Une fois de plus, les flammes les attrapèrent et il les regarda noircir et se désintégrer. Un halo de chaleur vint se fondre dans la nuit.

— Je ne sais pas ce que je vais faire, dit-elle comme si elle s'adressait à quelqu'un d'autre et pas à lui.

Il la regarda, craignant ce qui allait suivre, mais elle n'ajouta rien. Elle se mit à trembler. Elle se voûta pour contrôler ses tremblements, qui continuèrent à parcourir tout son corps – non, non, pas seulement : ses vêtements aussi. Byron retira sa robe de chambre et la disposa gentiment sur ses épaules. Il n'aurait su dire comment ça se faisait, mais il se sentit plus grand, il eut l'impression d'avoir grandi depuis qu'il était près du feu.

Elle prit sa main dans les siennes.

— Il faut que tu dormes, mon amour. Il y a école, demain.

Alors que, par la pelouse et le jardin, ils regagnaient la maison, silhouette carrée contre le flanc plus sombre de la lande, les lumières scintillaient aux fenêtres, projetant dans la nuit leur éclat de pierres précieuses. Ils longèrent l'étang où attendaient les oies, taches floues sur la rive. Sa mère glissa sur son talon, donnant l'impression que l'articulation de sa cheville s'était déboîtée. Il tendit le bras pour la retenir.

Byron songea à son ami. Il songea au scarabée porte-bonheur de James et à son plan d'action. Il songea à la levée de fonds pour le capot. Ensemble, James et lui étaient représentés par cette robe de chambre drapée sur les épaules de sa mère. Ils la protégeraient du froid de la nuit.

— Tout ira bien, l'assura-t-il. Il ne faut pas avoir peur.

Il la guida jusqu'à la maison et lui fit monter les marches du perron.

Quand Byron alla vérifier au matin, les vêtements de sa mère n'étaient plus qu'un tas de cendres.

DEUXIÈME PARTIE

DEHORS

1

Une très bonne idée

— Je crois qu'il faut agir, déclara Byron.

Diana leva les yeux de la pomme qu'elle coupait sur le plan de travail, mais ne dit rien. Elle avala le contenu de son verre, le plaça près de ses autres verres vides et posa sur son fils le regard distant de celle qui est perdue dans ses pensées et ne trouve pas le chemin pour revenir au présent. Avec un petit sourire, elle retourna à sa besogne.

On était début juillet. Vingt-neuf jours s'étaient écoulés depuis l'accident, douze depuis la découverte de la preuve sur le capot. Sur toutes les surfaces horizontales de la cuisine des piles d'assiettes et de bols sales en équilibre précaire attendaient d'être lavés. Si Lucy voulait une cuiller propre, Byron devait en dénicher une sale et la laver. Il émanait aussi de la buanderie une odeur si désagréable qu'il se dépêchait d'en fermer la porte dès que sa mère la laissait ouverte. Diana ne se garait plus dans la rue bordée d'arbres avec les autres mères. Elle abandonnait la voiture là où personne ne pouvait la voir et ils faisaient le reste du trajet à pied. Les chaussures de Lucy étaient râpées au gros orteil. Byron avait arraché un bouton de plus à sa chemise. Son cardigan ne cessait de glisser des épaules de sa mère. Les objets auraient-ils oublié quel était leur rôle ?

Quand Byron avait exposé ces changements à James, ce dernier avait déclaré qu'ils devaient concevoir un nouveau plan d'action.

— Oui, mais quoi ? s'était inquiété Byron.

— J'y réfléchis encore.

Il fallait aussi prendre en considération le comportement de sa mère pendant le week-end. Diana semblait incapable de rien faire correctement. Elle avait eu si peur d'être en retard pour Seymour qu'ils avaient attendu près d'une heure sur le quai de la gare. Elle avait si souvent remis du rouge à lèvres que sa bouche finissait par ne plus paraître sienne. Byron s'était employé à distraire Lucy par des devinettes, mais il n'était parvenu qu'à l'irriter, quand il n'avait pas trouvé quel mot commençait par « né ».

— Néléphant ! avait-elle sangloté.

Elle pleurait encore quand le train était entré en gare. Ensuite, sa mère avait foncé vers la voiture en parlant nerveusement d'un tas de choses sans aucun lien entre elles – la chaleur, la semaine de Seymour, quelque chose de bon pour le dîner. Elle aurait aussi bien pu crier : « Capot, capot, capot ! » Pendant le trajet, elle fit plusieurs fois caler le moteur.

Ça ne s'était pas arrangé à la maison. Pendant le dîner du samedi, Byron avait tenté de détendre l'atmosphère en demandant à son père son opinion sur la Communauté économique européenne, mais son père s'était contenté de s'essuyer la bouche et de s'enquérir :

— N'y a-t-il pas de sel ?

— Du sel ? avait repris sa mère.

— Oui, du sel.

— Qu'en est-il du sel ?

— Tu sembles préoccupée, Diana.

— Mais non, Seymour. De quoi parlais-tu ? De sel ?

— Je disais que je n'en sens pas du tout, dans ce plat.

— Moi, je ne sens que ça, dit-elle en repoussant son assiette. En fait, je ne peux pas manger ce truc.

Ces mots ne signifiaient-ils pas autre chose ? Quelque chose qui n'avait rien à voir avec du sel ? Plus tard, Byron avait tendu l'oreille vers ses parents, qui passaient de pièce en pièce. Chaque fois que son père entrait dans une pièce, sa mère s'en enfuyait. Une fois de plus, Seymour était parti tôt le dimanche matin.

— On dirait qu'elle s'inquiète, avait conclu James.

— Comment est-ce qu'on peut la rassurer ?

— On doit lui prouver qu'elle n'a pas de souci à se faire.

— Mais si, il y a beaucoup de souci à se faire.

— Il faut se concentrer sur les faits.

James tira de la poche intérieure de son blazer un papier plié en quatre. À l'évidence, il avait établi une nouvelle liste pendant le week-end.

— *Opération Parfaite,* lut-il. Un : on ne pense pas que la petite fille a été gravement blessée. Deux : la police n'est pas venue arrêter ta mère. Trois : ce n'était pas de sa faute, mais à cause des secondes supplémentaires. Quatre…

— Quatre ?

— Quatre, c'est ce qu'on doit faire maintenant.

Il expliqua son plan en détail.

***

La lumière matinale soulignait les traces et les taches sur les vitres, comme si le soleil avait choisi de ne plus entrer. Ses rayons se rassemblaient en secret et révélaient les coins poussiéreux et les traînées laissées par les pas de Lucy au-delà de la porte-fenêtre.

— Est-ce que tu m'entends, maman ? tenta Byron, le cœur serré. Il faut faire quelque chose, à propos de ce qui s'est passé sur Digby Road.

Toc, toc, toc, continua le couteau de sa mère sur la pomme. Si elle n'y prenait garde, ce ne serait plus le fruit qu'elle couperait, mais ses doigts.

— Il faut que nous y retournions. Nous devons expliquer que c'était un accident.

Le couteau s'immobilisa et sa mère leva la tête pour le regarder, ahurie.

— Tu plaisantes ?

Des larmes inondèrent ses yeux et elle ne fit rien pour éviter qu'elles ne coulent sur son visage et ne tombent par terre.

— Je ne peux pas y retourner maintenant. Ça s'est produit il y a un mois. Que pourrais-je dire ? De toute façon, si ton père l'apprenait… Il n'est pas question que j'y retourne.

Il la blessait alors qu'il aurait voulu tout le contraire. Il ne pouvait la regarder. Il se contenta de répéter mot pour mot ce qu'avait dit James :

— Je viendrai avec toi. La mère de la petite fille verra comme tu es gentille. Elle verra que tu es une mère. Elle comprendra que ce n'était pas de ta faute. Ensuite, on remplacera le capot, et tout sera terminé.

Diana agrippa ses tempes comme s'il y avait quelque chose de si lourd dans sa tête qu'elle pouvait à peine la bouger. Soudain, une pensée parut la réveiller. Elle traversa la cuisine et posa sur la table, d'un geste brusque, le fruit découpé.

— Bien sûr ! cria-t-elle presque. Qu'est-ce que j'ai fait, tout ce temps ? Bien sûr que je dois y retourner !

Elle décrocha son tablier et le noua autour de sa taille.

— On peut attendre un peu, s'inquiéta Byron. Je ne voulais pas dire que ce devait être aujourd'hui.

Sa mère ne l'écouta pas. Elle lui embrassa le sommet de la tête et monta en courant l'escalier pour réveiller Lucy.

**

Byron n'eut pas l'occasion de prévenir James. Il scruta les trottoirs depuis le siège de la voiture, mais comme ils ne se garaient même pas près de l'école, il savait c'était sans espoir. Il ne le trouverait pas. Le ciel, ce matin-là, était si plat qu'il semblait repassé de frais. Des éclats de soleil illuminaient les feuilles sur les arbres et les sommets lointains de la lande de Cranham se fondaient en une teinte lilas. Alors que Diana parcourait à côté de Lucy les quelques pâtés de maisons les séparant de l'école, une mère lui cria un bonjour, mais elle continua sa route les bras serrés autour de la taille comme si elle se maintenait en un seul morceau. Byron était terrorisé et Digby Road était le dernier endroit où il souhaitait se rendre. Il ne savait pas ce qu'ils diraient en arrivant. James n'en était pas encore là de son projet. Tout se déroulait bien plus vite que les deux garçons l'avaient projeté.

Quand sa mère ouvrit la portière d'un geste brutal et s'assit à côté de lui, Byron sursauta. Elle avait les yeux durs, couleur étain.

— Je dois faire ça seule.

— Et moi ?

— Ce n'est pas bien de t'amener. Il ne faut pas que tu manques l'école.

Il tenta de trouver très vite ce que James répondrait. C'était déjà terrible que le plan progresse sans son ami ! Les gamins avaient très fermement décidé qu'ils accompagneraient tous les deux Diana pour prendre des notes.

— Tu ne peux pas. Tu ne sais pas où ça s'est passé. Tu ne peux pas y aller seule. Tu as besoin que je vienne, protesta Byron en se rendant compte avec horreur qu'il pleurait presque.

— Mon chéri, ils seront en colère. Tu es un enfant. Ce sera difficile.

— Je veux venir. Ce serait pire pour moi, sinon. Je m'inquiéterais tellement ! Et puis, tout ira bien, quand ils nous verront. Je le sais.

Ce fut décidé. À la maison, Byron et sa mère évitèrent de se regarder et ne se parlèrent que pour mentionner des détails sans importance. L'ombre de Digby Road avait envahi la pièce, aussi encombrante qu'un canapé, et ils évoluaient autour avec prudence.

— Il faut que je me change avant d'y aller.

— Tu es très bien comme ça, maman.

— Non, je dois porter une tenue adéquate.

Il suivit sa mère à l'étage et observa son reflet dans le miroir. Il regrettait d'être en costume d'école. James possédait un costume deux-pièces noir, que sa mère lui avait acheté pour l'église, bien qu'il ne crût pas en Dieu. Byron aurait aimé en avoir un aussi. Diana prit un temps infini pour décider de sa tenue, y appliquant un soin scrupuleux, debout face au miroir, drapant chaque robe devant elle. Elle finit par choisir une tunique couleur pêche, une des préférées de Seymour, qui dévoilait la pâleur de ses bras nus et le bord de ses clavicules. Quand elle la portait au dîner, pendant les séjours de son mari, il la guidait dans l'escalier, une main possessive sur sa taille.

— Tu vas mettre un chapeau ?

— Un chapeau ? Et pourquoi donc ?

— Pour montrer que c'est une démarche importante.

Elle se mordit la lèvre pour mieux réfléchir et croisa les bras sur ses épaules. Elle avait la chair de poule. Il faudrait sûrement qu'elle prévoie un cardigan. Elle finit par tirer un fauteuil capitonné devant l'armoire et monta dessus. Tandis qu'elle fouillait dans les boîtes de l'étagère supérieure, plusieurs chapeaux flottèrent jusqu'au sol, accompagnés de plumes et de voilettes – bérets, tambourins, capelines à large bord, toque russe en zibeline, turban en soie blanche et une sorte de tiare avec un plumet.

— Oh, mon Dieu ! soupira sa mère.

Assise à sa coiffeuse, elle essaya et rejeta les modèles les plus stricts les uns après les autres. Ses cheveux s'envolaient, chargés en électricité statique.

— Non, je ne crois pas que je vais porter un chapeau, décida-t-elle.

Elle se repoudra le nez et pressa ses lèvres pour leur appliquer du rouge.

Il eut l'impression que ça la faisait disparaître et il éprouva une telle tristesse qu'il dut se moucher.

— Peut-être que je devrais porter un vêtement de père ?

— Je ne crois pas, chuchota-t-elle sans presque bouger les lèvres. Il le saura, si tu le fais.

— Je pensais à une petite chose, une cravate, par exemple. Il n'en saura rien.

Byron entrouvrit la double porte de l'armoire de Seymour et une odeur rigide de propreté l'agressa. Vestes et chemises étaient alignées sur leurs cintres en bois telles des versions de son père sans tête. Byron tira une cravate en soie et la toque de son père et claqua les portes avant que les vestes et les chemises ne le grondent. Il drapa la cravate couleur prune autour de son cou et garda le chapeau à la main, parce qu'on n'est pas censé porter un chapeau à l'intérieur. James dirait que ça porte malheur.

— Voilà, dit-il. Tout est en ordre.

— Tu es sûr ? demanda Diana en se retournant à l'autre bout de la chambre.

Elle ne s'était pas adressée à lui, mais aux meubles, au fauteuil, aux rideaux et au dessus de lit en chintz assorti.

Il avala sa salive à grand bruit.

— Ce sera bientôt terminé. Allons-y gaiement !

Elle sourit. Quoi de plus simple ? Et ils partirent.

***

Diana conduisit plus prudemment encore que d'habitude, les mains posées à dix heures dix sur le volant. Le soleil dardait ses rayons sur la lande. Le bétail, entouré de mouches noires, agitait la queue, mais restait sur place, attendant que la chaleur diminue. L'herbe avait pris la couleur de la paille. Byron aurait aimé parler, mais il ne savait pas par où commencer et plus il laissait passer de temps, plus il était difficile de briser le silence. De plus, chaque fois que la voiture oscillait de gauche ou de droite, la toque de son père tombait sur son nez. On aurait dit qu'elle avait une vie propre.

— Est-ce que ça va, mon chéri ? Tu es bien rouge, là-dessous.

Elle se gara à l'entrée de Digby Road, juste après la voiture brûlée. Quand elle demanda s'il se souviendrait de la maison, il sortit de sa poche la carte qu'il déplia pour elle.

— Je vois, dit-elle sans s'arrêter pour regarder.

Maintenant qu'elle avait pris sa décision, elle ne voulait pas traîner. Elle se contenta de commenter :

— Peut-être devrais-tu retirer ce chapeau, mon chéri.

Les cheveux de Byron étaient collés en mèches pointues sur son front. Les talons de sa mère sur les pavés résonnaient en lui comme des coups de marteau. Il aurait aimé qu'elle marche plus discrètement, parce que des gens commençaient à les remarquer. Une femme en survêtement les observa derrière sa corde à linge. Une rangée de gamins assis sur un muret les siffla, mais Diana ne leva pas les yeux. Byron sentait son ventre se liquéfier et il avait de plus en plus de mal à respirer. Le quartier était pire encore que dans son souvenir. Le soleil fondait sur les pierres des maisons et écaillait leur peinture. On avait parfois bombé les murs « Les porcs dehors ! », « IRA de merde ! » Transpercé par la peur, il essayait de ne pas regarder autour de lui. Il se souvint que James lui avait parlé des brutes qui vous cassaient les genoux, à Digby Road, et aussi de ce que sa mère avait dit sur le quartier, avant de finalement le traverser en voiture. À nouveau, il se demanda pourquoi elle avait pris ce chemin le jour de l'accident.

— Est-ce qu'on est bientôt arrivés ? s'impatienta-t-elle.

— Il y aura un arbre en fleur, et le portail est juste après.

Dès qu'il vit l'arbre, son cœur se serra. Durant les semaines écoulées depuis leur dernière visite dans le quartier, il avait été agressé, ses longues branches brisées, les fleurs dispersées sur le pavé. Ce n'était plus un arbre, mais une haute souche dénudée. Sa mère s'arrêta au portail de la maison où habitait la petite fille.

— C'est ici ?

Elle tenait son sac des deux mains, ce qui la faisait paraître trop petite.

Le portail grinça quand sa mère l'ouvrit. Byron se mit à prier en silence.

— C'est la sienne ? demanda Diana en montrant une bicyclette rouge contre une poubelle.

— Oui.

Elle alla jusqu'à la porte. Le jardin était si petit qu'il aurait tenu dans un seul des parterres de Cranham House, mais un sentier propre le traversait, délimité par des pierres entremêlées de fleurs. Les rideaux étaient tirés aux fenêtres de l'étage. En bas aussi.

Et si James avait tort ? Et si la petite fille était morte, finalement ? Et si ses parents étaient à ses funérailles, ou sur sa tombe ? Quelle folie de venir tout droit ici ! Byron songea avec nostalgie à sa chambre aux rideaux bleus, au carrelage blanc de l'entrée, aux nouvelles fenêtres à double vitrage.

— Je crois qu'ils sont sortis, tenta Byron. Est-ce qu'on rentre à la maison ?

Diana retira les doigts de ses gants et frappa à la porte. Byron jeta un coup d'œil à la bicyclette. Aucune trace d'accident. Diana frappa de nouveau, avec plus d'insistance. Comme personne ne venait, elle fit quelques pas en arrière, ses talons perforant la terre pourtant dure.

— Il y a quelqu'un, dit-elle en montrant une fenêtre à l'étage. Bonjour ! appela-t-elle.

La fenêtre s'ouvrit sur un homme qui ne semblait porter qu'un maillot de corps.

— Qu'est-ce que vous voulez ? demanda-t-il d'un ton revêche.

— Je suis désolée de vous déranger. Est-ce que je pourrais vous parler ?

Byron saisit la main de sa mère et la serra fort. Une image s'était imposée à lui, qu'il ne pouvait écarter. Il avait beau tout tenter, il voyait sa mère soulevée du sol, légère, une plume ou un nuage qui s'envolait au loin.

***

Quand la porte s'ouvrit, l'homme les toisa. Il occupait tout le seuil. À l'évidence, il s'était peigné en descendant, et il avait enfilé une chemise, mais elle portait des taches de sang au col et il y manquait des boutons. Jamais le père de Byron n'aurait laissé sa chemise ouverte. L'homme, qui ne s'était visiblement pas rasé ce matin-là, avait la peau grise qui pendait en plis gras sous de courts poils de barbe. Il bloquait l'entrée.

— Si vous vendez des trucs, vous pouvez dégager.

— Non, non ! rectifia Diana. Nous sommes ici pour une affaire privée.

Byron hocha la tête pour montrer à quel point c'était privé.

— C'est à propos de votre fille. À propos de quelque chose qui lui est arrivé.

— Jeanie ? s'inquiéta l'homme. Elle va bien ?

Diana regarda par-dessus son épaule. Un petit groupe s'était assemblé au portail – la femme en survêtement et les jeunes du muret ainsi que plusieurs autres. Ils observaient la scène, le visage dur.

— Ce serait plus facile à expliquer à l'intérieur…

L'homme s'écarta pour les laisser passer. Quand il ferma la porte, l'odeur empreinte d'humidité et de décrépitude prit Byron à la gorge. Les murs n'étaient pas couverts de tissu tendu rayé avec des fleurs, comme à Cranham House, mais d'un papier peint jaunâtre vieillot qui se décollait en arrivant au plafond.

— Beverly ! cria l'homme en levant la tête vers l'escalier.

— Qu'est-ce qu'il y a encore, Walt ? répondit une petite voix.

— On a de la visite, Bev !

— Quel genre de visite ?

— Des gens qui veulent nous parler de Jeanie, cria-t-il avant de se tourner vers Diana et de demander à mi-voix : Elle va bien, hein ? Je sais qu'elle se met parfois dans des situations difficiles, mais c'est une gentille petite.

Diana se trouva incapable de parler.

— On va attendre Beverly, dit-il.

Il désigna une pièce, à gauche, et s'excusa pour son accueil. Il y avait plein de dames qui venaient vendre du maquillage, « et les femmes aiment les belles choses ». Diana hocha la tête pour indiquer qu'elle comprenait et Byron fit de même alors qu'il ne comprenait pas.

Après l'entrée sinistre, le petit salon était d'une clarté et d'une propreté surprenantes. Des figurines en porcelaine s'alignaient devant la fenêtre – chats dans des paniers, bébé koala sur une branche. Il y avait un tapis à motif fleuri et du bois aux murs sur lesquels volaient trois canards. Pas de téléviseur, mais un espace où il y en avait eu un, et un tourne-disque à côté d'une pile de 33-tours dans leur pochette. Byron sourit à l'homme et aussi aux magazines féminins sur la table basse, aux objets sur le rebord de la fenêtre, aux canards en vol et à l'abat-jour à franges, car il éprouvait soudain de la tendresse envers ces objets et leurs propriétaires. Une rangée de jouets en peluche occupait le canapé en faux cuir. Il en reconnut certains – Snoopy, par exemple – et d'autres portaient des casquettes ou des T-shirts qui disaient « Je t'aime » ou « Embrasse-moi ! »

— Je vous en prie, asseyez-vous.

Walt semblait trop grand pour la pièce.

Byron s'assit entre les peluches en prenant soin de n'écraser aucun petit accessoire. Sa mère prit place à l'autre bout du canapé, près d'un personnage bleu géant, qui pouvait être un ours ou un dinosaure. Il lui arrivait presque à hauteur d'épaule. Walt vint se planter devant la cheminée. Personne ne disait mot. Ils étaient plongés dans l'étude des volutes du tapis comme s'ils n'avaient jamais rien vu de plus intéressant.

Ils se tournèrent vers la porte quand une femme entra, aussi fine que Diana, mais ses cheveux noirs lui mangeaient la figure. Elle portait un T-shirt sur une jupe marron informe et des sandales à semelle de liège.

— Qu'est-ce qui se passe, Walt ?

En voyant les invités, elle eut un sursaut comme si elle venait d'être traversée par un courant électrique.

— Ils sont venus à propos d'une affaire privée, Beverly.

Elle repoussa ses cheveux, qui s'aplatirent derrière ses oreilles et évoquèrent les ailes soyeuses d'un oiseau noir, soulignant d'autant plus ses traits et son teint pâle, presque décoloré. Ses yeux passaient de son mari à leurs hôtes.

— C'est pas un huissier ?

Ils répondirent « non » en chœur. Rien à voir avec un huissier.

— Tu leur as offert à boire ?

Walt haussa les épaules en matière d'excuse, et Diana l'assura qu'ils n'avaient pas soif.

— C'est à propos de Jeanie, dit Walt.

Beverly tira une chaise en plastique et s'assit face à Diana, qu'elle évalua de haut en bas de ses yeux verts. Avec ses mains fines, sa peau pâle, sa bouche pincée et ses pommettes saillantes, elle avait un air avide.

— Et alors ?

Diana demeura immobile, les genoux serrés, les pieds parallèles.

— J'aime bien les peluches de votre fille ! dit Byron dans l'espoir d'avoir l'air plus adulte, comme James.

— Les peluches sont à Beverly, rectifia Walt. Comme les objets en porcelaine. Elle fait collection. Hein, Beverly ?

— Oui, confirma la femme sans quitter Diana des yeux.

Il n'y avait pas trace de leur fille, à l'exception d'une photo de classe sur le manteau de la cheminée. On aurait dit qu'elle en voulait à l'objectif, qu'elle regardait en louchant. Rien à voir avec la photo de Lucy, qui avait visiblement été surprise par le flash. La gamine avait l'air de quelqu'un qui aurait refusé de sourire au petit oiseau qui allait sortir. Elle avait les traits fins et le visage mince de sa mère.

— Beverly voudrait avoir l'orchestre nègre de Robertson. Elle aime bien leurs petits instruments, et tout.

— Ma mère aussi aime les petits objets, dit Byron.

— Mais ceux de Robertson sont trop chers.

Byron jeta un coup d'œil à sa mère. Elle rassemblait ses forces, l'air de regarder au bas d'une falaise en espérant ne pas y tomber.

— Écoutez, dit Walt. Jeanie n'a rien fait de mal, si ?

Diana ouvrit enfin la bouche. D'une voix fragile, elle entreprit de raconter l'accident. En l'écoutant, Byron osait à peine respirer. Il n'osait pas la regarder. Il regardait Beverly, sa manière de regarder Diana, ou plutôt d'être fascinée par ses bagues.

Diana expliqua que, quatre semaines plus tôt, ils avaient emprunté cette rue pour échapper à un embouteillage et qu'elle avait perdu le contrôle de sa voiture à l'instant où leur fille sortait à bicyclette. Elle dut se moucher, tant elle pleurait.

— Je suis désolée, tellement désolée ! répétait-elle sans cesse.

Dans le silence qui suivit, elle saisit la peluche bleue qu'elle prit sur ses genoux et serra contre elle.

— Vous voulez dire que vous avez renversé Jeanie avec votre voiture ? finit par commenter Walt d'un air incrédule. C'est pour ça que vous êtes là ?

L'animal bleu dans les bras de Diana, animé d'une nervosité qui lui était propre, se mit à trembler.

— J'aurais dû m'arrêter. J'aurais dû la voir. Je ne sais pas pourquoi je ne suis pas descendue de la voiture. Est-ce que votre fille… va bien ?

Byron sentait les battements de son cœur derrière ses oreilles.

Walt interrogea Beverly du regard. Elle était tout aussi incrédule.

— Il doit y avoir une erreur. Vous êtes sûre qu'il s'agissait de Jeanie ?

Byron se leva pour étudier sa photo. Il en était certain, dit-il. Il ajouta qu'il était le seul témoin, qu'il avait tout vu, contrairement à sa mère. Il se sentait sous les feux de la rampe, parce que personne d'autre ne parlait et que tous le regardaient. Il y avait des preuves, continua-t-il : la trace sur le capot. Une preuve irréfutable, asséna-t-il du ton de James.

Walt avait toujours cette même expression troublée.

— C'est très gentil de votre part d'être venus, mais Jeanie va très bien. Elle ne nous a pas parlé de cette voiture. Jamais elle n'a évoqué un accident, si, Berverly ?

Beverly haussa les épaules pour signifier qu'elle n'en avait aucune idée.

— Elle court partout comme d'habitude. Parfois on n'arrive même pas à la suivre, hein, maman ?

— En effet, Walt.

Diana laissa échapper un petit cri de soulagement. Byron eut envie de caresser toutes les peluches, de leur tapoter la tête. Il avait hâte de raconter ça à James. Diana confia combien elle était inquiète, qu'elle n'avait pas dormi depuis des jours. Byron lui rappela qu'elle avait aussi eu peur que son père le découvre. C'était hors sujet, mais on l'écouta.

— Et moi qui croyais que vous vendiez du maquillage ! dit Walt.

Ils rirent tous. Se produisit alors un son si tranchant que l'air en trembla. Tout le monde se tourna vers Beverly, le front plissé par le choc, ses yeux verts sillonnant le tapis. Walt tendit la main vers la sienne, mais elle la retira avant qu'il puisse la saisir.

— De quoi parlez-vous donc ? Est-ce qu'il s'agirait de cette petite blessure qu'elle a eue ? Au genou.

Byron se tourna vers Diana, qui se tourna vers Walt. Il gonfla les joues.

— C'était il y a presque un mois, je crois, continua Beverly. Maintenant que j'y repense, ça doit être ce jour-là. Ça fait trop longtemps pour que je puisse le dire à coup sûr, mais elle avait du sang sur sa chaussette. La coupure n'était pas profonde. J'ai dû lui trouver une autre paire de chaussettes, tu te souviens. Et lui mettre un pansement.

Walt baissa la tête pour tenter de se souvenir de ce jour lointain.

— Il ne s'en souvient pas, fit remarquer Beverly. Les hommes sont comme ça, vous le savez bien ! dit-elle à Diana comme si elles étaient de vieilles amies avant de rire si fort que Byron put voir ses molaires.

— Quel genre de coupure ?

— Pardon ?

— C'était grave ? demanda Diana d'une voix atone.

— Non, non, toute petite ! Ce n'était vraiment rien. Sur sa rotule ! précisa Beverly en retroussant l'ourlet de sa jupe pour montrer à Diana son genou, tout maigre, plutôt semblable à un coude. On n'a pas dû lui faire de point ni rien. Comme vous l'avez dit, c'était un accident.

À la porte, ils se serrèrent tous la main. Walt tenta de rassurer Diana.

— Ne vous en faites pas ! ne cessait-il de dire.

— Merci, merci ! répétait-elle.

Elle était si heureuse que tout aille bien. Est-ce que la bicyclette avait été endommagée ? Était-ce un cadeau ? Elle n'avait aucune raison de s'en inquiéter, affirma Walt.

— Bon vent ! cria Beverly depuis le seuil. J'espère qu'on se reverra !

C'était la première fois qu'elle avait l'air heureux.

***

En quittant Digby Road, Byron ne put cacher son excitation. Sa mère ouvrit les fenêtres de la voiture pour qu'ils sentent la brise sur leur peau.

— Je trouve que ça s'est formidablement bien passé !

— Tu crois ? hésita Diana.

— Ils étaient très amicaux. Même père les aimerait. Ça prouve qu'il y a des gens gentils, à Digby Road.

— La petite fille avait une coupure. Sa mère a dû jeter ses chaussettes tachées.

— Mais c'était un accident. Ils l'ont compris. La petite fille va bien. C'est l'essentiel.

Un camion les doubla et les cheveux mousseux de sa mère vinrent caresser son visage. Elle tapota le volant du bout des doigts.

— Elle ne m'aime pas.

— Mais si ! Et tu as vu ? Elle lit les mêmes magazines que toi. En tout cas le père de la petite fille t'aime bien, lui. Il n'arrêtait pas de sourire.

Soudain, Diana freina si brutalement que Byron eut peur d'un accident. Elle se rangea contre le trottoir sans mettre sa flèche, ce qui déclencha un concert de klaxons. Quand elle se tourna vers Byron, il constata qu'elle riait. À l'évidence, elle se moquait de ce que pensaient les autres conducteurs.

— Je sais ce qu'on va faire !

Au premier trou dans le défilé de voitures, Diana fit demi-tour et revint vers la ville.

***

Ils se garèrent près du grand magasin. Sa mère déployait une énergie que Byron ne lui avait plus connue depuis la découverte de la preuve. Est-ce que ça ne serait pas merveilleux, demanda-t-elle, s'ils pouvaient trouver tout l'orchestre nègre de Robertson pour Beverly ? Dès que le portier ouvrit le battant en verre pour les laisser entrer, ils furent accueillis par des bavardages enthousiastes et par les premiers accords d'un air populaire. Un musicien en queue-de-pie faisait la démonstration d'un nouveau modèle de piano électrique Wurlizter. Il montrait comment, d'une simple pression sur un bouton, on pouvait obtenir différents accompagnements : percussions, violons, rythme de samba. C'était la musique d'aujourd'hui, assurait-il. Quelqu'un s'écria :

— Pas à ce prix !

Les clients rirent.

Byron murmura à sa mère qu'il leur faudrait prétendre manger beaucoup de confiture et de marmelade, pour le prix de l'orchestre nègre, et son père pourrait avoir des soupçons. Il suggéra une peluche, à la place.

La lumière reflétée par les larges fenêtres donnant sur la rue, les lampes sur les comptoirs, les bijoux, les bouteilles de parfum colorées donnaient l'illusion que le grand magasin scintillait. Des femmes se rassemblaient pour essayer des senteurs et des couleurs de rouge à lèvres. Peu d'entre elles achetaient. Diana passait d'un présentoir à un autre, ses talons claquaient sur le marbre, et elle tapotait doucement du bout des ongles certains des produits exposés. S'il n'y avait pas eu James, Byron savait que jamais plus il ne voudrait retourner à l'école. Il avait la sensation d'être tombé sur quelque chose de suave, d'interdit, comme ces images dans son livre sur les chevaliers arabes où on voyait des femmes dont les tenues légères couvraient à peine leur chair si tendre. Il souhaita que tout demeure comme ce matin-là : leurs soucis écartés, il arpente le magasin seul avec sa mère, en quête d'un présent pour arranger les choses. Au rayon des cadeaux, ils choisirent un agneau bleu vêtu d'un gilet rayé, des cymbales cousues à ses pattes en velours. On le leur emballa dans une boîte ornée d'un ruban bleu scintillant.

— Est-ce que tu ne crois pas qu'on devrait aussi acheter quelque chose pour Jeanie ? demanda Diana.

Byron suggéra quelque chose pour attacher ses cheveux. Toutes les filles aimaient les barrettes avec des personnages. Sa mère courait déjà vers l'ascenseur pour gagner le rayon des jouets quand il dut l'arrêter. Non, les barrettes, c'était trop dangereux. Un garçon avait failli perdre un œil à cause d'une barrette. James Lowe le lui avait raconté.

— Oh ! non, je ne voudrais pas être à l'origine d'un tel accident. Il me semble que c'est une petite fille bien téméraire.

Ils se sourirent timidement à cette évocation.

— Pas de bâton sauteur à ressort non plus, déclara-t-il. Elle pourrait bondir dans toutes sortes d'ennuis.

Cette fois, ils rirent franchement. Ils choisirent encore un agneau, mais avec une guitare. L'instrument avait même des cordes. Ce n'est qu'en faisant la queue à la caisse que Diana eut une autre idée. Elle appela une vendeuse d'une voix si essoufflée qu'elle sonna comme un rire.

— Est-ce que vous vendez des bicyclettes rouges ?

Elle tenait déjà son chéquier à la main.

**

Ils enfermèrent la nouvelle bicyclette dans la voiture. Bien qu'il ne soit pas encore midi, Byron était affamé, et sa mère l'emmena en ville dans un hôtel avec des tables aux nappes blanches et au sol luisant comme de la glace. Il s'imagina en train de patiner dessus en chaussettes. À travers l'air chargé de fumée, on entendait les bavardages discrets et le tintement des couverts sur la porcelaine. Les serveurs essuyaient des verres à pied et les présentaient à la lumière. Il n'y avait que peu de clients. Byron n'était jamais venu là auparavant.

— Une table pour deux ? s'enquit un serveur sorti de derrière un palmier en pot.

Ses favoris soulignaient ses joues comme des chenilles en laine au-dessus d'un nœud papillon et d'une chemise mauve à volants. Byron décida qu'un jour il aimerait s'acheter une chemise de couleur. Il se demanda si les banquiers pouvaient avoir des favoris ou s'ils ne pouvaient les porter que le week-end.

À leur passage, les clients levèrent le nez de leur café. Ils prirent note des talons aiguilles de Diana et des mouvements souples de son corps dans sa robe pêche, de ses cheveux dorés et de ses seins arrondis. Elle avançait telle une vague sur le sol miroir. Byron aurait préféré que les gens détournent le regard tout en souhaitant qu'ils continuent à la contempler. Sa mère ne sembla rien remarquer. Ils la prenaient peut-être pour une star de cinéma. S'il avait été un étranger et qu'il la voyait pour la première fois, c'est ce qu'il penserait.

— N'est-ce pas excitant ? dit-elle alors que le serveur tirait sa chaise sans bruit.

Byron glissa sa serviette amidonnée dans son col, parce que c'était ce que le monsieur avait fait, à la table d'à côté. Cet homme avait brillantiné ses cheveux en travers de sa calvitie, donnant à son crâne l'aspect d'une calotte en plastique. Byron se promit de demander à sa mère s'il pourrait acheter cette brillantine-là pour lisser ses cheveux.

— Vous n'avez pas école, aujourd'hui, jeune homme ? s'étonna le serveur.

— Nous avions des achats à faire, répondit Diana d'un ton ferme en regardant le menu. Qu'aimerais-tu prendre, Byron ? Tu peux manger tout ce qui te fait plaisir. On a quelque chose à célébrer !

Quand elle sourit, on aurait dit qu'elle était éclairée de l'intérieur.

Byron expliqua qu'il aimerait un velouté de tomates, mais aussi un cocktail de crevettes. Il n'arrivait pas à décider. À sa grande surprise, sa mère commanda les deux, déclenchant un clin d'œil du monsieur de la table d'à côté.

— Et pour vous, madame ?

— Oh ! rien pour moi.

Byron ne savait pas pourquoi le monsieur lui avait fait un clin d'œil, mais il le lui rendit.

— Rien ? s'étonna le serveur. Pour une dame si charmante ?

— Juste de l'eau, s'il vous plaît. Avec de la glace.

— Un verre de champagne ?

— À onze heures du matin ?

— Pourquoi pas ? insista Byron, qui ne put s'empêcher de regarder à nouveau l'homme, qui semblait sourire. C'est une occasion spéciale.

En attendant leurs boissons, Diana jouait avec ses mains. Byron se souvint de la manière dont Beverly avait regardé fixement les doigts de sa mère, comme pour mesurer la taille des bagues.

— J'ai connu un homme qui ne buvait que du champagne, dit-elle. Je crois qu'il en prenait même au petit déjeuner. Il t'aurait plu, Byron. Il savait sortir des boutons des oreilles des gens. Il était drôle. Et puis un jour… il est parti.

— Parti ? Parti où ?

— Je n'en sais rien. Je ne l'ai plus jamais revu. Il disait que les bulles le rendaient heureux.

Elle sourit, mais d'une manière triste, courageuse. Jamais Byron ne l'avait entendue parler comme ça.

— Je me demande ce qui s'est passé, murmura-t-elle.

— Est-ce qu'il vivait à Digby Road ? Est-ce pour ça que tu y es allée ?

— Oh ! non. C'était autre chose.

Diana fit un petit geste de la main comme si elle avait découvert des miettes invisibles sur la nappe immaculée et devait les retirer.

— C'était il y a des années. Avant que je rencontre ton père. Redresse-toi ! Voilà nos boissons.

Sa mère referma les doigts sur la flûte et la leva à ses lèvres. Byron regarda les bulles accrochées au verre. Il imagina les entendre claquer tandis que le liquide jaune glissait dans sa bouche. Elle ne prit qu'une toute petite gorgée et sourit.

— À la santé de tout ce qui n'est plus !

Le serveur rit, ainsi que le monsieur aux cheveux en plastique. Byron ne savait pas ce que ça signifiait, ces hommes qui regardaient sa mère, elle qui rougissait en toute connaissance de cause, et ce toast à ce qui n'était plus… Jamais elle n'avait parlé auparavant de gens qui pouvaient faire apparaître des boutons dans les oreilles, jamais elle n'avait mentionné l'époque d'avant sa rencontre avec son père.

— Je crois que ma soupe ne va pas tarder, dit-il.

Il rit aussi, non parce que la main du serveur était tout près de celle de sa mère, non parce que l'homme à la table d'à côté la dévorait du regard, mais parce qu'il était sur le point d'avoir une soupe et un cocktail de crevettes avant l'heure du déjeuner, tandis que sa mère savourait une autre gorgée de champagne. C'était sauter hors de l'ordinaire dans un espace qui n'avait rien à voir avec son père ni avec la régularité des horloges. Et, contrairement à l'ajout des deux secondes, c'était là une décision prise par sa mère. Ce n'était pas un accident.

***

Les cadeaux furent livrés à Digby Road dans l'après-midi. Diana téléphona au garage pour se renseigner sur un nouveau capot. Elle parla aussi au père de Byron, et son rire léger retentit. Oui, cette journée avait été parfaite, assura-t-elle.

James avait raison. Si on réfléchissait avec logique, il y avait une solution à tout.

Quand il alla voir sa mère le lendemain matin, le verre sur sa table de nuit était vide et son flacon de pilules ouvert. Elle dormait profondément. Même quand le réveil sonna, elle ne bougea pas. Elle avait oublié de tirer les rideaux et une pluie de lumière scintillante traversait sa chambre. Dehors, une brume fragile s'accrochait encore à la lande. Tout était si calme, si en paix que c'était dommage de devoir la réveiller.

2

Anges

Parfois, quand le vent s'arrête de souffler, l'air transporte de la musique, par-delà la lande. Jim écoute à la porte de son camping-car. Il observe les dernières fissures de lumière dorée qui glissent derrière les collines à l'ouest. Il ne sait ni quelle est cette musique ni qui la joue. La mélodie est triste et il ne distingue pas les paroles. Quelque part, quelqu'un joue pour occuper sa solitude. Si seulement ce musicien savait que Jim est là aussi, à l'écouter. *Nous ne sommes pas seuls.* À l'instant où cette pensée lui vient, il s'aperçoit qu'il n'a personne avec qui la partager. Il ferme la porte du camping-car, tourne la clé, prend son ruban adhésif, exécute les rituels lentement, pour qu'ils soient efficaces, puis il dort.

Il ne sait pas si c'est à cause de sa blessure ou du stress au travail, mais il se rend compte que, depuis l'accident, il est plus fatigué. Il y a aussi plus à faire au café. Le Bureau des ressources humaines a décidé que, pendant les semaines précédant Noël, l'atmosphère générale du centre devait être plus festive. Le mauvais temps s'ajoutant à la récession, les chiffres des ventes sont en baisse. Il faut faire quelque chose. Apparemment, un arbre décoré et illuminé ne suffit pas. Le Bureau du personnel a donc engagé un groupe de jeunes pour jouer des chants de Noël sur leurs instruments à vent. La directrice du magasin, qu'on trouve rarement sympathique ou créative, a eu une autre idée : chaque semaine, une peluche en forme de bonhomme de neige sera cachée dans le magasin, et le premier chanceux qui la découvrira gagnera un panier de Noël.

En attendant, chaque membre du personnel s'est vu remettre un badge clignotant qui dit *« Bonjour ! Je m'appelle – ! Joyeuses fêtes ! »* Paula s'est verni un ongle sur deux en rouge et les autres en vert avant d'y coller des paillettes. Son amie Moira a mis des boucles d'oreilles en forme de rennes et son badge accroché à son sein gauche semble lancer une invitation, tandis que Jim porte le sien comme une excuse pour le reste de sa personne.

La nouvelle de l'accident de Jim s'est diffusée dans tout le supermarché. Au début, Mr Meade a proposé à Jim un congé maladie, mais ce dernier l'a supplié de continuer à travailler en arguant qu'il n'avait pas besoin de ses béquilles. (« Je peux les essayer ? » avait demandé Paula.) L'hôpital lui a fourni une chaussette en plastique pour protéger son plâtre. S'il se déplace avec prudence et s'il n'a qu'à nettoyer les tables, il promet qu'il n'y aura aucun problème.

C'est la perspective d'être seul nuit et jour dans son camping-car qui le terrifie. Depuis l'hôpital, il sait qu'il n'y survivrait pas. Les rituels empireraient. Il sait aussi que c'est une autre des choses qu'il ne peut confier à personne.

— Les inspecteurs de la santé ne seront pas ravis, déclare Mr Meade. Ils ne vont pas aimer te voir travailler au café avec un pied cassé.

— Ce n'est pas de sa faute, intervient Paula, si une folle le renverse et s'enfuit.

C'est une profonde douleur, pour Jim, qu'elle ait découvert qu'il s'agissait d'Eileen. Il ne voulait pas le révéler. C'était déjà suffisamment désagréable d'avoir ce plâtre. Ce n'est que lorsque Darren avait décrit la voiture et donné le numéro d'immatriculation qu'elle avait tiré ses conclusions. Elle se flattait d'avoir une mémoire photographique. En fait, elle avait dit « photogénique », mais ils avaient compris. Depuis la soirée à l'hôpital, Paula arbore une guirlande de pinçons au cou. Jim voit Darren l'attendre au parking après le travail. Quand Darren repère Jim, il lui fait un signe amical.

La vérité est donc connue, et tout le monde s'accorde à penser qu'Eileen est le genre de personne dont la société devrait se protéger. On rappelle sa sortie du café, ses retards constants, son langage ordurier. Pendant ses quelques jours en cuisine, il y avait eu trois plaintes contre elle, à ce qu'on raconte. Paula affirme que le problème c'est que les hommes comme Jim sont trop gentils. Il sait que ce n'est pas le problème. Le problème, c'est que les gens ont besoin que d'autres – comme Eileen – soient blâmables.

— Tu dois la dénoncer à la police, dit-elle à Jim chaque jour. C'est un délit de fuite. Elle aurait pu te tuer.

Mr Meade ajoute qu'Eileen est un danger pour la société. Qu'elle ne devrait pas avoir de permis de conduire.

— Il faut porter plainte contre elle ! confirme Moira en agitant les rennes de ses boucles d'oreilles qui se prennent dans ses cheveux. De nos jours, il y a des programmes de protection des témoins, et tout ça. On te place dans un foyer et on te donne un nouveau nom.

Jim est presque en larmes. C'était un accident, répète-t-il à l'envi. Les filles vont lui chercher du papier hygiénique pour qu'il se mouche.

En vérité, quelque chose a changé. Non qu'il soit devenu plus attirant ou moins étrange, mais cet accident a mis en lumière la fragilité de la vie. Si cela pouvait arriver à Jim, ça pouvait arriver à n'importe qui. Le personnel du café a donc décidé tacitement que l'étrangeté de Jim faisait partie d'eux et qu'ils devaient le protéger. Mr Meade s'arrête au panneau accueillant les automobilistes prudents à l'entrée de Cranham Village et le conduit au travail tous les matins. Et tous les matins il s'insurge contre ce que les gamins ont encore inventé. Jim, quant à lui, regarde dehors, le nez écrasé contre la fenêtre de la voiture. Parfois, il feint de dormir, non parce qu'il est fatigué, mais parce qu'il a besoin de silence.

— Tu dois affronter ton agresseur, pontifie Paula, sinon, jamais tu ne guériras. Tu as entendu ce que t'a dit l'infirmière : tu es la victime d'un crime violent. Jamais tu ne t'en remettras à moins de te confronter à cette réalité.

— Mais mon p-pied est presque g-guéri. Je ne veux pas c-c…

— Je te parle du traumatisme intérieur. J'ai connu quelqu'un qui n'a pas fait face à son agresseur. Non, non, disait-il, je vais bien. Et devine ?

Jim avoue qu'il n'en a aucune idée, même s'il sent qu'il sera question de blessures personnelles absolument dévastatrices.

— Il a fini par poignarder un homme au supermarché, juste parce qu'il avait resquillé dans la queue.

— Qui ? L'ag-g… ?

— Non, la victime. Il n'avait pas résolu ses conflits intérieurs. La victime est devenue un agresseur, à cause du traumatisme. Ça arrive.

— J-je c-c-comprends pas. Tu le c-c-connaissais ?

— Pas si bien que ça. Je connaissais quelqu'un qui le connaissait. Ou bien je connaissais quelqu'un qui connaissait quelqu'un d'autre ! dit-elle en secouant la tête avec impatience, car elle trouve que Jim fait exprès de ne pas comprendre. L'important, c'est que jamais tu ne surmonteras ce qui t'est arrivé si tu ne l'affrontes pas. Et c'est pour ça que je vais t'aider.

***

La visite se déroule le mercredi, après le travail. Paula s'est occupée de tout. Darren et elle vont accompagner Jim. Ils l'aident à monter dans le bus et à en descendre, ce qui lui donne l'impression d'être un vieillard. Ils s'assoient épaule contre épaule sur le siège devant lui, et quand Jim observe la manière dont Darren soulève une de ses mèches bouclées pour murmurer à l'oreille de Paula, il se sent abandonné.

Pendant la dernière partie du trajet, Darren et Paula encadrent Jim. Le ciel sans étoiles est lourd de nuages d'un orange sulfureux. Dans High Street devenue une rue piétonne, ils dépassent les boutiques, l'arcade de jeux, les magasins fermés, les fast-foods. Aux fenêtres illuminées pendent des lampions de couleur nimbés de fausse neige. Une jeune femme fait une collecte pour les victimes du cancer et secoue sa sébile sous le nez des passants. Quand elle voit Jim, elle est si déconcertée qu'elle interrompt son geste et feint de contempler une vitrine, ce qui est difficile à croire, parce que c'est la vitrine d'une des nombreuses boutiques à louer. À part les cadavres de mouches sur le rebord et quelques étagères cassées, l'intérieur est vide.

— Ma maman a eu un cancer du sein, dit Paula. Elle est morte quand j'avais dix-huit ans.

Darren s'arrête et la prend dans ses bras.

Au bout de High Street, ils empruntent une rue bordée de maisons individuelles, beaucoup avec des terrasses sur le toit, leur porche transformé en véranda, toutes surmontées d'antennes satellites. On y est presque, annonce Darren. Des voitures sont garées tout le long des trottoirs. Jim compte les arbres de Noël derrière les fenêtres. Il se demande s'il va en trouver vingt et un.

— Il suffira que tu parles à cette femme, le rassure Paula. Que tu lui dises ce que tu éprouves. Elle ne te mordra pas.

Jim s'aperçoit qu'il a perdu le compte des arbres. Il aimerait revenir sur ses pas pour recommencer. Il se sentirait mieux, s'il le pouvait. Moins vulnérable. Il se retourne.

— Où est-ce que tu vas ? s'étonne Paula.

— J-je n'ai pas b-b-besoin d'un d-d-docteur.

— Ce n'est pas un docteur. C'est quelqu'un pour t'aider. La pub assure qu'elle est très compétente.

Darren sort l'adresse de sa poche.

— C'est là, dit-il.

Il pousse le portail du jardin. Des carillons sont suspendus aux branches basses et noires de trois ou quatre arbres fruitiers. En file indienne, Jim et Paula suivent Darren jusqu'à la porte de la maison.

— Comment ça se fait qu'on soit chez quelqu'un ? s'étonne Darren. Je croyais que c'était une professionnelle.

— C'est une professionnelle, assure Paula. C'est l'amie d'une amie, et elle a accepté d'accorder à Jim une séance d'essai gratuite. Apparemment, elle est formidable. Elle fait toutes sortes de choses, y compris soigner les phobies. Elle organise même des fêtes. Elle a été parfaitement formée en suivant des cours sur Internet.

La psy est une femme solide dont la chevelure grise est retenue par un bandeau. Elle porte des chaussures plates, un pantalon à taille élastiquée, un chemisier ample et un foulard aux couleurs optimistes. En sa présence, Paula et Darren redeviennent des enfants, elle tortillant ses cheveux roses, lui marmonnant derrière ses mains.

— Qui est le client ? demande la femme en les regardant tous les trois.

Paula et Darren désignent Jim, qui baisse la tête.

La psy invite le couple à attendre dans la cuisine, mais ils préfèrent rester dehors.

La maison sent le propre, une odeur presque stérile de citron, et l'étroit couloir est si sombre que Jim doit frôler le mur du bout des doigts pour la suivre. Elle désigne une porte ouverte à sa gauche et incite Jim à entrer. La petite pièce est nette et lumineuse. Pas de décorations, juste une bibliothèque sur laquelle trône un bouddha.

— Prenez place ! sourit la femme.

Elle glisse un pied derrière l'autre, abaisse son postérieur et s'affale au sol si vite que Jim a l'impression de regarder descendre un ascenseur. Elle heurte un pouf rempli de billes de polystyrène.

— Vous avez besoin d'aide ? demande-t-elle en levant les yeux vers Jim.

Avec précaution, Jim tente de s'asseoir sur le pouf de billes en face du sien, mais ses jambes lui posent un problème. S'il les croise comme elle, il craint de ne plus jamais pouvoir marcher. Il soulève son pied plâtré devant lui et s'abaisse sur l'autre jambe, mais elle cède vite et il s'effondre lourdement sur son pouf, les bras tendus en avant pour garder son équilibre, son pied blessé au niveau des yeux. Il n'est pas certain de pouvoir se relever.

— En quoi puis-je vous aider, Jim ?

À part lui proposer un fauteuil, il ne voit pas. Elle a des chaussettes vertes, mais pas du vert d'Eileen. Un vert raisonnable.

— Votre collègue m'a dit que vous êtes la victime d'un crime violent. Si j'ai bien compris, vous ne souhaitez pas porter plainte contre votre agresseur. Nous devons en parler.

— C'était un a-a-a…

— Un accident, ça n'existe pas. Tout se produit pour une raison, et cette raison réside tout au fond de nous. Aujourd'hui, Jim, notre tâche est de faire sortir cette raison. Je sais que ça vous effraie, mais je suis ici pour vous aider. Je veux que vous sachiez que vous n'êtes pas seul. Je suis là avec vous, assure-t-elle avec un petit sourire qui rétrécit ses yeux. Vous avez une bonne aura. En avez-vous conscience ?

Il avoue que non. Il a beaucoup plus conscience de picotements dans son pied sain.

— Pourquoi bégayez-vous ?

Il rougit et il a une sensation de brûlure sur le dos, le visage et les bras. Elle attend qu'il réponde, mais il en est incapable. Il n'entend que le son calme de la respiration de la femme.

— D'après mon expérience, les gens ont une raison pour bégayer. Qu'est-ce que vous avez le sentiment de ne pouvoir dire ?

Il y a tant de choses que Jim ne peut dire ! Ce n'est pas comme s'ils n'avaient pas tenté de l'aider, à Besley Hill. On lui avait conseillé des exercices pour se concentrer, des trucs pour articuler les mots. Il avait parlé dans des miroirs, visualisé ses phrases, dit « grr » quand il était coincé. Rien n'avait marché. Les électrochocs ne pouvaient en aucun cas déclencher un bégaiement, avaient affirmé en chœur les médecins. Ils avaient sûrement raison, c'étaient des professionnels. Pourtant, c'était peu de temps après une « séance », justement, que sa bouche avait oublié comment former des mots.

Quoi qu'il en soit, ce n'est pas le moment de penser au passé. La conseillère psychologique parle toujours. Elle se montre du doigt puis lève bizarrement ses poings.

— Imaginez que je suis votre agresseur. Qu'aimeriez-vous me dire ? Ne vous retenez pas. Je peux le supporter.

Il aimerait dire que c'était un accident. Il aimerait dire « Eileen, écoute-moi ! ».

— Jim, je suis une femme. Je travaille d'instinct. Quand je vous regarde, je sais que cet accident a été très éprouvant.

Il hoche la tête. Il ne peut mentir.

— Pourquoi cela ?

Il essaie de dire qu'il n'en sait rien.

La psy explique qu'elle va un peu sortir du sujet, que Jim doit accepter de la suivre.

— Votre agresseur a roulé sur votre pied. Elle ne s'est pas arrêtée, mais, si j'ai bien compris, vous lui avez crié de partir, vous avez refusé son aide. Est-ce bien ça ?

Jim tente de dire « oui », mais le mot n'est pas là.

— Pourquoi vouliez-vous qu'elle parte ? Pourquoi avez-vous choisi d'être la victime ? Vous auriez pu l'insulter. Vous auriez pu lui faire savoir qu'elle vous avait blessé. Que s'est-il passé, Jim ? Pourquoi ne l'avez-vous pas fait ?

Le silence a le timbre d'un tintement de verre. L'esprit de Jim court par-delà les années, ouvrant les portes sur des souvenirs enfermés depuis longtemps. Sa gorge se verrouille tandis que des larmes se frayent un passage jusqu'à ses yeux. Dehors, il entend le rire de Paula et de Darren, le doux chant des carillons dans le vent. Il glisse sa main dans sa poche pour chercher du réconfort dans le contact avec son porte-clés.

La psy lui sourit gentiment.

— Je suis désolée. Peut-être allons-nous trop vite.

Elle demande alors à Jim d'imaginer qu'il est une lettre. Qu'aimerait-il dire ? Elle lui demande d'imaginer qu'il est une flèche. Qu'aimerait-il atteindre ? Il doit se représenter en réceptacle, en arbre enraciné, en balle. Il y a tant de versions de lui-même, qui toutes rebondissent, tirent et se lovent dans sa tête, qu'il n'éprouve rien d'autre qu'une grande fatigue.

— On doit tout faire sortir au grand jour, affirme la psy avec un solide enthousiasme. Ce n'est pas le moment d'avoir peur.

— Bibliothèque, bonjour, murmure Jim. Bouddha, bonjour.

— Pensez à toutes les richesses cachées en vous, Jim. Il est temps de les laisser sortir, affirme-t-elle en émettant un son de pneu percé qui se dégonfle. Vous devez vous approprier le passé et le laisser partir.

Il a l'impression qu'elle le saisit par la bouche, les oreilles, les yeux, et qu'elle le déchire. L'accident, l'hôpital, ce n'était rien, comparé à ça. Il ne sait pas comment il parviendra à recoller les morceaux.

— Vous voyez, vous ne devez pas vous considérer comme une victime, Jim. Vous pouvez être l'acteur de votre vie.

Elle se secoue comme si elle se réveillait et sourit.

— Il est temps d'arrêter, dit-elle avec un sourire. L'heure est passée.

Elle se hisse hors de son sac à billes et le domine. Il baisse la tête pour qu'elle ne voie pas dans quel état il est.

— Vous devriez venir pour une séance avec les anges. Savez-vous que vous pouvez demander les choses les plus simples, aux anges ? Trouver une place de parking, par exemple. Rien n'est trop futile.

Jim tente d'expliquer que c'est très gentil, mais qu'il a déjà une place de parking et que son camping-car a un problème de boîte de vitesse, et qu'il ne peut pas rouler. C'est un cadeau. Il y a des années, sa patronne de l'époque le lui a donné parce qu'elle n'en avait plus l'usage. Il ajoute qu'il lui coupait du bois et allait jeter ses bouteilles de sherry vides. Les mots montent en lui et sortent par sa bouche en des phrases qui souvent n'ont pas de verbe. Tout plutôt que de parler des images qui se sont formées dans son esprit. Les choses dont elle dit qu'il doit les laisser sortir.

La psy hoche la tête. C'était juste une idée en passant, dit-elle.

Elle veut savoir s'il est satisfait de ses services, et Jim lui promet que oui. S'il ne pense pas avoir obtenu le soutien aux victimes dont il avait besoin, il peut déposer plainte. Jim l'assure qu'il ne souhaite déposer plainte contre personne. Aurait-il la gentillesse d'ajouter un témoignage sur son site Web ? Il explique qu'il n'a pas d'ordinateur. Elle prend un carnet et lui tend un formulaire en lui demandant s'il pourrait lui attribuer une note de zéro à dix et renvoyer la fiche en franchise postale à l'adresse indiquée.

— Il est temps de rentrer chez vous !

Jim lui dit qu'il ne peut pas.

Son sourire veut montrer qu'elle comprend.

— Je sais que vous avez l'impression de ne pas pouvoir vous en sortir. Vous pensez avoir besoin de moi, mais vous verrez, Jim, tout ira bien. Je vous donne l'autorisation d'aller bien.

Jim explique qu'il n'arrive pas à se lever, qu'il a perdu toute sensation dans ses deux jambes. Il faut l'aide de Paula et de Darren pour le soulever par les bras. Revenu à sa taille normale, bien qu'il domine Paula, Darren et la psy de plusieurs centimètres, il se sent tout petit, et ça lui fait mal.

— Nous avons très bien travaillé, affirme la psy. Jim est prêt à lâcher prise. Il peut reprendre le cours de sa vie.

***

Un vol de mouettes s'élève et balaye la silhouette sombre de la lande. Elles sont si lumineuses, si fragiles qu'on pourrait les prendre pour des bouts de papier. Jim ne parle ni des anges-guides, ni des places de parking à Paula et à Darren. Il ne mentionne pas non plus les questions de la psy. Il est tellement secoué qu'il parvient à peine à se rappeler comment on met un pied devant l'autre. Il trébuche plusieurs fois parce qu'il ne coordonne pas les muscles de ses jambes, et Darren doit le rattraper.

— Allons, Jimmy, le rassure Paula. C'était une longue journée.

En revenant sur High Street, au-delà des maisons sombres avec leur porche aux vitres dépolies et leur toit en terrasse, elle remarque :

— C'était vraiment la zone, ici, avant, je ne comprends pas comment des êtres humains pouvaient y vivre.

Il se rend compte qu'ils sont à Digby Road.

3

Deux points

— Ce n'est pas que je sois offensé, Byron, dit James d'une voix haut perchée et puérile. C'est juste que je suis surpris que vous vous y soyez rendus si précipitamment. Je croyais qu'on était convenus que je viendrais aussi.

— Les choses sont allées plus vite que tu l'avais dit.

James ignora cette remarque, termina son lait et essuya le goulot de la bouteille.

— J'y suis déjà allé, tu sais.

— À Digby Road ?

— Il y a un médecin qui y consulte. Ma mère m'y a conduit quand j'ai eu des poux. C'est un cabinet privé. Ma mère ne voulait pas que les gens soient au courant.

Byron songea que certaines révélations, à propos de James Lowe, ne cessaient de le surprendre.

— C'est difficile pour moi de t'aider à sauver Diana, si je ne connais pas tous les détails. J'aurais aimé entendre la conversation, afin de noter des observations dans mon carnet *Opération Parfaite*.

— Je ne savais pas que tu avais un carnet.

— J'ai aussi des diagrammes. J'aurais également aimé aller au restaurant de l'hôtel. J'adore les cocktails de crevettes ! Elle t'a vraiment laissé avoir un velouté de tomates en plus ? Est-ce qu'elle a acheté une bicyclette rouge Chopper pour la petite fille ?

— Oui, une Tomahawk.

En écoutant de nouveau toute l'histoire, les yeux de James prirent l'aspect de saphirs bleus.

— Je ne connais personne comme elle ! dit-il. *Tout va bien,* ajouta-t-il en français.

C'était vrai. La deuxième visite à Digby Road pour y apporter des cadeaux aussi somptueux avait marqué un tournant. La mère de Byron était redevenue elle-même. Elle retourna aux tâches qu'elle exécutait si bien, aux petits détails qui la situaient au-dessus de toute autre. Elle mit des fleurs fraîches dans les vases, désherba entre les pierres de la terrasse, recousit les boutons et reprisa les trous qu'ils avaient faits en s'arrachant. Seymour revint pour le week-end et, cette fois, elle ne toussa pas ni ne tordit pas sa serviette quand il lui demanda comment se comportait la Jaguar sur route.

— Merveilleusement. C'est un superbe véhicule, répondit-elle avec un sourire angélique.

***

Les mères de l'école se retrouvèrent pour le dernier café du trimestre d'été au début de la deuxième semaine de juillet. Byron n'y assista que parce qu'il avait rendez-vous chez le dentiste.

— Nous ne pouvons pas rester longtemps, expliqua Diana. Nous filerons avant la fin.

La nouvelle mère voulut savoir si elle ne s'inquiétait pas de la bourse pour Byron avec tous les cours qu'il manquait. («Quel *est* le nom de cette femme ?» demanda Andrea.) On parla des projets de vacances. Deirdre avait réservé un voyage de deux semaines à l'étranger. La nouvelle mère allait rendre visite à sa belle-sœur à Tunbridge Wells. Quand on interrogea Diana, elle dit qu'elle n'avait pas de projets. Son mari allait passer ses vacances annuelles avec des collègues de travail en Écosse. Les enfants et elle resteraient à la maison. « On est tellement mieux chez soi ! » remarqua Andrea Lowe. Au moins, on n'avait pas à s'inquiéter de prévoir des comprimés pour purifier l'eau et des produits contre les piqûres d'insectes. Quelqu'un d'autre se mit à parler de faire des économies, et Andrea mentionna en passant qu'elle avait eu la chance d'acheter un merveilleux nouveau canapé en cuir d'un marron tête-de-nègre.

Soudain, Diana saisit son sac et repoussa sa chaise. Byron savait pourtant qu'il n'était pas l'heure de partir, puisque le rendez-vous chez le dentiste n'était qu'une demi-heure plus tard. C'est alors que sa mère s'agita en apercevant quelqu'un à l'autre bout du salon de thé, une femme à qui elle adressa un signe de la main. Byron ignora qui c'était jusqu'à ce que la femme fonce vers eux en ondulant entre les tables et les chaises et qu'il reconnaisse Beverly.

Vêtue d'un pantalon noir à taille haute et jambes amples et d'un haut à smocks, elle était coiffée d'un chapeau violet à large bord.

— Je ne veux pas vous interrompre ! dit-elle en regardant toutes les mères.

Elle retira sa capeline qu'elle fit tourner comme un volant.

— Je cherchais le rayon des peluches, mais je me suis perdue. Ça fait des siècles que je ne suis pas venue ici.

Ses yeux passaient si vite d'une femme à l'autre qu'elle trébuchait sur ses mots.

Diana sourit.

— Mesdames, voici Beverly.

— Bonjour, bonjour, bonjour ! lança Beverly en rougissant.

Elle fit une série de salutations fébriles, comme si elle nettoyait une vitre invisible. En retour, les femmes lui adressèrent des sourires pincés qui semblaient coller douloureusement à leur bouche.

— Je ne voudrais pas vous interrompre…

— Non, non ! protesta Andrea Lowe l'air de dire « Oui, vous nous interrompez. »

— Byron, laisse ta chaise à Beverly, demanda Diana.

— Oh ! non, je vous en prie. Je ne peux pas rester.

Diana insista.

Byron tira sa chaise près de celle de sa mère et Andrea écarta la sienne de presque un mètre. Il resta debout derrière sa mère. C'était une erreur d'offrir une chaise à Beverly. C'était une erreur de la présenter aux mères de Winston House. Il ne doutait pas que James serait d'accord avec lui.

Beverly prit place, tendue, le dos droit, ne sachant que faire de son chapeau. Elle le drapa autour de ses genoux, puis l'accrocha à son dossier, mais il glissa par terre et elle l'y laissa. Alors que personne ne lui avait rien demandé ni ne montrait la moindre intention de le faire, elle déclara à Diana :

— Oui. Jeanie adore l'agneau que vous lui avez offert. Elle joue tout le temps avec, mais devinez ?

— Je ne sais pas, Beverly…

— La petite guitare s'est cassée, comme ça, *clac !* dit-elle, un geste sonore à l'appui. Je lui avais bien dit de faire attention, que c'était un objet de collection. Elle est tellement triste !

Byron resta immobile. Il avait peur, s'il bougeait le moindre muscle, de bondir, voire de pousser Beverly loin de la table. Il voulait lui ordonner de ne pas mentionner la bicyclette. Il voulait crier aux mères de continuer à boire leur café. Elles observaient l'intruse avec des sourires glacés.

— J'ai vu au sac que vous l'aviez acheté ici, alors j'ai promis : si tu es gentille, Jeanie, et que tu ne recommences pas, maman va t'en chercher un autre. C'est chouette de vous rencontrer ! s'exclama-t-elle en regardant les mères, toutes à la fois. Vous venez souvent ?

Les mères le confirmèrent. Tout le temps, précisa Andrea. Beverly hocha la tête.

— Voulez-vous boire quelque chose ? demanda Diana en lui présentant le menu à couverture en cuir.

— Est-ce qu'ils ont des boissons d'homme ?

Ça se voulait une plaisanterie, mais personne ne rit ni ne sourit non plus, d'ailleurs. Non, il n'y en avait pas. Un café ? Beverly rougit tant que son visage vira presque au bleu.

— Je ne vais pas rester, dit-elle sans pourtant se lever. Je suppose que vous avez toutes des enfants, comme Diana ?

Les mères plongèrent le nez dans leur tasse en murmurant des mots comme « oui », « un » ou « deux ».

— Je suppose qu'ils sont tous à Winston House ?

Visiblement elle tentait d'être amicale. Oui, oui, confirmèrent les mères. Où pouvaient-ils être d'autre ? semblèrent-elles dire.

— C'est une très bonne école, commenta Beverly. Si on a les moyens. Excellente.

Elle regardait autour d'elle les lustres en cristal, les serveuses en uniforme noir et blanc, les nappes amidonnées.

— Dommage qu'ils ne prennent pas les timbres de fidélité Green Shield, ici, je viendrais tout le temps.

Elle eut un rire de défi, suggérant qu'elle ne se trouvait pas drôle, et que sa situation n'avait rien d'enviable. Diana eut, elle, un rire généreux adressé aux autres : N'est-elle pas merveilleuse ?

— On ne peut pas toujours avoir ce qu'on veut, conclut Beverly.

Andrea se pencha vers Deirdre et, bien qu'elle ait caché sa bouche de sa main, Byron put l'entendre, et Beverly aussi, il n'en doutait pas.

— Est-ce qu'elle travaille à l'école ? Elle fait partie du personnel d'entretien ?

Dans le silence qui s'ensuivit, Beverly mordit sa lèvre inférieure jusqu'à ce qu'elle perde toute couleur. Ses yeux lançaient des éclairs.

— Beverly est mon amie, déclara Diana.

Cette remarque parut revigorer Beverly. Au grand soulagement de Byron, elle se leva, mais… elle avait oublié sa capeline, et son pied passa au travers. La nouvelle mère étouffa un éclat de rire. Beverly posa son chapeau sur sa tête. Le large bord n'ondulait plus, il pendait, aile violette, sur un œil. Andrea et Deirdre joignirent leur sourire à celui de la nouvelle mère.

— Eh bien ! Au revoir, tout le monde, chantonna Beverly. J'ai été ravie de vous rencontrer.

Rares furent celles qui répondirent.

— J'ai été enchantée de vous revoir, dit Diana en lui serrant la main.

Beverly était sur le point de s'éloigner quand elle parut se souvenir de quelque chose.

— Au fait, bonne nouvelle ! Jeanie est en voie de guérison.

Les femmes la regardèrent comme un vase brisé qui doit être ramassé par une bonne, mais pas par elles.

— Jeanie est ma fille. Elle est en première année de primaire. Pas à Winston House, à l'école publique. Elle a été blessée dans un accident. Un accident avec une voiture. Le chauffeur ne s'est pas arrêté, sur le coup, mais on ne lui en veut pas. Ils ont fini par venir nous voir. Et il n'y a rien de grave. C'est le principal. Rien, juste la peau. Elle a eu besoin d'un point de soudure. Deux en fait. Deux points. C'est tout.

Une gêne palpable parcourut la table. Les mères s'agitèrent discrètement sur leur siège et échangèrent des petits coups d'œil. Certaines consultèrent leur montre. Byron n'arrivait pas à croire ce qu'il entendait. Il craignit de vomir. Il regarda Diana mais dut détourner la tête, parce que son visage était si blême qu'il en était soudain dénué de toute expression. Quand Beverly se tairait-elle ?

Mais elle ne pouvait plus s'arrêter de parler.

— Elle boîte un peu, mais ça s'arrange. Chaque jour, elle marche mieux. Je n'arrête pas de lui dire de faire attention, mais elle ne m'écoute pas. C'est toujours comme ça avec les gamines de six ans. Si c'était moi, je ne quitterais pas mon lit. Je circulerais en fauteuil roulant, mais vous savez comment sont les enfants ! Jamais ils ne s'arrêtent, dit-elle avant de consulter sa montre sur un fin bracelet en cuir râpé. C'est vraiment l'heure ? Je dois partir. On se revoit très vite, Diana !

Elle partit d'un pas si assuré que, lorsqu'une serveuse sortit de la cuisine avec un plateau, la collision fut évitée de justesse.

— Quel personnage ! s'étonna Andrea. Mais où l'avez-vous donc rencontrée ?

Pour la première fois, Byron se tourna pour faire face à sa mère. Elle était assise très droite, l'air de souffrir tout au fond d'elle et de redouter le moindre mouvement.

— À Digby Road, répondit-elle d'une voix douce.

Il n'arrivait pas à croire qu'elle n'ait trouvé que cette réponse. Elle semblait sur le point de tout confesser. Byron émit des bruits qui n'étaient pas de vrais mots, plutôt une manière d'occuper le silence par des sons indistincts.

— Oo oo…, gémit-il en dansant d'un pied sur l'autre. J'ai mal à ma dent ! Aïe !

Sa mère saisit son sac à main et se leva.

— Viens, on paiera en sortant. Au fait, dit-elle en se tournant vers Andrea, votre canapé, il n'est pas « tête-de-nègre ».

— C'est une expression, ma chère. Ça n'a rien d'insultant.

— Mais si. C'est très insultant. Vous devriez choisir vos expressions avec plus de soin.

Elle s'empara de la main de Byron et l'entraîna, ses talons claquant sur le marbre du sol. Quand il regarda en arrière, il vit l'air furieux d'Andrea Lowe et lut la réprobation sur le visage des autres mères.

Il regretta d'avoir apporté une chaise pour Beverly. Il aurait préféré que Diana ne dise rien du canapé d'Andrea. De toutes les femmes à ne pas mettre en colère, il craignit que sa mère n'ait choisi la pire.

**

Ils filèrent au rayon des cadeaux – sans trouver Beverly.

— Elle est peut-être rentrée chez elle, suggéra Byron.

Sa mère continua de chercher. Elle prit l'escalier jusqu'au rayon des jouets et entra même dans les toilettes des dames. Quand il fut évident que Beverly était partie, elle poussa un long soupir.

— Deux points de suture, deux, Byron! dit-elle en levant deux doigts pour appuyer son propos. Pas un, deux. Il faut qu'on y retourne.

— Au salon de thé? redouta-t-il.

— À Digby Road.

La situation empirait.

— Pourquoi?

— Il faut aller s'assurer que cette pauvre petite fille va bien. Il faut le faire sur-le-champ.

Il tenta d'abord de convaincre sa mère qu'il devait aller aux toilettes, puis qu'il avait un caillou dans sa chaussure. Il la prévint qu'ils seraient en retard chez le dentiste. Il n'y eut pas moyen de la faire changer d'avis. On aurait même dit qu'elle avait totalement oublié ce rendez-vous. Ils arrivèrent à Digby Road avec un puzzle pour Jeanie, une bouteille de whisky Bells pour Walt et, pour Beverly, deux agneaux dans leur boîte, accompagnés d'une collection d'instruments de musique, cordes et bois. Cette fois, Diana se gara juste devant la maison.

Un jeune homme qui passait demanda si elle voulait qu'il lave la Jaguar, alors qu'il n'avait ni seau ni chiffon.

— Non, c'est inutile, mais merci, merci ! lui cria-t-elle.

Elle vola presque sur l'allée d'accès – *clic*, *clic*, *clic* firent ses talons – et elle tapota à la porte de ses doigts nus.

Quand Beverly apparut, Byron reçut un choc. Elle avait le visage si rouge, si gonflé, les yeux à vif ! Elle ne cessait de se moucher et de s'excuser de son état. Elle expliqua que c'était un rhume d'été, mais des marques noires barraient ses joues.

— Jamais je n'aurais dû vous rejoindre. Jamais je n'aurais dû vous dire bonjour. Vous devez me prendre pour une idiote.

— Bien sûr que non !

Diana lui tendit le nouveau sac de cadeaux et demanda si Jeanie était à la maison, s'ils pouvaient lui dire bonjour. Elle était désolée pour les points de suture. Si seulement elle avait su !

Beverly l'interrompit en s'emparant du sac et, quand elle en vit le contenu, ses yeux s'arrondirent.

Ce n'est que lorsque Diana expliqua qu'elle avait ajouté un mot avec son numéro de téléphone que Byron partagea la surprise de Beverly. Il ne s'en doutait pas du tout. C'était une décision que sa mère avait prise sans le consulter. Il se demanda quand et comment elle avait écrit cette note.

— Pourquoi ne m'avez-vous rien dit ? demanda Diana. Quand je suis venue, la première fois, pourquoi ne m'avez-vous pas parlé des deux points de suture ?

— Je n'ai pas voulu vous bouleverser. Vous aviez l'air si gentille. Vous n'êtes pas du tout comme ces autres femmes.

— Je suis tellement désolée !

— L'état de la jambe de Jeanie ne s'est aggravé qu'après votre visite. Je l'ai conduite chez le docteur, et c'est alors qu'il lui a mis les points de suture. Il a été très gentil et elle n'a pas pleuré du tout.

— Oh ! tant mieux, dit Diana.

Elle semblait épuisée, et pressée de partir.

— Au moins, il y a une chose de bien…

— Oh ?

— Au moins, vous êtes revenue.

— Oui… murmura Diana.

— Je ne voulais pas dire ça de cette manière si agressive, dit très vite Beverly.

— Non, non, je sais !

Beverly sourit et Diana s'excusa de nouveau.

— Si je peux faire quoi que ce soit, vous avez mon numéro de téléphone. Appelez, surtout ! À n'importe quelle heure.

À leur grande surprise, Beverly fit une réponse à mi-chemin entre le rire et un cri. Byron ne comprit pas ce que son « Oïcht » signifiait puis il suivit son regard jusqu'à la rue.

— Vous feriez mieux d'y aller, dit-elle, ce jeune crétin est en train d'essayer d'ouvrir votre voiture !

Pendant le trajet du retour, cette fois, Diana et Byron ne se dirent pas un mot.

4

Père Noël

C'est Mr Meade qui a eu l'idée du costume. Il le sort avec précaution de son emballage en plastique. Son épouse l'a commandé sur Internet. L'ensemble en velours rouge est accompagné d'une barbe blanche, d'une ceinture noire et d'un sac.

— Vous plaisantez ! proteste Paula.

Mr Meade affirme qu'il est très sérieux. L'Inspection du travail est sur son dos. Si Jim veut garder son emploi, il doit travailler assis.

— Pourquoi est-ce qu'il ne peut pas circuler en fauteuil roulant ? propose Paula.

Mr Meade explique que l'Inspection du travail n'autorisera pas qu'il nettoie dans un fauteuil roulant parce que ça pose d'autres problèmes de santé et de sécurité. Et s'il roulait sur un client ?

— C'est un café ici, remarque Paula, pas une piste de course !

Mr Meade se racle la gorge. Il a l'air ragaillardi par du vin chaud.

— Si Jim veut rester, il va devoir s'asseoir dans un fauteuil et porter ce costume. Point final !

Cela ne manque pourtant pas d'entraîner d'autres complications. Bien que l'épouse de Mr Meade ait commandé le costume « de luxe » en taille « extra-large », le bas du pantalon ne couvre pas les chevilles de Jim et la bordure en fausse fourrure des manches pend entre ses coudes et ses poignets. S'ajoute le problème du plâtre bleu à son pied et la maigreur squelettique de Jim dans la veste trop grande.

Quand il clopine hors du vestiaire du personnel, ils le regardent tous comme s'il venait de tomber du plafond.

— C'est horrible! proteste Paula. On dirait qu'il n'a pas mangé depuis un an.

— Il va faire peur aux gens! intervient Darren, qui a passé toute la journée au café, ragaillardi par les boissons chaudes que Paula lui apporte quand Mr Meade ne regarde pas. Il va faire pleurer les enfants!

Paula se précipite au rez-de-chaussée, dans le magasin. Elle revient avec des gants blancs et plusieurs coussins du rayon décoration. Elle détourne les yeux en glissant le rembourrage sous la veste de Jim et attache le tout avec des rubans colorés.

— Peut-être que des guirlandes aideraient? suggère Darren. Sur son chapeau rouge, par exemple?

Paula va chercher une guirlande dont elle entoure méticuleusement le bonnet de Jim tout en fredonnant.

— Maintenant, on dirait qu'il a une antenne sur la tête, commente Darren.

***

On installe Jim au pied de l'escalier, près de l'orchestre de cuivres. On a orné son fauteuil de lierre en plastique scintillant et on a posé un seau devant son pied plâtré pour recevoir les dons, mais aussi pour le cacher. Jim doit tendre aux clients des brochures publicitaires sur les cadeaux à prix cassés au rayon décoration de la maison. Entre autres, on y trouve des aspirateurs de feuilles mortes pour l'homme de votre vie et un dispositif pour masser les pieds des dames. Mr Meade et Paula contemplent la scène bras croisés. En fait, de l'avis de Paula, Jim a l'air vraiment gentil.

— Veillez seulement à ce qu'il n'ouvre pas la bouche! ordonne la chef en passant la porte automatique.

Mr Meade promet que ça n'arrivera pas.

La chef est une femme aux traits anguleux vêtue d'un tailleur noir. Elle a si sévèrement tiré ses cheveux en queue-de-cheval que son visage en paraît momifié.

— Parce que, si je le surprends en train d'effrayer les clients, continue-t-elle, il dégage ! Compris ?

Elle passe un doigt osseux devant sa gorge comme si elle la tranchait. Tous deux hochent vigoureusement la tête et remontent au café. Il ne reste plus que Jim assis, immobile.

***

Chaque Noël, on dressait un arbre dans la salle de télévision de Besley Hill. Les infirmières le plaçaient près de la fenêtre face à un demi-cercle de chaises, pour que les patients le voient. Les petits écoliers du quartier venaient même leur rendre visite. Ils apportaient des cadeaux dans des papiers colorés et entonnaient des chants de saison. Les résidents n'avaient le droit ni de toucher ni d'effrayer les enfants. En échange, les enfants se tenaient bien raides dans leur uniforme scolaire, les mains serrées, les yeux arrondis, montrant qu'ils étaient bien élevés. Ensuite, les infirmières distribuaient les cadeaux et demandaient aux résidents de dire merci, sauf que les enfants se trompaient souvent et criaient merci à leur place. Une année, Jim avait reçu en cadeau une boîte d'ananas en morceaux.

— Vous en avez de la chance ! avait commenté l'infirmière.

Elle avait ajouté, au bénéfice des enfants, que Jim adorait les fruits, et il avait dit que oui, en effet, sauf que les mots n'étaient pas sortis assez vite et que l'infirmière les avait dits à sa place. Quand l'heure du départ avait sonné, les enfants s'étaient bousculés pour sortir, comme si la porte était trop étroite. L'espace sous l'arbre s'était retrouvé si vide qu'il aurait pu avoir été victime d'un pillage. Plusieurs patients avaient fondu en larmes.

D'une fenêtre à l'étage, Jim avait regardé les enfants monter dans leur car. Quand trois garçons s'étaient retournés et l'avaient vu, il leur avait fait signe et il avait levé sa boîte de morceaux d'ananas pour qu'ils se souviennent de qui il était et qu'il aimait son cadeau de Noël.

Les garçons avaient fait un signe avec deux doigts. « Maboul ! » avaient-ils crié en faisant une grimace affreuse.

***

Il se trouve que les jeunes musiciens n'ont à leur répertoire que trois chants, qu'ils jouent alternativement. « Mon beau sapin » semble leur préféré, et le cymbaliste couvert d'acné ponctue les rimes d'un « Yiii-ha » de cow-boy pour entraîner des chanteurs.

Une grande femme en manteau vert franchit la porte et passe devant Jim. Soudain, elle s'arrête et le regarde.

— Non de... ! dit-elle. Qu'est-ce que tu es devenu ?

Jim est sur le point de lui tendre une brochure, quand il comprend, affolé, qui elle est, et plus affolé encore, quand il se voit vêtu de velours rouge à parements en fausse fourrure blanche.

Eileen déboutonne son manteau vert. Les bords s'écartent avec soulagement sur une robe violette qui fronce à sa taille.

— Comment ça va, Jim ? Toujours là ?

Il tente de hocher la tête comme s'il avait toujours rêvé d'être là. Un client jette en passant de l'argent dans le seau derrière lequel Jim cache son gros plâtre.

— J'espérais te trouver.

— Moi ?

— Je voulais te dire combien je suis désolée, pour la semaine dernière.

Il tremble si fort qu'il n'arrive pas à la regarder.

— Je ne t'ai pas vu. Tu es sorti de je ne sais où. Tu as eu de la chance que je ne te heurte pas !

Jim tente de prétendre qu'il a froid. Il tente de prétendre qu'il a tellement froid qu'il ne parvient pas à bien entendre.

— Brrr, fait-il.

Il se frotte les mains, bien que ce geste soit si nerveux qu'on dirait qu'il se les lave avec un savon invisible.

— Tu vas bien ?

Heureusement, les jeunes se mettent à jouer une version rythmée de « Douce nuit » qui empêche Eileen d'entendre sa réponse. Ce n'est pas un des chants qu'ils ont travaillés. Ils ne sont d'accord ni sur le tempo ni sur la longueur des paroles, si bien qu'une moitié du groupe joue un ensemble de notes qui ne correspond pas à celui de l'autre moitié. Depuis l'intérieur du supermarché, la chef regarde le hall. Elle porte un micro à ses lèvres et parle. Jim passe sa main devant sa gorge, gêné par la barbe blanche.

— Je peux p-p-pas parler.

— Pas surprenant, couvert de ces foutues guirlandes !

Elle regarde en direction de la chef et va chercher un chariot. Il admire la manière dont elle le manœuvre, avec précision et rapidité. Il admire la manière dont elle s'arrête pour examiner un poinsettia en pot, puis fait une telle grimace à un bambin qu'il agite les jambes et rit.

En ressortant, Eileen laisse tomber quelque chose dans le seau. C'est un des prospectus. Dessus, en lettres capitales, elle a écrit : JE T'ATTENDRAI SUR LE PARKING APRÈS LE TRAVAIL !!!

Les grosses lettres crient dans sa tête. Il scrute les nombreux points d'exclamation et se demande ce qu'ils signifient. Peut-être que ce message est une blague, en fait.

5

La visite de l'après-midi

James fut profondément troublé d'apprendre que Jeanie avait eu besoin de deux points de suture.

— Ce n'est pas bon. Ça ne plaide pas en faveur de ta mère.

— Mais l'accident n'était pas de sa faute !

— Quand même. S'il y a une preuve d'une blessure, ça rend tout plus compliqué. Imagine que Beverly aille à la police ?

— Elle ne fera pas ça. Beverly aime bien ma mère. Ma mère est la seule qui ait été gentille avec elle.

— Il va falloir que tu sois très attentif.

— Mais on ne va pas retourner voir Beverly.

— Hum… fit James en tortillant sa frange pour montrer qu'il réfléchissait. Il faut qu'on organise une autre rencontre.

***

Le lendemain matin, Byron et sa mère remontaient la prairie après avoir nourri les canards. Lucy dormait encore. Diana avait enjambé la clôture pour chercher des œufs, qu'ils tenaient, un chacun, progressant dans l'herbe à pas prudents. Le soleil n'était pas encore vraiment levé et, piégée dans le rayon faible et bas de lumière, la rosée prenait une lueur argentée sur l'herbe tandis que la terre était dure et craquelée. Les marguerites à cœur irisé formaient une flaque blanche au bas des collines, où chaque arbre jaillissait telle une coulure noire à contre-jour. L'air sentait le neuf et le vert menthe.

Ils parlèrent un peu des vacances d'été, qu'ils attendaient avec impatience. La mère de Byron suggéra qu'il invite un ami pour prendre le thé.

— C'est vraiment dommage que James ne vienne plus, remarqua-t-elle. Ça doit faire presque un an.

— Tout le monde est très occupé avec ce travail pour la bourse.

Il n'expliqua pas que, depuis l'épisode de l'étang, James n'avait plus le droit de leur rendre visite.

— Les amis sont importants. Tu dois veiller à les garder. J'en ai eu beaucoup, à une époque, mais plus maintenant.

— Si, tu as toutes les mères !

Elle resta silencieuse un moment, puis dit un « oui » plat, sans rien y mettre d'elle. Le soleil projetait des bandes de lumière plus puissantes sur la lande et ses pourpres, roses et verts, se mirent à briller si fort qu'on les aurait crus peints par Lucy.

— Si je n'ai pas d'amis, c'est de ma faute, lâcha Diana.

Ils progressèrent en silence. Ces derniers mots de sa mère rendirent Byron triste. Il eut l'impression de découvrir une chose importante qu'il aurait perdue sans la sentir lui échapper. Il repensa à James, qui insistait pour qu'ils retournent voir Beverly. Il se souvint aussi de ce que son ami lui avait dit à propos de la magie : on pouvait faire croire quelque chose à quelqu'un en ne lui montrant qu'une partie de la vérité et en lui cachant le reste. Son pouls s'accéléra.

— Peut-être que Beverly pourrait être ton amie ?

Sa mère resta interdite. À l'évidence, elle n'avait aucune idée de ce qu'il voulait dire. Quand il expliqua qu'il pensait à cette dame, à Digby Road, elle rit.

— Oh ! non, je ne crois pas.

— Pourquoi pas ? Elle t'aime bien.

— Ce n'est pas si simple, Byron.

— Je ne vois pas pourquoi. C'est simple, pour James et moi.

Diana se pencha pour ramasser une tige d'avoine. Elle fit courir son ongle sur la pointe et éparpilla les graines emplumées, mais ne dit plus rien à propos des amis. Jamais Byron ne l'avait sentie si seule. Il lui montra une orchidée pyramidale et un vulcain aux ailes noir et rouge, mais elle ne répondit pas. Elle ne leva même pas les yeux.

C'est alors qu'il comprit à quel point elle était malheureuse. Pas seulement à cause de l'accident de Digby Road et des deux points de suture de Jeanie. Elle éprouvait une tristesse plus profonde qui avait à voir avec autre chose. Il savait que les adultes avaient souvent des raisons d'être malheureux. Dans certains cas, on n'avait pas le choix. La mort, par exemple. On ne pouvait éviter la douleur du deuil. Diana n'avait pas assisté aux funérailles de sa propre mère, mais elle avait pleuré en apprenant la nouvelle. Elle avait caché son visage dans ses mains et ses épaules tressautaient. Quand Seymour lui avait dit « Ça suffit, maintenant, Diana ! » elle avait laissé tomber ses bras et l'avait regardé avec dans ses yeux rouges et cernés une douleur si crue qu'il en avait été gêné, comme s'il la voyait sans vêtements.

Ainsi, c'était ce qu'on éprouvait, quand on perdait un parent. Une douleur naturelle. Pourtant, découvrir que sa mère était malheureuse d'une manière qu'il ressentait parfois lui aussi, parce que quelque chose qu'il ne savait pas nommer le tourmentait, c'était troublant, pour Byron. Ça ne lui était jamais arrivé auparavant. Il connaissait un bon moyen de remédier à cette situation.

Une fois dans la tranquillité de sa chambre, Byron sortit le double de la liste des qualités de Diana que James avait établie. Il se mit à écrire en imitant l'écriture de son ami, parce qu'elle était plus belle que la sienne et même que celle de sa mère, et orna les queues des *y* et des *g* de boucles élégantes. Il expliqua qu'il était Diana Hemmings, la gentille dame qui conduisait la Jaguar ce malheureux matin, à Digby Road. Il souhaitait que ça ne soit pas trop demander à « chère Beverly », mais… est-ce qu'elle voudrait bien accepter une invitation à prendre le thé à Cranham House ? Il ajouta le numéro de téléphone, l'adresse et une pièce tirée de son porte-monnaie pour couvrir le trajet en bus. Il espérait que ce serait assez (il effaça le puéril « assez » et le remplaça par le plus professionnel « suffisant »). Il signa la lettre du nom de sa mère. En post-scriptum, il fit une remarque sur le temps clément. C'était ce genre d'attention aux

183

détails, pensait-il, qui faisait de lui un épistolier talentueux. Il lui demanda aussi de détruire ce message après l'avoir lu. *C'est une affaire privée, entre nous,* conclut-il.

Il connaissait l'adresse, bien sûr, pas moyen de l'oublier ! Il prétendit envoyer un projet de logo pour les scouts, et sa mère lui donna un timbre. L'enveloppe fut postée l'après-midi même.

C'était un mensonge, et Byron le savait, mais, comparé à d'autres, c'était un gentil mensonge qui ne pouvait faire de mal. De plus, sa notion de la vérité était un peu altérée, depuis Digby Road. Tout le reste de la journée, il fut agité. Beverly recevrait-elle la lettre ? Téléphonerait-elle ? Il demanda plusieurs fois à sa mère combien de temps un courrier prenait pour arriver à destination, et quelle était l'heure exacte de la première et de la seconde distribution. La nuit, il dormit à peine. Ensuite, il scruta toute la journée l'horloge de l'école dans l'espoir de voir ses aiguilles bouger. Il était trop nerveux pour se confier à James. Le téléphone sonna l'après-midi suivant.

— Cranham 0612, dit Diana, debout devant la console à plateau de verre.

Il ne put entendre toute la conversation. Au début, sa mère parut hésitante.

— Pardon ? Qui est à l'appareil ? demanda-t-elle avant de s'exclamer : Oui, bien sûr, ce serait charmant !

Elle émit même un petit rire poli. Quand elle raccrocha, elle resta un moment dans le couloir, plongée dans ses pensées.

— Quelqu'un d'intéressant ? demanda Byron en descendant l'escalier l'air de rien pour la suivre dans la cuisine.

— Beverly vient demain prendre le thé.

Il ne sut que dire. Il avait envie de rire, mais ce serait trahir son secret. Il se contenta donc de tousser. Il était impatient de tout raconter à James.

— Est-ce toi qui as écrit cette lettre, Byron ?

— Moi ? croassa-t-il en rougissant.

— Parce que Beverly a parlé d'une invitation.

— Peut-être qu'elle parlait du jour où on lui a apporté les cadeaux, et où tu lui as laissé ton numéro de téléphone. Tu lui as dit qu'elle pouvait appeler quand elle voulait, tu t'en souviens ?

Sa mère parut satisfaite. Elle enfila son tablier et sortit de la farine, des œufs et du sucre du placard.

— Tu as raison, admit-elle. Je suis bête. Ça ne peut pas faire de mal de l'inviter pour le thé.

**

James n'en était pas si sûr. Byron en fut stupéfait. Si James admettait que son ami avait joué finement en écrivant à Beverly, s'il se réjouissait qu'il y ait une autre rencontre, il aurait préféré que Byron suggère un cadre plus neutre.

— Si vous la rencontriez en ville, par exemple, je pourrais arriver, par hasard. Je pourrais entrer comme si je ne m'attendais pas du tout à vous voir et dire « Oh ! Bonjour ! », et me joindre à vous.

— Pourquoi ne viendrais-tu pas chez moi demain pour le thé ?

— En raison de circonstances indépendantes de ma volonté, ce n'est malheureusement pas possible.

Pour compenser, James donna à Byron toute une panoplie d'instructions. Il devait prendre des notes complètes et exhaustives. Possédait-il un carnet neuf ? Quand Byron avoua qu'il n'en avait pas, James sortit de son cartable un cahier à lignes. Débouchant son stylo à encre, il inscrivit sur la couverture : « *Opération Parfaite* ». Les notes devraient comprendre des observations sur la conversation, en particulier sur ce qui se dirait des blessures de Jeanie, bien que le détail le plus insignifiant en apparence soit aussi important à noter. Byron devait être aussi précis que possible à propos des références aux dates et aux heures.

— Au fait, as-tu de l'encre invisible, chez toi ? Ça doit rester confidentiel.

Byron admit que non. Il collectionnait les papiers enveloppant les chewing-gums Bazooka pour la bague aux rayons X, mais il en fallait beaucoup.

— Et je n'ai pas droit aux chewing-gums.

— Peu importe. Pendant les vacances, je t'enverrai un code.

Il répéta que les points de suture dont Jeanie avait eu besoin étaient préoccupants. Il était essentiel d'en apprendre autant que possible à ce propos, mais il ne parut pas anxieux, excité plutôt. Il nota avec soin son numéro de téléphone au dos du cahier et recommanda à Byron de l'appeler dès qu'il y aurait de nouveaux éléments. Ils devaient rester régulièrement en contact pendant l'été.

Byron remarqua que sa mère était nerveuse, quand elle vint le chercher. Les plus grands élèves chantaient et jetaient leur casquette en l'air, les mères prenaient des photos, certaines avaient dressé des tables sur tréteaux pour un pique-nique d'adieu, mais Diana était pressée de retourner à la voiture. À la maison, elle s'agita d'une pièce à l'autre pour sortir des serviettes propres, faire des séries de sandwiches qu'elle enveloppait de film et disposer le service en porcelaine. Elle mentionna qu'elle devait laver rapidement la Jaguar avant de la mettre au garage, mais elle fut bientôt si occupée à ranger les chaises et à vérifier son image dans les miroirs que la voiture lui sortit de l'esprit et resta garée dans l'allée.

***

Leurs invitées arrivèrent avec une demi-heure de retard. Ils apprirent que Beverly était descendue du bus trop tôt et qu'elles avaient fait le reste du chemin à pied à travers champs. Elle se présenta à la porte avec les cheveux raides comme des baguettes (elle avait sans doute utilisé trop de laque), dans une robe courte à motif de fleurs tropicales de couleurs vives. Elle avait fardé ses paupières en turquoise, mais il n'en restait que deux demi-cercles épais dans les rides au-dessus de ses yeux. Sous le bord de sa capeline violette, son visage semblait trop lourd du haut.

— C'est si gentil de votre part de nous avoir invitées ! Nous sommes si excitées depuis ce matin que nous n'avons parlé de rien d'autre.

Elle s'excusa de l'état de ses bas, filés et couverts de peluches. Diana était vraiment adorable de leur consacrer de son temps si précieux. Elle promit de ne pas rester au-delà d'une heure raisonnable. Elle paraissait aussi nerveuse que la mère de Byron.

Une fillette, plus petite que Lucy, était accrochée à elle, vêtue de sa tenue scolaire en vichy, ses fins cheveux noirs descendant presque à sa taille. Elle arborait un gros pansement sur son genou droit pour protéger ses points de suture. À la vue de ce cercle de dix centimètres, Diana retint son souffle.

— Tu dois être Jeanie, dit-elle en se penchant. Malheureusement, ma fille n'est pas là, aujourd'hui.

Jeanie se glissa derrière sa mère.

— Ne t'en fais pas pour ton genou ! lui dit Beverly d'une voix si puissante et si joyeuse qu'on aurait pu croire qu'elle voulait se faire entendre par-delà la lande. Tu ne te blesseras plus. Tu es en sécurité.

Diana se tordait tant les mains qu'elle semblait courir le danger de les retourner comme des gants.

— Est-ce qu'elle a besoin de renouveler son pansement à cause de la marche ?

Beverly l'assura que le pansement était propre. Ces derniers jours elle ne remarquait plus qu'à peine la claudication de Jeanie.

— Tu vas bien mieux, hein ?

Pour approuver, Jeanie déforma sa bouche comme si un gros bonbon s'était collé à son palais.

Diana suggéra qu'ils s'installent dehors dans les nouvelles chaises longues pendant qu'elle allait chercher le thé. Après quoi elle leur montrerait le jardin. Beverly demanda s'ils ne pourraient pas entrer. Le soleil donnait des maux de tête à sa fille. Ses yeux furetaient en tout sens, par-delà l'épaule de Diana, s'arrêtant sur les boiseries polies, les vases de fleurs, le papier peint de style géorgien, les rideaux aux plis théâtraux.

— Jolie maison !

— Entrez ! On prendra le thé au salon.

— Joli, répéta Beverly en passant le seuil. Viens, Jeanie !

— Je parle de « salon », mais ce n'est pas aussi formel que ça en a l'air ! déclara Diana en les entraînant dans le couloir au clip, clip de ses talons et au *salp, salp* des sandales de Beverly. La seule personne qui parle de « salon » est mon mari, qui ne vit pas ici. Enfin, si, il vit ici, mais seulement le week-end. Il travaille pour une banque de la City. Je ne sais pas pourquoi j'ai employé le mot «salon». Ma mère aurait dit «séjour». Seymour ne l'a hélas jamais aimée.

Elle parlait beaucoup trop et ses phrases s'accordaient mal.

— En fait, je suis une sorte de rebelle…

Beverly ne fit pas de commentaire. Elle se contenta de la suivre en regardant de tous côtés. Diana proposa du thé, du café, ou quelque chose de plus fort, mais Beverly insista : elle prendrait la même chose que Diana.

— Mais vous êtes mon invitée !

Beverly haussa les épaules. Elle avoua qu'elle ne dirait pas non à un granité ou à quelque chose de gazeux, un Coca à la cerise, par exemple.

— Un granité ? répéta Diana, perplexe. J'ai peur de ne pas en avoir. Et on n'a pas non plus de boissons gazeuses. Mon mari aime le gin tonic et, pour cette raison, j'ai toujours une bouteille de Gordon et du Schweppes. Il y a aussi du whisky dans le bureau. En voulez-vous ?

Elle offrit également à Beverly des collants pour remplacer ceux qui avaient filé.

— Est-ce que des Pretty Polly vous conviendraient ?

Beverly assura qu'elle aimait beaucoup cette marque de bas et qu'elle prendrait volontiers de la citronnade.

— S'il te plaît Byron, pose ce cahier et va accrocher le chapeau de Beverly.

Diana ouvrit la porte du salon avec les hésitations de celle qui craint que quelque chose ne lui saute à la figure.

— Où… Où est donc votre fille ?

Elle avait raison. Entre le couloir et le salon, ils l'avaient perdue.

Contrariée, Beverly retourna vers l'entrée en courant et appela sa fille au pied de l'escalier, contre le lambris, devant la console à plateau de verre du téléphone et les marines de Seymour accrochées aux murs, comme si Jeanie s'était fondue dans les matériaux et les tissus et allait soudain réapparaître.

La quête débuta doucement. Diana cria le nom de Jeanie comme le faisait Beverly, et visita chaque pièce. Tout à coup, elle s'inquiéta. Elle sortit l'appeler dans le jardin. Faute de réponse, elle demanda à Byron d'aller chercher des serviettes et descendit vers l'étang. Beverly ne cessait de s'excuser, de dire qu'elle était désolée de leur causer du tracas, que cette gamine aurait sa peau.

Diana avait déjà retiré ses chaussures pour mieux courir sur la pelouse.

— Comment est-ce qu'elle aurait pu escalader la clôture, avec son genou blessé ? lui cria Byron.

Les cheveux de sa mère volaient comme un flot d'or. Pas trace de Jeanie là-bas.

— Elle doit être quelque part dans la maison, conclut Diana en retraversant le jardin.

Byron passa près de Beverly dans le couloir. Elle consultait l'étiquette du manteau de sa mère.

— Jaeger, murmura-t-elle. Joli !

Il dut lui faire peur, parce qu'elle lui adressa un regard perçant qu'elle finit par adoucir avec un sourire forcé.

Les recherches continuèrent en bas. Beverly ouvrit chaque porte pour vérifier l'intérieur des pièces. Ce n'est que lorsque Byron monta à l'étage pour la seconde fois qu'il remarqua la porte entrouverte de la chambre de Lucy. Il trouva Jeanie recroquevillée comme une poupée de chiffon dans le lit. Pendant le temps qu'ils avaient passé à la chercher, à l'appeler dans le jardin, sur la prairie et jusqu'à l'étang, elle s'était endormie. Ses bras entourant un oreiller montraient deux grosses croûtes en forme de cerises écrasées à ses coudes.

— Tout va bien ! cria-t-il aux deux femmes. Vous pouvez vous détendre. Je l'ai trouvée.

D'un doigt tremblant, Byron composa le numéro de James dans le couloir, sur le téléphone de la console à plateau de verre. Il dut murmurer, parce qu'il n'avait pas demandé la permission.

— Qui est à l'appareil ? dit la voix de Mrs Lowe.

Il dut le répéter trois fois pour qu'elle comprenne, puis il dut attendre deux minutes qu'elle aille chercher James. Quand Byron lui expliqua qu'ils avaient dû chercher Jeanie et qu'il l'avait trouvée endormie, James voulut savoir si elle était toujours au lit.

— Affirmatif. Oui.

— Remonte et examine sa blessure pendant qu'elle dort. *Bonne chance*, Byron ! Très bon travail ! N'oublie pas de faire un dessin !

Il retourna dans la chambre sur la pointe des pieds. Tout doucement, il souleva le drap. Jeanie respirait comme quelqu'un d'enrhumé. Le cœur de Byron battait si bruyamment qu'il devait déglutir de crainte que ça ne la réveille. Le pansement était très bien collé sur sa petite jambe au genou pointu. Pas de sang sur la gaze, qui avait l'air neuve.

Il glissait son ongle sous le coin du pansement quand Jeanie se réveilla en sursaut et le regarda de ses grands yeux noirs. Le choc le fit reculer dans la maison de poupées de Lucy, et Jeanie trouva ses gesticulations si drôles que ça lui donna le hoquet. Il vit ses dents jaunes et ébréchées.

— Tu veux que je te porte ? demanda-t-il.

Elle hocha la tête et tendit les bras, toujours sans un mot. Il la souleva, et il fut étonné de sa légèreté. Elle était à peine là. Ses omoplates et ses côtes pointaient à travers sa robe d'école en coton. Il prit soin de ne pas toucher son genou blessé tandis qu'elle s'accrochait à lui et levait sa jambe en avant pour protéger le pansement.

En bas, l'anxiété de Beverly semblait s'être transformée en fringale. Au salon, elle engloutissait les sandwiches au concombre et bavardait. À l'arrivée de Byron et Jeanie, elle leur adressa un signe de tête impatient et continua. Elle demanda à Diana où elle avait acheté ses meubles, si elle préférait la porcelaine ou le plastique, pour les assiettes, qui était sa coiffeuse. Elle demanda la marque du tourne-disque. Diana était-elle satisfaite de sa qualité ? Savait-elle que tous les appareils électriques n'étaient pas fabriqués en Angleterre ? Diana sourit poliment et répondit que non, elle ne le savait pas. L'avenir était aux importations, affirma Beverly, maintenant que l'économie était dans un tel chaos.

Elle admira la qualité des rideaux. Des tapis. De la cheminée électrique.

— Quelle jolie maison vous avez ! dit-elle en montrant les nouvelles lampes avec son sandwich. Mais je ne pourrais pas vivre ici. J'aurais trop peur que les gens cassent quelque chose.

Vous avez de si jolis objets. Vous voyez, moi, je suis une citadine.

Avec un sourire, Diana dit qu'elle était une citadine elle aussi.

— Mais mon mari aime l'air de la campagne. De toute façon, confia-t-elle en prenant son verre où tintèrent les cubes de glace, il a un fusil. En cas d'urgence. Il le cache sous le lit.

— Est-ce qu'il a déjà tiré ? s'inquiéta Beverly.

— Non, il le garde, juste. Il a une veste en tweed spéciale et une toque en fourrure. Il va chasser en Écosse au mois d'août avec ses collègues, mais il déteste ça. Il se fait harceler par les moucherons. Apparemment, ils l'adorent !

Pendant un moment, ni l'une ni l'autre ne parla. Beverly retira la croûte d'un autre sandwich et Diana regarda dans son verre.

— On dirait que c'est une vraie banane, votre mari ! commenta Beverly.

Un rire inattendu jaillit de Diana, et quand elle vit Byron, elle dut se cacher le visage.

— Je ne devrais pas rire, je ne devrais pas rire ! répétait-elle, sans arrêter pour autant.

— Moi, je préférerais frapper un voleur sur la tête, avec un maillet ou un truc comme ça.

— C'est drôle, ça ! dit Diana en s'essuyant les yeux.

Byron prit son cahier. Il nota que son père avait un fusil et que Beverly avait sans doute un maillet. Il aurait aimé déguster un de ces petits sandwiches découpés en triangles pas plus gros que son pouce, mais Beverly semblait penser qu'ils étaient tous pour elle. Elle avait même fini par reléguer l'assiette sur ses genoux et goûtait une moitié de chaque sandwich avant de le reposer pour en prendre un autre. Même quand Jeanie la tira par la manche et demanda à rentrer à la maison, elle continua son festin. Byron dessina pour James la jambe de la petite fille et l'emplacement du pansement. Il nota les références exactes du temps, mais ne put réprimer sa déception quand il entreprit de consigner la conversation. Cette nouvelle amitié semblait tourner à l'aigre, même s'il devait admettre que jamais il n'avait vu sa mère rire comme lorsque Beverly avait traité Seymour de banane. Il ne le nota pas.

Il écrivit : *Beverly a dit trois fois que DH a de la chance. À 17 h 30, elle a dit : « J'aurais aimé faire quelque chose de ma vie, comme vous. »*

Beverly déclara aussi à Diana que, pour l'avenir, il faudrait voir les choses en grand, si on voulait réussir, mais la main de Byron se fatiguait et il traça à la place un plan de la pièce.

Beverly demanda un cendrier et tira un paquet de cigarettes de sa poche. Quand Diana posa près d'elle une coupelle en céramique, elle la retourna.

— On dirait que ça vient de l'étranger, remarqua-t-elle en examinant le fond rugueux. Intéressant.

Diana expliqua que ça appartenait à la famille de son mari. Seymour avait été élevé en Birmanie, ajouta-t-elle, avant que tout tourne mal. Beverly marmonna quelque chose à propos du bon vieux temps de l'Empire, mais Diana n'entendit pas, car elle était partie chercher un petit briquet plaqué or. Quand elle présenta la flamme à la cigarette, Beverly aspira une bouffée et dit avec un sourire :

— Vous ne devinerez jamais ce qu'était mon père.

Avant que Diana puisse répondre, Beverly souffla un flot de fumée et éclata de rire.

— Un pasteur ! Je suis une fille de pasteur, et regardez un peu ce qui m'est arrivé : en cloque à vingt-trois ans. À la mairie et pas même un vrai mariage.

En fin d'après-midi, Diana leur proposa de les reconduire en ville, mais Beverly refusa. En gagnant la porte, Beverly remercia Diana avec profusion pour les boissons et les sandwiches.

Ce n'est que lorsque Diana demanda « Et sa jambe ? » que la petite se ressaisit et se mit à marcher comme avec une jambe de bois.

Beverly tripota son chapeau et insista : elles prendraient le bus. Diana en avait déjà fait plus qu'assez ; elles ne lui voleraient pas davantage de son précieux temps. Quand Diana objecta que son temps n'était pas précieux, que maintenant que les vacances avaient commencé elle ne savait pas à quoi occuper ses journées, Beverly éclata d'un rire qui rappela à Byron celui de son père quand il ne pouvait se retenir. La semaine prochaine ? proposa-t-elle. Elle remercia de nouveau Diana pour le thé et les collants Pretty Polly. Elle les laverait et les rapporterait lundi.

— Au revoir, au revoir ! leur cria Diana depuis le perron.

Byron n'en était pas sûr, mais il crut bien que Beverly ralentissait près de la Jaguar et en examinait le capot, les portes, les pneus, comme pour tout graver dans sa mémoire.

**

Après cette visite, Diana était d'humeur enjouée. Byron l'aida à laver assiettes et verres et elle lui dit combien elle avait apprécié cet après-midi. Plus qu'elle ne l'aurait cru.

— J'ai connu une femme qui dansait le flamenco. Elle avait la robe, et tout. Tu aurais dû la voir ! Elle bougeait les mains comme ça et frappait des pieds. C'était magnifique.

Sa mère leva les bras en arc au-dessus de sa tête et claqua plusieurs fois des talons. Jamais il ne l'avait vue danser.

— Comment avais-tu fait sa connaissance ?

— Oh ! dit-elle en reprenant sa posture habituelle pour s'équiper d'un torchon, c'était dans le passé. Je ne sais pas pourquoi j'ai repensé à elle.

Elle empila les assiettes sèches dans le placard, dont elle referma la porte comme pour y emprisonner son image en train de danser le flamenco.

Son humeur joyeuse avait peut-être un rapport avec la visite de Beverly. Maintenant que James était impliqué, tout s'arrangeait. Sa mère alla chercher du papier journal pour allumer un feu.

— Est-ce que tu as vu mon briquet ? Je ne me souviens plus où je l'ai posé.

6

À la recherche de petites choses

Eileen attend dans sa voiture garée sous le panneau *Station-nement et arrêt interdits*. Ce n'est qu'après avoir franchi la porte de sortie du personnel que Jim la reconnaît. Un courant de panique lui picote la nuque et descend jusque dans ses genoux. Il tente de faire demi-tour, mais la porte s'est déjà refermée derrière lui.

Il ne lui reste qu'à prétendre qu'il est quelqu'un d'autre. Une personne sans plâtre bleu au pied, par exemple. Dès qu'Eileen le voit, un grand sourire joyeux éclaire son visage. Elle lui fait signe. À l'évidence, il lui faut trouver une tactique diffé-rente. Il doit prétendre qu'elle est quelqu'un d'autre et qu'il ne l'a jamais rencontrée.

Jim scrute l'obscurité et distingue la chenille de chariots, l'arrêt du bus, le distributeur de billets. Il étudie chaque objet comme s'il présentait un tel intérêt qu'il ne pouvait se concen-trer sur rien d'autre et qu'il devrait continuer l'exercice pen-dant plusieurs heures. Il fredonne pour donner à son apparence lointaine plus d'authenticité mais, tandis qu'il étudie ces objets inanimés fascinants, il ne voit qu'Eileen, en fait. Son image est imprimée sur sa rétine. Il n'y a qu'elle. Son manteau vert. Ses cheveux de feu. Son sourire radieux. On dirait qu'elle lui parle.

Jim trouve une tache passionnante sur le bitume. Il se baisse pour l'observer de plus près. Puis il se tourne ostensiblement vers d'autres taches intéressantes à quelques pas de là. S'il peut continuer à faire semblant, s'il peut suivre une guirlande de taches précises, il devrait pouvoir parvenir à atteindre l'autre bout de l'aire de stationnement.

Il arrive à côté de la voiture et monte. Sans regarder, il sent dans son flanc gauche qu'elle l'a remarqué. La proximité d'Eileen l'étourdit. Puis, alors qu'il est presque en sécurité, il oublie que cette tache particulièrement fascinante est uniquement au sol, et il se surprend à lever la tête. Ses yeux tombent droit dans ceux d'Eileen.

Elle ouvre sa portière et jaillit du siège passager.

— Tu as perdu quelque chose, Jim ?

— Oh ! Bonjour Eileen. Je ne t'avais pas vue près de moi, assise dans ta voiture.

Il ne voit pas pourquoi il a dit ça, puisqu'il est clair désormais qu'il l'a reconnue tout de suite. Il tente de filer vers l'entrée du supermarché quand il se rend compte qu'il ne peut que boitiller. Malheureusement, Eileen se rend compte elle aussi qu'il ne peut que boitiller. Elle voit tout – son pied dans le plâtre, sa chaussette en plastique.

— Jim, qu'est-il arrivé ?

— Rrrr…

Il ne peut pas le dire.

Il ne peut pas sortir ce mot pourtant si petit. Elle attend. Il s'évertue à le prononcer, la bouche prête, le menton levé. Il est pitoyable. C'est comme essayer de happer des mots sans réussir à les attraper.

— Comment est-ce que tu rentres chez toi ? Tu veux que je t'y conduise ?

Au moins, elle n'a pas fait le rapprochement entre son pied et la voiture.

— M-m-monsieur Meade.

Eileen hoche la tête. Elle ne dit plus rien. Jim non plus. L'interruption s'étend jusqu'à former une entité solide.

— Tu veux que je t'aide à chercher ce que tu cherches ? demande bientôt Eileen.

Piégés par la lueur de l'ampoule de sécurité du parking, les yeux d'Eileen prennent une couleur de jacinthe, d'un bleu presque choquant. Comment ne l'a-t-il pas remarqué auparavant ?

— Oui, répond-il.

C'est le mauvais mot. Il veut dire non. Non, tu ne dois pas m'aider. Il détourne ses yeux de ceux d'Eileen pour les reporter sur le sol. Ils seront sûrement plus en sécurité en bas.

Oh ! que ses pieds sont petits ! Elle porte des bottines marron en cuir, à bout carré, qui luisent à la lumière du réverbère. Elle a noué les lacets en forme de pétales de fleurs.

— C'est gros comment ?

Il ne sait pas du tout de quoi elle parle. Il pense à ses petits pieds. Ils sont si parfaits que ça lui brise le cœur.

— Pardon ?

— Ce que tu cherches.

— Oh ! Petit.

C'est le seul mot que sa tête trouve tant elle est occupée par les chaussures. Il doit cesser de les regarder. Il doit lever les yeux.

Eileen lui adresse un large sourire sans complication. Ses dents sont aussi belles que ses pieds.

Ces nouvelles informations l'inquiètent tant qu'il tente de fixer une autre partie d'elle. Une partie neutre, plus haut. Il se rend compte alors, avec plus d'horreur encore, que la partie d'elle sur laquelle il est tombé est son sein gauche. Ou sa forme : un monticule ferme et doux sous son manteau froissé.

— Tu es sûr que ça va, Jim ?

Au grand soulagement de Jim, un homme en costume pousse un chariot dans l'espace qui les sépare. Il parle dans son téléphone. Jim et Eileen reculent en hâte comme s'ils avaient été surpris en train de faire quelque chose de mal.

— Excusez-moi, tous les deux ! dit l'homme.

Quand il comprend qu'on les prend pour un couple, Jim est tout excité.

Il trouve aussi que l'homme met très longtemps à passer avec son chariot, qui déborde de bouteilles et de victuailles pour Noël, avec au sommet un bouquet de lys dans son papier transparent. Il ne cesse de coincer les roues du chariot dans les fissures du bitume, et son bouquet de Noël glisse et tombe à terre, mais l'homme continue son chemin.

À la vue des lys, le cœur de Jim tambourine dans sa poitrine. Les pétales sont si blancs, si lisses qu'ils brillent. Il peut les sentir. Il ne sait pas s'il est terriblement heureux ou terriblement triste. Les deux, sans doute. Il arrive que ça se passe comme ça. Ces fleurs semblent être un signe venu d'une autre époque de sa vie, dans un autre contexte, et voilà que les moments égarés du passé rejoignent le présent et gagnent une signification supplémentaire. Il voit une église pleine de lys, il y a très longtemps, il voit aussi le manteau qu'Eileen a fait tomber d'une chaise l'autre jour. Ces souvenirs sans liens sont associés, mêlés à ces fleurs gisant non loin de lui. Sans réfléchir, il se baisse et les ramasse.

— Tenez ! dit-il en tendant à l'homme son bouquet.

Il aimerait l'offrir à Eileen.

L'homme parti, l'espace à nouveau vide entre Jim et Eileen est si vivant qu'il devrait faire du bruit.

— Je déteste les fleurs, finit par déclarer Eileen. Je veux dire que je les aime en terre, quand elles poussent, mais je ne vois pas pourquoi les gens s'offrent des fleurs coupées. Elles sont mourantes. Je préfère quelque chose d'utile. Un stylo, par exemple.

D'un signe de tête, Jim tente de montrer son intérêt, sans l'exagérer non plus. Il ne sait pas où regarder. Sa bouche. Ses yeux. Ses cheveux. Il se demande si elle préfère les stylos à bille ou à encre. Elle hausse les épaules.

— De toute façon, on ne m'offre jamais de fleurs. Ni de stylos, d'ailleurs.

— Non.

Ce n'est qu'en s'entendant prononcer ce mot qu'il se rend compte que ce n'est pas celui qu'il voulait dire.

— Je bavarde trop.

— Oui.

Mauvais mot, encore une fois.

— Tu es sûr que tu ne veux pas que je te reconduise ? On pourrait prendre un verre en chemin.

— Merci.

Tout à coup, il comprend ce qu'elle a dit. Elle l'a invité à prendre un verre.

À moins qu'il ait mal entendu, qu'elle ait dit autre chose, du genre « j'ai très soif », parce que voilà qu'Eileen baisse la tête et scrute le sol. Il se demande si elle a perdu quelque chose, elle aussi, avant de se souvenir que lui n'a rien perdu, qu'il faisait semblant. Ils sont désormais côte à côte, ils se touchent presque, mais pas vraiment, tous deux cherchant des choses qui peuvent être là ou non.

— Le tien est grand comment ? demande-t-il.

— Le mien ?

— Tu as perdu quelque chose, toi aussi ?

— Oh ! oui, bon. Le mien est très petit aussi. Minuscule. On ne le trouvera pas.

— Dommage.

— Pardon ?

Soudain, c'est Eileen qui semble ne pas savoir où regarder. Ses yeux bleus errent. S'abattent sur la bouche de Jim. Ses cheveux. Sa veste.

— Dommage de perdre quelque chose.

— Oh ! oui, confirme-t-elle. Zut !

Il ne sait pas si les mots qu'ils utilisent signifient ce qu'ils avaient l'intention de dire ou si ces mots ont pris une nouvelle signification. Ils ne parlent de rien, finalement. Pourtant, ces mots, ces riens, sont tout ce qu'ils ont, et il aimerait qu'ils en aient des dictionnaires entiers.

— Le problème, c'est que je perds tout le temps des trucs – mon sac, mes clés. Tu sais ce que je déteste ?

— Non.

Il ne sourit que parce qu'elle sourit. Ce n'est pas encore drôle. Ça va l'être.

— Quand les gens disent : « Où est-ce que tu l'as perdu ? »

Eileen rit si fort que ses épaules sont secouées de spasmes et ses yeux pleins de larmes. Elle essuie ses joues du bout de ses doigts. Elle ne porte pas d'alliance.

— Putain ! C'est une question idiote. En fait, j'ai même perdu des gros trucs.

— Oh ! dit Jim parce qu'il ne trouve rien d'autre.

— Je ne parle pas de petits trucs comme les clés de voiture ou de l'argent.

Il a conscience de devoir mobiliser son esprit pour la suivre. Les clés de voiture et l'argent ne lui semblent pas particulièrement petits. Tout à coup, elle avoue :

— Pour être honnête, il m'arrive de ne pas savoir si je vais m'en sortir. Tu vois ce que je veux dire ?

— Oui.

— J'arrive pas à me lever. J'arrive pas à parler. J'arrive même pas à me brosser les dents. J'espère que ça ne t'ennuie pas que je te confie ça.

— Non.

— La frontière est très mince. Très mince, entre les gens de Besley Hill et ceux du dehors.

Elle rit à nouveau, mais il ne sait plus si Eileen plaisante ou pas. Ils reprennent leur examen du sol.

— On ferait donc tout aussi bien de continuer à chercher. À chercher ce qu'on cherche, hein, Jim ?

Pendant tout le temps où ils marchent de long en large, tête baissée, il a conscience de cette femme solide près de lui. Il se demande si leurs yeux vont prendre contact au sol, si son rayon de vision et celui d'Eileen vont se rencontrer sur un point unificateur. Cette idée fait galoper son pouls. Sous ses longs pieds et les petits pieds de l'autre, le bitume gelé luit de paillettes. Jamais il n'a vu de chaussée aussi belle.

Un cri les interrompt. Paula s'approche, Darren trottinant pour la suivre.

— J'arrive pas à le croire ! hurle Paula. T'as pas déjà causé assez de dégâts ?!

Eileen se retourne. Elle se dresse, robuste, dans son manteau vert comme le houx.

— Tu commences par lui rouler dessus, et maintenant tu le harcèles ? Il voit une psy à cause de toi !

Eileen en reste bouche bée. Jim peut presque entendre sa mâchoire tomber. Ce qui le surprend le plus, c'est qu'elle ne s'emporte pas. Elle fixe Jim comme s'il était différent, que des morceaux de lui avaient échangé leur place.

— Qu'est-ce que tu veux dire, « roulé dessus » ? Et c'est quoi, cette histoire de psy ?

— Quand tu as fait marche arrière et que tu l'as renversé. On a dû l'amener à l'hôpital. Tu devrais avoir honte ! Les gens comme toi ne devraient pas avoir le droit de conduire.

Eileen ne répond pas. Elle prend le temps de digérer les paroles de Paula sans répliquer, sans même ciller. Jim a l'impression de regarder à la télévision un champion de boxe et d'attendre qu'il porte le direct dévastateur, puis de se rendre compte qu'il ne va rien faire du tout. Il voit l'autre face du boxeur, le côté humain, fragile, qui pourrait être chez lui, dans un fauteuil près du sien. C'est une pensée troublante.

— Il pourrait te traîner en justice ! crie Paula. On devrait t'enfermer !

Eileen pose sur Jim un regard si bouleversé, si tendre, si puéril qu'il ne peut le soutenir. Soudain il préférerait ne pas être là. Il voudrait être dans son camping-car. Avant qu'il ne bouge, Eileen s'écarte de lui, de Paula, de Darren, et s'enfuit vers sa voiture. Elle ne crie même pas au revoir. Elle lance le moteur et la voiture démarre et se propulse péniblement en avant.

— Elle a pas retiré le frein à main, commente Darren.

La voiture a-t-elle entendu ? Elle s'immobilise après une secousse puis passe en douceur le portail gelé du parking. Bien que la lune ne soit pas pleine, elle projette dans l'obscurité un nuage jaune verdâtre. La lande luit si fort qu'on dirait qu'elle murmure.

Il ne montera pas dans la voiture d'Eileen. Il n'ira pas prendre un verre avec elle. Il repense à ce qu'elle éprouvait quand elle parlait de perdre des choses, à son silence quand Paula avait crié. Là, il a rencontré une Eileen tout à fait différente, en légère robe d'été.

Jim se demande si elle avait vraiment perdu quelque chose par terre. Si cela avait été le cas, il aimerait passer sa vie à chercher auprès d'elle.

7

Amitié

— Tu dois faire comprendre à Beverly que tu sais qu'elle a volé le briquet de ta mère, déclara James au téléphone.

— Mais je ne le sais pas ! Et pourquoi ce briquet est-il si important ?

— Parce que ça nous en dit beaucoup sur le genre de personne qu'est Beverly. C'est pour ça que tu dois faire ce que je préconise. Tu vas bluffer. Si elle n'a pas volé le briquet, elle ne comprendra pas de quoi tu parles, et tu pourras faire marche arrière. Tu pourras dire que tu t'excuses, que tu t'es trompé. Mais si elle est coupable, elle manifestera des signes de culpabilité et on saura la vérité.

James lui dicta les Signes de Culpabilité par ordre alphabétique : gestes nerveux des mains, ne pas regarder l'autre dans les yeux, rougir.

— Mais tout ça, elle le fait déjà.

James confirma qu'il se réjouissait que les deux femmes se soient revues et ajouta que Byron devrait les encourager à se rencontrer à nouveau afin d'obtenir toutes les preuves concernant le genou de Jeanie. Il ajouta qu'il serait très disponible, ce week-end, parce que ses parents assistaient à une dégustation de fromages et de vins au Rotary Club.

***

La semaine suivante, Beverly passa tous ses après-midi à Cranham House. Les enfants la trouvaient assise à la table de la cuisine en train de feuilleter les magazines de Diana. En dépit des soupçons de James concernant le briquet, cette nouvelle amitié rendait visiblement Diana heureuse. Plus d'une fois, elle assura que ça ne pouvait pas faire de mal. Quand Byron lui demanda ce qu'elle voulait dire par là, elle haussa les épaules. Ça voulait seulement dire qu'ils ne devraient pas en parler à son père.

Il ne savait pas pourquoi son père désapprouverait cette relation. Byron entendait les femmes rire quand elles se prélassaient dans les chaises longues au soleil, ou quand elles se repliaient dans la maison à cause de la pluie. Bien sûr, cette amitié s'était développée rapidement après un départ inhabituel, mais il ne voyait pas ce qu'il y avait de mal à être heureux. Il se sentait fier du rôle que James et lui avaient joué pour réunir les deux femmes. Il lui arrivait de se rapprocher d'elles avec le cahier donné par James et elles étaient tellement prises par leur conversation que sa mère ne levait même pas les yeux vers lui. Beverly disait souvent à Diana qu'elle était gentille, belle, différente des autres mères de Winston House. C'était vrai. Il semblait naturel que Beverly devienne la confidente de sa mère. Il demanda des nouvelles de Jeanie, mais Beverly ne l'amenait plus. Walt prenait soin d'elle. Le genou était presque guéri. Les deux points de suture seraient bientôt retirés.

— Tout s'arrange au mieux, finalement ! conclut-elle en souriant.

De toute façon, Diana était tellement occupée par son invitée – à chercher à boire, à écouter ses histoires, à lui fournir des assiettes de petits canapés, sans parler de devoir passer l'aspirateur après ses visites, aérer les pièces, regonfler les coussins, nettoyer les cendriers et jeter les bouteilles d'advocaat qu'elle lui achetait – qu'il ne lui restait guère de temps pour penser à l'enjoliveur de la Jaguar. On aurait dit qu'à chaque visite de Beverly Diana devait tant s'ingénier à dissimuler les traces de sa venue qu'elle en oubliait les autres traces. Peut-être était-ce pour elle une forme de thérapie.

Quand Seymour appelait le matin, elle répétait les phrases habituelles : non, il n'y avait personne ; oui, elle lui prêtait toute son attention. Le soir, elle lui disait que la journée s'était déroulée comme d'habitude. Les vacances se passaient bien.

À cause des vacances, justement, James et Byron ne pouvaient se retrouver à l'école. Ils s'écrivaient et se téléphonaient donc fréquemment. Diana ne s'en formalisait pas. Elle les savait amis, et elle savait aussi que Byron aimait écrire des lettres. Il s'asseyait chaque matin sur le perron pour attendre le facteur. Quand la correspondance de James arrivait, il l'emportait tout droit dans sa chambre. Il la lisait plusieurs fois avant de la ranger dans sa boîte à biscuits avec les autres lettres et avec celles de la reine et de Roy Castle. Puis il remplissait des pages et des pages du cahier *Opération Parfaite*. Il y décrivit un jour que les femmes avaient ri trente-deux fois, et que sa mère avait sorti des cigarettes de son sac.

— Ma mère les allume avec des allumettes, lut-il au téléphone, alors que mon père n'aime pas que les femmes fument.

— Quand est-ce que tu vas aborder la question du briquet ? insista James.

Une autre fois, Byron nota que sa mère avait préparé une assiette de biscuits Party Rings. *Beverly les a tous mangés sans en donner à quiconque. Elle ne mange pas de fruits. Elle ne boit pas de thé. Hier, elle a terminé le Sunquick, et on n'en avait plus pour le petit déjeuner.* À nouveau, James insista :

— Tu dois parler à Beverly du briquet de ta mère !

À l'évidence, Beverly aimait bien Diana. Elles bavardaient interminablement. Elle l'interrogeait sur les autres mères de Winston House, parce qu'elle s'était forgé une image de chacune d'elles, au cours du peu de temps qu'avait duré leur pénible rencontre au salon de thé. Diana l'informait des opinions politiques de droite d'Andrea ou des difficultés conjugales de Deirdre et Beverly la regardait avec le sourire d'une spectatrice devant un film. Si, par exemple, Diana enroulait une mèche de cheveux autour d'un doigt, la main de Beverly montait vers ses cheveux noirs et elle faisait de même. Elle dit à Diana combien elle détestait le collège quand elle était adolescente. Elle ratait tous ses contrôles. Elle lui parla du jour où son père l'avait trouvée dans sa chambre avec un garçon, qu'il avait jeté par la fenêtre. Elle avoua avoir fait une fugue à seize ans, avec pour projet de travailler dans un bar, mais que ça ne s'était pas réalisé. Elle affirma que les hommes vous laissent toujours tomber.

— Mais Walt a l'air gentil, non ?

— Oh ! Walt, dit Beverly en levant les yeux au ciel. Je ne suis pas comme toi, Diana. Je ne suis pas un canon.

Diana, alors, complimenta Beverly sur ses cheveux noirs, ses pommettes hautes, son teint, mais Beverly eut un petit rire pour montrer qu'elle n'était pas dupe.

— Je dois me contenter de ce que je peux avoir, mais un jour, je te préviens, Di, un jour, je vais m'en sortir.

Byron n'aimait pas qu'elle abrège le nom de sa mère. Qu'elle la coupe en deux, en quelque sorte.

Quand les dames ne prenaient pas de bain de soleil et ne bavardaient pas non plus au salon, elles s'installaient dans la chambre de Diana, et Byron ne savait quelles excuses inventer pour les suivre. Il se demandait parfois si Beverly ne le faisait pas exprès pour ne plus l'avoir dans les pattes. Il devait alors feindre d'avoir besoin de quelque chose. Beverly s'asseyait à la coiffeuse et Diana lui bouclait les cheveux avec son fer à friser et lui limait les ongles. Une fois, elle traça des lignes noires autour des yeux de Beverly et passa sur sa paupière supérieure différentes tonalités d'or et de vert pour la transformer en reine.

— Tu fais ça comme une vraie professionnelle ! s'émerveilla Beverly en s'admirant dans le miroir.

Diana nettoya ses pinceaux et répliqua que c'était une technique qu'elle avait juste apprise comme ça, puis elle décida que le rouge n'était pas une couleur pour Beverly, et que penserait-elle de mettre du rose, sur ses lèvres ?

— J'étais horrible, non, le jour où je suis tombée sur toi au magasin ? Pas étonnant que ces dames aient ri de moi !

Diana secoua la tête. Personne n'avait ri, assura-t-elle, mais Beverly lui jeta un regard perçant.

— Si, Diana. Elles m'ont jugée. Elles m'ont traitée comme de la merde. On n'oublie pas une telle humiliation.

Dès le milieu de la semaine, il fut clair que Lucy n'aimait pas Beverly, et il était fort probable que c'était réciproque. Beverly fit remarquer aux enfants qu'ils avaient bien de la chance d'habiter dans une maison aussi grande et aussi belle que Cranham House. Ils devraient apprécier ce privilège. Jeanie donnerait un bras pour vivre dans un endroit pareil. Lucy ne dit rien, collée à sa mère, les sourcils froncés.

— Tu devrais faire attention, la prévint Beverly, si le vent tourne, ton visage restera comme ça à jamais.

Byron oubliait parfois que Beverly était une mère.

— Mon visage ne va pas rester comme ça, hein ? entendit-il Lucy demander à Diana, qui lui donnait son bain le soir même.

Non, la rassura sa mère, Beverly voulait juste plaisanter.

Il surprit Beverly en train de reprocher à Diana d'être trop gentille, de laisser les enfants lui bouffer la vie. Elle était surprise que Diana n'ait pas de bonne, de jardinier, de cuisinière – du personnel, quoi. Puis l'air claqua presque avant qu'elle ajoute :

— Ou un chauffeur, peut-être, parce que c'est comme ça que les accidents arrivent, tu sais, quand les gens sont surmenés.

***

Les dames étaient au salon quand elles se mirent à parler de travail.

— J'ai toujours rêvé de vendre des produits Avon à domicile, dit Beverly. Je serais arrivée avec la valise rouge pleine d'ustensiles et de pots, vêtue de ce joli uniforme rouge. Mais je ne pouvais pas, à cause de mes mains.

— Tes mains sont très jolies, Beverly !

Ce n'était pas vrai, mais Diana était ainsi : elle ne voyait que le bon chez les autres, et parfois elle le voyait même quand il n'y était pas.

— Ça n'a rien à voir avec l'aspect de mes mains, répliqua Beverly avec une certaine impatience. C'est mon arthrite. Par moments, je ne peux pas bouger les doigts, tant la douleur est grande. Ou alors ils se coincent, comme ça.

Elle tendit les bras, et leva des mains en forme de serres. Byron comprit pourquoi elle n'aurait pas aimé les montrer.

— Mais toi, tu aurais pu être une dame Avon, Diana. Cet uniforme rouge te serait allé à ravir. Tu aurais même pu être manager, si tu avais voulu. Tu aurais été parfaite.

— Je ne peux pas travailler, soupira Diana avec un sourire et en haussant les épaules.

— Tu ne peux pas travailler ? C'est quoi, ton problème ?

— Ce n'est pas parce que j'ai un problème. C'est Seymour. Il a dans l'idée que les femmes doivent rester à la maison avec les enfants. J'avais un emploi, avant de le rencontrer, mais je ne pourrais plus l'occuper maintenant.

— Quel genre d'emploi ?

— Oh… émit Diana avec un petit rire.

Elle prit son verre. Beverly fit une grimace. Elle n'était pas de celles qui laissent un homme leur dicter si elles peuvent ou non travailler. Byron ne sut dire si elle exprimait de la sympathie pour sa mère ou du mépris pour son père, ou du mépris pour les deux et de la sympathie pour elle-même. Il tenta de reproduire son expression pour en parler à James, mais le dessin n'était pas son fort et, sur le papier, elle avait plutôt l'air d'un animal. Byron dut ajouter des oreilles et des vibrisses pour prétendre qu'il avait observé un chat errant.

James admit au téléphone que Diana pourrait être une dame Avon, si elle le voulait. Il demanda s'il s'était dit autre chose à propos des deux points de suture, et Byron répondit que non. Il continuait à tout noter, avec dates et heures et références exactes des lieux, comme pour un devoir d'histoire.

— Cependant, pontifia James, l'histoire n'est pas véridique. Si tu y réfléchis, c'est juste ce qu'on nous en enseigne.

Byron fit remarquer que si c'était imprimé dans les manuels d'histoire ça devait être vrai. James n'était pas d'accord :

— Et si ceux qui ont rédigé ces manuels n'avaient pas pris en compte tous les points de vue ? Et s'ils mentaient ?

— Pourquoi nous mentiraient-ils ?

— Pour que ce soit plus facile à comprendre. Pour faire croire qu'une chose en entraîne une autre.

— Tu veux dire que l'histoire, c'est la même chose que la dame au cirque à qui on coupe les pieds ?

James rit tant que Byron craignit qu'il n'ait laissé tomber le téléphone. Byron devait continuer de chuchoter. Quand James demanda s'il avait abordé l'affaire du briquet, Byron assura qu'il y travaillait, mais il ne savait pas comment amener le sujet. James soupira pour indiquer qu'il allait se montrer très rationnel.

— Est-ce que tu as de quoi écrire ?

Il dicta les mots exacts que Byron devrait utiliser.

***

L'occasion se présenta le vendredi après-midi. Les deux femmes prenaient le soleil sur les chaises longues. Diana avait servi des boissons et des saucisses de cocktail sur des piques, ainsi que des tranches de céleri farcies au fromage. Elle portait un maillot de bain bleu. Beverly avait juste retroussé les manches de sa robe pour exposer une chair si blanche qu'elle brillait.

— J'aimerais bien voyager, dit Diana. Il y a tant de choses que j'aimerais voir. Le désert, pour commencer. Une fois, je l'ai vu dans un film. J'aimerais sentir une vraie chaleur sur ma peau, éprouver la soif.

— Mais on peut avoir chaud en Angleterre ! protesta Beverly en battant l'air de la main. Pourquoi est-ce que tu voudrais aller dans le désert ?

— Ce serait différent. De la vraie chaleur. De la chaleur brûlante.

— Tu pourrais aller en Espagne. C'est dans tes moyens. Je connais une femme qui y est partie, et elle est revenue avec un joli bronzage, mais tu dois prévoir des comprimés, parce que l'eau est sale, et il n'y a pas de toilettes, là-bas, juste des trous. Mon amie a acheté un âne en peluche. Il portait un de ces chapeaux… Comment ça s'appelle, ces chapeaux espagnols ?

Diana sourit pour montrer qu'elle n'en savait rien.

— Ils ont un drôle de nom pour ça…

— Un sombrero, vous voulez dire ? suggéra Byron.

Beverly continua à parler comme s'il n'existait pas.

— Il avait la taille d'un gamin. L'âne, pas le chapeau. Elle l'a installé dans son salon. J'adorerais avoir un âne avec un sombrero.

Diana se mordit la lèvre. Ses yeux scintillèrent. Byron comprit ce qu'elle pensait. Il savait qu'elle allait chercher un âne comme celui-là pour Beverly.

— De toute façon, ton mari ne te laisserait pas voyager, si ? Il ne te laisserait pas aller dans le désert. Ni en Espagne, d'ailleurs. Tu sais ce qu'il dirait.

Elle gonfla la poitrine, rentra son menton dans son cou. Ce n'était pas une bonne imitation de Seymour – qu'elle n'avait jamais rencontré –, mais elle l'évoquait pourtant, bien droit, raide.

— Je ne fréquente pas les Espingouins ! gronda-t-elle. Je ne mange pas de nourriture d'Espingouin !

C'était exactement ce que dirait son père, pensa Byron.

— Tu es horrible ! protesta Diana avec un sourire.

— « Mais je t'aime bien. »

— Pardon ?

— C'est une chanson d'un programme de télévision. « Tu es horrible, mais je t'aime bien », l'émission de Dick Emery ? Tu ne regardes pas la télévision ?

— Les nouvelles sur BBC1, parfois.

— Mon Dieu ! T'imagines pas comme t'es snob, Di !

Il y avait une tonalité agressive dans le rire de Beverly, la même tonalité que lorsqu'elle avait reproché à Walt d'avoir oublié la blessure de Jeanie, la première fois qu'ils s'étaient rendus à Digby Road.

— Je ne suis pas snob du tout, s'indigna doucement Diana. Tu ne devrais pas juger les gens sur les apparences. Et, s'il te plaît, ne m'appelle pas Di. C'est ce que faisait ma mère, et je n'aime pas ça.

— Oooo ! chantonna Beverly en levant les yeux au ciel. Quand on la cherche…

Elle marqua une pause, visiblement pour décider si elle allait dire ce qu'elle avait en tête, puis elle rit. Pourquoi avait-elle des réticences ?

— Tu es tellement snob que tu as cru ne pas devoir t'arrêter pour ma petite fille. Pendant tout un mois, tu as cru que tu pourrais t'en sortir.

Diana se redressa. Pendant un moment, elle soutint le regard de Beverly, assez longtemps pour que l'autre sache qu'elle comprenait parfaitement ce qu'impliquaient ces paroles. Beverly la fixa en retour pour montrer qu'elle n'avait pas l'intention de se rétracter. Il y avait dans l'air une tension palpable. Puis Diana baissa la tête. Byron eut l'impression de la voir KO au sol, mais ce n'était pas le cas, bien sûr, puisqu'elle était à côté de Beverly sur les nouvelles chaises longues. L'autre la fixait toujours sans bouger, sans parler, d'un regard impitoyable.

— Je me demande où est ton briquet, lança Byron.

Il n'avait pas réfléchi. Il voulait seulement que Beverly lâche sa mère.

— Pardon ? dit Diana.

— Est-ce que tu veux que j'aille le chercher ? Ton briquet. Ou bien est-il… est-il perdu ?

— Mais on ne fume pas ! protesta Beverly. Pourquoi aurions-nous besoin d'un briquet ?

Ce n'est qu'alors que Byron se rendit compte que James avait oublié de penser à ce que les autres répondraient. Il ne lui restait plus qu'à improviser et à espérer bien s'en sortir.

— Je n'ai pas vu ce briquet depuis une semaine.

— Il doit être quelque part, dit vaguement Diana. Sous un coussin, ou je ne sais quoi.

— J'ai fouillé toute la maison, et il n'est plus là. Je me demande, osa-t-il en regardant Beverly, si quelqu'un l'a volé.

— Volé ? répéta Diana.

— Glissé dans son sac par erreur ?

Il y eut un silence. Le soleil le frappait sur la tête.

— Est-ce qu'il s'adresse à moi ? articula lentement Beverly.

Il avait beau ne pas la regarder, Byron savait que ses yeux étaient posés sur lui. Sa mère cria presque :

— Bien sûr que non !

Elle sortit de sa chaise longue et lissa sa serviette, bien qu'elle n'ait aucun pli, qu'elle ait été douce et bleue sous elle.

— Byron, rentre à la maison et prépare une autre carafe de Sunquick pour Beverly !

Ses sandales semblaient soudain scotchées au sol de la terrasse. Il ne pouvait plus bouger.

— Jamais je ne te volerais, Diana ! Je ne vois vraiment pas ce qui peut lui faire dire ça.

— Je sais, je sais, je sais, non il ne le dit pas, il ne le dit pas.

— Je devrais partir…

— Bien sûr que non !

— Personne ne m'a jamais accusée de vol.

— Ce n'est pas ce qu'il a voulu dire. De toute façon, ce briquet ne valait rien, c'était de la pacotille.

— Ce n'est pas parce que je vis à Digby Road que je suis une voleuse. Je n'avais même pas mon sac à main avec moi quand vous avez perdu ce briquet. Je l'avais laissé dans le couloir.

La mère de Byron s'agitait sur la terrasse. Elle empilait les bols et les reposait, elle vérifiait l'inclinaison des chaises longues, elle arrachait des mauvaises herbes entre les dalles. Tous les « Signes de Culpabilité », c'était elle qui les affichait !

— C'est de ma faute, de ma faute, répétait-elle d'un air contrit.

C'était trop tard.

— Je vais aux toilettes, dit Beverly en attrapant son chapeau.

Après son départ, Diana se tourna vers Byron. Elle était si contrariée que son visage semblait s'être rétréci. Elle se contenta de secouer la tête, l'air de ne plus comprendre qui son fils était devenu.

La terrasse oscilla tandis que ses yeux s'emplissaient de larmes. Dans tout le jardin, les arbres fruitiers et les fleurs souffrirent de fuites et se fragmentèrent en éléments anguleux. Jusqu'à la lande qui s'écoulait dans le ciel.

Beverly reparut en riant.

— Je l'ai trouvé ! s'écria-t-elle en brandissant le briquet qui brilla au soleil. Tu avais raison, Diana. Il était sous un coussin de ton canapé.

Elle passa entre Byron et Diana pour prendre la crème solaire sur la table. Elle en récolta une noisette dans sa paume et proposa de l'étaler sur les épaules de Diana. Elle parla de la chance qu'avait Diana de posséder une telle silhouette, mais il ne fut plus question du briquet ni de ce qui s'était produit sur Digby Road.

— Tu as une peau si jolie et si douce ! Mais tu dois faire attention au soleil. Tu es brûlante. Si je vais un jour en Espagne, je te rapporterai un de ces drôles de chapeaux espagnols.

Cette fois, Byron ne la corrigea pas.

***

Le week-end qui suivit, les choses empirèrent. Seymour était d'humeur étrange. Il ne cessait d'ouvrir les tiroirs, de vérifier les placards, de fouiller dans ses papiers. Quand Diana lui demanda s'il avait perdu quelque chose, il posa sur elle un regard lourd et dit qu'elle savait très bien ce qu'il cherchait.

— N-non, je n'en ai pas la moindre idée !

Il parla de « cadeaux », et le cœur de Byron fit un bond.

— Cadeaux ?

— Il y a une souche de chèque sans indication. Est-ce que tu as encore acheté des cadeaux ?

Diana eut un rire nerveux. Oh, oui, c'était une erreur de sa part, avoua-t-elle en faisant voleter ses doigts vers ses dents tels des oiseaux effarouchés. C'était le cadeau d'anniversaire pour Lucy. La boutique le gardait jusqu'au jour J. Elle était sans doute si excitée qu'elle avait à nouveau oublié de noter la raison de la dépense sur le carnet de chèques.

Se souvenant qu'elle ne devait pas se ronger les ongles, elle serra ses mains l'une contre l'autre. Seymour eut l'air de découvrir une femme qu'il n'avait jamais vue. Elle promit de faire plus attention à l'avenir.

— Attention ?

— Tu sais ce que je veux dire.

Il assura que non. Il n'en avait aucune idée.

Diana lui fit remarquer que les enfants écoutaient. Il hocha la tête, elle aussi, et ils partirent dans des directions différentes.

Rien ne pouvait arriver quand Diana était au jardin et son père dans son bureau. Byron et Lucy entamèrent un jeu au salon. Il laissa sa sœur gagner, parce qu'il aimait la voir heureuse.

La situation empira encore le dimanche matin.

En sortant de sa chambre, son père attira Byron à part. Après le déjeuner, il aimerait avoir une conversation d'homme à homme, déclara-t-il tandis qu'une odeur triste et aigre émanait de sa bouche. Byron était si terrifié à l'idée que son père ait trouvé la trace sur le capot qu'il fut presque incapable d'avaler son rôti au repas. Il lui sembla ne pas être le seul à avoir perdu l'appétit. Sa mère toucha à peine à son assiette. Son père ne cessa de se racler la gorge. Seule Lucy réclama un supplément de pommes de terre et de sauce.

Son père commença la conversation entre hommes en proposant un caramel à Byron. Sur le coup, Byron craignit que ce ne soit un test, et il répondit qu'il n'avait pas faim, mais quand son père souleva le couvercle de la boîte et l'incita à se servir – un bonbon ne lui ferait pas de mal –, Byron songea que ça pourrait être incorrect de refuser, et il se servit. Son père l'interrogea sur la progression de son travail pour la bourse, et voulut savoir comment était son bulletin de fin d'année comparé à celui de James Lowe. Byron tenta d'affirmer que tout allait bien et mastiqua son caramel en tentant de garder la bouche fermée. Son père retira le bouchon d'une carafe et se versa un whisky.

— Je me demande comment ça se passe, ici, à la maison, murmura-t-il en examinant son verre comme s'il allait lire la réponse à l'intérieur.

Byron dit qu'ils étaient tous heureux. Il ajouta que sa mère était une conductrice prudente, ce qui provoqua un silence profond. Il regretta sa dernière phrase. Il souhaita ravaler ces mots en avalant le caramel.

— Je suppose qu'elle est occupée, suggéra son père dont la peau au-dessus du col était si marbrée qu'elle en devenait sombre.

— Occupée ?

— Par l'entretien de la maison.

— Très occupée.

Il ne sut pas pourquoi les yeux de son père étaient humides et parcourus d'un réseau de veines rouges. C'était pénible de le regarder.

— Elle voit des amis ?

— Elle n'a pas d'amis.

— Personne ne vous rend visite ?

— Non.

Le pouls de Byron s'emballa. Il attendit la phrase suivante, mais elle ne vint pas. En réponse, son père retourna à la contemplation de son verre. Pendant un bon moment, il n'y eut entre eux que le tic-tac de l'horloge. Jamais Byron n'avait menti aussi effrontément à son père. Il craignit que Seymour ne le perce à jour, mais ce ne fut pas le cas. Il resta le regard plongé dans son whisky sans deviner la vérité. Byron se rendit compte qu'il n'avait pas peur de son père. Ils étaient deux hommes ensemble. Il n'était pas trop tard pour lui demander son aide. Pas trop tard pour avouer la marque sur le capot. Byron n'était-il pas sorti de sa zone de sécurité en évoquant le briquet devant Beverly ?

La boisson de Seymour sursauta et il en tomba quelques gouttes sur ses papiers.

— Ta mère est une très belle femme.

— Père ?

— Il ne serait pas étonnant qu'on veuille lui rendre visite.

— Il s'est passé quelque chose, récemment. Ça a un lien avec le temps…

— Il n'y a pas de mal à ce qu'un autre homme la regarde. J'ai beaucoup de chance. J'ai de la chance qu'elle m'ait choisi.

Son père posa sur lui ses yeux rougis et Byron dut prétendre qu'il s'ingéniait à décoller le caramel de ses dents.

— Que disais-tu ?

Byron l'assura que ce n'était rien, rien du tout.

— Ça fait du bien de pouvoir se parler. C'est bon de discuter entre hommes.

En effet, confirma Byron.

Quand Seymour se servit une autre dose de whisky, le cristal projeta des arcs-en-ciel sur son visage. Le liquide ambre disparut en une gorgée. Son père s'essuya le menton.

— Mon propre père ne l'a jamais fait. On ne s'est jamais parlé d'homme à homme, je veux dire. Ma mère est morte, et il est mort une semaine plus tard. C'était juste avant que je rencontre ta mère.

Les mots se bousculaient. C'était difficile à concevoir, mais Seymour ne cessait de trébucher sur eux.

— Quand j'avais six ans, il m'a emmené au bord d'un lac et m'a jeté dedans. Les survivants nagent ! m'a-t-il asséné. J'étais terrorisé. Il y avait des crocodiles. Je n'aime toujours pas l'eau.

Byron se souvint du visage de son père, quand il avait été mis au courant de l'accident du pont et de la plainte d'Andrea Lowe. Il était devenu si gris et tendu que Byron avait craint le fouet. Comme s'il lisait dans ses pensées, Seymour confia :

— J'ai sans doute réagi trop violemment, à propos de l'étang, mais, tu vois, ce n'était pas un homme facile, mon père. Pas facile du tout.

Il parut ne plus avoir de mots à sa disposition.

Quand Byron alla ouvrir la porte, il entendit le goulot de la carafe heurter le verre.

— Tu me le diras, hein, si ta mère à un nouvel ami ?

Byron le promit et referma la porte derrière lui.

8

La mêlée

Toute la matinée, assis dans son fauteuil de Père Noël, Jim espère qu'Eileen viendra, et de toute la matinée, elle ne vient pas. Parfois, son esprit lui joue des tours. Il voit une silhouette massive en manteau vert traverser le parking et il succombe brièvement au rêve que ce soit elle. Il va jusqu'à imaginer leur conversation. Elle ressemble à la plupart de celles qu'il entend près des portes automatiques du supermarché. La seule différence entre les conversations réelles et celle qui se déroule dans sa tête, c'est qu'il imagine à chaque fois qu'Eileen finira par l'inviter à boire un verre et qu'il acceptera sans aucune réticence.

Les manteaux qui passent près de lui ne sont pourtant jamais vert houx. Les femmes ne sont jamais bruyantes. Elles sont minces, apprêtées, toutes pareilles. Ce n'est qu'en voyant toutes ces non-Eileen que Jim comprend à quel point elle est vraiment Eileen. S'il s'autorise à feindre qu'elle est là, il doit aussi reconnaître que ce n'est pas le cas, ce qui revient à se languir d'elle deux fois.

Il s'imagine en train de lui montrer la lumière sur la lande une nuit de pleine lune. Les beautés du petit matin. Un roitelet voletant avec la légèreté d'une pensée. Il y a un pommier, dans la lande, dont les fruits s'accrochent encore comme des boules de Noël givrées à ses branches sans feuilles. Il aimerait aussi les lui montrer. Et le coucher du soleil, le rose électrique sous les nuages, le dernier éclat de lumière rouge sur ses joues, sa bouche, ses cheveux – mais jamais elle ne le trouvera attirant.

Quand il se regarde dans le miroir des toilettes pour hommes, il voit une masse de cheveux argentés et deux yeux profonds. S'il tente de sourire, sa peau se couvre de rides. S'il ne sourit pas, sa peau pend. Il ne peut plus être aimé. Il y a eu des occasions, jadis, qui n'ont pas abouti. Il se souvient d'une infirmière qui lui avait fait compliment de sa bouche. Il était jeune, alors, et elle aussi. Des patientes s'étaient intéressées à lui. Elles lui faisaient signe, dans le jardin. Même pendant sa vie hors de Besley Hill, il y avait eu des rencontres. La femme pour qui il ratissait les feuilles mortes, par exemple, une dame d'âge mûr tout à fait présentable, qui l'avait plusieurs fois invité à déguster avec elle les tourtes au lapin qu'elle préparait. Il avait la trentaine, à l'époque. Il l'aimait bien, mais c'était prétendre être un beau bol neuf alors qu'il était fêlé. Inutile de se rapprocher de quiconque, puisqu'il y avait déjà les rituels. De plus, il savait ce qui arrivait quand il aimait quelqu'un. Il savait ce qui arrivait quand il intervenait.

Pendant la pause du déjeuner, Jim remet son uniforme du café et se rend au supermarché. Il se retrouve à la papeterie et contemple les stylos. Feutres, billes, rétractables, gros à plume... Il y en a de toutes les couleurs. Il en existe même pour corriger les fautes. En les regardant, brillants, utiles, il comprend ce qu'a voulu dire Eileen. Pourquoi offrir quelque chose qui se meurt ? Il en choisit plusieurs et paie à la caisse. Il ne croise pas les yeux de l'employée, bien qu'en reconnaissant son chapeau et son T-shirt orange, elle lui demande comment ça se passe à l'étage. C'est très calme, au magasin, dit-elle. La dépression. La récession. Qui va faire la route au-delà de la lande pour faire ses courses dans un supermarché, même rénové ?

— On aura de la chance si on garde nos emplois l'an prochain !

Il pense au joli nœud des lacets d'Eileen et son estomac se serre.

***

— Pourquoi est-ce que tu veux connaître son adresse ? demande Paula. Pourquoi est-ce que tu veux son numéro de téléphone ?

Jim tente de prendre l'air indifférent.

— J'espère que c'est pour la dénoncer à la police ! proclame la gamine, Moira.

Elle lui note l'adresse et le numéro d'Eileen.

Paula ajoute qu'elle ne cesse de recevoir des messages, sur son téléphone, de cabinets d'avocats qui s'occupent à prix réduit de ce genre d'affaires.

— C'est ça que tu devrais faire, affirme Moira. Tu devrais la traîner en justice.

— J'ai connu quelqu'un qui s'est ouvert le crâne dans un magasin de meubles. Eh bien ! elle a obtenu un canapé-lit et des bons pour déjeuner gratuitement. Elle a vécu toute une année en se nourrissant de boulettes de viande scandinaves.

— Vous n'avez donc rien à faire ? s'écrie Mr Meade depuis le passe-plat.

Il faut dire que Mr Meade est nerveux. Les Ressources humaines ont étudié les chiffres et envoyé un courriel urgent. Les ventes sont en chute libre. Les managers vont devoir abandonner leur poste ce samedi pour se rendre à un Centre d'Excellence. Ils passeront la journée avec des acteurs pour apprendre tout de l'Efficacité sur le Lieu de Travail et de la Constitution d'Équipes. Il y aura des démonstrations et des exercices de jeux de rôles.

— Est-ce qu'ils ne savent pas que c'est la semaine précédant Noël ? Est-ce qu'ils ne se rendent pas compte qu'on a du travail ? Ils ne peuvent pas nous envoyer ailleurs en nous prévenant la veille ! C'est nous couper l'herbe sous le pied !

Jim, Paula et Moira contemplent le café vide. Il n'y a qu'un client.

— Salut ! leur crie Darren.

Il lève les pouces, pour le cas où ils auraient oublié qui il est.

***

À la surprise générale, le lundi, Mr Meade revient du Centre d'Excellence plein d'enthousiasme. Il demande aux clients et au personnel comment ils vont. Quand ils répondent qu'ils vont bien, ou pas trop mal, il chantonne : « Bien, bien, splendide. C'est parfait ! » Tout est question de positiver, explique-t-il. Le pouvoir de l'instant. C'est un nouveau commencement.

— Il doit être sur le point de se faire virer, dit Paula à Moira.

Mr Meade rit de bon cœur comme s'il la trouvait hilarante.

Le café ne marche pas bien, déclare Mr Meade, par manque de confiance. Le café ne croit pas en lui-même. Il ne se comporte pas comme un café à succès. Paula écoute, les bras croisés, une fesse plus haut que l'autre.

— Est-ce que ça signifie qu'on peut se débarrasser des chapeaux orange ? demande-t-elle. Est-ce que ça signifie que Jim peut ne plus porter ce déguisement débile ?

— Non, non ! s'écrie Mr Meade en riant à nouveau. Les chapeaux orange, ça fonctionne. Ça nous lie les uns aux autres. Quant au costume de Père Noël de Jim, c'est un merveilleux geste de bonne volonté. On a besoin de davantage de choses comme ça.

— Davantage de chapeaux orange ? s'étonne Paula avec une grimace.

— Plus de *joie de vivre* !

— Plus de quoi ? demande Moira.

— Vous pourriez distribuer des boissons et des trucs gratuits ! suggère Darren, qui ne cesse d'oublier qu'il est un client.

— Ça mettrait l'Inspection en colère ! répond d'un ton grave Mr Meade, qui a clairement une idée à exprimer. Ce qu'on va faire, équipe, c'est créer une synergie.

— Une synergie ? répète Paula.

Mr Meade est si excité qu'il danse d'un pied sur l'autre. Il ouvre grand les bras et agite les doigts, invitant son personnel à se rapprocher. Paula s'avance, suivie par Darren. Moira tortille ses cheveux et ne fait que de petits pas. Jim boitille, mais il a plutôt l'air de brasser de l'eau.

— Plus près, plus près ! rit Mr Meade. Je ne vais pas vous mordre !

Moira et Paula s'avancent prudemment. Jim se demande si quelqu'un remarquerait sa disparition. Pas à toute vitesse, juste en marchant à reculons.

Mr Meade écarte suffisamment les bras pour atteindre leurs épaules. Devant lui ses troupes se figent, raides comme des planches.

— On se rassemble ! s'écrie Mr Meade. Viens participer à la mêlée, Jim !

Il leur fait signe de se rapprocher par des petits gestes qui rappellent ceux grâce auxquels il aide ses clientes à garer leur Range Rover.

— Et Darren ? demande Paula.

— Quoi, Darren ?

— Est-ce qu'il doit venir dans la mêlée, lui aussi ?

Mr Meade regarde son personnel de trois membres, dont l'une tiraille ses cheveux, l'autre prend un air de nuage d'orage et le dernier semble reculer imperceptiblement. Mr Meade fait une grimace qui suggère un compromis.

— Viens, Darren !

Darren est trop content de glisser un bras autour de la taille de Paula ; l'autre bras, le plus proche de Mr Meade, s'arrête en plein mouvement et n'a plus l'air d'appartenir à quiconque. Moira comble l'espace.

— Faites une place à Jim ! enjoint Mr Meade.

Paula tend la main pour accueillir Jim. Il n'a pas le choix. Soudain, il a chaud, et un sentiment de claustrophobie le congestionne. Il se demande s'il va crier. La main gauche de Paula s'est posée sur son épaule droite comme un petit oiseau, mais la main droite de Mr Meade s'abat sur son épaule gauche.

— On se serre les uns contre les autres ! chantonne Mr Meade. Plus près, plus près !

Il flotte une odeur d'assouplissant pour linge, et ce parfum, qui devrait avoir la légèreté d'un matin de printemps, est lourd et fort déplaisant.

En silence, le groupe forme une mêlée, plus près, plus près. Leurs pieds traînent sur le lino dans une vaine tentative pour éviter d'avancer. Ils sont si près, si près que les visages devant celui de Jim se mettent à ondoyer. Il est écrasé par cette intimité, par l'impression qu'ils l'attirent comme des aspirateurs. Il domine le groupe de sa haute taille.

— Serre-toi contre moi, Jim ! demande Mr Meade.

Jim lève une main à la hauteur de l'épaule de Mr Meade et elle reste là, crispée.

— N'est-ce pas que c'est bon ? s'émerveille Mr Meade.

Personne ne répond.

— Bien sûr, on était une vingtaine, à la conférence. Des membres de la direction et du personnel. Les acteurs étaient des professionnels. C'était un peu différent.

— On a terminé ? s'enquiert Paula.

— Terminé ? répète Mr Meade en riant de nouveau. Ce n'est que la première étape. Ce que j'attends de vous, équipe, c'est de penser à la personne qui se tient près de vous.

— À Darren ?

— Et à Jim aussi. Ayez une pensée positive. Réfléchissez à ce que vous aimeriez vraiment dire à leur propos.

Un silence compassé s'ensuit.

— Et si on ne peut pas ? finit par murmurer Moira, une main sur l'épaule de Mr Meade.

Mr Meade ne répond pas. Il a les yeux clos. Ses lèvres se tordent comme s'il formait dans sa bouche des mots qui voulaient exploser. Jim ferme les yeux, mais la pièce jaillit si vite dans son esprit qu'il doit les rouvrir. Darren a froissé son visage comme une feuille de papier.

— Ça y est, annonce Paula.

— On peut arrêter, maintenant ? demande Moira.

— Non, non, il faut le dire ! insiste Mr Meade

— Dire ce qu'on pensait ? s'étonne Moira.

Mr Meade rit à cette énorme plaisanterie.

— Je commence, ça vous donnera une idée.

Il se tourne vers Paula.

— Paula, je t'admire. Tu es une jeune femme très forte. Quand je t'ai engagée, j'ai eu des craintes, parce que tu avais cette bague de nez et tous ces clous dans les oreilles. J'ai eu peur d'avoir des problèmes avec l'Inspection sanitaire. Mais tu m'as appris à ne pas avoir de préjugés.

Le visage de Paula s'assortit à sa chevelure. Mr Meade continue :

— Jim, tu n'es jamais en retard. Tu es un employé sur qui on peut compter. Moira, tu apportes un souffle de créativité et j'espère que ta mère sera bientôt guérie. Darren, j'ai fini par bien t'aimer.

— Ohhhh ! Que c'est gentil ! J'ai connu une femme qui a écrit à tous ses amis pour leur dire combien elle les aimait, et le lendemain, devinez ?

— Je ne sais pas ! répond Darren, le seul à avoir gardé les yeux fermés.

— Elle a eu une crise cardiaque.

— On retourne à la mêlée ! réclame Mr Meade. À qui le tour ?

S'installe un silence gêné qui tente d'indiquer que les quatre autres ne sont pas là. Moira est fascinée par une mèche particulièrement intéressante de ses cheveux. Paula gonfle les joues alors qu'elle n'a pas de chewing-gum dans la bouche. Darren a l'air endormi. Jim émet une série de petits bruits d'explosion. Mr Meade soupire, un peu déçu, mais pas encore découragé.

— Allons, mon équipe ! Quelqu'un doit bien avoir quelque chose de positif à dire.

Une voix s'infiltre dans le silence.

— Jim, tu es un type bien. Tu nettoies toutes les tables sans jamais en oublier une. Mr Meade, vous avez des idées bizarres, mais vous êtes gentil et vous voulez qu'on vive dans un monde meilleur, et j'aime bien votre voiture. Moira, tu as de beaux seins.

— Merci, Darren ! dit Mr Meade, sauf que Darren n'a pas terminé.

— Mais Paula, oh ! Paula... J'adore la manière dont tu te mordilles le doigt quand tu réfléchis. J'adore que ton visage soit couleur miel. J'adore la peau si fine derrière tes oreilles. Quand tu parles, j'ai envie de m'asseoir et de te regarder pour l'éternité. Tu portes de super jolies jupes. Tes yeux sont des noix de Noël.

Pendant un moment, personne ne commente, mais c'est un silence différent, un silence un peu puéril, où le manque de mots est lié à l'étonnement, pas au jugement.

— Heureusement que cette Eileen n'est pas là, déclare Paula. Il y a des choses que j'aurais aimé lui dire.

Le silence de groupe se mue en rire de groupe.

— Jim ? tente Mr Meade. C'est ton tour…

Jim est sonné. Dans son esprit, il n'y a rien d'autre qu'une femme aux cheveux de feu, aux tout petits pieds et au manteau qui s'efforce de l'englober. Il comprend la vérité avec la sauvagerie et la soudaineté d'un accident. La psy avait raison, en fin de compte. Il devait se libérer. Il devait assumer le passé, quoi que ça veuille dire. Et le seul lieu – il le voit si clairement que ça hurle dans sa tête –, le seul lieu assez vaste pour contenir son chaos, c'est Eileen. Elle est sa dernière chance, sa seule chance.

— Excusez-moi ? appelle une voix.

La mêlée se désolidarise telle une hydre à têtes orange multiples. Une cliente regarde par le passe-plat, et on lit de la peur dans ses yeux.

— Est-ce qu'il est trop tard pour un sandwich festif spécial ?

9

Une surprise

La deuxième semaine des vacances d'été, Beverly ne se
contenta plus de passer les après-midi à Cranham House : elle
était là du matin au soir. Quand Byron montait se coucher, il
entendait encore les femmes bavarder sur la terrasse. Leur voix
emplissait l'air, accompagnées de l'odeur douceâtre des giroflées et des fleurs blanches de nicotianas.

— Tu as raison. Tu as raison ! s'écriait sa mère quand
Beverly faisait une de ses imitations ou racontait une histoire.

Un matin, il ouvrit les rideaux de sa chambre et elle était déjà
là, prenant un bain de soleil, avec sa capeline violette, un verre
à portée de main. Ce ne fut qu'en apercevant Jeanie et une paire
de bottes en plastique blanc qu'il ne pensa plus qu'elle avait
dormi chez eux. Jeanie était debout sur la table de jardin. Plus
trace de points de suture sur son genou. Plus besoin de pansement. Il préférait néanmoins éviter la petite fille.

Quant à Lucy, elle refusait carrément de jouer avec elle.
Jeanie sentait mauvais, arguait-elle, et elle avait arraché la tête
de ses poupées Cindy. Byron avait tenté de les réparer, mais,
échouant à insérer le renflement à la base du cou dans le trou
plus petit en haut du torse, il avait déposé les pièces détachées
des poupées dans une boîte à chaussures et mis le couvercle.
Ça le gênait de voir tous ces visages souriants sans corps.

Pendant ce temps, Byron continuait à noter ses observations dans le cahier, pour ne rien oublier des rencontres entre
Beverly et sa mère. James lui avait fourni un code secret, qui
impliquait d'inverser des lettres de l'alphabet et de donner des

noms mystérieux à Beverly et à Diana (« Mrs X » et « Mrs Y »), mais c'était compliqué, et Byron se trompait souvent.

Les deux femmes écoutaient de la musique. Elles ouvraient les portes de la cuisine et posaient le tourne-disque sur la table pour pouvoir danser sur la terrasse. Le choix de disques, opéré par Seymour, était austère – « Il est né en quel siècle ? » avait demandé Beverly en apportant un carton de ses propres albums. Elles écoutaient les Carpenters et Bread. Ses préférés étaient deux 45-tours de Harry Nilsson et Donny Osmond. Byron les regardait par la fenêtre du salon. Beverly avait des mouvements saccadés qui envoyaient voler ses cheveux, alors que Diana glissait autour de la terrasse comme portée par un courant. Si Diana proposait de lui montrer un pas, elles évoluaient en se tenant par le bras, Diana la tête haute, les gestes légers, Beverly concentrée sur ses pieds, au point que, bien qu'elles eussent la même taille, Diana paraissait plus grande. Byron entendit sa mère proposer à Beverly de lui apprendre tout ce qu'elle connaissait, mais quand cette dernière voulut savoir de quoi il s'agissait, exactement, Diana s'écarta et dit que ça n'en valait pas la peine. Si elles passaient « Puppy Love » ou une chanson de Gilbert O'Sullivan, Beverly se serrait contre Diana et elles se mouvaient lentement presque sur place en traînant les pieds. Le disque terminé, Beverly retournait à son verre, ses yeux furtifs presque dissimulés par le bord ondulant de sa capeline.

— Tu as tellement de chance, Diana ! Tu es née belle.

Beverly prétendait que l'avenir d'une personne était contenu dans le prénom qu'elle portait. La clé d'une vie réussie. Comment une fille appelée Beverly pouvait-elle devenir quelqu'un ? Si seulement on lui avait donné un nom classe, comme en avaient hérité Diana, Byron ou Seymour, sa vie aurait été tout autre.

Cette semaine-là, Beverly commença à emprunter des vêtements à Diana. Ce ne fut qu'un petit accessoire, au début : des gants en dentelle pour protéger ses mains du soleil. Puis elle passa à des tenues. Quand, par exemple, elle renversa un verre de boisson jaune sur le devant de sa robe, Diana se précipita dans sa chambre et en redescendit avec un chemisier et une jupe droite. Beverly demanda si Diana pouvait aussi lui prêter une paire de chaussures à talons, parce qu'on ne pouvait pas décemment porter des sandales avec une telle jupe. Elle repartit chez elle ainsi vêtue. Le lendemain, Byron nota dans son cahier que Beverly n'avait rien rapporté.

— Ces vêtements sont démodés, Diana, dit-elle. Tu devrais te mettre à la mode.

Entre nous, écrivit Byron, *je crois qu'elle a tout volé. Je crois aussi qu'elle avait le briquet dans son sac depuis le jour où il avait disparu.*

C'était Beverly qui avait émis l'idée d'une virée dans les boutiques. Elles essayèrent des robes assorties pendant que Jeanie se suspendait aux portants et que Lucy faisait la tête. Elles firent une pause devant un verre d'advocaat et une bouteille de Coca à la cerise pour les enfants. Quand Lucy fit remarquer que les sodas sucrés provoquaient des caries, Beverly éclata de rire.

— Faut vivre un peu, les filles !

Les deux femmes paradèrent sur la terrasse dans leurs nouvelles robes tuniques, donnant l'impression de deux moitiés contrastées d'un seul être – Diana blonde, mince et gracieuse, Beverly brune, maigre et raide.

Après le déjeuner, Byron était parti chercher de la limonade pour sa mère et Beverly, installées au salon, quand il surprit une conversation. Il sut qu'elles évoquaient quelque chose d'important en les voyant rapprocher leurs têtes au point que les cheveux blonds de sa mère semblaient pousser entre ceux de Beverly, qui vernissait les ongles de Diana. Elles ne levèrent même pas les yeux quand Byron revint sur la pointe des pieds, souleva les boissons du plateau et les posa sur les dessous-de-verre. C'est alors qu'il entendit sa mère :

— Bien sûr que je n'étais pas amoureuse de lui ! J'ai juste cru l'être.

Byron s'éloigna sur le tapis moelleux aussi silencieusement qu'il était arrivé. Il ne comprenait pas de quoi sa mère pouvait bien parler. Conscient de redouter ce qu'il pourrait apprendre, il n'était pourtant pas capable de quitter les lieux. Quand Jeanie éclata de rire au jardin, il s'accroupit contre la porte, dans le couloir, parce qu'il ne voulait plus jouer avec elle. Maintenant que sa jambe était guérie, elle aimait se cacher dans les buissons et lui sauter dessus aux moments où il s'y attendait le moins. C'était horrible. Il choisit son poste de surveillance, l'œil contre l'espace entre la porte et le montant, et sortit son cahier – mais la reliure craqua quand il l'ouvrit et sa mère leva la tête.

— J'ai entendu quelque chose…

Ce n'était rien, assura Beverly, en incitant Diana à continuer. Elle posa la main sur celle de Diana. Byron ne comprit pas pourquoi, mais plus longtemps cette main resta là, plus il souhaita qu'elle la retire. Il le souhaita très fort.

Sa mère se mit à parler, d'une voix douce. Il ne put distinguer que des phrases sans liens entre elles, des mots qui, au départ, n'avaient aucun sens. Il dut écraser son oreille contre la fente.

— … un vieil ami… On s'est rencontrés… Je ne voulais pas créer de problème… Un jour… Tout est parti de là.

Le crayon de Byron se figea, en équilibre sur la page du cahier. Il ne savait pas quoi écrire. Quand il recolla son œil à la fente de lumière, sa mère s'était adossée à son siège et elle vidait son verre.

— Ça me soulage d'en parler, soupira-t-elle.

Beverly confirma que ça faisait du bien de parler. Elle demanda à Diana de lui tendre son autre main pour qu'elle puisse lui mettre du vernis et remarqua combien elle devait se sentir seule, à Cranham House. Tout ce temps, Diana regarda sa main dans celle de Beverly et admit que oui, c'était dur. Elle souffrait parfois d'une telle solitude qu'elle avait du mal à la supporter.

— Mais la personne à qui je pense, je l'ai rencontrée avant qu'on ne s'installe ici. Peu après mon mariage avec Seymour, en fait.

Les sourcils de Beverly se soulevèrent d'un coup et restèrent arqués. Elle plongea le pinceau dans le vernis. Byron n'aurait su dire comment, mais, juste en se taisant, elle semblait attirer les mots hors de la bouche de sa mère.

— Seymour l'a compris. C'est un homme intelligent et il lit en moi sans difficulté. Si j'essaie de mentir parce que je veux acheter un petit cadeau, ou si je veux garder un secret, il fond sur moi comme un épervier. Sauf qu'à l'époque je n'avais pas l'impression que je mentais à propos de Ted.

— Ted ?

— Je le considérais comme un jeune ami.

— Si Ted n'était que ton jeune ami, je ne vois pas le problème.

— Hum… fit Diana pour suggérer que, malgré tout, il y avait un gros problème. Après ça, Seymour a acheté cette maison, parce qu'il prétendait que l'air de la campagne me ferait du bien. Je lui dois tout. Il ne faut pas oublier ça.

Quand elle eut terminé les ongles de Diana, Beverly lui tendit une cigarette et l'alluma avec le briquet retrouvé. Elle conseilla à Diana de rester tranquille, si elle ne voulait pas abîmer le vernis. Diana tira de longues bouffées de cigarette et souffla la fumée au-dessus de la tête de Beverly, où elle se divisa en doigts nuageux et disparut.

— Tu comprends, Seymour a besoin de moi, murmurat-elle. Ça me fait peur, parfois, de voir à quel point il a besoin de moi.

Byron osait à peine bouger. Jamais il ne lui était venu à l'idée que sa mère ait pu aimer quelqu'un d'autre que son père ni qu'il ait pu y avoir un jour un jeune homme du nom de Ted. Il en avait presque des vertiges et sentait sa tête brûlante tandis qu'il retournait chaque pierre de sa mémoire, qu'il rassemblait tout ce dont il pouvait se souvenir, et tentait de donner un sens à ce que ces éléments cachaient. Il repensa à cet homme qui aimait le champagne, à qui elle avait fait allusion, et à ses visites inexpliquées à Digby Road. Était-ce cela qu'elle voulait dire ? Elle se remit à parler et il dut serrer ses poings humides pour se concentrer.

— Quand j'ai rencontré Seymour, j'en avais assez. Assez de ces hommes qui vous aiment et disparaissent. Le théâtre en était plein. Ces types qui attendaient à la sortie des artistes, nous écrivaient des lettres, nous invitaient à dîner, ils avaient tous une épouse. Ils avaient une famille et jamais…

Elle laissa sa phrase en suspens de crainte de la finir, ou parce qu'elle ne savait pas comment la finir.

— Seymour était insistant. Traditionnel, aussi. J'ai aimé ça. Il m'achetait des roses. Il m'emmenait au cinéma les après-midi de relâche. On se fréquentait depuis deux mois quand on s'est mariés. Une cérémonie modeste, car il ne souhaitait pas d'extravagances. De toute façon, mes amis n'étaient pas le genre de personnes qu'il appréciait. On ne voulait pas que le passé s'insinue dans notre mariage.

Beverly s'étrangla.

— Attends une seconde ! C'était quoi, exactement, ton travail ?

Diana ne répondit pas. Elle écrasa sa cigarette et en prit une autre. Elle rit, mais cette fois, il entendit le rire dur d'une femme qui se regarde et n'aime pas la personne qu'elle voit. Elle tira sur sa cigarette et expira une couronne de fumée bleue.

— Disons que je ressemblais à ma mère.

***

Pour la première fois, Byron fut incapable de transcrire cette conversation dans le cahier. Il ne parvint pas davantage à téléphoner à James. Il ne voulait pas mettre de mots sur cette révélation. Il voulait fuir la signification de ce qu'il avait appris. Il partit en courant à travers la prairie dans l'espoir que ses pensées ne le suivraient pas et, quand Jeanie lui cria en riant de l'attendre, il accéléra. Sa respiration lui arrachait la gorge et ses jambes étaient en feu, mais il continua sa course. Il se glissa sous les cagettes à fruits et l'odeur était si entêtante, les framboises si rouges, les épines si pointues qu'il eut un vertige. Il resta assis là un long moment. Plus tard, il entendit sa mère l'appeler de la maison, mais il ne bougea pas. Il ne voulait rien savoir de Ted ni de son père ni du travail que sa mère n'osait pas mentionner, et maintenant qu'il savait, il aurait voulu tout désapprendre. Si seulement James ne lui avait pas demandé de prendre des notes ! Byron se cacha jusqu'à ce que Beverly et Jeanie fassent au revoir à grands gestes en quittant la propriété. Elles ne se tenaient pas par la main. Beverly marchait en tête, sous sa capeline violette, tandis que Jeanie courait autour d'elle. Une fois, Beverly s'arrêta et cria quelque chose qu'il ne comprit pas. La maison était d'un blanc éblouissant sous le soleil couchant, sur fond de lande qui fendait le ciel.

***

James appela le lendemain matin, tout excité par le nouveau dossier *Opération Parfaite* qu'il était en train de constituer. Il expliqua qu'il avait redessiné la carte de Digby Road esquissée par Byron, parce que l'échelle était erronée. Pendant qu'il parlait, Byron avait l'impression de se trouver de l'autre côté d'une vitre, de regarder son ami mais de ne pouvoir communiquer avec lui.

— Qu'est-ce qui s'est passé, hier ? Tu as tout noté ?

Byron répondit qu'il ne s'était rien passé.

— Tu n'aurais pas un rhume ?

Byron se moucha. Oui, il en avait un très mauvais.

***

Pendant le week-end, il plut. La pluie aplatit les delphiniums, les nicotianas et les giroflées. Seymour et Diana avaient regardé la pluie tomber par les fenêtres des différentes pièces de la maison. Il leur arrivait de se croiser et que l'un d'eux dise quelques mots que l'autre semblait ne pas vraiment entendre. Puis Seymour fit remarquer que la maison dégageait une drôle d'odeur, douceâtre. Diana prétendit que ce devait être son nouveau parfum. Pourquoi cette odeur avait-elle envahi son bureau ? s'enquit Seymour. Où étaient ses presse-papiers ? Et tant qu'il en était aux objets manquants, pourquoi y avait-il à nouveau une souche de chèque sans indication ?

Diana vida son verre avec une grimace. Elle avait dû déplacer les presse-papiers en époussetant. Elle les chercherait plus tard. Elle s'assit pour servir le dîner, l'air épuisé.

— Que portes-tu ? demanda Seymour.

— Ça ?

Diana parut surprise, comme si quelques instants plus tôt, elle avait porté une tenue tout à fait différente, une robe de cocktail, par exemple, ou un ensemble de chez Jaeger.

— Oh ! c'est une tunique.

— Un vêtement de hippy.

— C'est la mode, chéri.

— Mais ça te donne l'air d'une hippy, d'une féministe.

— Davantage de légumes ? proposa-t-elle en déposant trois carottes supplémentaires et une noix de beurre dans chaque assiette.

La voix de Seymour ébranla le silence.

— Retire-la !

— Pardon ?

— Monte et débarrasse-toi de ça !

Byron fixa son assiette. Il aurait voulu pouvoir dîner et prétendre que tout était normal, mais sa mère avalait sa salive par saccades et son père respirait comme un ours. Avec ce qui se passait, comment souhaiter manger des carottes au beurre ?

— Beverly a une tunique, elle aussi, et c'est exactement la même, annonça Lucy.

Seymour pâlit. Son air de petit garçon reparut sur son visage et il donna un instant l'impression de ne savoir que faire.

— Beverly ? Qui est Beverly ?

— L'amie de maman, déclara Lucy en engloutissant une grosse bouchée de son déjeuner.

— Une mère de Winston House ?

— Jeanie ne va pas à Winston House. Elles vivent à Digby Road. Elle veut monter sur mon ballon sauteur, mais je ne lui prête pas, parce qu'elle est dangereuse. Elle a des trucs noirs sur les dents, là, et là, et là.

Lucy ouvrit la bouche pour montrer mais, avec les carottes qu'elle mâchait, il était difficile de distinguer les dents qu'elle désignait.

Son père se tourna vers Byron. L'enfant n'eut pas à lever les yeux pour le savoir.

— Cette femme vous rend visite, c'est ça ? Est-ce qu'elle est accompagnée de quelqu'un d'autre ?

La tête de Byron se mit à cogner.

— Laisse-les tranquilles ! ordonna Diana en jetant bruyamment sa fourchette dans son assiette, qu'elle repoussa. Pour l'amour de Dieu, Seymour, je porte une tunique, ce n'est pas un drame ! Je me changerai après le dîner.

Jamais elle n'avait juré ainsi. Seymour cessa de manger. Il recula sa chaise, se leva et alla se placer derrière Diana de telle sorte qu'il eut l'air d'une colonne noire contre une petite fontaine de couleurs. Il referma les mains sur le dossier de sa chaise. Elles n'étaient pas contre la peau de Diana, mais on avait l'impression qu'il avait saisi une partie d'elle, et il était difficile de dire s'il lui faisait mal ou non. Les enfants restèrent figés.

— Tu ne porteras plus cette robe. Tu ne reverras plus cette femme.

Seymour avait parlé avec retenue, ses doigts serrant toujours la chaise, tandis que sa mère continuait d'émettre des petits sons contre la nappe, tel un oiseau qui claque des ailes dans sa cage.

Aussi soudainement qu'il s'était levé, Seymour quitta la pièce. Diana tapota son cou du dos de ses mains, comme pour vérifier que tout était de nouveau à sa place, les veines, la peau, les muscles. Byron avait envie de lui dire qu'il aimait sa nouvelle robe, mais elle lui demanda d'aller jouer dehors avec sa sœur.

Ce soir-là, Byron tenta en vain de consulter son encyclopédie pour enfants. Il ne pouvait chasser de son esprit l'image des doigts de son père sur la chaise de sa mère. Tant de choses s'étaient produites pour la première fois qu'il ne savait pas comment les partager avec James. Il finit par somnoler et rêva de gens à la tête trop grosse pour leur corps, à la voix sourde mais insistante, comme des cris sans paroles.

Il se réveilla et se rendit compte que c'étaient les voix de ses parents. Sur le palier, le son augmenta. Il entrouvrit la porte de leur chambre et se figea, incrédule. Il distinguait le torse de son père, presque bleu, et, dessous, le profil de sa mère. Son père pilonnait le corps de sa mère, dont les bras s'accrochaient à l'oreiller. Byron referma la porte sans faire tourner la poignée.

Il ne sut pas qu'il sortait avant de se retrouver dehors. Dans le ciel tuméfié, la lune était pâle. Il semblait ne rien y avoir entre lui et la lande. La nuit volait tous les détails du premier plan. Il traversa le jardin et ouvrit le portail donnant sur la prairie. Il voulait jeter quelque chose, des pierres, et il le fit, en direction de la lune, mais elles s'éparpillèrent à ses pieds. Elles ne touchèrent même pas l'obscurité. James avait raison, à propos de l'alunissage d'Apollo. Comment un homme aurait-il pu aller jusque-là ? Comment Byron avait-il été assez stupide pour croire la Nasa et les photos ? Il enjamba la barrière et se dirigea vers l'étang.

Il s'assit sur un rocher. L'air vibrait de cliquetis, de grattements, de petits chocs. Il ne savait plus que penser. Il ne savait pas si sa mère était bonne ou mauvaise, si son père était bon ou mauvais. Il ne savait pas si Beverly était bonne ou mauvaise – si elle avait volé le briquet, les presse-papiers, les vêtements – ou s'il y avait une autre explication. La nuit passait si lentement ! Byron fixait l'horizon à l'est dans l'attente des premières lueurs de l'aube, des premiers rayons de soleil, mais la nuit continuait. Il finit par rentrer lentement vers la maison.

Il se demanda si sa mère l'attendait, si elle s'était inquiétée, mais le seul son provenait des horloges de son père, battant la mesure du silence. Le temps était différent, à l'intérieur, plus grand que le silence, apparemment, mais pas en réalité. C'était une invention. Il rédigea une courte lettre à l'intention de James, insérant une petite phrase en français pour lui donner plus de poids : *La jambe de Jeanie est tout à fait guérie.* Tout va bien. *Amitié sincère, Byron Hemmings.* Ce serait la fin de l'opération Parfaite, à son avis. C'était la fin de bien des choses.

Plus jamais Byron ne revit la tunique. Peut-être se retrouva-t-elle dans le feu, comme la robe et le cardigan vert menthe et les chaussures assorties. Il ne posa pas la question. Il rangea sa lampe torche, sa loupe, ses cartes de thé Brooke Bond, son encyclopédie pour enfants. Il avait désormais l'impression que ça appartenait à quelqu'un d'autre – et il n'était pas le seul qui semblait changé. Après ce week-end, sa mère fut plus réservée. Elle installa bien les chaises longues sur la terrasse pour Beverly, mais elle sourit moins et elle ne brancha pas le tourne-disque. Elle n'offrit pas non plus à boire. Beverly s'en aperçut.

— Si je te pose un problème, dis-le-moi franchement !

— Mais non, pas du tout.

— Je sais que tu dois voir toutes ces autres mères.

— Je n'en vois aucune.

— À moins que tu préfères danser avec quelqu'un d'autre ?

— Je n'ai pas toujours envie de danser.

Beverly rit et leva les yeux au ciel comme si elle avait entendu autre chose.

***

Le 2 août, Lucy fêtait ses six ans. Byron fut réveillé par la voix de sa mère et son odeur fleurie, qui le sortirent doucement du sommeil. Elle avait eu l'idée d'une surprise, murmura-t-elle. Ça allait être le jour le plus heureux possible ! Ils devaient s'habiller très vite. Alors qu'ils descendaient, elle ne pouvait s'arrêter de rire. Elle portait une robe d'été coquelicot et elle avait déjà préparé tout le nécessaire pour un pique-nique.

Le trajet dura plusieurs heures, mais Diana fredonna presque tout le temps. Du siège arrière de la Jaguar, Byron admirait l'ondulation de ses cheveux, le velouté de sa peau, les reflets nacrés de ses ongles, ses mains placées exactement comme il le fallait sur le volant. Il se dit que c'était la première fois depuis des semaines qu'elle conduisait la voiture sans avoir l'air effrayée. Quand Lucy eut besoin d'aller aux toilettes, elle se rangea devant un café en bord de route et leur dit qu'ils pouvaient avoir une glace. Le vendeur leur demanda s'ils voulaient des pépites de chocolat ou du coulis, et ils répondirent oui aux deux.

— On dirait que ce sont de bien gentils enfants ! commenta-t-il.

Elle rit et confirma que, oui, ils étaient très gentils.

Ils prirent place à une table métallique au soleil, parce qu'elle redoutait les taches de glace dans la voiture, et elle ferma les yeux, le visage tourné vers la chaleur. Quand Lucy murmura qu'elle devait dormir, Diana ouvrit un œil et rit.

— J'entends chaque mot !

Son front et son décolleté s'étaient déjà marbrés de rouge.

Le soleil était brûlant, quand ils atteignirent la plage. Des familles s'étaient installées sur le sable avec des coupe-vent et des chaises de jardin. La mer renvoyait des éclats argentés et Byron observa le soleil qui bougeait en une explosion d'étincelles sur les vagues. Les enfants retirèrent leurs sandales et sentirent le sable brûler leurs orteils. Diana leur montra comment faire un château de sable et enterrer leurs jambes. Comme le sirop avait laissé des traces sur leur peau depuis l'épisode de la glace, le sable collait à leurs genoux et ça les démangeait quand ils voulaient s'en débarrasser. Ensuite, ils visitèrent la fête foraine sur la jetée. Leur mère leur fit découvrir les machines à sous et à barbe à papa, les laissa monter dans les autos tamponneuses et leur acheta une sucette géante à chacun.

Dans le Palais des Glaces, elle les fit passer d'un miroir déformant à un autre.

— Regardez-moi !

Elle ne cessait de rire. Sa joie flottait dans l'air de cette journée-là. Ils en sentaient la douceur sur leur langue, ils pouvaient presque l'avaler. Tout contre elle, Byron et Lucy lui tenaient la main et retrouvaient des versions rapetissées, élargies ou allongées de leur corps dans les miroirs. Les enfants étaient poisseux et rouges de chaleur, leurs vêtements fripés, leurs cheveux en bataille. Seule leur mère, entre eux, avec sa robe coquelicot et ses cheveux mousseux, était belle.

Elle les fit asseoir sur un banc pour manger leurs sandwiches. Pendant qu'ils déjeunaient, elle s'éloigna au bord de la jetée, leva la main sur son front pour cacher ses yeux du soleil et regarda la mer. Quand un homme s'arrêta et lui dit bonjour, elle rit :

— Dégagez ! Je suis avec mes enfants.

Devant le théâtre, au bout de la jetée, il y avait des pancartes : *orchestre : plein ; balcons : pleins*. Diana lécha un coin de son mouchoir et nettoya le visage des enfants avant de pousser les portes vitrées et de les entraîner à l'intérieur. Elle posa un doigt sur ses lèvres pour les inciter à garder le silence.

Le foyer était vide, mais ils entendaient des rires et des applaudissements au-delà des rideaux en velours rouge. Diana demanda à une femme en uniforme à la caisse s'il restait des places, et celle-ci répondit qu'il y avait une loge libre, si ça leur convenait. Tandis que Diana comptait l'argent sorti de son sac, elle dit que ça faisait des années qu'elle n'était pas venue au spectacle. La caissière avait-elle entendu parler de White Supremo et de Pamela, la femme à barbe, et aussi d'un groupe de danseuses, Sally's Girls ? La caissière hocha la tête.

— On les a tous eus ici ! dit-elle.

Diana rit de nouveau et prit les enfants par la main. Un jeune homme en chapeau haut de forme et muni d'une lampe torche les entraîna dans l'escalier et dans un couloir sombres. Diana demanda deux programmes et en donna un à chacun des enfants.

Un énorme rugissement de rires les accueillit, quand ils prirent place dans leur loge. La scène était brillamment illuminée. Byron ne comprit pas ce que les acteurs avaient dit ni ce qui avait fait rire la foule : il n'écoutait pas, il regardait. Il crut qu'on riait de lui parce qu'il était en retard mais, depuis son fauteuil en velours, il vit que la foule montrait quelqu'un sur scène. Les spectateurs se tenaient le ventre, tant c'était drôle.

L'homme jonglait avec de la vaisselle. Il courait entre des assiettes en porcelaine sur des tiges. En tournant, elles renvoyaient la lumière. Chaque fois qu'une assiette allait s'arrêter, s'écraser au sol avec fracas, il semblait se souvenir de sa présence et, au dernier moment, venait s'en occuper. Diana regardait, les doigts contre ses yeux, comme si elle se cachait. La toile de fond représentait une terrasse au bord d'un lac. L'artiste avait même dépeint le reflet de la lune dans l'eau, traçant un chemin argenté jusqu'à l'horizon. À la fin de son numéro, le jongleur salua en se pliant en deux. Il envoya des baisers dans le public, et Byron fut certain qu'un d'entre eux avait atterri sur sa mère.

Quand le rideau se rouvrit, le lac au clair de lune avait disparu, remplacé par une plage et des palmiers. Arrivèrent des dames en jupes d'herbes et fleurs dans les cheveux. Un homme chanta le soleil tandis que les femmes dansaient autour de lui, les bras chargés d'ananas et de carafes de vin, mais sans s'arrêter pour les déguster. Le rideau se referma sur eux, et une fois de plus, la scène fut écartée.

Il y eut plusieurs autres numéros, chacun avec une toile de fond différente. Apparurent un magicien qui ne cessait de faire des erreurs, un violoniste en costume scintillant, une troupe de danseuses en paillettes et plumes. Jamais Byron n'avait rien vu de tel, pas même au cirque. Diana applaudissait après chaque numéro puis restait immobile. Craignait-elle qu'en respirant trop profondément elle ne fasse disparaître le spectacle ? Quand un homme en queue-de-pie joua de l'orgue devant un chœur de dames en robes blanches, des larmes glissèrent le long du visage de Diana. Ce n'est que lorsqu'un second magicien arriva, coiffé d'un fez rouge, dans un costume trop grand, qu'elle se remit à rire – sans pouvoir s'arrêter.

— Oh ! c'est si drôle ! s'écria-t-elle.

Elle riait si fort qu'elle se tenait le ventre. Il était tard quand ils quittèrent la jetée et le bord de mer. Lucy était si fatiguée que sa mère dut la porter jusqu'à la voiture.

Byron regarda la mer qui s'estompait derrière eux jusqu'à ne plus être qu'un ruban argenté à l'horizon. Sa sœur s'endormit sur-le-champ. Cette fois, sa mère ne chanta pas. Elle conduisit en silence. Une seule fois, elle leva les yeux vers le rétroviseur et croisa ceux de Byron.

— On a vraiment été heureux, aujourd'hui ! lui dit-elle avec un sourire.

Oui, répondit-il. Elle était douée pour les surprises.

***

En fait, une autre surprise les attendait quand ils arrivèrent à la maison, la peau rougie et poisseuse : ils trouvèrent Beverly et une frêle Jeanie endormie à l'arrière de la maison, dans les chaises longues. Dès que Beverly les aperçut dans la cuisine, elle bondit et cribla sa montre de petits coups d'ongle. Diana déverrouilla les portes-fenêtres et les rabattit contre le mur. Est-ce que tout allait bien ? Beverly était hors d'elle. Elle dit que Diana l'avait laissée tomber, qu'elle avait oublié sa visite.

— Je ne pensais pas que ces visites étaient quotidiennes, répondit Diana.

Elle expliqua qu'ils étaient seulement allés à la plage et à la fête, mais ça ne fit qu'aggraver les choses. Beverly en resta hébétée. À l'évidence, elle n'arrivait pas à croire ce qu'elle entendait.

— Il y avait un très bon organiste, dit Byron.

Il proposa de montrer le programme à Beverly. Elle secoua furieusement la tête et fit une moue si crispée qu'elle aurait pu y tenir une rangée d'épingles.

— Beverly, il ne faut pas te mettre dans un tel état ! protesta Diana.

— Moi aussi, j'aurais aimé aller à la plage et à la fête ! On est affamées ! J'ai passé une journée horrible ! Mon arthrite me tue ! Et j'adore écouter jouer de l'orgue ! C'est mon instrument préféré !

Diana courut préparer à boire et entreprit de couper des tranches de pain pour des sandwiches, mais Beverly fouillait dans son sac. Elle en sortit son porte-monnaie, un petit agenda, son mouchoir, puis remit le tout à l'intérieur sans trouver ce qu'elle cherchait.

— Je t'avais bien dit que ça finirait comme ça ! lança-t-elle au bord des larmes. Je savais que tu te lasserais.

Jeanie se réveilla et se glissa dans la cuisine.

— Je ne me suis pas lassée, Beverly.

— Tu crois que tu peux m'inviter pour le thé et, quand tu as une meilleure idée, partir en m'oubliant ?

Quoi qu'elle ait voulu ajouter, ils ne le surent pas, parce qu'elle pleurait trop.

Diana lui tendit un mouchoir. Elle secoua la tête. Elle la prit dans ses bras.

— S'il te plaît, ne pleure pas, Beverly. Tu es mon amie. Bien sûr que tu l'es, mais je ne peux pas être ici pour toi tout le temps. J'ai des enfants…

Beverly se recula brutalement et leva les bras comme si elle allait frapper quand un éclat de rire venu de la cuisine l'interrompit.

Jeanie jaillit sur le ballon sauteur de Lucy. Sur le seuil, elle sauta trop haut et fut projetée par-dessus les poignées. Elle s'écrasa sur le dallage et resta immobile, les jambes écartées, les mains enserrant sa tête.

Beverly poussa un cri et courut vers elle.

— Là, là, Jeanie !

Ces paroles de réconfort sonnaient faux. Elle secoua sa fille comme pour la réveiller, la tira par les bras.

— Tu peux marcher ? Les points ont lâché ?

— Elle n'a plus de points, dit Diana qui paraissait pourtant terrifiée. Et pourquoi est-elle montée sur ce ballon si elle a si mal à la jambe ?

Ce n'était pas la chose à dire. Beverly souleva l'enfant dans ses bras et passa les portes-fenêtres en titubant vers la cuisine. Diana la suivit avec son sac à main, mais Beverly continua sa course, bien qu'elle ait trébuché sur le seuil.

— Je suis désolée, désolée ! gémissait Diana. Je n'ai pas voulu dire ça !

— Trop tard ! cria Beverly.

— Je vais vous reconduire chez vous. Laisse-moi vous aider.

Diana avait pris la voix agitée que Byron lui connaissait en présence de Seymour et, pendant une fraction de seconde, il eut peur que son père soit derrière lui.

Soudain, Beverly s'arrêta et se retourna. Son visage était gris de rage. Jeanie reposait dans ses bras, plus frêle qu'un chaton, et Beverly avait rouvert les doigts comme s'il était trop douloureux de les serrer autour de sa fille. Le genou de Jeanie ne saignait pas, Byron le constata, mais il vit que la petite fille était pâle et avait les yeux mi-clos.

— Tu crois que je suis là pour que tu me fasses la charité ? cracha Beverly. Je suis aussi bien que toi, Diana. Ma mère était femme de pasteur, je te rappelle, pas une vulgaire danseuse de cabaret. On prendra le bus.

Ce fut au tour de Diana de faiblir. Elle parvint à articuler quelques mots sur la voiture et l'arrêt de bus, pas plus.

À la grande surprise de Byron, Beverly éclata de rire.

— Quoi ? Et te voir perdre le contrôle de la voiture ? Tu es si nerveuse que tu en deviens dangereuse. Tu ne devrais même pas avoir le droit de conduire !

Elle partit dans l'allée, Jeanie toujours dans ses bras. Diana les regarda s'éloigner et crispa ses doigts dans ses cheveux.

— Ce n'est pas bien… dit-elle doucement.

Elle rentra dans la cuisine.

Byron l'entendit laver la vaisselle et retirer le sable des serviettes de plage. Il resta à la porte jusqu'à ce que la silhouette de Beverly s'amenuise et qu'il ne reste plus que le jardin, la lande et le ciel d'été émaillé.

UNE SURPRISE

***

De même que Beverly, James s'intéressa beaucoup au spectacle du théâtre. Sans doute déçu que l'opération Parfaite soit terminée, il transféra toute son énergie à la journée surprise à la plage et sur la jetée. Il interrogea Byron à propos de chaque numéro – ce que portaient les artistes, ce qu'ils faisaient exactement, la longueur des sketches. Il fallut lui décrire les toiles de fond, l'orchestre, le rideau qui tombait entre chaque saynète. Ce fut l'histoire de l'organiste et du chœur dansant vêtu de blanc qui le mit en transe.

— Est-ce que ta mère a vraiment pleuré ? demanda-t-il plusieurs fois.

Il n'y eut plus de nouvelles de Digby Road pendant quatre jours. Pendant ce temps, Diana fut très silencieuse. Elle s'occupa au jardin, coupant les roses fanées et ramassant les petits pois. Sans Beverly, le temps semblait bâiller de nouveau. Lucy et Byron jouaient près de leur mère et s'installaient sous les arbres fruitiers pour les repas. Il montra à sa sœur comment faire du parfum avec des pétales de fleurs écrasés. Pour la visite de Seymour, Diana porta sa jupe droite et se fit une mise en plis. Ils parlèrent de son voyage imminent en Écosse et elle nota la liste de ce dont il avait besoin. Ils mangèrent un gâteau d'anniversaire en l'honneur de Lucy et il repartit tôt le dimanche matin.

Un après-midi, Beverly téléphona. La conversation fut brève. Diana ne dit presque rien, mais elle pâlit affreusement. Assise sur une chaise dans la cuisine, le visage dans les mains, elle ne put rien expliquer pendant un long moment.

Les événements ont pris une tournure dramatique, écrivit Byron à James ce soir-là. *La petite fille, Jeanie, NE PEUT PLUS MARCHER. S'il te plaît, réponds immédiatement. Situation TRÈS GRAVE. L'OPÉRATION PARFAITE N'EST PAS CLOSE. C'est une URGENCE.*

10

Lande

Depuis une cabine téléphonique, Jim explique à Eileen qu'il a obtenu son numéro des filles de cuisine. Est-ce qu'il pourrait la voir après le travail ? C'est une urgence. Il promet que ça ne prendra pas trop de son temps. Il a besoin de lui dire quelque chose d'important. La ligne est mauvaise. Au début, elle semble ne pas comprendre qui l'appelle ni ce dont il parle. Elle grogne que s'il tente de lui vendre des fenêtres ou des assurances, elle va raccrocher.

— Eileen, c'est moi ! bafouille-t-il.

— Jim ?

Elle éclate d'un rire joyeux.

Il lui demande à nouveau si elle veut bien le rencontrer.

Quand ça l'arrange, répond-elle. Elle aussi a besoin de le voir.

Tout le reste de l'après-midi, Jim est terrifié. Il oublie de sourire aux clients. Il oublie de leur tendre les brochures. Est-ce qu'il devrait rappeler Eileen ? Il pourrait inventer qu'il vient de se souvenir d'un autre rendez-vous ? Il ne sait pas vraiment ce qu'il lui dira. C'est une urgence car, quand elle arrivera, il ne sera plus fichu d'annuler. Comment pourrait-il exprimer tout ce qu'il a à l'esprit ? Sa tête est pleine d'images, de souvenirs, d'événements qui se sont produits avant qu'il y ait des mots. Pendant toutes ses années à Besley Hill, malgré les encouragements des infirmières, des assistantes sociales et des médecins, il n'a jamais été capable de s'expliquer. Son passé, c'est un son qui erre dans les collines, c'est un souffle d'air. Comment pourrait-il jamais en parler ?

Au cours de la dernière séance de thérapie de groupe, à Besley Hill, l'assistante sociale promit aux patients que c'était un nouveau commencement, pas une fin. Des membres du personnel se retrouvaient au chômage, eux aussi, dit-elle en riant, et à cause de la manière dont elle riait, il était évident que c'était son cas. Ça représentait pour eux tous un saut dans l'inconnu. Elle leur demanda de réfléchir à ce qu'ils aimeraient être. Quelqu'un dit « Kylie Minogue », plusieurs pleurèrent, un autre dit « astronaute », et ils s'en amusèrent. C'est en sortant qu'elle apprit à Jim que Mr Meade avait accepté de le prendre à l'essai. Elle lui expliqua ce que ça signifiait. Il pourrait s'en sortir, elle en était certaine. Il aurait voulu avouer que ce qu'il aurait aimé être, c'est un ami, mais elle répondait déjà à son téléphone portable et lui tendait son dossier.

***

C'est Eileen qui a l'idée de la lande. Devinant l'anxiété de Jim, elle suggère qu'au lieu de s'enfermer ils aillent dehors, là où il y a de l'espace. Elle a toujours trouvé plus facile de parler dans l'obscurité. Ils font le trajet à soixante kilomètres-heure. Assis sur le siège du passager, il pose ses mains sur ses genoux et subit la pression de la ceinture, si serrée contre son cou qu'elle lui coupe presque la respiration.

Ils s'éloignent de la ville, dépassent la nouvelle succursale de restauration rapide et le terrain qui va devenir un centre commercial. Des panneaux lumineux promettent 1 430 places de stationnement gratuites, vingt restaurants, des enseignes de marques et trois niveaux de boutiques. Eileen marmonne qu'à ce rythme il n'y aura bientôt plus de lande, mais Jim ne répond rien. Il se souvient de s'être arrêté devant les barrières d'un site de démolition, un jour. Il a vu les bulldozers, les grues, les excavateurs, toute une armée pour faire s'écrouler des murs de brique. Il n'était pas revenu de la vitesse à laquelle ils étaient tombés.

Dès qu'ils atteignent les pâturages, la nature reprend ses droits et l'obscurité s'écoule de chaque côté de la voiture. Si les lampes dans les maisons percent le flanc des collines, devant eux il n'y a que la nuit. Eileen se gare et demande à Jim s'il préfère discuter dans la voiture. Il réplique qu'il aime mieux en sortir. Ça fait plus d'une semaine qu'il n'est pas venu dans la lande, et elle lui a manqué à la manière dont il imagine que leur famille manque à certains.

— On fait ce que tu veux, déclare Eileen.

Si on oublie les rafales de vent, l'absence de son est saisissante. Pendant un moment, ils ne parlent ni l'un ni l'autre. Ils marchent lentement contre le vent qui repousse leur corps et siffle entre les hautes herbes avec la puissance de l'océan. De nombreuses étoiles parsèment le ciel, mais Jim ne trouve pas la lune. À l'ouest, la crête des collines est ourlée de lumière orange. Ce sont des réverbères, mais on pourrait croire à un incendie, très loin. C'est stupéfiant parfois, de regarder quelque chose en sachant que ça pourrait signifier autre chose si on changeait de perspective. La vérité est imprécise, se souvient-il soudain. Il secoue la tête pour ne plus y penser.

— Froid ? demande Eileen.

— Un peu.

— Tu veux me donner le bras ?

— Ça va.

— Et ton pied, ça va aussi ?

— Oui, Eileen.

— Tu es sûr que tu peux marcher ?

Il fait de petits pas pour ne pas prendre de risque. Bouleversé au point d'avoir du mal à avaler sa salive, il doit expirer en plusieurs bouffées, comme les infirmières le lui ont appris, et se vider l'esprit en visualisant les chiffres 2 et 1. Il aspire un instant à la perte de conscience accordée par la piqûre d'anesthésiant avant le traitement – bien qu'ils aient abandonné cette pratique depuis des années, à Besley Hill.

On dirait que Jim n'est pas le seul à respirer bizarrement. Eileen aussi a le souffle rapide et rauque, comme si elle extrayait de force l'air de ses poumons. Quand elle demande enfin quelle était l'urgence qu'il a évoquée au téléphone, il ne peut que secouer la tête.

Un oiseau de nuit vole si vite sur le vent, contre la lande sombre qui joue avec lui, qu'on le croirait immobile.

— Si tu ne veux pas parler, ça ne fait rien, Jim. Je vais parler. Essaie un peu de m'arrêter ! ajoute-t-elle en riant. Je peux supporter ton silence. Pourquoi est-ce que tu ne m'as pas rappelée ? J'ai tenté de te joindre au travail. J'ai laissé des messages. Tu ne les as pas eus ?

Il secoue la tête. Elle semble inquiète.

— Est-ce que c'est moi qui t'ai fait ça ?

Elle s'arrête et montre son pied sans flancher. Il l'assure que c'est un accident, mais il est loin d'articuler le mot.

— Merde ! commente-t-elle.

— S'il te plaît, n'y pense pas !

— Pourquoi tu ne m'as rien dit ? Tu pourrais me faire un procès. Les gens saisissent tout le temps la justice. Jusqu'aux enfants qui accusent leurs parents ! J'ai pas grand-chose à perdre, sauf si tu veux ma voiture et ma vieille télé.

Il ne sait pas si elle est sérieuse ou non. Il tente de s'accrocher à ce qu'il aimerait lui expliquer. Plus elle parle, plus il lui est difficile de s'en souvenir.

— Tu aurais au moins pu me dénoncer à la police. Pourquoi est-ce que tu n'as rien fait ?

Elle le fixe du regard dans l'attente d'une réponse, mais il ne peut qu'ouvrir et fermer la bouche et émettre des petits bruits si saccadés qu'ils en sont douloureux.

— Tu n'es pas obligé de me le dire tout de suite. On peut parler d'autre chose.

Le vent souffle si fort que les arbres agitent leurs branches comme des jupons. Jim lui donne leur nom. Eileen remonte son col jusqu'à ses oreilles et il doit presque crier.

— Et celui-ci, c'est un frêne. Son écorce est argentée. Ses bourgeons sont noirs. On reconnaît les frênes parce que leurs extrémités pointent vers le haut. Parfois, les anciennes graines pendent comme des fils.

Il tire sur un rameau et lui montre les bourgeons, les graines. Il ne bégaie presque pas.

Eileen lui fait un large sourire, mais au-dessus des commissures de ses lèvres s'épanouissent deux taches couleur fraise. Elle rit comme s'il lui avait offert un cadeau.

— Je ne savais rien de tout ça, sur les arbres !

Puis elle se tait. Elle se contente de lui jeter des coups d'œil en coin qui la font rougir de plus en plus. Ce n'est qu'une fois de retour près de la voiture qu'elle déclare :

— Tu vas parfaitement bien, Jim ! Comment ça se fait qu'ils t'aient gardé si longtemps à Besley Hill ?

Il se met à trembler si fort qu'il craint de tomber. C'est la réponse qu'il aimerait le plus connaître. Elle porte en elle tout ce qu'il veut qu'Eileen sache. Il se voit jeune homme, frappant les murs, insultant le policier. Il se voit dans des vêtements qui ne sont pas les siens. À travers des barreaux, il regarde la lande. Le ciel.

— J'ai fait une bêtise.

— On en fait tous.

— On était deux. Il y a des années. Un ami et moi. Quelque chose s'est produit. Quelque chose de terrible. C'était de ma faute. Tout était de ma faute.

Il ne peut continuer. Quand il est clair qu'il a terminé, qu'il ne peut rien dire de plus, elle soulève sa poitrine sous ses bras et pousse un long soupir.

— Je suis désolée. Pour toi et pour ton ami. Tu le vois encore ?

— Non.

— Il te rendait visite à Besley Hill ?

— Non.

C'était si dur de dire ça, ces fragments de vérité, qu'il doit s'interrompre. Il ne sait plus où est le ciel, où est la terre. Il se souvient qu'il attendait des lettres, attendait, attendait, certain d'en recevoir une un jour. Parfois, des patients recevaient des cartes pour Noël, ou pour leur anniversaire. Jamais rien pour Jim. Remarquant sa détresse, Eileen le saisit par la manche. Elle a un rire gentil, comme si elle tentait de lui montrer le moyen de la rejoindre.

— Du calme ! Tu devras retourner à l'hôpital si tu ne fais pas attention. Et ça aussi, ce sera de ma faute.

C'est inutile. Il a un vertige. Il ne sait pas s'il pense à ce qu'elle a dit, à Besley Hill ou à autre chose, quelque chose d'il y a longtemps.

— C'était un accident. Je te pardonne. On doit pardonner.

C'est du moins ce qu'il voulait exprimer. Ces mots empâtent sa bouche. Ce ne sont que des sons, pas un langage.

— D'accord, Jim ! Tout va bien, mon chéri. Je vais te raccompagner.

Il espère de tout son cœur qu'elle a compris.

11

L'orgue de Beverly

— Je comprends la situation, Byron, mais on ne doit pas paniquer. On doit réfléchir logiquement, déclara James au téléphone.

Sa voix manquait de souffle. Il avait appelé dès qu'il avait lu la lettre de Byron.

— On doit établir la liste des faits et décider quoi faire.

Les faits étaient simples : Jeanie n'avait plus marché depuis cinq jours. Depuis l'excursion à la plage pour l'anniversaire de Lucy. Selon une Beverly en pleurs, elle ne pouvait porter le moindre poids sur cette jambe. Au début, Walt avait tenté de l'encourager en lui offrant des bonbons, mais ils avaient dû l'emmener à l'hôpital. Walt avait supplié les médecins de l'aider. Beverly s'était emportée contre les infirmières. Rien n'avait changé la réalité : il n'y avait aucune trace de blessure, mais l'enfant semblait handicapée. Si on essayait de la lever, Jeanie tombait ou hurlait. Elle refusait désormais de bouger. Elle était bandée de la cheville au haut de la cuisse et refusait parfois même de lever les mains ou de se nourrir.

Si Diana fut stupéfaite au premier abord, elle se lança ensuite avec frénésie dans diverses activités. Le lundi matin, elle avait fait monter les enfants dans la voiture. Garée devant la maison de Jeanie, elle avait traversé le jardin en courant, chargée d'un sac de magazines et d'illustrés achetés en chemin. Pour la première fois, c'était Diana qui avait l'air la plus mince et la plus petite des deux femmes. Elle se rongeait les ongles et elle marchait de long en large tandis que Beverly l'observait, bras croisés. Diana suggéra un nom qu'elle avait relevé dans son carnet, mais dès que Beverly apprit qu'il s'agissait d'un psychologue, elle explosa.

— Parce que tu crois qu'on a tout inventé ?! hurla-t-elle. Tu crois qu'on est des cinglés juste parce qu'on habite à Digby Road ? On a besoin d'aide, pas d'un psy !

Elle dit qu'il leur serait plus facile de bouger Jeanie s'ils avaient une poussette. Ses mains lui posaient un problème. Diana retourna précipitamment à la maison chercher la vieille poussette de Lucy. À nouveau, les enfants observèrent la scène depuis la voiture. Leur mère montra comment déplier la poussette tout en promettant de conduire Beverly où elle voudrait. Beverly haussa les épaules. Les gens étaient très serviables quand ils vous voyaient avec une enfant blessée. Ils vous aidaient pour monter dans le bus et vous laissaient passer s'il y avait la queue devant une boutique. L'air maussade, elle semblait sur ses gardes.

Toute la soirée, Diana étudia des livres de médecine pris à la bibliothèque. Le lendemain matin, Beverly téléphona pour lui apprendre que les médecins avaient donné à Jeanie une coque rigide à attacher à sa jambe.

Informé de tous ces faits, James répondit d'une phrase :

— La situation est très grave.

— Je le sais, chuchota Byron.

Il entendait sa mère marcher à l'étage. Elle ne semblait pas capable de rester tranquille et il ne lui avait pas demandé l'autorisation d'utiliser le téléphone.

James poussa un soupir angoissé.

— J'aimerais tellement pouvoir examiner les nouveaux indices moi-même !

***

Jeanie passa tout le reste de la semaine assise sur une couverture à l'ombre des arbres fruitiers de Cranham House. On lui avait donné les cahiers de coloriage et les poupées de Lucy, et Byron osait à peine la regarder. Chaque fois qu'il devait traverser le verger, il faisait un détour. Lucy avait noué un mouchoir autour de son genou. Elle voulait sa poussette. Elle en avait besoin. Elle alla jusqu'à pleurer.

— Résumons-nous, Diana, déclara Beverly sur la terrasse : tu as renversé ma fille avec ta voiture et tu es partie sans t'en soucier. Tu n'as pas assumé ce que tu avais fait pendant plus d'un mois. Maintenant, ma fille est handicapée, tu vois ? C'est là qu'on en est.

C'était la première fois que Beverly menaçait Diana ; encore le faisait-elle indirectement. Elle avait pris une voix douce, l'air presque embarrassé, et tripotait les boutons de son chemisier, comme si elle était en train de présenter ses excuses.

— Il est possible qu'on doive faire intervenir la police. Des avocats. Tu sais...

— Des avocats ? cria presque Diana.

— Je ne sous-entends rien d'épouvantable. Tu es ma meilleure amie. Je veux juste dire que je dois réfléchir. Il faut que je voie les choses telles qu'elles sont.

— Bien sûr, dit courageusement Diana.

— Tu es ma meilleure amie, mais Jeanie est ma fille. Tu ferais la même chose. Tu es une mère. Tu ferais passer tes enfants avant moi.

— Est-ce qu'on doit vraiment mêler la police et des avocats à tout ça ?

— Je pense à Seymour. Quand tu lui diras, il voudra sûrement faire les choses comme il faut.

Diana hésita.

— Je ne crois vraiment pas qu'on ait besoin de mettre Seymour au courant, dit-elle.

***

En un effort désespéré pour éviter la vérité, Diana se fit pendant un temps plus parfaite encore, plus mince, plus soignée, plus rapide. Elle nettoyait le carrelage de la cuisine chaque fois qu'un enfant y avait posé le pied, ne serait-ce que pour un verre de Sunquick, mais être parfaite nécessite une vigilance constante, qui commençait à l'épuiser. Souvent, elle tendait l'oreille pour mieux entendre, ou pour entendre autre chose que les autres. Elle se mit à établir des listes. Elles firent leur apparition partout, pas seulement dans son calepin – pages déchirées sur le plan de travail de la cuisine, dans la salle de bains, sous sa lampe de chevet. Et ce n'étaient pas des listes banales pour se souvenir des achats à faire au supermarché ou des coups de fil à passer, mais des listes de tâches d'une évidence inquiétante : *Lessive de blanc, Nouveaux boutons bleus pour le cardigan de Lucy* ou bien *Faire à déjeuner* et *Me brosser les dents*.

Quoi qu'elle accomplisse, même si toute la journée elle n'avait rien oublié, qu'elle avait préparé des repas sains aux enfants et lavé leurs vêtements, il semblait toujours que surgissait ce moment, dans la voiture, où elle avait fait une erreur. Une sorte de péché originel : qu'elle ait renversé une enfant et ne se soit pas arrêtée avait toujours fait partie de sa vie, avant qu'elle apprenne à conduire, avant même de rencontrer Seymour ! Quoi qu'elle fasse pour se racheter, jamais ça ne suffirait. De plus, Beverly était en mouvement de son côté. Les deux femmes tournoyaient en des lieux différents.

— Je ne comprends pas ! dit une fois Diana, les yeux fixés au sol comme si elle y cherchait un indice qui pourrait l'aider. Elle avait une entaille au genou. La première fois qu'on est venus à Digby Road, ils ont assuré qu'elle était toute petite, que ce n'était rien. Comment est-il possible qu'elle ne puisse plus marcher ? Comment est-ce que ça a pu se produire ?

— Je n'en sais rien, répondit Byron. C'est peut-être dans sa tête.

— Mais ce n'est pas dans sa tête ! cria presque Diana, dont les yeux semblaient soudain plus transparents que vraiment bleus. Elle ne peut plus marcher. Les médecins lui font tous les examens imaginables, et aucun ne peut la soigner. J'aimerais bien que ce soit dans sa tête, mais elle est infirme, Byron ! Je ne sais plus que faire.

Il lui rapportait des petits cadeaux de la prairie, une plume, une jolie pierre, qui l'auraient fait sourire, jadis. Il les déposait en des lieux qui pouvaient la surprendre. Quand il vérifiait, ses petits cadeaux avaient disparu, et il lui arrivait de les retrouver rangés, disons, dans la poche de son manteau. Il avait l'impression de lui porter chance sans qu'ils aient besoin d'en parler.

***

Ce fut au cours de la deuxième semaine d'août que tout bascula, que tout prit une autre dimension. Il pleuvait et Beverly était grognon. Assise près des portes-fenêtres, elle massait ses doigts et soupirait tandis que, dehors, un rideau de pluie arrosait à grand bruit la terrasse et la pelouse. Elle souffrait, à l'évidence. Elle s'était déjà emportée contre Lucy qui avait repris une poupée des mains de Jeanie.

— Il va me falloir quelques petites choses, Diana, dit-elle soudain, maintenant que Jeanie est infirme.

Diana se crispa et retint son souffle.

— Pas besoin d'avoir l'air si coincé. Je fais juste preuve de sens pratique.

Diana hocha la tête et sa respiration sembla se bloquer.

— À quoi fais-tu allusion ?

Beverly sortit une liste de son sac à main. Byron, qui regardait par-dessus son épaule, la trouva très semblable à celles de James, sauf que l'écriture de Beverly était plus serrée et moins claire, et que le papier qu'elle avait utilisé avait été arraché brutalement d'un carnet publicitaire. Elle énuméra de petites choses : pansements, comprimés contre le mal de tête, sachets de thé, une alaise supplémentaire en cas d'accident.

— Bien sûr, je pense à d'autres choses plus pratiques.

— Que veux-tu dire ?

Beverly balaya la cuisine des yeux.

— Des choses qui facilitent la vie... Je sais pas... Ton congélateur, par exemple.

— Tu veux mon congélateur ?

— Pas le tien, Diana ! Tu en as besoin, mais j'aimerais en avoir un, moi aussi. Tout le monde en achète. Maintenant que je ne peux plus faire grand-chose à cause de la blessure de Jeanie, je dois m'organiser. Elle réclame mon aide pour les actes les plus élémentaires. Elle ne peut même pas s'habiller. Et n'oublie pas mon arthrite. Tu sais combien il m'est difficile, certains jours, de bouger les doigts.

Elle tendit les mains pour rappeler à Diana leur état et, à voir l'expression horrifiée de Diana, Beverly avait peut-être raison.

— Je ne comprends pas comment un congélateur pourrait aider Jeanie, déclara Byron.

— Je pourrais demander une voiture, mais ton père risquerait de s'en apercevoir.

— Une voiture ? intervint Diana. Je ne… Tu veux une voiture ?

— Non, non. Je n'ai pas besoin d'une voiture. Je ne sais pas conduire. C'est Walt qui a eu cette idée. Je l'ai bien dit à ma voisine, l'autre jour : qu'est-ce que vous reprochez aux bus ? Des centaines de personnes handicapées prennent le bus.

— Mais je te conduis où tu veux, fit remarquer Diana avec prudence. Ce n'est pas un problème.

Elles s'exprimaient toutes deux d'une manière artificielle et presque mécanique.

— C'est un problème pour Jeanie. Ça lui rappelle de mauvais souvenirs, quand elle monte dans ta voiture. Elle fait des cauchemars. C'est pour ça que je suis épuisée. Ce que j'aimerais… Non, non… Je ne peux pas le dire.

— Essaie ! murmura Diana.

— Ce que j'aimerais vraiment, c'est avoir un orgue.

Byron sursauta. Il vit soudain un cœur sanglant entre les mains de Beverly. Elle sourit.

— Toute maison a besoin de musique.

— Tu ne veux donc pas de congélateur ? demanda Diana.

— Non.

— Ni de voiture ?

— Non, non.

— Tu veux un orgue ?

— Un Wurlitzer. Comme celui que vous avez entendu en allant au concert sans moi. Ils en ont un en vitrine du grand magasin.

— Mais… comment ? bafouilla Diana. Je veux dire que je peux m'arranger pour les petites choses, mais… Que vais-je dire à Seymour ? Je ne savais même pas que tu savais jouer de l'orgue !

— Je ne sais pas, mais j'ai l'impression que j'apprendrais vite. Si je le décide. Quant à Seymour, je suppose que tu devras lui refaire le coup du talon de chèque sans indication. Ça a déjà marché, Di. Tu as l'habitude.

***

L'orgue fut livré à Digby Road après le week-end. Diana avait filé tout droit au grand magasin en ville et fait un chèque. À en croire Beverly, la moitié des habitants de la rue s'étaient rassemblés pour regarder les quatre livreurs sortir l'orgue du camion et négocier son passage à travers le portail puis sur l'allée du jardin. La plupart des voisins n'avaient jamais vu de camion de livraison, et encore moins d'orgue Wurlitzer. Il fallut dégonder le portail pour le faire entrer dans le jardin. Beverly s'émerveillait du fait que, depuis que les livreurs l'avaient remis en place, le portail ne grinçait plus du tout.

On installa l'orgue dans le salon, face aux nouvelles portes menant à la cuisine. Il arriva avec un double tabouret au coussin en cuir qui se soulevait pour y ranger les partitions. Quand elle le brancha, il ronronna et des lumières vertes et rouges s'allumèrent au-dessus des touches.

Pendant quelques jours, Beverly ne revint plus à Cranham House. Diana s'inquiéta de nouveau. Elle passa deux fois devant la maison, mais n'entra pas. Elle ne se gara même pas. Il n'y avait aucun signe des occupants et la corde à linge était vide. Beverly finit par l'appeler d'une cabine le jeudi. La jambe de Jeanie allait très mal, annonça-t-elle, ce qui expliquait leur absence. Assis aux pieds de sa mère, Byron entendit chaque mot.

— Jeanie souffrait tant qu'on n'a pas pu quitter la maison, mais il y a une bonne nouvelle.

— Oh ? souffla Diana en serrant le combiné contre son oreille et en croisant les doigts.

— Mon orgue !

— Pardon ?

— Mon Wurlitzer. J'y suis comme un poisson dans l'eau.

— Oh ! c'est merveilleux ! s'exclama sa mère d'une voix souriante alors que des larmes sourdaient de ses yeux.

— Oui ! Walt n'arrive pas à le croire. J'en joue jour et nuit. Je connais déjà cinq morceaux par cœur. Walt affirme que j'ai un don.

Elle dit qu'elle passerait les voir le lendemain.

***

L'idée d'un concert donné par Beverly fut avancée le soir même, et elle vint de James. Il dit qu'elle s'était imposée à lui comme un tout : il voyait l'événement du début à la fin. Il parla si fort et si vite que Byron dut écarter le combiné de son oreille. On pourrait organiser un concert chez Diana, comme sur la jetée, et Beverly jouerait de son nouvel orgue. On vendrait des billets pour lever des fonds en faveur de Jeanie, on servirait des rafraîchissements et toutes les mères de Winston House seraient invitées. James accompagnerait sa mère et, de cette manière, il pourrait enfin examiner en personne l'état de santé de Jeanie. Diana prononcerait un petit discours pour présenter Beverly et remercier les garçons pour leur aide.

— Je ne crois pas que ça puisse se faire, contra Byron. Un orgue, c'est très lourd, c'est difficile à transporter. On aurait besoin de déménageurs. Et les autres mères n'ont pas été gentilles avec Beverly.

James ne pouvait modérer son enthousiasme. Sa rapidité d'élocution piétina toute tentative d'intervention de Byron. Il rédigerait le discours de Diana. En fait, il l'avait déjà écrit. Il y aurait un buffet sur la terrasse. Les mères apporteraient chacune un petit quelque chose. La cuisine servirait de scène. Byron serait chargé de l'ouverture du rideau tandis que James conduirait les invités à leur siège. Est-ce qu'on pourrait autoriser Lucy à distribuer les programmes ? Il les calligraphierait. Il parlait sans presque respirer.

— James, ma mère ne peut pas organiser un buffet et Beverly ne peut pas donner de concert ! Elle vient juste de commencer à jouer.

James ne l'écoutait pas. Oui, répétait-il, c'était la meilleure idée qu'il ait jamais eue, une « Spéciale James Lowe ». Byron devrait le proposer à Beverly dès son arrivée.

— Fais-moi confiance ! insista-t-il.

12

Parfum et déodorant

Eileen a proposé qu'ils se retrouvent en ville. Après l'avoir déposé près de chez lui la veille au soir de retour de la lande, elle a suggéré qu'ils renouvellent l'expérience. Elle a mentionné un pub, près du *Tout à une livre*.

— Seulement si tu veux. Tu es peut-être occupé ?

Il a dit qu'il en avait très envie.

***

Après le travail, Jim part en direction de la ville. Il est en avance, ce qui lui permet de regarder un étal de chocolats de Noël à prix cassés. Devant le rayon des déodorants, il décide qu'il aimerait sentir bon, mais ne sachant pas quel est le meilleur il en choisit un qui arbore l'image de ce qui paraît être un lion vert.

Il se demande ce que sent un lion vert.

C'est ainsi qu'après la caisse Jim se retrouve avec un sac en plastique qui contient les chocolats et le déodorant au lion vert.

Ce dernier est une erreur. Il le découvre dès qu'il l'essaie, en attendant Eileen. Il soulève sa chemise, comme il a vu d'autres hommes le faire, pas des patients, mais Mr Meade et Darren, et dirige le jet glacé vers ses aisselles. Maintenant qu'il sait ce que sentent les lions verts, il regrette de ne pas avoir choisi un autre déodorant. Il y en avait un avec une image de montagne, par exemple. C'est celui-là qu'il aurait dû acheter.

Comme il est encore en avance, il claudique aussi vite qu'il le peut dehors, dans l'espoir d'évacuer cette odeur, ou de la diluer, au moins, mais il a l'impression d'être poursuivi par une ombre particulièrement âcre. Dès qu'il s'arrête, elle le rattrape. Il essaie d'accélérer, conscient que ses coudes font des mouvements de piston. Les gens s'écartent pour le laisser passer.

Quand il s'immobilise, l'odeur semble empirer. Il se demande s'il ne devrait pas retourner à son camping-car, se laver, se changer, mais il serait en retard pour Eileen. Il recommence, et l'odeur est désormais presque solide. Il lui a poussé des pattes. Elle marche derrière lui, cette forme verte, de plus en plus vite. Il court. Le lion aussi.

— Eh ! Eh ! Attends ! crie-t-il.

Ce n'est que lorsqu'il risque un coup d'œil dans une vitrine qu'il voit le reflet de cette forme solide qui le poursuit et qu'il comprend que c'est Eileen. Il s'arrête et se retourne si brusquement qu'elle le percute. Elle s'écrase contre sa poitrine et, pendant un instant, il a la tentation de l'entourer de ses bras, de la serrer fort. Puis il se souvient que, bien qu'il ne soit pas un lion vert, il en a toujours l'odeur, et il recule d'un bond.

— Merde ! Est-ce que je t'ai marché sur le pied ?

Eileen est stupéfaite. Elle sent son odeur. Elle inspire profondément et fait mine de s'évanouir.

— Ouahhh !

Cette deuxième rencontre est une très mauvaise idée. Jamais il n'aurait dû accepter. Il voudrait être chez lui. Il lui tend le sac avec les chocolats, se rendant compte trop tard qu'il y a laissé le déodorant nauséabond. Il dit qu'il est content de la voir, mais qu'il doit filer. Eileen l'écoute, et son visage exprime sa confusion. Il y lit ce qu'il éprouve parfois, dans ce monde : l'impression qu'on lui a retiré des couches de peau.

— C'est moi, hein ? s'inquiète-t-elle soudain, l'air horrifié. Je pue affreusement ! Putain !

— N-n-n... tente-t-il de dire sans que le mot puisse sortir de sa cachette.

— J'ai essayé ce parfum dans une boutique. J'étais en avance. Je n'avais rien de mieux à faire. Sur le flacon, il y a marqué *Parfum des collines*. J'ai pensé que ça te plairait, et je l'ai essayé. J'en ai vaporisé sur mes poignets et mon cou, bien trop, et maintenant je sens le nettoyant pour toilettes ! Merci pour les chocolats ! À moins que tu ne veuilles les reprendre ? Pour quelqu'un d'autre ?

Jim secoue la tête pour indiquer que ce n'est pas le cas.

— Tu sens bon, réussit-il à dire.

Pourtant, tout près d'elle, il a du mal à respirer. Il ne sait pas si c'est le déodorant ou le parfum, si les deux odeurs se sont déjà mêlées pour produire quelque chose de plus toxique encore, mais le résultat est abominable. Il en pleure.

— Tu veux toujours venir boire une bière ? demande-t-elle maladroitement.

Tout aussi maladroitement, il répond que oui.

Ils gagnent le pub, Jim et Eileen, poursuivis par les deux odeurs, de parfum et de déodorant. Et c'est aussi pénible que de passer Noël avec des parents désagréables.

Sauf que, bien sûr, Jim n'a pas de famille.

***

Ils abordent bien des sujets. Il parle de ses plantations, du coffee-shop au supermarché. Quand il décrit la mêlée, elle éclate d'un rire si puissant qu'il perçoit lui aussi le côté comique de la situation et qu'il n'a plus peur. Il se dit qu'il aimerait tant avoir dans sa vie son rire, sa façon de voir les choses, et il se demande si c'est ce que les gens recherchent chez un partenaire ou un ami : la part d'eux qui leur manque. Ils évoquent la vie d'Eileen. Elle cherche un nouvel emploi, et travaille à mi-temps dans la boutique d'une ONG sur High Street. Elle l'interroge à nouveau sur Besley Hill. Devinant qu'il ne peut répondre, elle change de sujet. Il a une liste de sujets intéressants, si la conversation languit, mais il s'aperçoit qu'il est difficile de consulter une liste quand la personne que vous voulez intéresser est assise en face de vous. Il regrette de ne pas y avoir pensé plus tôt. Il ne sait pas si c'est un rendez-vous galant ou juste amical.

— Bon ! déclare Eileen en tapotant la table de ses ongles.

— Tu peux me décrire ta maison ? dit précipitamment Jim. Tu as un chien ? Quel est ton plat préféré ? Qu'est-ce que tu aimerais être ?

Sa bouche est partie à la charge malgré le reste de son corps, bien décidée à ce que les paroles soient dites une fois pour toutes.

Après leur rencontre, dont il ne sait toujours pas s'il s'agit d'un rendez-vous galant ou amical, il ouvre la porte de son camping-car, et il se rend compte qu'ils ont perdu une soirée à ne parler que de choses insignifiantes. Elle lui a dit qu'elle aimait le givre, pas la neige. Le givre, selon Eileen, définit chaque forme, la démarque, alors que « la neige recouvre tout bêtement. Et on n'arrête pas la circulation des bus, quand il n'y a que du givre ».

Dès lors, il aimera toujours le givre.

C'est en effet une bien minuscule information, qu'Eileen préfère le givre à la neige, mais il comprend que ce sont les petites choses qui en construisent de grandes. De plus, les grandes choses, dans la vie, ne se présentent pas comme telles. Elles se manifestent dans les moments calmes, ordinaires – un coup de téléphone, une lettre. Elles arrivent quand on ne les cherche pas, sans indice, sans s'annoncer, et c'est pour cette raison qu'elles nous déconcertent. Ça peut prendre une vie, une longue vie, d'accepter que les choses soient si étranges, qu'un petit instant puisse en côtoyer un grand, pour finalement se fondre en un même instant.

Plusieurs heures plus tard, alors qu'il est en train de sceller la portière du camping-car avec du ruban adhésif, une autre image d'Eileen s'impose à Jim. Il était sur le point de descendre de la voiture, quand elle lui a rappelé que, plus tôt, il lui avait demandé quel genre de personne elle était, et qu'elle n'avait pas répondu. S'il voulait toujours le savoir, elle était prête. Elle lui a parlé de son appartement en bordure de la ville. Elle lui a dit qu'elle n'avait pas de chien, mais qu'elle aimerait en avoir un. Elle a brièvement abordé la question de ses parents – son père, ancien militaire de plus de soixante-dix ans, et sa mère, une mondaine. Ils se sont séparés quand elle avait treize ans. Elle a beaucoup voyagé ces dernières années, et pas toujours dans des endroits agréables. Elle trouve difficile de rester en place. Elle l'a alors regardé, et il n'a pas su pourquoi, mais on aurait dit que ses yeux étaient noyés de larmes.

— J'ai fait bien des choses, dans ma vie. Tu n'imagines pas à quel point j'ai merdé, mais si je pouvais être ce que je veux je choisirais d'être une femme bien. C'est tout ce qui compte.

Jim étire le ruban adhésif sur le haut de la portière. Il le coupe avec ses ciseaux pour qu'il s'ajuste précisément. Puis il déroule deux longueurs de plus et les applique sur les côtés. Les rituels sont exécutés rapidement, efficacement et, quand l'horloge de la ville sonne vingt-trois heures, Jim est déjà dans sa banquette-lit.

13

S'emparer d'un œuf d'oie
et
la perte du temps

James avait raison à propos du concert. Quand Byron suggéra qu'ils en organisent un, les sourcils de Beverly s'arquèrent.

— Un buffet ? Devant toutes les mères ?

— Je ne comprends pas ce que tu veux dire. Quel genre de concert ? demanda Diana avec circonspection.

Byron répéta mot pour mot l'idée de James : inviter les mères de Winston House, vendre des billets et des programmes pour lever des fonds pour Jeanie, faire contribuer les mères au buffet. Il montra comment ils ouvriraient les portes-fenêtres et disposeraient les chaises de la salle à manger pour le public en demi-cercle sur la terrasse. Beverly ne le quittait pas des yeux et émettait des « hmm, hmm » d'approbation. Sa mère écoutait en silence. Ce ne fut que lorsqu'il termina qu'elle secoua la tête, mais Beverly la devança :

— Oh, je ne pourrais pas... Si ? Tu crois que je pourrais, Di ?

Sa mère n'eut d'autre choix que d'insister : oui, bien sûr qu'elle pourrait.

— J'aurai besoin d'une tenue de concert et d'autres partitions, mais je pense qu'il a raison. Et ce sera bon pour Jeanie.

— En quoi est-ce que ça aidera à guérir sa jambe ? objecta timidement Diana. Je ne comprends pas.

Beverly était déjà partie récupérer son sac à main et la poussette dans l'entrée. Elle devait rentrer travailler son orgue, dit-elle.

***

Seymour ne vint pas, le week-end suivant. Il avait du travail à terminer avant sa partie de chasse en Écosse. Diana lui dit au téléphone qu'il lui manquait. Elle promit de laver ses vêtements en prévision du voyage, mais ses mots se perdaient comme si elle pensait à autre chose.

Quand il se réveilla le dimanche matin, Byron se rendit dans la chambre de sa mère et découvrit son lit vide. Il passa la tête dans la chambre de Lucy, la salle de bains, la cuisine, le salon. Pas trace d'elle. Mais il savait où la trouver.

Elle était assise dans l'herbe au bord de l'étang, un verre à la main.

Sur l'eau sombre et immobile flottaient des lentilles d'eau d'un vert doux. En dépit de la chaleur, les rives s'ornaient encore de l'écume des pétales de roses blanches. Il s'avança avec précaution de crainte d'effrayer sa mère et s'accroupit auprès d'elle.

Si elle ne leva pas les yeux, elle sentit qu'il était là.

— J'attends que l'oie ponde son œuf, dit-elle. Il faut de la patience.

Au-dessus de la lande, les nuages commençaient à se rassembler, tels des pics de granite. Il pourrait bien pleuvoir.

— Tu ne crois pas qu'on devrait aller déjeuner ? suggéra-t-il. Beverly risque d'arriver bientôt.

Devant le regard de sa mère, perdu dans l'étang, il aurait aussi bien pu ne rien dire.

— Elle travaille ses morceaux, remarqua-t-elle enfin. Je doute qu'elle vienne aujourd'hui. De toute façon, l'oie ne va pas tarder à pondre. Elle est sur son nid depuis l'aube. Si je n'ai pas son œuf, il sera pour les corbeaux.

D'un mouvement avec son verre, elle montra la clôture. Elle avait raison : ils étaient là, en rangs serrés, lisses et noirs sur fond de lande.

— On dirait des bourreaux attendant la mort, rit-elle.

— Je ne trouve pas.

L'oie agita ses plumes blanches duveteuses. Elle reposait sur son lit d'orties rouges, le cou un peu tendu, ses yeux bleus bordés du même orange que son bec, ne cillant que de temps à autre. Des frênes en bordure de la prairie sortit le crépitement d'un cri d'oiseau qui fit trembler les feuilles. Partout, des corbeaux attendaient cet œuf. Il comprit pourquoi sa mère voulait le sauver. Le jars observait la scène depuis l'eau peu profonde près de la rive.

Diana but une gorgée.

— Tu crois que Jeanie remarchera ?

— Bien sûr ! Pas toi ?

— Je ne vois pas quand ça se terminera. Tu sais que ça fait près de trois mois que tout a commencé ? J'ai l'impression que ça fait des années ! Beverly est joyeuse, pourtant. Ce concert est une très bonne idée.

Elle reporta son regard sur l'étang. Byron se dit qu'au fil de l'été, elle était devenue quelqu'un d'autre. Elle ne ressemblait plus à une mère. Du moins à une mère qui vous dit de vous brosser les dents et de ne pas oublier de vous laver derrière les oreilles. Elle était devenue une sorte d'amie ou de sœur de sa mère – si seulement elle en avait eu une ! Elle s'était aventurée dans la peau d'une personne qui comprend que ce n'est pas toujours agréable ni intéressant de se brosser les dents ou de se laver derrière les oreilles, et qui fait semblant de ne rien voir, quand vous vous en dispensez. Il avait de la chance : c'était un vrai cadeau, une mère comme ça, mais c'était aussi assez troublant. Il se trouvait exposé aux éléments, comme si le rempart qui garantissait une certaine continuité dans leur vie s'était écroulé. Il lui arrivait d'avoir envie de demander à sa mère si elle n'avait pas oublié de se brosser les dents et de se laver derrière les oreilles.

Le vent se leva. Le duvet autour des pattes du jars frémit. Byron sentit les premières gouttes de pluie.

— J'ai réfléchi… commença Diana.

Elle retomba dans le silence, comme vidée de toute énergie.

— Oui ? À quoi ?

— À ce que tu as dit un jour. À propos du temps.

— Je crois que l'averse va nous arroser dans une minute.

— Tu as dit qu'on ne devrait pas jouer avec le temps. Qu'il ne dépend pas de nous. Tu avais raison. C'est jouer avec le feu que fausser les desseins des dieux.

— Je ne me souviens pas d'avoir mentionné les dieux.

Elle semblait partie dans un raisonnement qui lui appartenait en propre.

— Qui peut dire que le temps est réel, juste parce qu'on a des horloges pour le mesurer ? Qui sait si tout progresse au même pas ? Peut-être que certains événements reculent ou vont de côté. Tu as dit quelque chose comme ça, aussi.

— Oh… Vraiment ?

Les gouttes de pluie ridaient la surface de l'étang. Douces et chaudes, elles sentaient l'herbe.

— On pourrait prendre cette affaire de temps entre nos mains, bouger les aiguilles des horloges, leur faire indiquer ce qu'on veut.

Byron laissa échapper un « Je ne crois pas » qui rappelait désagréablement son père.

— Je veux dire : pourquoi être esclaves de ce qui n'est qu'un ensemble de règles ? Oui, on se lève à six heures et demie. On entre à l'école à neuf heures. On déjeune à treize heures. Pourquoi ?

— Parce que, sinon, ce serait le chaos. Des gens iraient au travail pendant que d'autres déjeuneraient ou iraient se coucher. Personne ne saurait plus ce qui est juste ou non.

Diana se mordit la lèvre le temps de réfléchir.

— Je commence à croire que le chaos est sous-estimé.

Elle détacha sa montre et la serra dans son poing. Avant qu'il ne puisse l'arrêter, elle leva le bras et ouvrit sa main. La montre ne fut plus qu'une vrille argentée dans le ciel, puis elle fendit la peau sombre de l'étang avec un bruit mat et envoya des cercles concentriques de rides à la surface de l'eau. Le jars leva la tête, mais l'oie ne bougea pas.

— Voilà ! rit Diana. Au revoir, temps !

— J'espère que père ne le découvrira pas. Il t'a offert cette montre. Elle valait sans doute très cher.

— Eh bien, c'est fait ! dit-elle d'une voix douce.

Ils furent interrompus par l'oie, qui se leva et avança le cou. Ses ailes se soulevèrent et retombèrent plusieurs fois à la manière dont Byron aurait pu crisper ses épaules et ses doigts. Puis, où il n'y avait eu que des plumes blanches, apparut un muscle rose et rond qui se contractait et s'élargissait en une sorte de clin d'œil à leur intention. Diana se redressa et prit une profonde inspiration.

— Ça vient !

Les corbeaux l'avaient compris, eux aussi. Ils descendaient des frênes et planaient sur leurs ailes étendues comme des gants noirs.

Il était là, l'œuf, petit œil blanc au centre du muscle rose de l'oie. Il disparut et reparut, de la taille d'une balle de ping-pong, cette fois. Ils regardèrent en silence l'oie dresser haut les plumes de sa queue, pousser, frissonner, jusqu'à ce que l'œuf parfait jaillisse d'elle et repose sur le lit d'orties rouges. Diana se leva lentement, ramassa un bâton et en donna des petits coups à l'oie pour qu'elle déplace ses pattes. L'oiseau ouvrit son bec et siffla, mais s'éloigna en se dandinant. La ponte l'avait trop épuisée pour qu'elle se batte.

— Vite ! cria Byron.

Le jars, entendant sa femelle, nageait à toute vitesse vers eux, et les corbeaux s'approchaient aussi. Sa mère se pencha, ramassa l'œuf et le passa à Byron. Il était si chaud et si lourd qu'il eut l'impression qu'il était vivant. Il y fallut ses deux mains. L'oie se dandinait sur la rive sans cesser de siffler. Les plumes de son ventre se tachaient de boue.

— J'ai affreusement honte, dit Diana. Elle veut son œuf. Elle le pleure.

— Si tu ne l'avais pas pris, les corbeaux l'auraient eu, et c'est un très bel œuf. Tu as eu raison d'attendre qu'elle le ponde.

La pluie déposait de petites perles sur les cheveux de sa mère. Elle lui reprit l'œuf. Les feuilles et l'herbe crissaient sous son poids.

— On devrait rentrer, dit Byron.

Elle trébucha une fois en chemin et il tendit la main pour la rattraper. Elle tenait l'œuf telle une offrande, sans le quitter des yeux. Elle eut une nouvelle faiblesse en arrivant dans le jardin. Il la déchargea du verre vide et de l'œuf tandis qu'elle ouvrait le portail.

Dans les arbres, les corbeaux poussèrent des cris rauques et ébranlèrent l'air humide du matin. Il aurait préféré qu'elle ne les compare pas à des bourreaux. Il aurait préféré qu'elle ne dise pas qu'ils attendaient la mort.

— Ne le fais pas tomber !

Il promit de faire attention.

En fin de compte, ils ne mangèrent pas l'œuf. Diana le déposa dans une coupelle sur le rebord de la fenêtre. Byron vit les corbeaux qui battaient des ailes pour garder leur équilibre sur des branches trop fragiles. Il courut dehors, cria et claqua des mains pour les chasser, mais dès qu'il tourna le dos, ils revinrent se percher dans les arbres et attendirent.

Il en allait de même pour le temps, songea-t-il, et pour le chagrin. Ils attendaient de s'emparer de vous. Vous aviez beau agiter les bras et crier, ils se savaient les plus forts. Ils savaient qu'ils vous auraient, au bout du compte.

***

La visite de Seymour pour récupérer ses vêtements de chasse et son fusil ne dura que quelques heures. Il ne dit presque rien (« Parce qu'il est nerveux », expliqua Diana). Il vérifia toutes les pièces, feuilleta l'agenda de Diana. Quand il fit remarquer que le gazon était trop haut, elle raconta qu'elle avait eu des difficultés avec la tondeuse, et c'était peut-être vrai. Il devenait de plus en plus difficile de différencier le réel de l'imaginaire. Seymour déclara que c'était important de préserver les apparences, et elle s'excusa, promettant que tout serait en ordre à son retour.

— Passe de merveilleuses vacances ! lui souhaita-t-elle. Appelle-nous quand tu pourras.

Il réclama la crème solaire et le répulsif contre les moustiques. Elle prit sa tête entre ses mains : elle avait complètement oublié ! Quand elle l'embrassa, ses lèvres ne touchèrent que l'air.

***

Ensuite, les projets de concert devinrent plus concrets. À force de travailler, Beverly connaissait dix morceaux. James se réjouit auprès de Byron d'avoir engagé sa propre mère dans l'aventure. Apparemment, elle appelait toutes les autres mères et les encourageait à venir et à apporter des plateaux d'amuse-bouche et des rafraîchissements. James dit qu'il avait confectionné des billets et des programmes à vendre à la porte. Il avait établi qui s'assiérait où et réécrit le discours de Diana. Il téléphonait chaque soir.

Si Byron avait des doutes, s'il demandait « Tu es sûr que c'est une bonne idée ? », ou s'il racontait « Ma mère est triste, parfois », ou s'il objectait « Imagine que Beverly dise à tout le monde ce qu'a fait ma mère ? », James lui coupait la parole. Le plus important, assurait James, c'était qu'il puisse observer et réunir des preuves.

14

Rendez-vous

Jim et Eileen se retrouvent chaque soir. Il plie son costume de Père Noël, le range dans un sac en plastique et sort par l'escalier du personnel pour la rejoindre sur le parking. Elle les conduit en ville où, comme tout le monde, ils se livrent à des activités banales, des activités de tous les jours. Ils vont au cinéma, boire un verre et, si le ciel est clair, ils prennent la direction de la lande pour une courte promenade. Un soir, ils se rendent dans un petit restaurant italien pour manger des pâtes. Elle l'interroge sur sa journée. Il lui apprend que Mr Meade a offert un emploi à Darren et lui raconte qu'un enfant lui a confié sa liste de Noël. Elle rit et réagit d'un air intéressé. En retour, il l'interroge sur sa journée, son appartement, sa recherche d'emploi. Il est toujours de retour chez lui avant neuf heures.

Quand elle le dépose à l'entrée de l'impasse, elle dit :

— Je prendrais bien un thé, si tu me le proposes.

Il ne voit pas pourquoi elle dit ça, puisqu'il ne le lui propose pas.

— À demain ! lui crie-t-elle quand il claque la portière.

— Sois prudente ! répond-il.

Elle rit et le lui promet.

Après ces rencontres, même s'il n'est pas comme tout le monde – il entre et ressort, dit « Petit cactus, bonjour », scelle portière et fenêtres au ruban adhésif –, les rituels ne le bouleversent plus. Ce sont des actes qu'il réalise avant de passer à quelque chose de différent : penser à Eileen. Son cœur s'emballe quand il se la représente. Il rit encore de ses plaisanteries alors que la soirée est terminée depuis longtemps. Il peut la sentir, l'entendre. Désormais, il se sait plus grand que les rituels. Ils font juste partie de lui, comme sa jambe, mais ils ne constituent plus toute sa personne. Peut-être même cessera-t-il de les exécuter, dans un avenir indéterminé.

Paula le coince un jour près des toilettes. Elle lui demande comment il va. Il évite son regard et l'assure qu'il va très bien. Elle réplique qu'il a l'air en forme. Elle aime la façon dont il se coiffe et il dit, oh! ça? c'est parce qu'il a passé son peigne de gauche à droite dans ses cheveux. Il a vu que Darren le faisait. C'est peut-être pour ça que Paula apprécie.

— J'ai une idée! annonce-t-elle.

Elle explique à Jim qu'elle est très instinctive, pas érudite. En fait elle dit qu'elle n'est pas *araldite* (se trompant de mot) mais il a compris.

— Darren a une tante, très gentille. Tu l'aimerais bien. Elle vit seule. On se disait que tu devrais aller prendre un verre.

— Avec ta tante?

— Darren et moi on viendrait aussi.

Jim se tord les mains. Il tente d'expliquer qu'il adorerait aller boire un verre avec Paula et Darren, mais qu'il a déjà quelqu'un. Elle fait la tête de celle qui est très impressionnée. Il avoue à toute vitesse qu'il sort avec Eileen. Il ne peut s'en empêcher. Il avait tant envie de le faire savoir à quelqu'un! Sauf qu'elle a l'air atterré.

— Eileen? Celle qui t'a renversé?

— C'était un accident.

Il rit, mais Paula ne rit pas. Elle hausse les épaules et s'éloigne. Elle se penche pour ramasser une boîte de conserve que quelqu'un a laissé tomber.

— J'espère que tu sais ce que tu fais!

15

Le concert

Le jour du concert, il faisait un temps splendide. La veille on avait annoncé de la pluie, mais il n'y en avait pas trace quand Byron se réveilla, à l'aube. Le ciel était bleu et la lande nimbée de lumière jaune citron. Sur la pelouse, les fleurs se rassemblaient en bouquets multicolores : chardons mauves, trèfles blancs, roses et orange, touffes jaunes de gaillets. Malheureusement, plus haut, l'herbe était trop profonde et parsemée de marguerites. Les roses partaient dans tous les sens sur la pergola et leurs tiges épineuses retombaient au-dessus de l'allée.

Byron se convainquit que James avait raison, que ce concert était une bonne idée. Diana dormait encore. Il lui parut sage de la laisser dans son lit le plus longtemps possible.

Il ne savait pas bien comment s'y prendre pour nettoyer une maison, mais l'aspect des lieux le persuada qu'il fallait agir avant l'arrivée des invités. Ignorant où mettre la vaisselle et les serviettes sales, il décida de les cacher dans les tiroirs de la cuisine, où personne ne les verrait. Il sortit serpillière et seau et s'attaqua au sol. Étonné qu'il y ait tant d'eau, il tenta de se souvenir des gestes de sa mère et ne put que repenser au jour de l'accident, quand elle s'était précipitée pour nettoyer le lait et les tessons de carafe bleue, et s'était coupée à la main. Sa mère avait raison. Il lui semblait qu'il s'était écoulé beaucoup de temps depuis ce matin de début juin, quand tout avait commencé.

Le déménagement de l'orgue de Beverly présenta des difficultés considérables. Le camion se retrouva coincé sur la route
étroite et escarpée qui menait à la maison, et le chauffeur dut
reculer et téléphoner d'une cabine pour appeler à l'aide.

— Je veux parler à ta mère !

Byron répondit qu'à cet instant, elle avait un empêchement.

— Ouais, ben, l'empêchement, il est surtout pour moi !

Il fallut quatre hommes, rouges et en sueur, pour porter
l'orgue à l'arrière de la maison et le passer par les portes-
fenêtres. Byron ignorait s'il était censé leur donner quelque
chose. Il n'eut l'idée que de leur proposer des fruits. Ils lui
demandèrent s'il connaissait son alphabet, et il le confirma,
mais quand ils voulurent ce qui venait après *o* ils se troubla et
répondit *n*. Ils levèrent les yeux au ciel, résignés à ne pas avoir
de pourboire, et regardèrent autour d'eux. Byron ne sut pas si
c'était parce que la cuisine était présentable ou tout le contraire.

— Est-ce que la cuisine ressemble à une cuisine ? s'enquit-
il auprès de Lucy en lavant son bol Pierre Lapin qu'il avait
extrait de la vaisselle sale.

Il ne lui laissa pas le temps de répondre, car il venait de
remarquer dans quel état elle se trouvait, les cheveux emmê-
lés, des chaussettes de deux paires différentes, sa robe déchi-
rée au niveau de la poche.

— Lucy, c'était quand, la dernière fois que tu as pris un
bain ?

— Je ne sais pas. Personne m'en a fait couler un.

Il y avait tant à organiser ! Comme toutes les boîtes de
céréales étaient vides, il prépara un sandwich au sucre pour
Lucy. Puis il sortit les chaises de la salle à manger et les tabou-
rets de la cuisine sur la terrasse, par les portes-fenêtres. Il en
forma un demi-cercle face à la cuisine, où l'orgue recevait un
rayon de soleil. Lucy s'approcha et posa les doigts sur le couvercle du clavier.

— J'aimerais bien jouer de l'orgue, dit-elle tristement.

Byron la prit dans ses bras et l'emporta à l'étage. Pendant
qu'il lui lavait les cheveux, il lui demanda si elle savait coudre,
parce qu'il n'avait plus assez de boutons à sa chemise.

LE CONCERT

***

Quand Andrea Lowe arriva enfin, un grand jeune homme à sa suite, Byron pensa un instant que quelque chose avait mal tourné, qu'elle avait oublié d'amener James.

— Bonjour ! s'écria une voix de fausset.

Byron en fut abasourdi. Les cours n'avaient pris fin que six semaines plus tôt, et James était devenu quelqu'un de tout à fait différent. Tellement plus grand, et sans ses doux cheveux dorés ! À la place de sa frange, il n'y avait que des cheveux courts brun clair qui laissaient découvert un front parsemé d'acné. Une fine moustache ornait sa lèvre supérieure. Byron lui serra la main, avec l'impression de le rencontrer pour la première fois.

— Tout est prêt ? demanda James.

Il ne cessait de vouloir écarter sa frange et, ne la trouvant pas, se frottait le front.

— Tout est prêt, confirma Byron.

— Mais où est donc ta mère ? s'enquit Mrs Lowe, en regardant la maison, l'air de lui découvrir une nouvelle forme.

Byron expliqua qu'elle était partie chercher l'artiste et sa fille, mais omit de préciser que, n'ayant plus de montre, elle était en retard.

— Quelle tragédie, l'accident de cette enfant ! murmura Andrea Lowe. James m'a raconté cette triste histoire.

À la grande surprise de Byron, toutes les invitées se présentèrent. Elles s'étaient même habillées pour l'occasion. La nouvelle mère s'était offert une mise en plis, Deirdre Watkins avait osé une permanente. Elle ne cessait de toucher à ses boucles serrées comme si elles risquaient de tomber et les froissait avec ses doigts.

— C'est une coiffure qui allait très bien à Charles Ier, ironisa Andrea.

Il y eut un silence, personne ne sachant que dire. Andrea prit le bras de Deirdre pour lui montrer qu'elle n'avait pas de mauvaise intention, qu'elle plaisantait. Les femmes éclatèrent de rire.

— Ne faites pas attention à moi ! s'esclaffa Andrea.

Elles étaient toutes venues avec des boîtes Tupperware pleines. Il y avait de la salade de chou, de la salade russe, du pâté de foie, du fromage en bâtonnets, des feuilles de vigne farcies, des olives, des champignons, des pruneaux, des gâteaux. Des bouteilles sortirent des sacs et remplirent des verres qu'on distribua. Tandis que les femmes disposaient les victuailles sur la table du jardin, on sentait l'excitation monter. C'était une si bonne idée, de se réunir à nouveau ! se félicitaient-elles. C'était si généreux de la part de Diana d'avoir organisé ce concert ! On aurait dit qu'elles ne s'étaient pas vues depuis des années. Elles parlèrent de leurs vacances, des enfants, de la routine abandonnée. En ouvrant des couvercles en plastique et en alignant des assiettes en carton, elles se demandèrent les unes aux autres si elles connaissaient les détails de l'horrible blessure de Jeanie. Elles interrogèrent Byron sur l'état de cette pauvre petite. C'était terrifiant, qu'une telle chose puisse arriver à une enfant, juste à cause d'une petite blessure. Personne ne semblait savoir que Diana avait une part dans l'accident de Jeanie. On ne mentionna pas Digby Road, mais ces dames ne tarderaient sûrement pas à découvrir ce qui s'était réellement passé, Byron n'en doutait pas. Il en était presque paralysé d'inquiétude.

Quand sa mère arriva en voiture avec l'artiste et Jeanie, ne sachant que faire d'autre, Byron entreprit d'applaudir et les mères l'imitèrent. Beverly et sa fille étaient toutes deux à l'arrière, dissimulées derrière des lunettes de soleil. Beverly, vêtue d'une toute nouvelle robe noire longue ornée d'un lapin en paillettes qui bondissait vers ses seins, ne cessait de répéter combien elle était nerveuse. Elle sortit Jeanie de la voiture et l'installa dans la poussette. Les femmes s'écartèrent pour la laisser gagner la maison. Byron demanda à Jeanie comment allait sa jambe ; elle fit un signe de tête pour indiquer qu'il n'y avait aucun changement.

— Il est possible qu'elle ne remarche jamais, déclara Beverly.

Des mères exprimèrent leur sympathie et proposèrent d'aider à pousser la petite dans la maison.

— Oui, c'est à cause de mes mains, gémit Beverly. J'ai terriblement mal, mais je sais que ma douleur n'est rien, comparée à la sienne. C'est son avenir qui m'inquiète. Quand je pense à ce dont cette pauvre enfant aura besoin !

Byron s'était attendu à ce que Beverly soit nerveuse, qu'elle soit intimidée par les femmes, surtout après leur rencontre au café, quand elles s'étaient moquées d'elle. Au contraire ! Elle était dans son élément. Elle serra la main de chacune et roucoula qu'elle était ravie de les rencontrer. Elle prit soin de mémoriser tous les prénoms en les répétant dès qu'on les lui donnait.

— Andrea, c'est si joli ! Deirdre, c'est si joli. Désolée, dit-elle à la nouvelle mère, je n'ai pas compris votre nom…

C'est Diana qui n'avait pas l'air à sa place. En la voyant au milieu des autres femmes de Winston House, Byron se rendit compte à quel point elle s'en était démarquée. Sa robe en coton bleu pendait de travers sur ses épaules, ses cheveux informes avaient presque perdu toute couleur. Elle ne parvenait même pas à se rappeler quoi dire. Une des mères mentionna les jeux Olympiques, une autre affirma qu'Olga Korbut était adorable, mais Diana se contenta de se mordre les lèvres. James annonça qu'il avait préparé quelques mots d'introduction mais Beverly insista pour que ce soit Diana qui parle.

— Oh ! non, s'il vous plaît, je ne peux pas… refusa-t-elle dans un souffle.

Elle tenta de s'asseoir dans le public, mais les mères l'encouragèrent.

— Juste quelques mots ! chantonna Andrea.

James proposa à Diana le discours qu'il avait rédigé.

— Oh ! mon Dieu !

Elle s'avança sur la terrasse et baissa les yeux vers le texte. La feuille tremblait entre ses doigts.

— Amis, mères, enfants, bon après-midi !

Il y avait des allusions à la charité, à la musique et à l'avenir. Quoi qu'elle lise, on l'entendait à peine. Elle ne cessait de s'arrêter et de reprendre les phrases. Elle pinçait la peau de son poignet, tortillait ses cheveux. On aurait dit qu'elle ne savait pas lire. Incapable d'en supporter davantage, Byron prit l'initiative de l'interrompre par des applaudissements. Heureusement, Lucy, très occupée à regarder Jeanie d'un mauvais œil, crut que le concert était terminé et se leva d'un bond.

— Hurrah ! Hurrah ! On peut manger, maintenant ?

Elle fut gênée que tout le monde se tourne vers elle, et pas seulement à cause de ses cheveux qui, depuis que son frère les lui avait lavés, pendaient lamentablement. Son intervention permit pourtant de rompre la glace, et les mères ne fixèrent plus Diana des yeux.

Ce fut le premier choc de l'après-midi, de voir à quel point Diana était décalée par rapport aux autres. Le second, moins un choc qu'une surprise, fut que Beverly savait jouer de l'orgue. Vraiment. Le talent qui lui manquait sans doute était compensé par son application. Quand Diana se fut posée sur un tabouret, Beverly attendit qu'on l'applaudisse. Le calme revenu, elle s'avança vers le centre de la scène, ses partitions sous un bras, relevant l'ourlet de sa robe de sa main libre. Elle s'assit devant l'orgue, ferma les yeux, leva les mains au-dessus du clavier et commença à jouer.

Tandis que les doigts de Beverly couraient sur les touches, les lumières dansaient devant elle en une série de petits feux d'artifice. Les femmes, droites sur leur siège, échangeaient des regards d'approbation et hochaient la tête. Beverly fit suivre un morceau classique d'une musique de film plus connue, puis joua une petite pièce de Bach avant de se lancer dans un medley des Carpenters. Byron fermait les rideaux entre chaque œuvre pour lui donner le temps de se ressaisir et de changer de partition. Dehors, James passait des assiettes et des rafraîchissements dans le public. On bavardait fort et on riait. Au début, Byron se tenait de côté, aussi invisible que possible, pendant que Beverly se mettait en condition pour son morceau suivant. Elle était nerveuse, à l'évidence. Dès les rideaux tirés, elle inspirait profondément, lissait ses cheveux et se murmurait des mots d'encouragement, mais elle prit vite confiance en elle et, en écho aux applaudissements, elle s'anima et se sentit moins isolée, plus intégrée à son public. Quand il referma les rideaux après le neuvième morceau, elle le regarda et lui demanda s'il pourrait lui préparer une carafe de Sunquick.

— Quel charmant groupe de femmes ! dit-elle en se servant un verre.

À travers la fente des rideaux, Byron vit James offrir un petit gâteau à Jeanie. L'enfant était assise au milieu du premier rang, sa jambe enfermée dans la gaine en cuir. James l'observait.

— Je suis prête pour mon final, Byron, annonça Beverly.

Il toussa pour imposer silence et ouvrit les rideaux.

Beverly attendit que tout soit calme, puis, au lieu de jouer de l'orgue, elle se tourna vers le public et se mit à parler.

Elle remercia les dames. Leur soutien était très important pour elle. Byron dut enfoncer ses ongles dans ses paumes pour ne pas crier au son de sa voix aigre. L'été avait été dur et, sans la gentillesse de Di, elle ne savait pas si elle y aurait survécu.

— Di a été à mes côtés tout du long. Elle a tout fait pour m'aider. Je dois avouer qu'il y a eu des moments où je... murmura-t-elle avant de s'interrompre le temps d'un brave petit sourire. L'heure n'est pas à la tristesse. C'est une occasion joyeuse. Mon dernier morceau est un de ceux que nous préférons, Di et moi. De Donny Osmond. Certaines d'entre vous le connaissent-elles ?

— Vous n'êtes pas un peu vieilles pour Donny ? demanda la nouvelle mère. Pourquoi pas Wayne ?

— Oh, Di les aime jeunes, n'est-ce pas Di ?

Tout le monde éclata de rire, même Beverly.

— En tout cas, c'est pour toi, Di, dit-elle.

Elle leva les bras et encouragea les dames à chanter, si elles le voulaient.

— Et pourquoi ne viendrais-tu pas danser pour nous, Di ?

Diana pâlit sous le choc.

— Je ne pourrais pas. Je ne peux pas.

Beverly se pencha pour confier au public :

— À dire vrai, elle fait la modeste, mais je l'ai vue danser. Vous devez me croire, c'est la plus belle danseuse qui soit ! Elle a ça dans le sang. N'est-ce pas, Di ? Elle pourrait séduire n'importe quel homme...

— Je vous en supplie, non ! gémit Diana.

Beverly ne renonça pas. Elle s'avança vers la chaise de Diana et proposa de l'aider. Quand Diana se leva, Beverly dégagea ses mains pour susciter des applaudissements. Diana, qui s'appuyait encore sur elle, faillit tomber.

— Ouh ! s'exclama Beverly. Peut-être que tu devrais poser ce verre, Di !

Les autres rirent, mais Diana insista pour le garder.

On aurait dit un animal traîné par sa chaîne et harcelé à coups de bâton. Ça n'aurait pas dû se produire. Beverly entraînait déjà Diana vers la scène alors que cette dernière continuait de protester, de faire croire qu'elle ne savait pas danser, mais les femmes avaient mordu à l'appât et elles ne lâchaient pas prise. Diana trébucha sur une chaise. Byron tenta d'attirer l'attention de James par des gestes frénétiques des mains et en secouant la tête. Il voulut qu'il entende son « Stop, stop ! », mais James n'avait d'yeux que pour Diana. Il la contemplait, le visage si rouge qu'il semblait brûlé, comme s'il n'avait jamais rien vu de plus beau. Il attendait qu'elle danse.

Diana s'avança sur la terrasse. Pâle, toute petite dans sa robe bleue, elle prenait si peu de place ! Elle tenait toujours son verre, mais elle avait oublié ses chaussures. Derrière elle Beverly s'assit, ses cheveux noirs crêpés, les mains sur le clavier. Byron n'arrivait pas à regarder. La musique commença.

C'était le dernier morceau de Beverly, son plus beau, et elle y apporta des ornements, puis passa dans une tonalité si triste qu'elle faillit s'interrompre avant d'entamer le refrain avec un tel enthousiasme que plusieurs mères se mirent à chanter. Pendant ce temps, Diana errait sur la terrasse tel un foulard porté par le courant. Elle leva les mains et agita les doigts, mais elle ne cessait de trébucher et il était difficile de faire la différence entre la danse et un faux pas. C'était comme être le témoin involontaire d'un épisode si privé, si intérieur, qu'il n'avait pas lieu d'être regardé. Byron avait l'impression de voir à l'intérieur de sa mère, et de n'y trouver que sa terrible fragilité. C'en était trop. Dès la musique terminée, Diana eut assez de sang-froid pour se redresser et saluer avant de se tourner vers Beverly et de l'applaudir brièvement. Beverly lui rendit la politesse et vint la serrer dans ses bras.

Aucune allusion à l'accident ni à Digby Road. Beverly s'accrocha à Diana et arpenta la scène en une série de saluts communs, et ce fut comme un autre numéro, celui du ventriloque et de sa marionnette.

Diana s'excusa et s'esquiva. Elle voulait un verre d'eau, murmura-t-elle. Andrea l'entendit et proposa d'aller le lui chercher dans la cuisine. Une minute plus tard, Andrea revint. Elle riait.

— J'ai déjà vu de drôles de choses, Diana, mais c'est la première fois que je trouve des chaussettes dans un tiroir de cuisine !

Byron avait du mal à respirer. Beverly bavardait joyeusement avec les mères, tandis que Diana s'écartait du groupe et s'asseyait, les mains jointes sur les genoux. Quelques mères vinrent lui demander si elle avait besoin de quelque chose, si elle se sentait bien. Elle les regardait, l'air de ne pas comprendre.

Quand Byron aida James à remporter les chaises dans la salle à manger, il saisit l'occasion de l'interroger, maintenant qu'il avait observé en personne la blessure de Jeanie, mais James ne l'écoutait pas. Il ne pouvait que s'extasier sur le succès du concert. Il ne savait pas que Diana dansait si bien !

Beverly était dehors près de Jeanie, entourée des mères. Elle donnait son opinion sur la politique, sur l'état du pays, sur les grèves. Elle demanda ce que les autres pensaient de Margaret Thatcher et quand plusieurs levèrent la main pour cacher leur rire en marmonnant « Margarine Casher », elle déclara :

— Retenez bien ce que je vous dis : cette femme, c'est l'avenir.

Jamais Byron ne l'avait vue si sûre d'elle, si animée. Elle leur parla de son père, le pasteur, et du beau presbytère dans lequel elle avait été élevée à la campagne. Cranham House le lui rappelait. On échangea des numéros de téléphone, on envisagea des visites. Quand une des mères, la nouvelle, sans doute, proposa de ramener Beverly chez elle et de l'aider avec la poussette de Jeanie, elle dit que ce serait vraiment gentil, si elle avait le temps.

— C'est à cause de mes mains. C'est un miracle que je puisse jouer, tant elles me font mal. Regardez cette pauvre Di ! Elle est épuisée.

Tout le monde se réjouit du formidable succès de ce concert.

— Au revoir, Di ! crièrent les dames en emportant leurs tupperware vides.

Dès que toutes les voitures furent parties, Diana se servit un verre d'eau et monta dans sa chambre. Quand Byron alla la voir une demi-heure plus tard, elle dormait déjà.

Ce fut une nouvelle nuit agitée pour Byron. Il mit Lucy au lit et verrouilla les portes. Il y avait tant à cacher : le capot, le paiement de l'orgue de Beverly, la blessure de Jeanie, et maintenant la fête à Cranham House ! Il ne voyait pas comment tout pouvait continuer sans accroc.

***

Ce soir-là, quand le téléphone sonna à neuf heures, Diana ne se réveilla pas. Il sonna de nouveau au petit matin. Byron décrocha, croyant que c'était son père.

— C'est moi ! annonça James.

On aurait dit qu'il avait couru pendant une heure.

Byron lui demanda comment il allait. James ne répondit pas.

— Va chercher le carnet ! ordonna-t-il.

— Pourquoi ? Qu'est-ce qu'il y a ?

— Une urgence.

Les mains de Byron tremblaient en tournant les pages. Il y avait dans la voix de James quelque chose qui l'effrayait.

— Dépêche-toi !

— Je ne comprends pas. Qu'est-ce qu'il faut que je cherche ?

— Le dessin. Celui que tu as fait de Jeanie avec son pansement. Tu l'as ?

— Presque… dit-il avant de trouver la page.

— Décris-le-moi !

— Il n'est pas très bon…

— Décris ce que tu vois !

Byron décrivit lentement la robe d'été bleue à manches courtes, les chaussettes en tire-bouchon parce qu'elle n'avait pas d'élastique pour les retenir, les cheveux noirs en deux tresses.

— Elles ne sont pas très bien dessinées, c'est plutôt un gribouillis.

— Passe au pansement, le coupa James.

— Il est à son genou droit. Un grand carré. J'ai pris grand soin à le dessiner.

Il y eut un silence dont James semblait avoir aspiré l'air. Byron sentit la peur panique parcourir sa peau en une vague glacée.

— Qu'est-ce qu'il y a, James ? Qu'est-ce qui s'est passé ?

— Ce n'est pas sa jambe blessée, Byron. L'attelle est à la jambe gauche.

16

Des mots et des chiens

— Levez votre pied, s'il vous plaît ! demande l'infirmière.

Elle rassure Jim : ça ne lui fera pas mal. Eileen est près de lui. Avec des ciseaux, l'infirmière découpe et ouvre le plâtre. À l'intérieur, son pied est d'une propreté et d'une douceur surprenantes. Au-dessus de la cheville, la peau est sèche et pâle, les orteils sont ombrés de tuméfactions vert mousse, les ongles ont un peu perdu de leur rose.

Le médecin examine attentivement le pied. Les ligaments sont intacts. Eileen pose des questions pratiques : Jim aura-t-il besoin d'antalgiques, devra-t-il faire des exercices pour accélérer sa guérison ? C'est si nouveau pour lui, que quelqu'un s'inquiète ainsi de son sort, qu'il ne peut détacher ses yeux d'Eileen. Elle plaisante sur son propre état de santé et tout le monde rit, y compris le médecin. Jamais Jim n'aurait cru les médecins capables d'aimer les plaisanteries. Les yeux bleus d'Eileen scintillent, ses dents luisent, jusqu'à ses cheveux qui ont l'air de danser. Il se rend compte qu'il pourrait bien être en train de tomber amoureux, et cette sensation est si joyeuse que Jim rit, lui aussi. Il n'a même pas besoin d'y penser pour être heureux.

L'infirmière remplace le plâtre par un bandage, qu'elle protège avec une bottine en plastique souple. D'après elle, il est bon pour le service !

***

Jim emmène Eileen au pub pour célébrer l'événement. Sans le plâtre, il sent son pied fait de rien. Il ne cesse de vérifier qu'il est toujours là. En payant leurs consommations, il a envie de dire au barman qu'il est avec Eileen, qu'elle a accepté de venir boire une bière avec lui, que c'est ainsi chaque soir. Il voudrait interroger le barman sur son épouse, sur ce qu'on éprouve quand on tombe amoureux. Un homme au bar qui porte un foulard à pois autour du cou donne des chips à son chien, assis près de son tabouret. Jim se demande si l'homme est amoureux de son chien. Il y a beaucoup de manières d'aimer, se dit-il.

Jim tend son verre à Eileen.

— Tu voudrais des chips ?

— Merci.

La pièce tournoie. Jim se souvient de quelque chose comme un chien, mais dès qu'il voit l'image qui précède la conception d'un mot, elle change et prend une autre forme. Son esprit est confus. Il ne sait plus, soudain, ce que signifient les mots. Il n'en voit plus le sens. On dirait qu'ils tranchent les objets en deux au moment même où il les trouve. Lorsqu'il dit « Plus de chips ? » est-ce qu'il ne dit pas autre chose ? « Je t'aime, Eileen », par exemple. Et elle, quand elle dit « Merci », ne dit-elle pas « Oui, Jim. Je t'aime aussi » ?

À ses pieds, le tapis s'incline. Rien n'est ce qu'il paraît. On peut offrir des chips et vouloir dire « Je t'aime », tout comme on peut dire « Je t'aime » et sans doute juste signifier qu'on veut des chips.

Sa bouche lui semble remplie de laine.

— Tu veux un verre d'eau ? demande Eileen. Tu n'as pas l'air bien.

— Ça va.

— Tu es presque vert. On devrait peut-être partir ?

— Tu veux partir ?

— Je pense à toi. Moi, je suis bien.

— Je suis bien aussi.

Ils terminent leur verre en silence. Il ne sait plus comment ils en sont arrivés là. Quelques instants plus tôt, il est possible qu'ils se soient dit qu'ils s'aimaient, et voilà qu'ils ont l'air d'exprimer leur désir d'être seuls. Il est frappé du soin qu'on doit apporter au choix de ses mots.

— Un jour, balbutie-t-il, tu as dit que tu perdais des choses.

— Oh… oui.

— Tu peux me dire ce que tu as perdu ?

— Eh bien… par où commencer ? Des maris.

Du moins échangent-ils à nouveau des mots, bien qu'il ne sache pas du tout de quoi elle parle. Elle croise les bras.

— Deux maris. Le premier était commercial par téléphone. On est restés treize ans ensemble. Un jour, il a appelé une femme, ils ont bavardé de tout et de rien, il lui a vendu un appartement à temps partagé, et voilà ! Ils ont filé sur la Costa del Sol. Je suis restée longtemps seule, après ça. Je ne voulais plus risquer de souffrir. Il y a quelques années, je me suis remariée. C'était fini au bout de six mois. Apparemment, je suis impossible à vivre. Je grince des dents la nuit. Je ronfle. Je me suis installée dans la chambre d'amis, mais ça n'a rien réglé, parce que je suis somnambule !

— C'est dommage.

— Que je sois somnambule ?

— Qu'il t'ait quittée.

— *C'est la vie,* soupire-t-elle en français. Ma fille…

Son visage se crispe. Elle a presque peur de bouger. Comme Jim ne réagit pas, elle le regarde dans les yeux. Elle demande s'il a entendu ce qu'elle vient de dire. Il le lui confirme et pose sa main près des siennes sur la table, comme l'assistante sociale l'avait fait pour lui quand elle lui avait parlé des gens ordinaires, de la façon de se faire des amis.

— Un jour, Rea a quitté la maison. Elle avait juste dix-sept ans. Je lui avais acheté un bracelet, pour son anniversaire – un de ces bracelets en argent, tu sais, avec des pendeloques. Elle a dit qu'elle allait à l'épicerie du coin. On venait de se disputer pour une broutille. À propos de la vaisselle. Elle n'est pas revenue.

Eileen prend son verre et boit. Elle s'essuie lentement la bouche.

Jim ne comprend pas. Il n'arrive pas à faire coïncider l'image de la fille d'Eileen, d'une épicerie de quartier, d'un bracelet et le fait qu'elle ne soit jamais revenue. Eileen soulève son set de table en papier et l'aligne avec le bord du plateau. Elle le déplace et le réaligne tout le temps qu'elle parle. Elle dit à Jim qu'elle n'a plus revu sa fille depuis ce jour. Qu'elle l'a cherchée et ne l'a jamais retrouvée. Parfois, elle a une idée. Ça peut se produire au milieu de la nuit. Elle sait où est Rea. Elle prend sa voiture, elle se rend à cet endroit, mais elle a tort. Elle ne la trouve jamais. Eileen saisit le set de table qu'elle a si soigneusement aligné avec le plateau et le déchire en mille morceaux.

— Tout ce que je veux, c'est savoir qu'elle va bien, et je ne peux même pas avoir ça, Jim.

Elle s'accroche à la table. Elle s'excuse, parce qu'elle va pleurer. Il demande s'il peut aller lui commander quelque chose, un verre d'eau ou une boisson plus forte. Elle refuse les deux. Elle veut juste qu'il reste assis près d'elle.

Au début, il ne supporte pas de la regarder. Il entend le souffle brusque qui précède le chagrin et il a envie de bondir. Il a vu des gens pleurer, à Besley Hill. Parfois, ils se couchaient par terre et il fallait les contourner. C'est différent d'être témoin des assauts de douleur d'Eileen. Il se tourne sur son siège en quête du barman et de l'homme au chien. Ils ont disparu. Il aimerait avoir quelque chose à donner à Eileen, mais il n'a rien, pas même un mouchoir en papier propre. Il ne peut que rester assis. Elle tient toujours la table, pieds écartés, se préparant au pire. Les larmes coulent de ses yeux et inondent ses joues. Elle ne tente pas de les arrêter. Elle s'immobilise, endurant sa tristesse et attendant qu'elle passe. En la regardant, il a l'impression que ses yeux le picotent, alors qu'il n'a pas pleuré depuis des années.

Quand c'est terminé, elle s'essuie le visage et sourit.

— Je peux te montrer sa photo ?

Eileen s'immerge dans le contenu de son sac. Elle pose brutalement sur la table un porte-monnaie en cuir, ses clés de voiture, les clés de chez elle, une brosse à cheveux.

— Voilà !

Ses doigts tremblent quand elle ouvre un portefeuille en plastique bleu fripé avec une carte d'abonnement au bus dans une poche transparente. Sur la carte, périmée depuis des années, la photo montre un visage clair et menu, des yeux de biche et une crinière rousse. Elle fait partie d'Eileen, sans aucun doute, une partie plus fragile, plus jeune, cette partie qu'il a parfois devinée sans jamais la voir.

— Tu vois, on fait tous des conneries.

Eileen tend la main vers ses doigts, mais il ne peut pas saisir les siens. Il ne peut pas la toucher. Elle reprend sa main.

— Dis-moi, qu'est-il arrivé à ton ami ? Celui dont tu m'as parlé ? Qu'as-tu fait, Jim, de si terrible ?

Il ouvre la bouche, mais il ne peut pas en parler.

— J'ai tout le temps dont tu as besoin, le rassure Eileen. J'attendrai.

17

L'être du dehors

Dès les soupçons de James confirmés, concernant la jambe de Jeanie, il refusa de lâcher prise. Il harcela Byron pour savoir quand il allait confronter Beverly à ses mensonges. Il écrivit même le scénario de la scène. Pourquoi Byron ne pourrait-il pas au moins détacher l'attelle si Jeanie s'endormait chez eux ? Est-ce qu'il ne voulait pas sauver sa mère ? Il ne cessait de téléphoner.

Désormais, Diana était différente. Pendant les derniers jours de l'été, après avoir jeté sa montre, après le concert désastreux, elle en était arrivée à abandonner le temps. On aurait dit qu'elle perdait de la substance. Elle passait de longs moments sans rien faire. Byron tenta de lui parler de l'attelle, du fait que la blessure de Jeanie était sur l'autre jambe, mais elle eut l'air de le trouver sans cœur.

— Quoi qu'il en soit, elle ne peut toujours pas marcher, avait-elle rétorqué.

Dans tout Cranham House, les horloges s'étaient tues ou indiquaient leur propre version de l'heure. Byron lisait huit heures moins dix dans la cuisine et découvrait au salon qu'il était sept heures et demie. Les enfants se couchaient quand le ciel s'assombrissait et mangeaient quand leur mère s'en souvenait. L'ordre des repas – petit déjeuner, déjeuner, dîner – était une convention qui semblait lui échapper aussi, ou du moins lui paraître sans importance. Le matin, le soleil montrait les pistes argentées laissées par des escargots dans l'entrée, les doux nuages des toiles d'araignée, les taches de moisissure sur le montant des fenêtres. La lande pénétrait dans la maison.

— Ça devait arriver, dit-elle. C'était mon destin.

— Qu'est-ce qui était ton destin ?

Elle haussa les épaules, rendue muette par un secret qu'il était trop jeune pour comprendre.

— Cet accident m'attendait.

— C'était un accident ! lui rappela-t-il. Une simple erreur !

Elle eut un rire qui ressembla plutôt à une bouffée d'air.

— C'était vers quoi je me dirigeais dès le début. Toutes ces années où j'ai tenté de bien faire, elles ne comptent plus. Elles comptent pour rien. Tu peux toujours courir, courir, mais, au bout du compte, tu ne peux échapper aux dieux.

Ces dieux, aurait-il voulu savoir, qui sont-ils, précisément ? À sa connaissance, elle n'avait pas de religion. Jamais il ne l'avait vue entrer dans une église. Jamais il ne l'avait même vue prier. Pourtant, sa mère faisait souvent référence aux dieux. Elle allumait de petites bougies devant les fenêtres le soir. Parfois, après un juron, elle levait les yeux et demandait pardon.

— D'une drôle de façon, c'est un soulagement.

Cette fois, ils mangeaient un hamburger dans le nouveau Wimpy, parce qu'ils avaient faim. Lucy dessinait des mamans en robe rose et retirait du sandwich les cornichons qu'elle déposait dans le cendrier.

— Qu'est-ce qui est un soulagement ?

— L'accident. Tout s'écroule. J'ai eu peur que ça arrive pendant des années. Maintenant, je n'ai plus besoin d'avoir peur.

— Je ne crois pas que tu devrais dire que tout est fini.

Elle arrondit les lèvres autour de sa paille et, quand elle eut bu son eau, elle murmura :

— On ne sait que faire de la tristesse. C'est ça, le problème. On veut l'écarter du chemin, et on ne peut pas.

L'effort qu'elle avait dû fournir pour se conformer à la femme qu'on attendait qu'elle fût avait eu raison de son énergie. Elle n'avait plus la force que de parler à Seymour et à Beverly. Sans eux, elle était diaphane, une fleur de pissenlit dont on aurait soufflé les graines pour les regarder s'égailler. Elle devenait l'être nu qu'elle était en réalité.

***

Juste après cette conversation au Wimpy, Diana sortit les meubles de sa mère du garage. Byron la regarda les emporter au-delà de la pelouse, sur la prairie, et pensa qu'elle allait tout brûler, comme ses vêtements. À sa grande surprise, il la trouva, quelques heures plus tard, près de l'étang, dans le fauteuil de sa mère, le guéridon dissimulé sous une pile de magazines. Elle avait aussi apporté la lampe avec son abat-jour à pompons, alors qu'elle ne pouvait la brancher, reconstituant un joli séjour : tapis de fleurs sauvages, rideau de frênes, papier peint de feuilles frémissantes et de baies de sureau et le ciel sans nuage pour plafond.

— Viens ! appela-t-elle en voyant Byron.

Il y avait des verres colorés et une carafe de ce qui ressemblait à de la limonade. Elle avait même fiché des petites ombrelles en papier dans les sandwiches au concombre. C'était comme dans le bon vieux temps, sauf pour la clairière.

— Tu veux te joindre à moi ?

Elle lui indiqua un pouf qui gémit quand il s'y assit.

— Beverly ne vient pas, aujourd'hui, avec Jeanie ? l'interrogea-t-il.

Sa mère regarda les arbres.

— Peut-être pas aujourd'hui.

Elle s'adossa à son siège, enfonça la tête dans le capitonnage, et écarta les doigts comme quand elle se mettait du vernis.

— Ma mère aimait s'asseoir dans ce fauteuil. C'était son préféré. Parfois, elle chantait. C'était une merveilleuse chanteuse.

Byron serra les mâchoires. Jamais il ne l'avait entendue parler de sa mère.

— Est-ce que ta mère s'installait dehors ? demanda-t-il doucement, de crainte que ces quelques mots ne fassent rebasculer sa mère dans le silence.

Il mourait d'envie d'en savoir plus sur son passé.

— Non ! répondit Diana en riant. Elle s'asseyait à l'intérieur. Pendant des années et des années. Jamais elle ne s'est rendue nulle part.

— Est-ce qu'elle allait bien ?

Byron n'était pas bien sûr de ce qu'il voulait dire, mais il s'était senti obligé de poser la question.

— Elle était malheureuse, si c'est ça que tu veux savoir. Mais c'est le prix à payer.

— Le prix à payer pour quoi ?

Sa mère ne détacha ses yeux des arbres qu'une seconde pour le regarder. Un petit vent agitait les feuilles qui produisaient un bruit d'eau. Le ciel était d'un bleu si foncé qu'il semblait tout neuf.

— C'est le prix à payer pour nos erreurs. Œil pour œil. Dent pour dent. On récolte ce qu'on sème.

— Je ne comprends pas. Pourquoi c'est œil pour œil ? Qu'est-ce qu'elle avait fait de mal ?

Diana ferma les yeux, l'air de sombrer dans le sommeil.

— Moi, chuchota-t-elle.

Elle resta alors immobile au point qu'il dut la toucher pour vérifier qu'elle n'était pas morte.

Byron voulait continuer à l'interroger. Il voulait savoir pourquoi sa grand-mère avait passé sa vie à l'intérieur et ce que sa mère insinuait, quand elle se décrivait comme quelque chose de mal. Elle se mit à fredonner, tout doucement, pour elle seule. Elle semblait tellement en paix qu'il renonça à l'interrompre. Il mangea plusieurs de ses sandwiches miniatures et se servit de la limonade, si sucrée qu'il en grinça des dents.

Des coquelicots s'épanouissaient encore au bas de la lande, taches de sang sur la terre. Byron n'aimait pas penser au sang des coquelicots mais, depuis qu'il avait formé cette image, il ne les voyait pas autrement. La voix de sa mère le surprit.

— Je pourrais dormir ici.

— C'est ce que tu viens de faire.

— Non. Je pourrais apporter un lit et une couverture. Je dormirais sous les étoiles.

— Tu ne serais pas en sécurité. Des renards pourraient t'attaquer, ou des serpents.

— Oh ! s'exclama-t-elle en riant, je doute qu'ils veuillent de moi.

Elle prit un des sandwiches et en pinça la croûte entre le pouce et l'index pour la retirer.

— En vérité, je ne crois pas du tout être une femme d'intérieur. Il est possible que je sois faite pour le plein air. Peut-être que mes problèmes viennent de là.

Byron contempla l'herbe qui ondulait, mêlée aux compagnons rouges, aux vesces, aux ombelles des gaillets, aux scabieuses et aux géraniums dentelés pourpres. Sous le ciel bleu, l'étang était d'un vert profond, épais, avec ses roseaux duveteux. Un petit pétale rose s'était fiché dans la chevelure de sa mère, et il l'imagina couverte de fleurs des champs. C'était effrayant mais si beau !

— Quoi qu'il en soit, dit-il, je ne crois pas, quand il téléphonera, que tu devrais annoncer à père que tu veux dormir dehors.

— Tu as sans doute raison.

Elle hocha la tête puis, à la surprise de son fils, elle lui décocha un clin d'œil, comme s'ils avaient partagé une plaisanterie ou un secret, sauf que ce n'était pas le cas, puisqu'il ne savait pas de quoi il s'agissait. Elle se mit à chanter.

— « Quand j'étais petite fille, j'ai demandé à ma mère ce que j'allais devenir : allais-je être belle ? allais-je être riche ? »

Byron se leva doucement de son pouf et regagna la maison. À chaque pas, il faisait bondir des criquets tels des pétards. Il s'arrêta et se retourna. Sa mère était toujours au bord de l'étang, un nuage de mouches estivales autour de la tête.

Dans la cuisine, il versa du lait dans des verres et offrit à Lucy ce qu'il restait des biscuits. Il songea à sa mère, assise dehors, dormant ou chantant, ou un peu des deux, et il eut envie de pleurer sans bien savoir pourquoi. Elle n'avait pas l'air malheureuse. Il se demanda si elle allait vraiment passer la nuit dehors. Devrait-il lui apporter des couvertures ? Un oreiller ?

En tout cas, sa mère avait vu juste, il le sentait bien : elle n'était pas une femme d'intérieur. Désormais, il ne voyait plus du tout en elle de petits tiroirs à poignées en pierreries, et elle n'était plus enfermée entre des murs ni même dans une voiture. Il avait le sentiment de l'avoir perdue sans avoir assisté à son départ. Elle était un élément d'un tout qu'il ne comprenait ni ne connaissait. Impossible de l'en sortir. Et si elle avait raison de ne pas être une femme d'intérieur ? Ne serait-ce pas de là qu'était né le problème ? Les gens tentent de se conditionner à rester entre des murs et des fenêtres, ils tentent de trouver des trucs pour que ces murs et ces fenêtres leur appartiennent, alors qu'ils ont peut-être besoin de se libérer de ces contraintes. Il ne voyait toujours pas comment une personne telle que sa mère pouvait se qualifier de faute.

— Où est maman ? demanda Lucy.

— Dehors. Elle est sortie se promener, ma puce.

Le téléphone sonna de nouveau et, qui que ce soit, James ou son père, Byron n'avait plus la force de répondre. Il poursuivit Lucy dans l'escalier pour que ce soit un jeu et lui fit couler un bain plein de mousse. Ensuite, il l'enveloppa d'une serviette et la sécha, comme sa mère l'aurait fait. Il frotta même entre ses orteils.

— Tu me chatouilles !

Mais Lucy ne riait plus. Elle avait l'air triste.

— Maman va bientôt rentrer, lui dit son frère.

— Elle nous faisait à manger, elle nous lisait des histoires et elle était jolie. En plus, elle sent mauvais.

— Qu'est-ce qu'elle sent ? s'étonna Byron.

— Les choux puants.

— Tu ne sais pas ce que sentent les choux puants !

— Si. Ils sentent comme elle.

— Ça, je ne sais pas. Elle n'a même pas mangé de chou. On est en été.

Lucy se pelotonna contre lui. Il rassembla ses jambes pliées comme celles d'un petit faon.

— Elle était une vraie maman. Elle nous tenait la main et nous disait des choses gentilles.

— Maman va bientôt rentrer. Et si je te lisais une belle histoire ?

— Tu feras les drôles de voix ?

— J'en ferai des très drôles.

La lecture terminée, il prit la main de Lucy, toute petite et chaude dans la sienne.

— Maman chante, murmura-t-elle en ouvrant un œil qu'elle referma immédiatement.

Il chanta la chanson que sa mère avait fredonnée dans le champ, alors qu'il n'en connaissait ni les paroles ni l'air. Reprendre la chanson en écho, c'était jeter un lien vers elle, dans son fauteuil, parmi les fleurs. Lucy reposait, immobile, la tête dans l'oreiller. La lumière faiblissait. Dehors, les nuages couleur pêche passaient dans le ciel.

Il trouva sa mère au bord de l'étang, recroquevillée dans son fauteuil. Il la reconduisit à la maison, pas à pas, de la même manière qu'il avait conduit Lucy jusqu'à l'endormissement. Il sentait qu'il devait être très prudent. Obéissante, Diana monta l'escalier et se glissa entre ses draps. Elle portait encore ses chaussures et sa jupe mais, pour une fois, ça n'avait pas d'importance.

— Tout va bien, maman, murmura Byron.

C'était inutile. Elle dormait déjà profondément.

18

Au revoir, Eileen

Jim a attendu toute la journée son rendez-vous du soir avec Eileen. Depuis son expérience avec le déodorant, il évite toute senteur de quelque sorte que ce soit, mais il a lavé et peigné ses cheveux. Quand Paula le surprend en train de se regarder dans une vitre de voiture après le travail, elle l'interroge :

— Tu vas quelque part en particulier, Jim ?

Darren lève les pouces et lui adresse un clin d'œil si appuyé qu'il en paraît douloureux. Ils ne se moquent pourtant pas de lui. Ils veulent que Jim se sente comme eux. Il répond donc par un clin d'œil et lève les pouces.

— J'ai rendez-vous avec Eileen. J'ai un cadeau pour elle.

Paula soupire, les yeux au ciel, mais Jim est surpris qu'elle ne se mette pas à crier.

— Tous les goûts sont dans la nature, dit-elle.

— Bravo, mon pote ! ajoute Darren.

La foule joue des coudes sur le trottoir pour s'acquitter des derniers achats de Noël. Certaines boutiques soldent déjà. Dans la vitrine de la confiserie, une jeune serveuse installe des œufs de Pâques ! Jim la regarde les aligner par ordre de taille. Il aime la manière dont elle pose les plus petits en équilibre et orne une boîte de cinq poussins duveteux. Peut-être est-elle un peu comme lui. Et s'il n'était pas si étrange que ça, finalement ?

Les stylos d'Eileen sont en sécurité dans la poche de Jim. C'est Moira qui l'a aidé à les envelopper dans du papier de Noël et à nouer tout autour des rubans à reflets métalliques.

Dans un sac, il porte ce qu'il faut pour son déjeuner de Noël et du ruban adhésif. Ce serait mieux de ne pas devoir emporter du ruban adhésif et son déjeuner du lendemain à un rendez-vous. Ce serait bien de ne penser qu'à une chose à la fois. Mais il sait que ça fait aussi partie de la normalité, d'avoir plusieurs choses en tête, même quand on n'a pas l'impression qu'elles vont bien ensemble.

**

Le pub est plein de fêtards. Il est évident que certains sont là depuis le début de l'après-midi. Coiffés de couronnes en papier ou de bonnets de Père Noël, ils crient pour se faire entendre. Des lumières pulsées éclairent les assiettes de tourte gratuite sur leur papier d'alu. Un groupe d'hommes en costume demande s'il y a du côtes-du-rhône, et la serveuse demande si c'est du rouge ou du blanc, parce que c'est le seul genre de vin qu'ils ont. Jim fend la foule avec un plateau surmonté de deux verres, mais il a mal aux doigts, aujourd'hui, et quand il atteint la table, les verres nagent dans la bière renversée sur le plateau. La moquette fait éponge, sous ses pieds.

— Je vais en chercher d'autres ! dit-il.

Eileen rit et dit qu'elle s'en moque. Elle soulève les deux verres et en essuie le fond. Elle a ajouté une broche multicolore à son manteau couleur houx, et Jim se rend compte que c'est le rouge à lèvres qui rend son visage un peu bizarre. Elle a aussi aplati ses cheveux, qui ont l'air mouillés, autour de son visage. Remarquant qu'il la regarde, Eileen lève les mains et les applique contre ses oreilles. Peut-être a-t-elle tenté de se brosser les cheveux ?

Elle interroge Jim sur ses projets pour le lendemain. Il sort de son sac le suprême de dinde et les pommes de terre et choux de Bruxelles tout préparés, ainsi qu'un pudding à réchauffer au micro-ondes.

— On dirait que tu as tout ce qu'il te faut.

Il explique que non. D'abord, il n'a pas de micro-ondes.

— Et p-puis je n'ai jamais p-préparé de rep-pas de Noël aup-paravant.

Cette dernière phrase met longtemps à sortir, parce qu'il est nerveux, et aussi parce qu'il doit crier. Trois jeunes femmes, à la table derrière Eileen, l'entendent et le regardent. On dirait qu'elles ont oublié de s'habiller. Elles sont en sous-vêtements ? En tout cas, ça y ressemble. Leurs hauts à bretelles spaghettis dévoilent leur peau blanche et les spirales de leurs tatouages. Ce serait plutôt à Jim de les regarder.

— En fait, je déteste Noël, dit Eileen. Tout le monde décide qu'il faut s'amuser, comme si la joie venait dans un paquet cadeau !

Son visage est rougi par la chaleur.

— Une fois, je suis restée au lit toute la journée. C'est un de mes meilleurs Noëls. Une autre fois, je suis allée au bord de la mer. J'avais cru que Rea y serait. Je suis descendue chez l'habitant.

— Ça a dû être agréable.

— Pas du tout. Dans la chambre d'à côté, quelqu'un a fait une overdose. Il était venu là, à Noël, pour se tuer. Tu comprends ? C'est des conneries. Pour plein de gens, c'est une sale période. Ça nous a pris des heures, à la proprio et à moi, pour tout nettoyer.

Jim dit que c'est son premier Noël dans son camping-car. Ça lui plaît.

Eileen hausse les épaules et boit, suggérant que tous les goûts sont dans la nature.

— Je me disais…

Elle fait glisser son verre en rond sur la table.

— Qu'est-ce que tu te d-disais ?

En l'entendant de nouveau bégayer, les jeunes femmes ricanent, même si elles ont la politesse de cacher leurs rires derrière leurs mains.

— Tu as le droit de refuser cette idée.

— J-je crois q-que p-p-personne t-te refuse rien, Ei… llllleen.

Les mots prennent une éternité à émerger de sa bouche. C'est comme vomir un choix de consonnes et de voyelles, mais Eileen ne l'interrompt pas. Elle le regarde, elle attend. Elle n'a rien d'autre à faire que de l'écouter, et ça rend ces idiots de mots plus difficiles encore à articuler. Il ne voit pas pourquoi il s'acharne ainsi. Ce n'est même pas drôle. Pourtant, quand il termine, elle renverse la tête et rit si fort qu'il pense qu'il a fait une plaisanterie, une vraie, comme celles que les infirmières sortaient des paquets-surprises à Noël. Il regarde les plis laiteux du cou d'Eileen. Même les jeunes femmes à l'autre table sourient. Eileen prend une longue gorgée de bière. Elle s'essuie la bouche du dos de la main.

— En fait, je suis gênée…

Elle passe ses doigts dans ses cheveux aplatis. Quand elle remet ses mains sur ses hanches, une mèche jaillit comme un étendard orange.

— Putain, c'est dur…

Les filles ont remarqué les cheveux d'Eileen. Elles se poussent du coude.

— Q-q-q-qu'est-ce qui est dur ?

Les filles répètent « Q-q-q-q », et cette sonorité dans leur bouche est à l'évidence si hilarante qu'elles ne peuvent s'empêcher de rire.

— Je m'en vais.

Il tente de boire, mais une giclée de bière tombe sur sa cuisse.

— Tu m'entends ? Je pars.

— Tu pars ?

Ce n'est qu'en répétant le mot qu'il comprend ce qu'il signifie. Eileen sera une absence, pas une présence.

— P-p-p-p-p… ?

Il est si désespéré, si seul, déjà, qu'il ne peut dire le mot en entier, il ne peut demander pourquoi. Il se couvre la bouche pour montrer qu'il a fini.

— Je pars au Nouvel An. Je ne sais pas où. Je vais…

C'est au tour d'Eileen de ne pas pouvoir dire les mots, et elle ne bégaie même pas !

— Je vais voyager à nouveau. Tu vois, Jim. Tu vois… Oh, merde ! Pourquoi est-ce que c'est tellement difficile ? Je voudrais que tu viennes.

— Moi ?

— Je sais que je ne suis pas facile. Je sais que je t'ai renversé avec ma voiture, et ce n'est pas vraiment un bon début.

Mais on a eu la vie dure, Jim. On a tous les deux traversé des choses vraiment pénibles, et on est toujours debout. Alors, pourquoi pas ? Tant qu'on le peut ? Pourquoi est-ce qu'on ne partirait pas et qu'on ne se donnerait pas une chance ? On pourrait s'aider l'un l'autre à tout recommencer.

Jim est si stupéfait qu'il doit détourner les yeux et se repasser ce qu'elle vient de dire. Elle veut partir avec lui. Au bar, un homme d'affaires les regarde. Il fait partie du groupe qui voulait du côtes-du-rhône. En croisant les yeux de Jim, il dit quelque chose à ses amis et s'éloigne. Il fonce droit vers sa table, le doigt pointé vers Jim.

— Je te connais…

En présence de l'étranger, Eileen soupire et sourit comme une gamine. Ça crève le cœur de la voir ainsi se recroqueviller devant cet homme d'affaires en costume.

— Salut ! Comment ça va ? Je suis revenu voir la famille pour Noël, dit l'homme.

Il a la voix puissante et confiante d'un garçon de Winston House qui est allé à l'université, qui a suivi son père à la City. Il remarque Eileen.

— Mais je ne peux pas rester dans la vieille maison plus de cinq minutes.

Avant qu'il n'en dise davantage, Jim se lève en tremblant. Il arrache sa veste au dossier de sa chaise, mais la manche y reste coincée et il doit tirer si fort que la chaise tombe.

— Qu'est-ce qui se passe ? demande Eileen. Où est-ce que tu vas ?

Comment pourrait-il tout recommencer avec Eileen ? Et les rituels ? Elle se dit difficile à vivre. Elle ronfle. Elle est somnambule. Il est habitué à tout ça ! Pendant des années, il a partagé un dortoir avec des gens qui se comportaient plus bizarrement encore, alors qu'elle… elle n'a aucune idée de qui il est. De ce qu'il a fait dans le passé ni de tout ce qu'il doit continuer à faire pour se racheter. Elle veut l'aide de Jim ? Elle n'a aucune idée de ce que ça signifie. Rien que ces filles qui le regardent, qui attendent qu'il essaie d'exprimer ce qu'il éprouve, qui attendent de rire…

Il ne voit que les boutons de son manteau et ses cheveux roux. En dépit du brushing, ils ont réussi à se redresser, nuage roux au-dessus des racines blanches. Il veut lui dire qu'il l'aime.

— Au revoir, dit-il.

Eileen pâlit et gémit. Elle baisse la tête. Même l'homme d'affaires a l'air gêné.

— Désolé, les gars, c'est une erreur.

Il s'éloigne.

Jim ne prend même pas la peine d'enfiler sa veste et se fraye un chemin jusqu'à la porte. Il bouscule des clients qui s'écrient « Y a l'feu ? » ou « Attention à mon verre, ducon ! » mais il ne s'arrête pas, il continue à fendre la foule des hommes en cotillons et des filles en sous-vêtements. Ce n'est que dans la rue qu'il se rend compte qu'il a les mains vides. Il sent le cadeau d'Eileen dans sa poche, mais il a laissé son sac avec le repas de Noël sous la table.

Il est trop tard pour rebrousser chemin.

19

Jeanie et le papillon

Il était trop tard pour rebrousser chemin. L'été avait acquis son énergie propre. Byron ne savait pas combien de temps ça continuerait – la chaleur, les longues journées, la culpabilité de sa mère, la jambe de Jeanie et les visites de Beverly.

Jeanie était installée sur un tapis en laine sous un arbre fruitier, les jambes raides, celle avec l'attelle et l'autre, avec sa chaussette blanche et sa sandale. Elle jouait avec les poupées Cindy, ou du moins avec la pile de leurs corps et celle de leurs têtes. Elle pouvait aussi faire des coloriages. On lui apportait du Sunquick, des biscuits et des pommes. Chaque fois que Byron passait, elle chantonnait. Lucy refusait de sortir de sa chambre. Beverly travaillait un nouveau morceau sur son orgue, et Diana se reposait dans le fauteuil près de l'étang. La nuit avait été difficile. Chaque fois qu'il se réveillait, Byron entendait le tourne-disque, en bas. Une fois de plus, elle ne s'était probablement pas couchée.

Un papillon jaune pâle apparut près du pied de Byron. Il voulut le toucher, mais l'insecte partit sur la corolle blanche d'une fleur et agita les ailes. Byron murmura au papillon de ne pas avoir peur et, pendant un instant, il crut qu'il l'avait compris, parce qu'il resta immobile quand il approcha le doigt, mais il s'envola de nouveau et alla se poser sur un bouton d'or. Byron le suivit dans le jardin jusqu'à ce que Beverly fasse une fausse note sonore et que le papillon file dans le ciel. Byron tenta de ne pas perdre de vue cette petite feuille jaune, plissant de plus en plus les yeux, jusqu'à ce que l'insecte soit si minuscule qu'il n'était plus là. Il se rendit alors compte qu'il était juste à côté de Jeanie.

— Je suis désolé !

Elle le regarda de ses yeux ronds effrayés.

Byron s'agenouilla pour lui montrer qu'il ne lui voulait aucun mal. Il ne s'était plus trouvé seul avec Jeanie depuis sa première visite, le jour où il l'avait découverte endormie dans le lit de Lucy. Il ne savait que dire. Il vit le cuir râpé de l'attelle, les lanières, les boucles – un arsenal de douleur. Jeanie renifla. Quand il comprit qu'elle pleurait, il lui proposa de jouer avec elle. Elle hocha la tête.

Byron attribua des chapeaux aux têtes et des robes aux corps. Il regretta qu'elles soient cassées.

— Tu voudrais que je les répare ?

Elle sourit.

Byron prit un corps et une tête et les pressa fort l'un contre l'autre, redoutant de ne pas réussir, jusqu'à ce qu'il entende un déclic et que la tête se retrouve soudain en place.

— Voilà ! On l'a réparée !

Elle n'y était pas pour grand-chose, mais ces mots la firent sourire à nouveau. Elle prit la poupée, toucha sa tête, toucha ses bras, ses jambes. Elle lui caressa les cheveux.

— Oh ! Qu'est-il arrivé à ces pauvres filles ? s'étonna Byron en choisissant un corps et une tête couverts de taches au feutre.

Jeanie poussa un petit cri et se recroquevilla, un mouvement si nerveux qu'il en sursauta. On aurait dit qu'elle s'attendait à ce qu'il la frappe.

— Ne t'inquiète pas, je ne te ferai pas de mal ! Jamais je ne ferais ça, Jeanie !

Elle lui adressa un sourire hésitant. Il demanda si les poupées avaient la varicelle. Elle hocha la tête.

— Je vois. Les pauvres ! Ça leur fait plaisir d'avoir la varicelle ?

Elle secoua lentement la tête sans le quitter des yeux.

— Elles aimeraient aller mieux ?

Quand elle le confirma, le cœur de Byron se mit à battre si fort qu'il le sentit dans ses doigts, mais il s'efforça de respirer profondément.

— Quel dommage que ces filles soient encore malades !

Elle eut l'air d'accord.

— Est-ce qu'elles ont besoin d'aide, pour aller mieux ?

Jeanie se contenta de regarder Byron de ses grands yeux inquiets.

Il prit un feutre rouge et fit trois points sur sa main, sans commenter son acte, en partie parce qu'il ne savait pas bien ce qu'il faisait, en partie parce qu'il sentait qu'ils étaient plus à l'aise, Jeanie et lui, en un lieu sans mots. Jeanie, immobile, le regarda déposer sur son poignet des marques ressemblant à des petites baies.

— Tu veux essayer ? demanda-t-il en lui donnant le feutre.

Il lui tendit sa main.

Jeanie la prit et la posa dans sa menotte. Elle avait la paume froide comme la pierre. Elle dessina un cercle et le coloria, puis un autre. Elle n'appuyait pas fort. Elle s'appliquait.

— Tu peux aussi faire des points sur ma jambe, si tu veux.

Elle dessina d'autres taches sur son genou, sa cuisse, puis jusqu'à son pied. Au-dessus d'eux les feuilles de l'arbre fruitier bruissaient doucement.

— Tu veux des boutons, toi aussi, Jeanie ?

Elle regarda vers la maison, où sa mère jouait de l'orgue, et cela la troubla, ou la rendit triste, Byron ne sut pas bien. Elle secoua la tête.

Il tendit ses bras et ses jambes couverts de petits points.

— Tu peux avoir la varicelle comme moi ! Personne ne te grondera. Je t'aiderai à te laver, ensuite.

Elle lui tendit sa main. Il eut de nouveau l'impression de toucher une pierre. Il traça quatre petits points sur ses phalanges, légèrement, parce qu'il avait peur de lui faire mal. Quand il eut terminé, elle examina le travail avec intérêt.

— Ça te plaît ?

Elle fit signe que oui.

— Tu en veux davantage ?

Elle le regarda étrangement, avec des yeux interrogateurs, puis montra ses jambes.

— Celle-ci ?

Elle désigna l'attelle. Byron tourna les yeux vers la maison, puis vers l'étang. Beverly attaquait un nouveau morceau. Elle ne cessait de s'arrêter et de reprendre du début pour que ce soit bien. Aucune trace de sa mère.

Ses mains tremblaient quand il détacha les lanières. Sous le cuir, la peau de la jambe était douce et blanche, avec une vague odeur de sel, mais pas désagréable. Il ne voulait pas l'inquiéter. Pas le moindre pansement. Pas de cicatrice, ni sur ce genou, ni sur l'autre.

— Pauvre, pauvre jambe ! Pauvre Jeanie !

Il traça un point sur son genou, si léger, si petit qu'on le voyait à peine. Elle ne broncha pas. Elle l'observait.

— Un autre ?

Elle montra sa cheville, puis son tibia, puis sa cuisse. Il en fit six de plus. Elle était penchée en avant pour scruter la progression du feutre. Leurs têtes se touchaient presque. Il vit qu'elle ne mentait pas, pour ses jambes. Elle attendait juste qu'elles soient prêtes à bouger à nouveau.

— On est pareils, maintenant !

Une feuille jaune traversa un rayon de soleil et se posa sur la couverture. C'était le papillon. L'insecte ne pouvait savoir qu'il représentait un signe, mais sa réapparition établissait un lien entre deux moments qui, sinon, auraient été distincts. Beverly atteignait la fin du morceau, qu'elle termina par des accords en crescendo. Il crut entendre sa mère l'appeler depuis l'étang. Il sentit que quelque chose s'annonçait, une borne de plus, qu'il devait saisir, de crainte de la voir disparaître.

— Le papillon cherche une fleur, chuchota-t-il.

Il tendit ses mains telles des fleurs à cinq pétales, et Jeanie fit de même.

— Il pense que nos taches sont des fleurs.

Il prit doucement le papillon entre ses mains, sentit ses ailes, pâles et fines, qui caressaient sa peau. Il l'approcha des mains de Jeanie et lui recommanda de ne pas bouger. L'insecte s'installa dans sa paume. Est-ce que lui aussi apprenait à rester immobile ? Il n'agita pas ses ailes, ne s'effraya pas. Jeanie en oublia de respirer.

— Jeanie ! appela Beverly depuis la terrasse.

— Byron ! appela sa mère en traversant le jardin.

Le papillon s'avança jusqu'au bout des doigts de la petite fille.

— Oh ! non… Il risque de tomber. Qu'est-ce qu'on pourrait faire, Jeanie ? demanda Byron d'une voix presque inaudible.

En silence, très lentement, elle leva les genoux pour offrir au papillon un pont fleuri. Tandis que l'insecte atteignait ses ongles, elle remonta plus haut ses genoux. Les femmes criaient, elles couraient vers eux, mais il continuait ses conseils à Jeanie :

— Plus haut, plus haut, ma puce !

Le papillon se promenait sur ses petits genoux qui se levaient de plus en plus haut, et elle finit par rire.

TROISIÈME PARTIE

BESLEY HILL

1

Danse de la pluie

La nouvelle lune, début septembre, entraîna un changement de temps. La chaleur diminua. Il faisait encore chaud, dans la journée, mais c'était moins pénible, grâce à la fraîcheur du petit matin. Un nuage blanc de condensation se déposait sur les fenêtres. Déjà les feuilles des clématites séchaient en tortillons bruns sur les tiges, et les marguerites étaient presque toutes fanées. Le soleil regardait Byron par-dessus la haie comme s'il avait du mal à monter dans le ciel.

La nouvelle lune avait aussi changé sa mère. Elle était redevenue plus joyeuse. Elle continuait à envoyer des petits cadeaux à Beverly et à lui téléphoner pour prendre des nouvelles de Jeanie, mais elle n'allait plus à Digby Road et Beverly ne lui rendait plus visite. James avait accueilli par un silence la guérison de Jeanie. Il avait informé Byron qu'il passait le dernier week-end des vacances au bord de la mer. Peut-être pourrait-il voir un concert ? avait suggéré Byron. James avait marmonné que ce ne serait pas ce genre d'excursion.

La réaction de Beverly avait été tout à fait différente. C'était un miracle, avait-elle assuré, qu'une enfant puisse guérir quand tous les médecins avaient renoncé ! Elle avait remercié Byron avec effusion et s'était excusée, à maintes reprises, pour l'angoisse qu'elle avait causée. La situation avait dégénéré. Elle souhaitait juste être amie avec Diana. Elle n'avait pas voulu la faire souffrir. Tout le monde faisait des erreurs, avait-elle dit en pleurant. Jamais elle n'avait pensé que Jeanie simulait sa paralysie. Elle promit de rendre les peluches, la poussette, la robe de concert, les vêtements empruntés, ce qu'elle ne fit pas. Beaucoup de larmes coulèrent, mais Diana la rassura. Peut-être était-ce la chaleur de cet été qui les avait tous bouleversés ? Elle paraissait si soulagée d'être parvenue à cette conclusion qu'elle ne trouvait la force ni de condamner ni de comprendre. La dernière fois que Beverly avait téléphoné, elle avait confié que Walt l'avait demandée en mariage. Ils songeaient à déménager plus au nord. Ils formeraient une vraie famille. Elle avait aussi eu l'idée d'une petite entreprise d'importation. Elle parla de saisir des occasions et d'avoir de l'ambition, mais avec les menaces de grève son affaire aurait du mal à démarrer. Elle promit de faire chercher son orgue, mais cela n'arriva pas non plus.

Quant à Diana, elle ramassa ses jupes droites en boule près de ses chaussures et les repassa. Elles étaient un peu larges à la taille, mais elles lui permirent de retrouver sa démarche ferme. Elle cessa de passer des heures au bord de l'étang et de dormir à la belle étoile. Elle reprit son carnet et confectionna des gâteaux en forme de papillon. Byron l'aida à rapporter les meubles de sa mère dans le garage et à les couvrir de draps. Diana remit les pendules à l'heure. Elle recommença à nettoyer la maison. Quand Seymour vint pour sa première visite de l'été, elle ne le contredit pas. Elle lava ses sous-vêtements et, au dîner, ils parlèrent de ses vacances à la chasse et du temps. Lucy jouait en boucle « Chop », avec deux doigts, sur l'orgue électrique. Seymour eut beau trouver que c'était un cadeau d'anniversaire extravagant pour une petite fille, Diana l'assura qu'aucune autre famille n'avait de Wurlitzer, ce qui lui fit arborer son sourire satisfait.

L'école reprit et, maintenant que Jeanie n'était plus infirme, il était rare que James fasse allusion à ce qui s'était passé et à la manière dont ils pourraient sauver Diana. Une fois ou deux, il fit référence à l'aventure de l'été, mais seulement pour rire de leurs idées puériles. Il remit à Byron le dossier *Opération Parfaite*. Il ne s'intéressait plus aux tours de magie. Il ne voulut pas échanger de cartes Brooke Bond. Byron l'avait-il déçu ? C'était difficile à dire.

James n'était pas le seul à sembler changé, différent. Se trouver dans leur dernière année de primaire, avec le concours des bourses en fin d'année, transformait les petits garçons en jeunes gens. Nombre d'entre eux avaient énormément grandi, ils parlaient tour à tour d'une voix suraiguë ou trop grave, et leur visage s'ornait de boutons flamboyants. Leur corps avait une odeur d'adulte et ils faisaient des mouvements maladroits, troublants et excitants à la fois. Des parties de leur corps qu'ils n'avaient pas conscience de posséder s'enflammaient. Samuel Watkins avait même une moustache.

Une nuit, à la mi-septembre, Byron et sa mère étaient assis dehors, sous un ciel clair piqué d'étoiles. Il lui montra la Grande et la Petite Ourse, et elle renversa la tête en arrière, son verre sur les genoux. Il lui fit remarquer la forme d'aigle d'Aquila, celle de cygne de Cygnus, celle de capricorne de Capricornus. Ces constellations portaient bien leur nom.

— Oui, oui, disait-elle en regardant alternativement le ciel et son fils. Ils jouent avec nous, n'est-ce pas ?

— Qui ?

— Les dieux. On croit comprendre, on a inventé la science, mais on n'a aucune idée… Peut-être que les gens les plus intelligents ne sont pas ceux qui se croient intelligents. Peut-être que les plus intelligents sont ceux qui acceptent de ne rien savoir.

Que répondre ? Lisant dans ses pensées, Diana prit la main de son fils.

— Tu es intelligent. Tu es très intelligent. Et tu es quelqu'un de bien. C'est ce qui compte.

Elle montra un voile de lumière opaque au-dessus de leurs têtes.

— Dis-moi ce que c'est, ça !

Il lui expliqua que c'était la Voie lactée, puis, tout à coup, une étoile transperça l'obscurité et disparut.

— Tu as vu ça ? s'exclama-t-il.

Il lui serra si fort le bras qu'elle faillit renverser son verre.

— Quoi ? Quoi ?

Elle l'avait ratée mais, quand il lui eut expliqué qu'il y avait eu une étoile filante, elle s'immobilisa et attendit les yeux levés vers le ciel.

— Je sais que je vais en voir une, dit-elle. Je le sens dans mes os.

Il allait rire quand elle leva la main pour lui imposer le silence.

— Ne dis plus rien, parce que j'aurais envie de te regarder, et il ne le faut pas. Je dois me concentrer.

Assise là, attentive, pleine d'espoir, elle ressemblait à Lucy.

Quand enfin passa une lumière mouvante, Diana bondit, les yeux ronds, ses doigts pointés dans la nuit.

— Regarde ! Regarde ! Tu vois ?

— Une merveille !

C'était un avion. Il distinguait même, à la lueur de la lune, sa traîne nuageuse telle une broderie au fil d'argent. Il attendit qu'elle s'aperçoive de son erreur, et il comprit que ça ne se produirait pas quand elle rit et lui serra la main :

— J'ai fait un vœu pour toi, Byron. Tout ira bien, maintenant que j'ai vu cette étoile porte-bonheur.

Il hocha la tête mais détourna les yeux. Comment sa mère pouvait-elle être si innocente ? Ou si stupide ? Il la suivit dans la maison. Elle se tordait les chevilles et il dut lui éviter de tomber.

— J'ai oublié comment on marche avec des talons aiguilles !

Avoir vu l'étoile filante parut remonter encore le moral de Diana. Le lendemain, elle jardina pendant que les enfants étaient à l'école. Elle bina autour des rosiers et, au coucher du soleil, Byron l'aida à entasser les premières feuilles mortes dans une brouette et à allumer un feu. Ils ramassèrent les pommes que le vent avait jetées au sol et ils arrosèrent les parterres de fleurs près de la maison. Il leur fallait de la pluie. Ils parlèrent ensuite d'Halloween, des visages monstrueux qu'on découpe dans des citrouilles, aux États-Unis. Elle dit qu'elle aimerait essayer. Ils contemplèrent le banc de nuages d'un rose de barbe à papa qui dominait la lande. Diana affirma à son fils qu'elle avait passé une merveilleuse journée. Les gens ne regardaient pas assez le ciel.

Peut-être était-ce aussi simple que de croire que les choses étaient telles que vous vouliez qu'elles soient ? Peut-être cela suffisait-il ? Si Byron avait appris une seule vérité, cet été-là, c'était que chaque chose pouvait être plusieurs choses différentes, voire contradictoires. Tout n'était pas étiqueté. S'il y avait une étiquette, il fallait se préparer à la consulter de temps à autre et à en ajouter une à côté. La vérité pouvait être vraie, mais pas de manière définie. Elle pouvait être plus ou moins vraie, et sans doute était-ce ce qu'un humain pouvait espérer de mieux. Ils rentrèrent à la maison.

C'était presque l'heure du thé quand Diana déclara qu'elle avait oublié son pull dehors, qu'elle allait le chercher. Elle assura les enfants qu'elle n'en avait que pour quelques minutes.

Byron commença un jeu avec Lucy, mais bientôt il se rendit compte qu'ils n'y voyaient plus bien. Il se leva pour allumer et il vit que la nuit tombait. Il fit des sandwiches parce que Lucy avait faim, et coupa les tranches en triangles. Par la fenêtre, il constata que la lumière était verte.

Il dit à Lucy qu'il devait vérifier quelque chose au jardin, qu'elle n'avait qu'à préparer un nouveau jeu de l'oie.

— Tu peux lancer les dés la première, lui permit-il. Fais bien attention en comptant. Je reviendrai pour prendre mon tour.

Quand il ouvrit la porte, il reçut un choc.

Dehors, le nuage au-dessus de la lande était d'un noir d'encre. Un orage approchait, à n'en pas douter. Il appela sa mère depuis le seuil, mais elle ne répondit pas. Il la chercha dans la roseraie, près des parterres de fleurs, et ne trouva pas trace de sa présence. Une rafale agressa les arbres et, alors que les nuages filaient, les angles des collines s'illuminèrent brièvement, lancèrent des éclats argentés et s'éclipsèrent. Les feuilles se mirent à frémir et à s'entrechoquer. Byron courut à travers le jardin et se réfugia dans le garage juste au moment où s'écrasaient les premières gouttes.

Elles étaient plus grosses qu'il ne s'y attendait. La pluie tombait en rideaux épais. Sa mère ne pouvait pas être près de l'étang sous une pluie pareille. Il revint vers la maison en tâchant d'éviter la pluie, les mains sous les bras, tête baissée, mais très vite l'eau coula de ses cheveux dans son col. Il fut surpris de la rapidité avec laquelle il était passé de sec à trempé. Il retourna au garage en courant.

La pluie crépitait sur le toit comme des grains de maïs qui éclatent, mais les meubles étaient toujours sous leur drap et Diana introuvable. Il se demanda si elle était dans la Jaguar, endormie sur un siège, mais les portes étaient verrouillées et la voiture vide. Elle avait dû rentrer à la maison. Alors même qu'il refermait la porte du garage, elle devait être en train de se sécher les cheveux et de parler à Lucy.

Lucy se tenait sur le seuil.

— Où t'étais, Byron ? J'ai attendu, attendu ! Qu'est-ce qui t'a pris si longtemps ?

Devant son air effrayé, il se rendit compte qu'il avait peur, lui aussi. L'eau qui dégoulinait de ses vêtements trempa l'entrée.

— Où est maman ? demanda-t-il.

— Je croyais qu'elle était avec toi !

Byron se remémora tout ce qui s'était passé et calcula depuis combien de temps sa mère avait disparu. Quand il se pencha pour enlever ses chaussures, il les trouva toutes molles et ses doigts ne réussirent pas à dénouer les lacets. Il finit par les retirer en force, et partit fouiller la maison, calmement au début, puis de plus en plus vite, ouvrant les portes à la volée. Devant les fenêtres ouvertes, les rideaux se gonflaient comme des voiles. Au-delà, les branches des arbres se secouaient désespérément. Il ferma les fenêtres que la pluie attaqua à grand bruit. Dans toute la maison, le vent faisait claquer les portes.

— Où est maman ? Qu'est-ce que tu fais ? demandait Lucy, qui le suivait comme son ombre.

Il vérifia dans le lit de sa mère, dans la salle de bains, dans le bureau de son père, dans la cuisine, pas trace d'elle, pas le moindre indice.

— Pourquoi on court partout ? gémissait Lucy.

Il ne cessait de lui dire que tout allait bien. Il se retrouva devant la porte d'entrée, la poitrine douloureuse, et prit le parapluie et l'imperméable de sa mère au portemanteau.

— Tout va bien, Lucy. Je reviens dans une minute avec maman.

— Mais j'ai froid, Byron. Je veux ma couverture.

Elle s'accrochait à lui au point qu'il dut se dégager brutalement. C'est en l'entraînant au salon pour y trouver sa couverture que quelque chose le frappa : que faisait-il ? Il ne devrait pas s'inquiéter d'une couverture ! Il devrait être dehors. Il ne comprenait même pas pourquoi il était revenu à la maison.

— Assieds-toi et attends !

Il lâcha tout sur le tapis du salon – imperméable, parapluie, couverture – et s'enfuit.

Dehors, le ciel était plus sombre. La pluie tombait, drue comme des flèches, fracassait les feuilles, aplatissait l'herbe, giflait cruellement la maison, coulait des gouttières sur la terrasse dans un bruit assourdissant.

Il se mit à courir, voûté, en appelant sa mère, mais le tumulte de la pluie était si fort qu'on aurait dit qu'il murmurait. Depuis le jardin, il ne voyait pas l'étang. Il ouvrit le portail et ne s'arrêta pas pour le refermer. La course vers l'étang lui parut infiniment longue. Il glissait, trébuchait, tendait les bras pour se stabiliser. Il arrivait à peine à lever la tête. La terre était saturée d'eau au point que l'herbe se soulevait et que chacun de ses pas envoyait des giclées jusqu'à son visage.

L'étang apparut et, incrédule devant ce qu'il y vit, il agita les bras comme des essuie-glaces pour dégager l'air de la pluie.

— Maman ! Maman !

Il avait beau crier, elle ne l'entendait pas.

Elle était sur l'étang, les cheveux, les vêtements, la peau si mouillés qu'elle luisait, mais voilà : elle n'était pas sur l'îlot, au centre, mais en équilibre sur le chenal entre l'île et la rive. Comment cela se pouvait-il ? Byron se frotta les yeux. Verre à la main, elle était à mi-chemin de l'étendue sans terre. À la surface de l'eau, elle progressait lentement, les bras écartés, dans l'attitude d'une danseuse. Par instants, son corps se raidissait et oscillait, mais elle gardait son équilibre et avançait, le dos droit, le menton levé, à travers les traits argentés de la pluie.

— Par là ! Par là ! cria-t-il du haut de la prairie.

Elle dut l'entendre, parce qu'elle s'arrêta et lui fit signe, ce qui effraya Byron car il crut qu'elle allait tomber, mais ce ne fut pas le cas. Elle resta bien droite et sur le plan d'eau.

Sa mère lui cria quelque chose qu'il ne put entendre et leva une main, pas celle du verre, et il vit qu'elle tenait quelque chose de blanc, de lourd : un œuf d'oie. Elle riait. Elle était tellement heureuse de l'avoir pris !

Le soulagement d'avoir trouvé sa mère était si intense que Byron en avait mal. Il ne savait plus s'il pleurait ou si c'était la pluie, sur ses joues. Il sortit son mouchoir de sa poche. Il était trempé, mais Byron mit néanmoins le nez dans la fine toile.

Il ne voulait pas que sa mère voie qu'il avait pleuré. Alors qu'il pliait le mouchoir et le remettait dans sa poche, une force parut frapper Diana derrière les genoux. Il crut qu'elle voulait le faire rire, puis son corps bascula en avant, elle leva les mains, et le verre comme l'œuf lui échappèrent. Une onde parcourut son corps, fit frémir son bras, son torse, son autre bras, et Byron eut l'impression de voir se former une vague.

Elle lui cria quelque chose avant de se replier sur elle-même et de s'effondrer.

Byron se figea un moment dans l'attente de la voir émerger. On aurait dit que le temps s'était arrêté ou avait disparu. Comme elle ne reparaissait pas, comme il n'y avait que la pluie qui ridait l'étang, il bougea, lentement, puis de plus en plus vite, conscient qu'il ne voulait pas atteindre la rive, mais glissant pourtant dans la boue, ses chaussettes n'ayant aucune prise, conscient, même en se lançant en avant, que lorsqu'il arriverait il ne voudrait pas voir.

***

Le matin suivant, de doux plumets de brume montaient des collines, donnant l'illusion qu'on avait allumé des feux partout sur la lande. L'air émettait de petits bruits alors qu'il ne pleuvait plus, qu'il gardait seulement le souvenir de l'orage. Une lune pâle s'attardait, fantôme du soleil, et dans le ciel circulaient des nuages de moucherons, à moins que ça n'ait été des graines. Quoi qu'il en soit, c'était un superbe commencement.

Byron descendit la pelouse, où les débordements de la nuit avaient laissé de grosses flaques argentées. Il escalada la clôture et s'assit sur la rive, le regard perdu dans le reflet du ciel, dans cet autre monde, cette vérité différente, couleur corail, inversée.

Son père était arrivé. Il parlait à la police dans son bureau. Andrea Lowe faisait bouillir de l'eau pour offrir du thé aux visiteurs.

Un vol de mouettes partit vers l'est, comme si leurs battements d'ailes pouvaient nettoyer le ciel.

2

Rituels

Une montagne de nuages s'amasse dans le ciel nocturne, si compacte qu'elle forme presque un autre horizon. Jim y jette un coup d'œil depuis la portière ouverte de son camping-car. Par-delà les collines, le clocher de l'église sonne neuf heures, mais il fait noir. On doit donc être le soir. Les rituels sont de retour, pires que jamais. Il n'arrive pas à les interrompre.

Tout est fini pour Jim. Plus d'échappatoire. Il exécute des rituels toute la journée. Il ne peut plus s'arrêter. Pourtant, ça ne fait aucune différence. Il a l'impression de se coller aux barreaux d'une cage. Il sait qu'ils ne l'aident en rien, il sait que jamais ils n'ont fonctionné, mais il doit néanmoins s'en acquitter. Il n'a ni dormi ni mangé depuis qu'il a fui Eileen.

Penser à elle l'incite à refermer la portière et à s'enfoncer dans son camping-car. Elle était son seul espoir. Elle lui a demandé son aide. Comment a-t-il pu l'abandonner ainsi ?

Noël est passé. Les jours se sont fondus dans les nuits, et il ne sait plus combien de jours se sont écoulés. Deux, trois... Il n'en a aucune idée. Il a entendu la pluie, le vent. Il a remarqué que des taches de lumière pénétraient dans le camping-car, mais il n'a pris conscience de leur venue que lorsqu'elles avaient disparu. Son reflet dans une vitre le fait sursauter : il croit que quelqu'un le regarde, quelqu'un qui lui veut du mal ! Son visage est plat et pâle contre le rectangle noir de la fenêtre. Des poils de barbe percent sa mâchoire et des ombres profondes soulignent ses yeux, dont les pupilles noires se sont élargies.

S'il se croisait dans la rue, il ferait un détour. Il prétendrait ne pas s'être vu.

Comment en est-il arrivé là? Quand il a commencé, il y a des années, les rituels ne prenaient pas de place. Ils étaient ses amis. Dire bonjour à son Baby Belling lui donnait l'impression de partager un secret avec sa banquette-lit. C'était facile de mettre les choses en ordre. Même quand il avait dû le répéter chaque fois qu'il entrait dans la pièce, ça ne lui prenait qu'un moment, et il pouvait passer à autre chose. S'il paniquait un peu, s'il avait peur, il pouvait dire « Bonjour » dans un lieu public, et faire croire à une blague. « Tasse de thé, bonjour ! » Il riait et les gens pensaient qu'il avait soif, ou qu'il était jovial, mais pas qu'il était bizarre. Il pouvait aussi dissimuler ses paroles grâce à une petite toux.

Avec le temps, les rituels s'étaient modifiés. Ce n'était que lorsque de mauvaises pensées ou de mauvais mots faisaient irruption dans sa tête qu'il faisait l'expérience de nouvelles angoisses à leur propos. Il commença à comprendre que, si on veut la sécurité absolue, on ne peut espérer y accéder simplement en disant bonjour et passer à autre chose. Il fallait travailler à la sécurité de chaque élément, sinon ce ne serait pas assez fort. C'était logique.

Il ne sait plus bien comment il s'est fixé sur le nombre 21. L'idée de cette règle à observer semble s'être présentée dans sa tête et y être restée coincée. Il y eut une période où il était terrifié dès que l'heure ne comportait pas un 2 ou un 1. Il fallait qu'il exécute les rituels jusqu'à ce que les aiguilles atteignent l'un de ces deux chiffres. Son instant préféré, c'était une heure et deux minutes. Ou deux heures et une minute. Il lui arrivait de mettre son réveil pour pouvoir regarder les aiguilles au bon endroit.

Savon, bonjour. Prise électrique, bonjour. Sachets de thé, bonjour.

Il s'était cru guéri. Il avait pensé pouvoir devenir ordinaire. L'assistante sociale avait tort, et la psy qu'il venait de voir aussi. Il est trop tard pour Jim.

Il n'y a plus rien que lui et les rituels.

3

Une fin

James s'est absenté de l'école, après avoir appris la mort de Diana. Ses funérailles se déroulèrent un lundi, début octobre, le même jour que l'accident à Digby Road, à peine quatre mois plus tard, mais tant de choses exceptionnelles s'étaient produites en cette courte durée que le temps avait de nouveau changé. Toute progression linéaire d'un moment à un autre avait disparu. Il n'y avait plus de régularité, plus de sens. Le temps était un trou sauvage au fond duquel les éléments tombaient et changeaient de forme.

Au-dessus de la lande, la floraison de nuages mauves adoucissait le ciel d'octobre, traversé un instant par un cône de lumière solaire ou par le vol d'un oiseau. C'était le genre de ciel que sa mère aurait adoré, et le regarder fit mal à Byron, qui imagina la jeune femme le montrant du doigt pour que son fils l'admire. Il avait parfois l'impression de lui offrir de parfaites occasions de revenir. Mais elle ne revenait pas et son absence en devenait plus déroutante encore. Elle reparaîtrait sûrement bientôt. Il suffisait qu'il trouve la bonne incitation.

Il continua donc à chercher. Son manteau n'était-il pas accroché dans l'entrée ? Ses chaussures près de la porte ? Cette absence si soudaine manquait cruellement de crédibilité. Chaque matin, il allait l'attendre près de l'étang. Il avait même hissé son fauteuil au-delà de la clôture. Il s'asseyait où elle s'était assise, sur la rive, dans les coussins qui se souvenaient de son corps, de son odeur, d'elle. Il ne pouvait comprendre que, le temps qu'un gamin se mouche, il puisse se produire un événement aussi crucial que la fin de la vie d'une mère.

Toutes les mères vinrent aux funérailles, et presque tous les pères. Certains choisirent d'amener leurs fils, mais il n'y eut aucune petite fille. Les femmes avaient décoré l'église d'arums et fait cuire un jambon d'York pour la réception. Ce serait un vrai festin. Elles avaient déployé tant d'énergie dans les préparatifs que ça ressemblait à un mariage, sauf qu'il n'y aurait pas de photographe et que les invités étaient en noir. On servirait du thé et du jus d'orange, même si Andrea Lowe avait une flasque de brandy dans son sac, en cas d'urgence. On ne pouvait demander à tout le monde de survivre à cette matinée sans un peu d'aide.

Byron entendit dire que c'était la boisson. Vers la fin, cette pauvre Diana était rarement sobre. Personne ne mentionna précisément le concert de Beverly, mais il était clair qu'on y pensait. Ça n'en demeurait pas moins une tragédie, qu'une mère de deux enfants, épouse d'un mari, puisse mourir si jeune. Le légiste transmit les résultats de l'autopsie, et ce fut un autre choc : l'estomac de Diana contenait de l'eau et les restes d'une pomme. On trouva des antidépresseurs dans son sang. Ses poumons étaient gonflés d'eau et de solitude, de même que son foie, sa rate, sa vessie et les petits trous dans ses os. Pas d'alcool. Pas trace.

— Je ne l'ai vue boire qu'une fois, déclara Byron aux policiers qui vinrent interroger la famille. Elle a bu une flûte de champagne dans un restaurant. Elle n'en a pris que quelques gorgées et a laissé le reste. Ce qu'elle aimait, c'était l'eau. Elle en buvait tout le temps, avec des glaçons. Je ne sais pas si vous devriez le noter, mais j'ai pris un velouté de tomate, au restaurant, et elle m'a aussi permis de manger un cocktail de crevettes. Et ce n'était même pas l'heure du déjeuner.

Il n'avait rien dit d'autre sur sa mère, depuis sa mort. Personne ne bougeait dans la pièce si bien qu'on aurait pu croire que même l'air était suspendu. Ils attendaient qu'il continue. Il avait soudain vu ces visages d'adultes, les calepins des policiers, et le gouffre que représentait sa mère s'était ouvert à ses pieds. Il avait alors pleuré si longtemps, sans même tenter de se contrôler, qu'il avait oublié de s'arrêter. Son père s'était raclé la gorge. Un policier avait demandé à Andrea Lowe de faire quelque chose. Elle était partie chercher des biscuits. C'était un accident, dit le policier à Andrea, à voix basse, comme si le deuil rendait muets les survivants. Un terrible accident.

On interrogea un médecin de Digby Road. Il confirma qu'il prescrivait du Tryptizol depuis des années à Mrs Diana Hemmings. C'était une très gentille dame. Elle était venue le voir quand elle avait découvert qu'elle ne supportait pas son environnement. Il exprima sa tristesse et présenta ses condoléances à la famille.

Bien sûr, d'autres bruits circulaient sur la mort de Diana, le plus courant étant qu'elle s'était noyée intentionnellement. Comment expliquer autrement les pierres dans ses poches ? Des grises, des bleues, des rayées ? Byron entendait tout. Il sentait quand on parlait de sa mère par les regards dans sa direction et le silence qui se faisait à son approche, quand les gens lissaient des plis imaginaires sur leurs manches. Mais ils ne savaient pas. Ils n'étaient pas là. Ils n'avaient pas vu ce qu'il avait vu, ce soir-là, sur l'étang, dans la lumière qui déclinait et la pluie qui tombait. Elle marchait sur l'eau, ondulait comme si l'air vibrait de musique, puis elle avait levé les bras et s'était affaissée. Elle était retournée non pas à la terre, mais à l'eau.

L'église était si pleine que les derniers arrivants durent rester debout. Malgré le soleil automnal, la plupart portaient un manteau, des gants, un chapeau. Une odeur embaumait l'air, si pleine, si douce qu'il n'aurait su dire si elle était joyeuse ou triste. Byron s'assit au premier rang, près d'Andrea Lowe. Il avait remarqué que les membres de la congrégation s'intéressaient à lui et s'étaient écartés sur son passage. Ils lui disaient à mi-voix qu'ils étaient désolés qu'il ait perdu sa mère. À leur manière de regarder leurs pieds, il comprit que cette perte l'avait rendu important. Curieusement, il se sentit fier. James était assis vers le fond avec Mr Lowe et, bien que Byron se soit retourné plusieurs fois pour lui sourire et lui montrer combien il était courageux, James avait gardé la tête baissée. Les garçons ne s'étaient pas retrouvés depuis la mort de Diana.

Quand le cercueil entra dans l'église, c'en fut trop pour certains. Beverly poussa un petit cri et Walt dut l'aider à sortir.

Ils progressèrent dans la travée avec une allure de crabe blessé, écrasant les lys au passage, et disparurent dans une traînée de pollen jaune. Les autres restèrent immobiles pour regarder le cercueil et chanter doucement, tandis que, dehors, Beverly hurlait. Byron se demanda s'il devrait crier, lui aussi, parce que c'était sa mère, pas celle de Beverly, et aussi parce que ça pourrait le soulager de faire autant de bruit, mais il surprit le regard de son père, debout, très raide, près du cercueil, et il se redressa. Sa propre voix résonnait plus fort que celles des autres, comme s'il leur montrait comment se comporter.

***

Le soleil brillait pour la réception à Cranham House. Beverly et Walt s'excusèrent et rentrèrent chez eux. C'était précisément le genre de réunion que Diana aurait aimé, sauf qu'elle n'y participait pas, qu'on l'avait descendue dans un trou si profond que Byron en avait eu un vertige ; on l'avait recouverte de terre et de ses roses préférées, comme si elle pouvait apprécier. Il s'était dépêché de partir.

— Tu dois manger ! ordonna Andrea Lowe.

La nouvelle mère alla chercher pour Byron une tranche de cake et une serviette. Il n'en voulait pas. Il se disait tout à coup qu'il doutait d'avoir de nouveau faim un jour, qu'il n'avait plus rien dans le ventre pour accueillir de la nourriture, mais il aurait été impoli de refuser. Il avala le cake tout d'un coup, presque sans respirer, se remplissant la bouche.

— Ça va mieux, maintenant ? s'enquit la nouvelle mère.

Il répondit que oui, pour être poli. Il demanda même s'il pourrait avoir une autre tranche.

— Pauvres enfants ! Pauvres enfants ! sanglotait Deirdre en s'accrochant à Andrea, tremblante comme un buisson dans le vent.

— C'est très dur aussi pour James, chuchota Andrea. Il a passé de mauvaises nuits. Mon mari et moi avons décidé…

Le regard entendu qu'elle posa sur Byron le fit se sentir malvenu.

— Nous avons décidé qu'il fallait prendre des mesures.

Byron posa son assiette et s'esquiva.

Il trouva James près de l'étang qui, sur ordre de Seymour, avait été vidé. Un fermier avait emporté les oies, et les canards avaient suivi ou s'étaient envolés. Byron fut stupéfait de constater à quel point il était peu profond et petit sans eau ni oiseaux. L'enchevêtrement vert des orties, de la menthe et du persil s'arrêtait brusquement où l'eau avait commencé. La boue noire nue luisait au soleil, jonchée de ce qu'il restait des branches et des pierres que Byron avait si soigneusement disposées pour construire un pont. L'îlot herbeux au milieu n'était qu'une motte de terre. Il était difficile de comprendre comment sa mère avait pu perdre l'équilibre et se noyer en un lieu si insignifiant.

James avait dû escalader la clôture et glisser jusqu'à la rive. Son pantalon du dimanche était en piteux état. Il se tenait au centre du lit de boue et tirait une des branches les plus longues en grognant sous l'effort. Il s'arc-boutait, accroché des deux mains, mais la branche était presque aussi grosse que lui et il n'arrivait pas à la déplacer. Ses chaussures, ses manches, sa veste étaient couvertes de boue. Un nuage de moucherons l'enveloppait.

— Qu'est-ce que tu fais ? cria Byron.

James ne leva pas les yeux. Il continuait à tirer, à tirer, sans aucun résultat.

Byron passa par-dessus la clôture, descendit à petits pas précis sur la rive et s'arrêta avant la boue. Il ne voulait pas abîmer ses chaussures de deuil. Il appela de nouveau James, qui cette fois s'interrompit, et tenta de dissimuler ses yeux derrière son bras replié. Il était de toute évidence bouleversé, et son visage était si rouge et gonflé qu'il paraissait écorché.

— C'est trop gros pour toi ! cria Byron.

Un râle sortit de la poitrine de James, comme si sa douleur était trop intense pour être supportable.

— Pourquoi elle a fait ça ? Pourquoi ? Je n'arrive pas à penser à autre chose.

Il s'acharna sur la branche en grognant, mais ses mains boueuses ne cessaient de glisser et, deux fois, elle manqua de lui échapper. Byron ne comprenait pas.

— Elle n'a pas fait exprès de tomber. C'était un accident.

James sanglotait si fort que sa salive mêlée à la boue gouttait de sa bouche.

— Pourquoi ? Pourquoi est-ce qu'elle tentait de traverser l'étang ?

— Elle allait chercher un œuf. Elle ne voulait jamais abandonner les œufs d'oies aux corbeaux. Elle a glissé.

James secoua la tête, farouchement, si fort que ce mouvement se répercuta dans tout son corps et qu'il trébucha sous le poids de la branche et faillit perdre l'équilibre.

— C'est à cause de moi !

— De toi ? Comment est-ce que ça peut être à cause de toi ?

— Est-ce qu'elle ne savait pas que notre pont était dangereux ?

Byron revit sa mère en train de lui faire signe, de lui montrer l'œuf. Elle ne marchait pas sur l'eau ! Bien sûr que non ! Malgré la chaleur, il eut la chair de poule.

— J'aurais dû vérifier le poids qu'il pouvait supporter, sanglota James. J'ai dit que j'allais l'aider, et j'ai tout fait de travers. Même le concert était une erreur. Tout ça à cause de moi.

— Mais non ! Tout est venu des deux secondes. C'est ça qui a tout déclenché.

Ces mots firent hurler James. Jamais Byron ne l'avait vu dans un état pareil, si affolé, si désespéré, si fou de colère, et il s'en alarma. James continuait à tirer sur la branche, mais ses mouvements étaient si faibles, si inefficaces qu'il paraissait vaincu.

— Pourquoi est-ce que tu m'as écouté, Byron ? J'avais tort. Tu ne le vois pas ? J'avais même tort pour les deux secondes !

— Tu l'as lu dans le journal !

Soudain, sans en comprendre la raison, Byron eut du mal à inspirer assez d'air dans ses poumons.

— Après que ta mère… après qu'elle…

Il n'arrivait pas à le dire. Il tira plus fort sur la branche, furieux contre elle.

— J'ai fait des recherches. Les deux secondes n'ont pas été ajoutées en juin. On en a ajouté une au début de l'année, et l'autre le sera à la fin de l'année. Il n'y a jamais eu deux secondes de plus.

James serra les dents pour se ressaisir. Pour Byron, ce fut un choc physique. Il empoigna son ventre. Il vacilla. Il vit en un flash ses mains brandies devant les yeux de sa mère pour lui montrer la trotteuse de sa montre. Il vit la voiture chasser à gauche.

L'air fut troublé par des cris provenant du haut de la pente. Des silhouettes en noir fouillaient le jardin en appelant James. Elles n'appelaient pas Byron. En les entendant, Byron se rendit compte pour la première fois qu'il y avait un décalage, une faille entre lui et son ami, sans remède possible.

— Ta mère te cherche, dit-il doucement. Tu devrais poser cette branche et la rejoindre.

James laissa tomber le bois tel un corps mort dans la boue. Il se frotta le visage de sa manche et gagna la rive, où Byron l'attendait, mais quand Byron lui proposa son mouchoir, James ne le prit pas. Il ne pouvait même pas lever les yeux.

— On ne se reverra plus, dit-il. J'ai des ennuis de santé. Je dois changer d'école.

— Et le collège ?

— On doit penser à mon avenir, déclara James de la voix d'un autre. Le collège n'est pas ce qu'il y a de mieux pour mon avenir.

Avant d'en demander davantage, Byron perçut un tiraillement dans sa poche gauche.

— C'est pour toi, dit James.

Byron y glissa la main et sentit quelque chose de lisse et de dur entre ses doigts, mais ce n'était pas le moment de regarder parce que son ami s'enfuyait déjà. James remonta presque à quatre pattes, s'accrochant aux herbes pour se propulser en avant. Il arrachait des touffes qu'il envoyait voler derrière lui, mais il continuait sa route. Il passa par-dessus la clôture sur le ventre.

Byron le regarda courir à travers la prairie, sa veste alourdie de boue pendant sur ses épaules. Il trébucha plusieurs fois. L'herbe donnait l'impression d'aspirer ses chaussures. L'espace entre les deux garçons s'agrandit, jusqu'à ce que James ait enfin franchi le portail du jardin et rejoint le groupe de parents. Sa mère se précipita vers lui et l'entraîna jusqu'à la voiture que son père avait avancée. Elle jeta James sur le siège arrière et claqua la portière. Byron sut qu'on le laissait seul.

Dans un dernier effort pour contrecarrer ce qu'il savait inévitable, Byron bondit sur la pente, passa la clôture et se pencha pour se glisser sous les barreaux du portail. Il dut se cogner la tête, parce que ses jambes fléchirent et ses oreilles bourdonnèrent. Il courut pourtant dans les hautes herbes à la poursuite de la voiture des Lowe qui s'éloignait sur l'allée.

— James ! James ! criait-il.

Le manque de souffle et ses cris lui brûlaient la poitrine, mais il ne voulait pas s'arrêter. Arrivé sur le dallage, il accéléra, ses chaussures résonnant sur le sol. Il courut le long de la haie de hêtres, si étourdi qu'il ne prenait pas garde aux branches feuillues qui venaient le frapper. La voiture était presque à la route.

— James ! James !

Il vit son ami sur le siège arrière, la haute silhouette d'Andrea Lowe à côté de lui, mais la voiture ne ralentit pas, et James ne se retourna pas. L'auto disparut de l'allée et Byron se retrouva seul.

4

La fin du ruban adhésif

En dépit du changement de température et d'un temps très doux pour la saison, Jim ne va pas dans la lande. Il ne va pas travailler. Il ne peut même pas aller jusqu'à la cabine téléphonique pour appeler Mr Meade et lui expliquer son absence. Il suppose que le chômage l'attend, mais il n'a pas l'énergie de s'en inquiéter, et encore moins de l'éviter. Il ne veille pas sur ses plantations. Il passe tout son temps dans son camping-car. Les rituels ne s'arrêtent jamais.

Quand il regarde par la fenêtre, il voit que la vie continue sans lui. Il a l'impression de dire au revoir à quelque chose qui est déjà parti. Les habitants de Cranham Village exhibent leurs cadeaux de Noël. Les enfants ont de nouvelles chaussures et de nouvelles bicyclettes. Des maris essaient leurs aspirateurs à feuilles mortes. Un des étudiants étrangers a reçu une luge et, bien qu'il n'y ait pas de neige, il se promène en bonnet et doudoune. L'homme au chien méchant a accroché une nouvelle pancarte prévenant les intrus qu'il a installé des caméras de surveillance. Jim se demande si le chien est mort, avant de penser qu'il n'a jamais vu de chien, dangereux ou non. La pancarte était peut-être un leurre, tout à fait mensonger. On dirait que le vieil homme, de retour à sa fenêtre, porte désormais une casquette de base-ball.

C'est comme ça que vivent les gens. C'est comme ça qu'ils se débrouillent. C'est bien peu de chose, mais Jim ne peut s'y conformer.

L'intérieur du camping-car est couvert de ruban adhésif. Il ne reste qu'un rouleau. Jim ne sait pas ce qu'il fera quand il sera terminé. Puis il envisage lentement de ne pas durer plus longtemps que son ruban adhésif. Il n'a pas mangé. Il n'a pas dormi. Il termine tout, y compris lui-même.

Il s'allonge sur son lit. Au-dessus de sa tête, le toit ouvrant est barré de ruban adhésif. Il a un vertige. Le sang bat à ses tempes. Ses doigts le picotent. Il pense aux médecins de Besley Hill, aux gens qui ont tenté de l'aider. Il pense à Mr Meade, à Paula, à Eileen. Il pense à sa mère, à son père. Qu'est-ce qui a tout déclenché ? Les deux secondes ? Le pont sur l'étang ? À moins que ça n'ait été là dès le début, quand ses parents avaient décidé que leur fils aurait un avenir doré.

Il tremble, le camping-car tremble, son cœur tremble, les fenêtres tremblent. Tout crie «Jim ! Jim !» mais il n'est rien. Il est «Bonjour», «Bonjour». Il est une longueur de ruban adhésif.

— Jim ! Jim !

Il sombre dans le sommeil, dans la lumière, dans le néant. La portière, les fenêtres et les murs du camping-car résonnent comme des battements de cœur. À l'instant où il devient vraiment rien, le toit ouvrant sort de ses gonds. L'air froid le gifle. Le ciel est là. Un visage. Ce devrait sans doute être une femme, mais ce n'est pas le cas. Ça a peur, très peur. Puis vient un bras. Une main.

— Jim, Jim ! Allez, vieux ! On est là.

5

Bizarre dans sa tête

Seymour engagea une femme entre deux âges pour s'occuper des enfants. Elle s'appelait Mrs Sussex. Elle portait des jupes en tweed et des bas épais, et elle avait des grains de beauté avec des poils comme des araignées. Elle leur raconta que son mari était soldat.

— Est-ce que ça veut dire qu'il est mort comme maman ? demanda Lucy.

Mrs Sussex expliqua qu'il était en poste à l'étranger.

Quand Seymour venait pour le week-end, elle lui disait de prendre un taxi depuis la gare, s'il ne voulait pas conduire. Elle faisait des ragoûts et des tourtes qu'elle entreposait dans le réfrigérateur et laissait des instructions sur la manière de les réchauffer, avant de partir deux jours chez sa sœur. Byron se demandait si elle allait les inviter, Lucy et lui, mais elle ne le faisait pas. Seymour passait ses week-ends dans son bureau, parce qu'il avait tant de travail à rattraper. Parfois, il trébuchait en montant l'escalier. Il essayait de leur parler, mais ses mots avaient une odeur aigre. Même si Seymour ne le disait pas, tout semblait être de la faute de Diana.

Ce qui étonnait le plus Byron à propos de la mort de sa mère, c'était que, dans les semaines qui avaient suivi, son père mourut aussi. Une mort différente de celle de Diana. Une mort vivante, pas enterrée, qui ne choquait pas Byron de la même manière que le départ de sa mère, parce qu'il devait en rester le témoin. Il découvrit que son père n'était pas l'homme qu'il croyait, distant, rigide derrière sa mère, la poussant à s'insérer dans la file de gauche « tout de suite », exigeant qu'elle revête des jupes droites passées de mode. Cette personne s'était dissipée. Après la mort de Diana, Seymour parut perdre son équilibre. Certains jours, il ne disait rien. D'autres il enrageait, traversait la maison en criant, comptant sans doute sur sa seule colère pour faire revenir sa femme.

Il ne savait que faire des enfants. Byron l'entendit l'avouer. En les regardant, il croyait voir Diana.

C'est bien naturel, disaient les gens.

Ça ne l'était pas.

La vie continua comme si la disparition de sa mère ne l'avait affectée en rien. Les enfants retournèrent à l'école, vêtus de leur uniforme, avec leur cartable. Au parc, les mères entouraient Mrs Sussex, l'invitaient à prendre un café, demandaient comment la famille s'en sortait. Elle était réservée. Elle s'était juste étonnée de l'état de Cranham House : c'était un lieu froid, pas un environnement joyeux pour de jeunes enfants. Les femmes échangèrent des regards qui semblèrent sous-entendre qu'elles l'avaient échappé belle.

Sans James, sans sa mère, Byron se sentait mis à l'écart. Il espéra pendant plusieurs semaines recevoir une lettre de James portant l'adresse de sa nouvelle école, mais en vain. Une fois, il tenta même de téléphoner chez lui, mais, quand Mrs Lowe répondit, il raccrocha. À l'école, il passait des cours entiers à regarder son cahier d'un œil vide, sans rien écrire. Il préférait rester seul aux récréations. Il entendit un maître dire qu'on ne pouvait pas attendre grand-chose de lui, étant donné ces circonstances difficiles.

Le jour où Byron trouva une hirondelle morte au pied d'un frêne, dans le jardin, il pleura, parce qu'il y avait enfin une mort de plus, ce qui semblait signifier que Diana n'était pas seule dans la mort. Il aurait vraiment voulu qu'il n'y ait pas qu'un oiseau mort, mais des centaines. Il voulait les voir tomber du ciel comme des pierres. Il demanda à son père s'ils pouvaient enterrer l'oiseau, mais Seymour, furieux contre lui, cria qu'on ne jouait pas avec les êtres morts. Seuls les fous faisaient ça, ajouta-t-il.

Byron ne mentionna pas le fait que Lucy avait enterré ses poupées Cindy.

C'était faux de penser que Byron s'inquiétait trop. Sa mère s'était très souvent trompée. Il se la représentait parfois dans son cercueil, et l'idée d'un enfermement dans l'obscurité complète lui était presque impossible à supporter. Il essayait de penser à sa mère vivante, à la lumière dans ses yeux, à sa voix, à la manière dont elle drapait son cardigan sur ses épaules, et elle lui manquait plus encore. Il se força à se concentrer sur l'esprit de sa mère, non sur son corps enfermé sous terre. Sa tête le prenait pourtant souvent de vitesse, et il se réveillait en pleine nuit, trempé de sueur, incapable de repousser l'image de sa mère tentant de revenir vers lui, frappant du poing le cercueil cloué et appelant à l'aide.

Il ne le dit à personne, comme il n'envisageait pas de confier qu'il avait entrepris de retracer l'enchaînement des événements qui avaient conduit à sa mort.

La Jaguar resta au garage jusqu'au jour où un camion remorque vint l'emporter. Elle fut remplacée par une petite Ford. Octobre passa. Les feuilles que sa mère avait regardées se détachèrent des branches et s'envolèrent avant de se rassembler en un tapis glissant sous les pieds de Byron. Les nuits s'allongèrent et la pluie arrosa les jours. Les corbeaux affrontaient l'orage avant qu'il ne les disperse. Une nuit, il plut tant que l'étang se remplit à nouveau et que Seymour dut le drainer une fois de plus. Les haies nues et noires dégoulinaient, les lichens ondulaient tels des fantômes.

En novembre, le vent changea et les nuages filèrent au-dessus de la lande jusqu'à ce qu'ils unissent leurs forces et transforment le ciel en un épais toit d'ardoise. La brume revint et entoura la maison toute la journée. Quand un orage d'hiver fit tomber un frêne, l'arbre resta en morceaux dans le jardin. Personne ne vint le retirer. Avec décembre arrivèrent les flocons de neige et la grêle. Les garçons de Winston House occupaient leurs journées à se préparer à leur examen pour la bourse. Certains prenaient des cours particuliers. La lande passa du pourpre à l'orange, puis au brun.

Le temps guérit tout, disait Mrs Sussex. Byron supporterait sa perte de mieux en mieux. Il y avait pourtant un problème : il ne voulait pas perdre cette perte. La perte était tout ce qu'il lui restait de sa mère. Si le temps comblait l'absence, ce serait comme si elle n'avait jamais été là.

Un après-midi, Byron parlait d'évaporation à Mrs Sussex alors qu'elle épluchait des pommes de terre mais le couteau lui échappa et la coupa au doigt.

— Aïe ! Byron ! dit-elle.

Il n'y avait aucun lien entre Byron et la blessure. Elle ne lui en tenait pas rigueur. Elle se contenta d'aller chercher un pansement et continua d'éplucher les pommes de terre, mais il se mit à réfléchir. Il eut des pensées qu'il refusait mais ne pouvait étouffer. Elles lui venaient même pendant son sommeil. Il pensait à sa mère qui criait dans son cercueil. Il pensait à Mrs Sussex passant son doigt sous le robinet et à l'eau devenue rouge. Il se convainquit que Lucy serait la prochaine et, de même que l'accident avait été de sa faute, ainsi que la coupure de Mrs Sussex, ce serait de sa faute aussi quand Lucy se blesserait.

Au début, il dissimula ses peurs. Il trouva des moyens simples de quitter la pièce quand Lucy y entrait, ou, s'il ne pouvait partir, au dîner, par exemple, il fredonnait pour se distraire de ses pensées. Il plaça une échelle sous la fenêtre de sa sœur, la nuit, pour que, si quoi que ce soit arrivait, elle puisse s'échapper. Sauf qu'un matin, il oublia de la retirer à temps. Lucy se réveilla, vit l'échelle à sa fenêtre, s'inquiéta, courut dans le couloir en criant et glissa. Il fallut lui poser trois points de suture au-dessus de l'œil gauche. Il avait raison. Il était la cause de cette blessure alors qu'il avait tenté de l'éviter.

Les pensées suivantes concernèrent ses camarades de classe, Mrs Sussex, les mères, même des gens qu'il ne connaissait pas, ceux qu'il voyait par la fenêtre du bus, assis derrière Mrs Sussex et Lucy. Il se jugeait dangereux pour tout un chacun. Et s'il avait déjà blessé quelqu'un sans le savoir ? S'il nourrissait des pensées aussi horribles, ce devait être parce qu'il était déjà passé à l'acte. Il était le genre de personne qui aurait pu le faire – sinon, comment expliquer ces pensées ? Parfois, il s'infligeait un petit quelque chose, pour montrer aux gens qu'il allait mal. Il se faisait un bleu au bras ou se pinçait le nez jusqu'à ce qu'il saigne, mais personne ne paraissait s'en alarmer. Honteux, il tirait les manches de sa chemise pour cacher ses mains. Il fallait qu'il trouve autre chose pour repousser ces pensées.

Dès qu'on apprit les circonstances de la blessure de Lucy, Deirdre Watkins téléphona à Andrea Lowe, qui suggéra à Mrs Sussex de consulter un merveilleux homme qu'elle connaissait en ville. Quand Mrs Sussex répondit que tout ce dont l'enfant avait besoin, c'était d'un gros câlin, Andrea Lowe appela Seymour. Deux jours plus tard, Mrs Sussex démissionna.

Byron ne garda que peu de souvenirs de sa visite chez le psychiatre, non qu'il eût été drogué ou maltraité, loin de là. Afin de ne pas avoir peur, il fredonnait, doucement pour lui-même, au début, puis, comme le psychiatre avait élevé la voix, il dut chanter plus fort. Byron dut s'allonger et le psychiatre lui demanda s'il avait des pensées contre nature.

— Je cause des accidents. Je ne suis pas naturel.

Le psychiatre dit qu'il allait écrire aux parents de Byron, ce qui le plongea dans un tel silence que le psychiatre décréta que la séance était terminée.

Deux jours plus tard, son père lui annonça qu'on allait lui prendre ses mesures pour un nouveau costume.

— Pourquoi est-ce que j'ai besoin d'un nouveau costume ?

Son père sortit de la pièce en titubant.

Cette fois, ce fut Deirdre Watkins qui accompagna Byron au magasin. On lui prit ses mesures pour des chemises, des pull-overs, deux cravates, des chaussettes et des chaussures tant pour l'extérieur que pour l'intérieur. C'était un garçon costaud, fit remarquer Mrs Watkins au tailleur. Elle acheta aussi une malle, un ensemble complet pour le sport et des pyjamas. Cette fois, Byron ne demanda pas pourquoi.

À la caisse, le tailleur serra la main de Byron et lui souhaita bonne chance dans sa nouvelle école.

— Être pensionnaire, c'est merveilleux, dès qu'on s'habi-tue, assura-t-il.

On l'envoya en pension dans le Nord. Conscient que personne ne savait que faire de lui, il ne s'y opposa pas. En fait, il était d'accord. Il ne se fit pas d'amis, parce qu'il avait peur de les blesser. Il rôda en marge. Parfois, les gens sursautaient en s'apercevant de sa présence dans la pièce. On se moqua de son silence, de son étrangeté. On le frappa. Une nuit, il se réveilla sur une mer de bras tendus qui le transportaient dehors au milieu des rires, mais il resta immobile, il ne se débattit pas. Il s'étonnait d'éprouver si peu de sentiments. Il ne savait même plus pourquoi il était malheureux, juste qu'il l'était. Il lui arrivait de se souvenir de sa mère, ou de James, ou de l'été 1972, mais penser à cette époque, c'était comme se réveiller avec des éclats de rêves qui n'avaient aucun sens. Il valait mieux ne penser à rien. Il passait les vacances scolaires à Cranham House avec Lucy et une succession de nurses. Son père leur rendait rarement visite. Lucy préféra bientôt aller chez des amies. De retour à l'école, il ratait ses examens, récoltait de mauvaises notes, mais personne ne semblait se soucier qu'il soit intelligent ou stupide.

Quatre ans plus tard, il s'enfuit de la pension, prit plusieurs trains de nuit et un bus, et se retrouva dans la lande de Cranham. Il parvint jusqu'à la maison, qu'il trouva fermée, bien sûr. Pas moyen d'y entrer. Il se rendit alors au poste de police. Les policiers ne surent comment réagir. Il n'avait rien fait, même s'il insistait sur un risque potentiel. Il causait des accidents, affirmait-il. Il pleura. Il les supplia de le laisser rester au poste. Il était si bouleversé qu'ils ne purent le renvoyer dans sa pension. Ils appelèrent son père pour lui demander de venir chercher son fils. Seymour ne vint pas. Ce fut Andrea Lowe qui arriva.

Byron apprit le suicide de son père plusieurs mois plus tard. Tout avait tellement changé pour lui qu'il n'avait plus de place pour les sentiments. Par mesure de précaution, on lui administra des calmants avant et après l'annonce. On parla d'un coup de feu, d'une tragédie terrible, de sincères condoléances. Il avait entendu ce genre de choses tant de fois que ce n'étaient plus que des sons sans signification. On lui demanda s'il voulait assister aux funérailles. Il dit que non. Il pensa à demander si sa sœur était au courant, et on lui répondit qu'elle était en pension. Est-ce qu'il ne s'en souvenait pas ? Non. Il ne se souvenait pas de grand-chose. Quand il vit une mouche, morte, noire, sur le dos, sur le rebord de la fenêtre, il se mit à trembler.

Ça allait, lui dit-on. Tout irait bien. On lui demanda s'il pouvait se calmer, s'il pouvait cesser de pleurer et retirer ses pantoufles ? Il promit qu'il le ferait. Puis une aiguille piqua son bras et, quand il se réveilla, ils parlaient de biscuits.

6

La rencontre

Jim ne peut détacher les yeux de ses baskets. Il n'arrive pas à savoir si ses pieds ont grandi ou sont restés pareils. La sensation est différente, dans les chaussures. Il lui faut agiter les orteils, soulever les talons et admirer la manière dont elles se tiennent, côte à côte, une vraie paire de vieux amis. Il est content qu'elles puissent à nouveau compter l'une sur l'autre. C'est étrange de ne plus claudiquer, de marcher normalement, comme tout le monde. Peut-être n'est-il pas si étrange, finalement. Peut-être faut-il parfois retirer des choses pour se rendre compte de combien elles étaient comme il fallait auparavant.

Il doit son sauvetage à Paula et à Darren. Inquiets de son absence au travail, ils ont pris le bus jusqu'à Cranham Village pour frapper aux portières et aux fenêtres de son camping-car. Au début, ils l'ont cru en vacances. Ce n'est qu'en s'éloignant, admit Paula par la suite, qu'il leur est venu une idée.

— On a cru que t'étais mort, ou je sais pas quoi.

Darren était alors monté sur le camping-car, et il avait arraché le toit ouvrant. Ils voulaient emmener Jim directement aux urgences, mais il tremblait tant qu'ils lui ont d'abord fait un thé. Ils ont eu du mal à retirer le ruban adhésif des fenêtres des portières et des placards. Ils sont allés chercher des couvertures et à manger. Ils ont vidé les toilettes chimiques. Ils lui ont dit qu'il était en sécurité.

C'est le soir du réveillon. Jim n'arrive pas à croire qu'il était sur le point de renoncer à tout. C'est dans son caractère, d'abandonner. Maintenant qu'il est revenu de l'autre côté, qu'il est de retour au travail, avec son chapeau orange, son tablier orange, ses chaussettes orange, il voit à quel point il aurait eu tort. Il a failli rendre les armes, mais quelque chose s'est produit, et il a repris sa route.

La pluie s'accroche en perles aux fenêtres sombres du café. Ce sera bientôt l'heure de la fermeture. Mr Meade et son personnel entourent les pâtisseries restantes de film alimentaire. Les rares clients terminent leur verre et mettent leur manteau pour rentrer chez eux.

Paula a passé l'après-midi à parler de la robe qu'elle va porter à la fête où l'emmène Darren, au Club sportif et social. Quant à Darren, il a passé un long moment aux toilettes pour donner à ses cheveux l'apparence de ne pas avoir été coiffés. À dix-sept heures trente, Mr Meade va revêtir le costume noir loué chez Moss Bros par son épouse, qu'il retrouvera en bas de l'escalier. Ils se rendront à un dîner dansant suivi d'un feu d'artifice à minuit. Surprise : Moira a rendez-vous avec un des jeunes engagés pour jouer des chants de Noël, et elle va accompagner tout le groupe en minibus à un bal de Nouvel An. Le café sera fermé, tout le monde aura un lieu festif où passer la nuit, sauf Jim, qui retournera à son camping-car pour exécuter ses rituels.

— Tu devrais venir avec nous, propose Paula.

Elle ramasse les assiettes vides et les boîtes de Coca sur une table. Jim sort son pulvérisateur et son chiffon pour nettoyer.

— Ça te ferait du bien, Jim. Tu pourrais rencontrer quelqu'un.

Jim la remercie mais décline l'invitation. Depuis que Darren et elle l'ont trouvé dans le camping-car, il doit rassurer Paula et lui répéter qu'il est heureux. Même effrayé ou triste, voire les deux en même temps, il doit forcer un large sourire sur son visage et lever les pouces.

— Au fait, elle a rappelé, dit Paula.

Il dit qu'il ne veut pas connaître le message d'Eileen.

— Elle a appelé trois fois !

— Je croyais que tu disais… Je croyais que tu disais… que tu disais… qu'elle causait des ennnn… ?

— Elle est pire que ça, l'interrompt Paula.

Comme la plupart des clients sont partis, elle pose son plateau et sort de sa poche une perruque bleue, dont elle se coiffe. On dirait une sirène.

— Elle provoque des ennuis, mais ce sont de bons ennuis, parce que, tu vois, elle t'aime bien.

— C'est pas… C'est pas b-b-bien.

Jim est si troublé que Paula lui ait dit ça, et aussi par ce qu'il éprouve, qu'il se met à tourner autour de la table du dernier client restant. L'homme est assis là, immobile. Il n'a pas terminé son café.

— Comme tu voudras. Je vais me changer.

Elle s'éloigne.

— Excusez-moi, est-ce que vous avez l'heure ?

La question fait partie du café. Jim l'entend à peine. Elle fait partie du groupe qui termine son medley de chants de Noël en bas, partie de l'arbre en fibres optiques qui clignotent, partie des autres gens qui mènent leur vie, mais Jim ne considère pas qu'elle fait partie de lui. Il continue donc son nettoyage. L'homme se racle la gorge. La question revient, un peu plus fort cette fois, prenant un peu plus de place dans l'air.

— Excusez-moi de vous le demander, mais est-ce que vous avez l'heure ?

Jim se rend compte avec horreur que l'étranger assis là a levé les yeux droit vers lui. Le café se fige comme si on avait éteint lumière et son. Jim tend son poignet pour indiquer qu'il n'a pas de montre. Il n'y a même pas de marque de bracelet sur sa peau.

— Je vous demande pardon ! dit l'étranger.

Il vide sa tasse et s'essuie la bouche avec la serviette en papier aux couleurs de Noël. Jim continue de pulvériser et de frotter.

L'homme est vêtu d'un pantalon beige, d'une chemise à carreaux et d'une veste imperméable. Il a l'air de faire partie des gens qui doivent penser à se détendre. Comme ses vêtements, ses cheveux fins sont d'une teinte quelconque – gris brun –, et il a la peau douce et pâle de ceux qui passent presque tout leur temps à l'intérieur. Il a posé en tas ses gants près de sa tasse. Serait-il médecin ? Il est fort peu probable qu'il ait jamais été un malade. Il sent le propre. Une odeur dont Jim a un vague souvenir.

L'étranger repousse sa chaise et se lève. Il est sur le point de s'éloigner quand il se fige.

— Byron ? murmure-t-il. C'est toi ?

L'âge a épaissi sa voix, plus fluide autour des consonnes, mais reconnaissable entre toutes.

— Je suis James Lowe. Je suppose que tu ne te souviens pas de moi ?

Il lui tend la main, paume ouverte en une invitation. Les années s'estompent.

Soudain, Jim voudrait perdre sa main, ne pas en avoir, mais James attend avec une telle gentillesse dans son immobilité, une telle patience que Jim ne peut fuir. Il tend le bras et place sa main tremblante dans celle de James, propre et douce, chaude aussi. Elle lui donne l'impression d'une cire qui vient de fondre.

Ils se serrent vraiment la main, ils se retiennent. Pour la première fois en plus de quarante ans, Jim presse sa paume contre celle de James Lowe. Leurs doigts se touchent, glissent ensemble, se verrouillent.

— Cher camarade ! murmure James.

Comme Jim secoue la tête et plisse les yeux, James récupère sa main et lui tend une serviette en papier.

— Je suis désolé, dit-il.

Est-il désolé d'avoir saisi la main de Jim, de lui avoir tendu une serviette usagée ou de l'avoir qualifié de camarade ?

Jim se mouche pour faire croire qu'il a un rhume pendant que James aligne les deux extrémités de la fermeture à glissière de sa veste. Jim continue à tamponner son nez et James remonte sa fermeture jusqu'au cou.

— On passait par là, avec ma femme. Je voulais lui montrer la lande, où j'ai grandi. Elle fait des achats de dernière minute avant qu'on rentre à Cambridge. Sa sœur nous rejoint pour le réveillon.

Il y a quelque chose d'enfantin, chez lui, avec sa veste fermée jusqu'au col. Peut-être s'en rend-il compte, parce qu'il baisse les yeux et redescend la fermeture à glissière jusqu'au milieu de sa poitrine.

Il y a tant de choses à comprendre ! Que James Lowe soit devenu un petit homme au cheveu rare, la cinquantaine. Qu'il soit là, dans le café du supermarché. Qu'il ait une maison à Cambridge, et une épouse. Une belle-sœur qui leur rend visite pour le Nouvel An. Une veste imperméable à fermeture à glissière.

— Margaret m'a envoyé prendre un café. J'étais dans ses pattes ! Je crains de ne pas avoir un grand sens pratique, même au bout de tant d'années.

Depuis qu'ils se sont serré la main, on dirait que James ne peut plus regarder Jim dans les yeux.

— Margaret est ma femme. Je suis son second mari.

Ne sachant que dire, Jim hoche la tête.

— Ça a été un choc, vraiment, de voir que Cranham House a été détruite, et les jardins aussi. Je n'avais pas l'intention de venir par là. Mon GPS a dû se tromper. Quand j'ai vu le domaine, je n'ai pas compris où je me trouvais, puis je me suis souvenu du nouveau village. J'avais pourtant imaginé qu'ils auraient gardé la maison. Je ne savais pas qu'ils l'avaient rasée.

Jim écoute et continue de hocher la tête comme s'il ne tremblait pas, ne tenait pas un pulvérisateur antibactérien, ne portait pas de chapeau orange. Parfois, James s'interrompt entre deux phrases, lui offre une ouverture, mais Jim ne peut émettre que des « hmm, hmm » et quelques respirations.

— Je n'avais aucune idée, Byron, de la taille de Cranham Village. Je n'arrive pas à croire que les promoteurs aient eu l'autorisation de faire ça ! Ça a dû être dur de voir partir la maison. Et le jardin. Ça a dû être dur pour toi, Byron.

Entendre son véritable nom, c'est comme recevoir des coups. Byron. Byron. Il ne l'a pas entendu depuis quarante ans. C'est l'aisance avec laquelle James le prononce qui le déstabilise. Pourtant, Jim, qui n'est pas Jim, mais Byron, après tout, mais qui a si longtemps été quelqu'un d'autre, cette autre personne, ce Jim, cet homme sans racines, sans passé, ne peut pas parler. James le sent.

— Peut-être étais-tu prêt à lâcher cet endroit ? Peut-être voulais-tu qu'on le rase. Les choses ne se déroulent pas toujours comme on pense. Ils n'ont plus jamais posé d'homme sur la Lune, Byron, après 1972. Ils y ont joué au golf, ils ont collecté des échantillons, et tout s'est arrêté.

James Lowe plisse le front pour se concentrer sur sa dernière phrase.

— Je n'ai aucun problème avec le golf. Il me semble juste que c'est dommage d'y jouer sur la Lune.

— Oui.

Enfin. Un mot.

— Mais c'est facile pour moi d'être sentimental, quand il s'agit de la Lune, comme c'est facile aussi quand il s'agit de Cranham House. En vérité, je ne suis pas revenu. Pas depuis des années.

Jim ouvre la bouche. Il bondit sur des mots et ne parvient pas à les attraper.

— Ils... Ils ont v-vendu.

— La maison ?

Il hoche la tête. James ne semble ni troublé ni gêné ni même surpris par son bégaiement.

— Les exécuteurs testamentaires l'ont vendue ?

— Oui.

— Je suis désolé. Tellement désolé, Byron !

— Il ne r... Il ne restait plus d'argent. Mon père avait laissé... laissé tomber.

— Je l'ai entendu dire. C'est terrible. Et qu'est-il arrivé à ta sœur, Lucy ? Qu'est-ce qu'elle a fait ?

— Londres.

— Elle y vit ?

— Elle a ép-p-pousé un banquier.

— Elle a des enfants ?

— On n-n'est p-p-plus en c-c-contact.

James hoche tristement la tête comme s'il comprenait, comme si le fossé entre frère et sœur était inévitable, étant donné les circonstances, même s'il faut le regretter. Il change de sujet. Il demande à Byron s'il a des nouvelles de leurs anciens copains.

— Ma femme et moi sommes allés à une de ces réceptions pour anciens Winstoniens. J'ai vu Watkins. Tu te souviens ?

Jim dit que oui, il se souvient. James lui apprend que Watkins est entré dans le monde de la finance, après Oxford. Il a épousé une gentille Française. James ajoute que les réceptions, c'est plutôt un truc de Margaret, sa femme.

— Qu'est-ce qui t'amène ici, Byron ?

Il explique que c'est son travail, de nettoyer les tables, mais James n'a pas l'air surpris. Il hoche vigoureusement la tête pour laisser entendre que ce sont de merveilleuses nouvelles.

— Moi, je suis retraité. J'ai pris ma retraite tôt. Je n'avais pas envie de me mettre aux nouvelles technologies. Et le temps est si précieux. On ne peut pas se permettre de faire des erreurs.

Jim sent ses genoux faiblir, comme frappé par un instrument émoussé. Il aurait besoin de s'asseoir. La pièce tourbillonne, mais il ne peut pas s'asseoir. Il est au travail.

— Le temps ?

— Je me suis spécialisé dans l'atome. Ma femme disait que mon travail consistait à réparer les montres.

James Lowe sourit, mais pas comme s'il avait dit quelque chose de drôle. C'est plutôt un sourire tordu.

— C'est difficile de définir ce que je faisais. Les gens sont soit trop fatigués, soit trop occupés pour comprendre. Toi, tu comprendrais, bien sûr. Tu as toujours été le plus intelligent.

James Lowe fait référence aux atomes de césium. Il mentionne l'Observatoire de Greenwich, les phases de la Lune, l'attraction gravitationnelle et les oscillations de la Terre. Jim écoute. Il entend les mots, mais ils ne s'enregistrent pas comme des sons ayant un sens. Ils ressemblent plus à de doux bruits noyés dans la confusion qui règne en lui. Il se demande s'il a bien entendu – James Lowe a dit qu'il était le plus intelligent ? Il est possible qu'il ait regardé son ami fixement, ou qu'il ait fait une grimace, parce que James perd contenance.

— Ça fait du bien de te voir, Byron. Je pensais à toi – et tu es là ! Plus je vieillis, plus je dois admettre que la vie est étrange, pleine de surprises.

Pendant tout le temps où James a parlé, le café n'a plus existé. Il n'y a eu que deux hommes, la collision hallucinante entre le passé et le présent. Lui parvient alors un bruit de la cuisine, un chuintement de la machine à café, et Jim lève les yeux. Paula le regarde. Elle murmure quelque chose à l'oreille de Mr Meade. Lui aussi arrête ce qu'il était en train de faire et se tourne vers les deux vieux amis.

James ne voit rien de tout ça. Il est à nouveau concentré sur sa fermeture à glissière.

— Il y a une chose que je dois te dire.

Jim écoute James Lowe, mais il voit en même temps Mr Meade. Le manager sert deux tasses de café et les pose sur un plateau. La voix de James et les gestes de Mr Meade se fondent pour ne plus former qu'une image, une bande-son sur le mauvais film.

— C'est tellement difficile… dit James.

Mr Meade soulève le plateau en plastique et se dirige droit sur eux. Jim doit trouver un moyen de s'excuser. Il doit le trouver sur-le-champ, mais Mr Meade est si près, et les tasses tremblent sur leurs soucoupes.

— Pardonne-moi, Byron.

Mr Meade s'arrête à leur table.

— Pardon, Jim, dit-il.

Jim ne comprend pas ce qui se passe. Est-ce un autre accident qui n'a aucun sens ? Mr Meade appuie le plateau sur le bord de la table. Il dispose les cafés et des assiettes de tourte à la viande.

— Je vous ai apporté de quoi vous restaurer, cadeau de la direction. Je vous en prie, messieurs, prenez place ! Du cacao ?

— Pardon ? s'étonne James Lowe.

— Sur vos cappuccinos ?

L'homme admet qu'ils aimeraient tous deux en avoir. Mr Meade fait apparaître une sorte de salière et saupoudre généreusement les cafés de chocolat. Il dresse la table avec couteaux, fourchettes et serviettes propres, et dépose les condiments au milieu.

— *Bon appétit !* J'espère que ça vous plaira ! *Gesundheit !*

Il se retourne et file vers la cuisine, ne ralentissant le pas que lorsqu'il est à bonne distance.

— Darren ? s'écrie-t-il avec autorité. Chapeau !

Jim et James Lowe contemplent les cafés et les tourtes qui leur ont été offerts comme s'ils n'avaient jamais vu un tel festin. James tire la chaise de Jim. En retour, Jim passe son café et une serviette propre à James. Il lui offre la plus grosse part de tourte. Ils s'assoient.

Pendant un moment, les deux amis d'enfance se contentent de manger et de boire. James Lowe découpe sa tourte en morceaux réguliers avant de les déposer dans sa bouche. Leurs mâchoires mastiquent, leurs dents croquent, leur langue lèche. Ils apprécient chaque atome de goût de ce qu'on leur a offert. Ils sont si insignifiants, ces amis entre deux âges, l'un grand, l'autre petit, l'un en chapeau orange, l'autre en veste imperméable, et pourtant chacun attend que l'autre ait la réponse à une question qu'ils ne savent pas formuler. Ce n'est que lorsqu'ils ont terminé que James Lowe plie sa serviette en deux, puis en quatre, puis en un tout petit carré, et reprend.

— Je disais... Il y a un été que je n'ai jamais oublié. On était gamins.

Jim tente de boire, mais ses mains tremblent tant qu'il doit renoncer au café.

James pose une main sur la table pour se stabiliser et l'autre sur ses yeux, manière de se protéger du présent et de ne plus voir que le passé.

— Des choses se sont produites, que nous n'avons réellement comprises ni l'un ni l'autre. Des choses terribles, qui ont tout changé.

Son visage s'assombrit, et Jim sait que James pense à Diana, parce que, tout à coup, il pense à elle, lui aussi. Il ne voit qu'elle. Ses boucles dorées, sa peau transparente, sa silhouette qui danse à la surface de l'étang.

— Sa disparition... dit James.

Sa bouche tremble. Il y a un long silence pendant lequel ils restent assis sans parler. James se recompose un visage.

— Sa disparition ne me quitte pas.

— Oui, bafouille Jim à son pulvérisateur antibactérien.

À l'instant où il s'en saisit, il sait que c'est redondant et le repose.

— J'ai tenté de parler... d'elle, à Margaret. De ta mère. Mais il y a des choses qui ne peuvent être dites.

Jim hoche-t-il la tête ou la secoue-t-il ?

— Elle était...

À nouveau, James faiblit. Soudain, Jim revoit clairement l'enfant, cette immobilité intense qui caractérisait James Lowe. À l'évidence, il ne peut comprendre comment il a raté ça depuis le début.

— En dehors des journaux, je n'ai jamais beaucoup lu. Ce n'est vraiment qu'à la retraite que j'ai découvert les livres. J'aime Blake. J'espère que ça ne t'ennuiera pas que je dise ça, mais... ta mère était un poème.

Jim hoche la tête. C'est ça. Un poème.

Visiblement, c'est trop dur pour James de continuer à parler d'elle. Il se racle la gorge, se frotte les mains. Il finit par lever le menton, comme Diana le faisait.

— Et toi, Byron, qu'est-ce que tu fais, pendant tes loisirs ? Tu lis ?

— Je plante.

James sourit pour dire oui. Oui, bien sûr, tu fais des plantations.

— Le digne fils de ta mère !

Sans explication, son sourire bascule vers l'expression d'une telle douleur, d'une telle peine que Jim se demande ce qui s'est passé. James reprend avec difficulté.

— Je ne dors pas. Pas bien. Je te dois des excuses, Byron. Je te les dois depuis des années.

James crispe ses paupières, mais les larmes en jaillissent quand même. Il serre les poings sur le plateau de la table. Jim aimerait faire glisser une main vers les siennes, mais les condiments les séparent, sans parler de quarante années. La consternation est telle, dans son cœur, dans sa tête, qu'il ne parvient pas à se souvenir comment lever les bras.

— Quand j'ai appris ce qui t'était arrivé… quand j'ai entendu parler de Besley Hill – et de la mort de ton père – et de toutes les horreurs qui ont suivi, je me suis senti affreusement mal. J'ai tenté de t'écrire. Bien des fois. J'ai voulu te rendre visite. Je n'ai pas pu. Mon meilleur ami… et je n'ai rien fait.

Jim regarde désespérément autour de lui et découvre Mr Meade, Darren et Paula qui les observent depuis le passe-plat. Gênés, ils feignent d'être très occupés, mais il n'y a aucun autre client, juste des assiettes à dessert à ranger, et ils ne font pas illusion. Paula mime une série de mots avec ses doigts. Elle recommence parce qu'il ne répond pas, il se contente de la fixer des yeux.

— Ça va ? articule-t-elle sans un son.

Il hoche la tête.

— Byron, je suis désolé ! J'ai passé ma vie à le regretter. Si seulement… Oh ! mon Dieu ! Si seulement je ne t'avais pas parlé de ces deux secondes !

Jim sent les mots de James l'atteindre. Ils glissent sous son uniforme orange et atteignent ses os. James lisse ses manches. Il prend ses gants et les enfile.

— Non, dit Jim. Ce n'était pas de ta faute !

Avec des gestes précipités, il plonge la main dans sa poche et en sort sa clé. James Lowe, en pleine confusion, le regarde s'acharner à ouvrir l'anneau de ses doigts tremblants. Il doute qu'il y parvienne jamais. Il finit par glisser un ongle dans l'anneau et c'est enfin libéré, dans sa paume.

James voit le scarabée en laiton. Il ne bouge pas. Jim le regarde aussi. On dirait que les deux hommes le voient pour la première fois – les ailes luisantes repliées, les lignes gravées qui marquent le thorax, la tête aplatie.

— Prends-le, il est à toi ! dit Jim.

Il l'offre à nouveau. Il est à la fois infiniment désireux de le donner et terrifié à l'idée de ce que ça signifiera, quand il retournera au camping-car et qu'il ne l'aura plus. Tout va s'effondrer. Il le sait, et pourtant il sait aussi que le porte-clés doit être rendu.

James ne sait rien de tout ça.

— Merci, murmure-t-il.

Il prend le scarabée et le fait tourner entre ses doigts, incapable de croire qu'on lui a donné cela.

— Oh, Byron ! dit-il en souriant, comme si Byron lui avait rendu une partie essentielle de lui-même égarée depuis longtemps. J'ai quelque chose à toi, moi aussi !

C'est au tour de James de trembler. Il fouille dans la poche intérieure de sa veste, les yeux au plafond, les lèvres entrouvertes, attendant que ses doigts fassent leur travail. Il sort un portefeuille en cuir râpé, l'ouvre et, d'un des compartiments, tire quelque chose.

— Tiens !

Il dépose une carte froissée dans la paume de Jim. C'est la carte du ballon de Montgolfier des thés Brooke Bond. La première de la série.

Il est difficile de dire ce qui se produit ensuite. Ils étaient assis l'un en face de l'autre en train de regarder leurs biens rendus et, tout à coup, James s'est levé et quelque chose a paru l'atteindre au moment où ses jambes se tendaient. Avant qu'il ne tombe, Jim bondit et le rattrape. Ils restent un instant dans cette position, deux adultes, dans les bras l'un de l'autre. Maintenant qu'ils se sont retrouvés après tant d'années, ils ne peuvent se lâcher. Ils se serrent l'un contre l'autre en sachant qu'à l'instant où ils se sépareront ils se comporteront comme s'il ne s'était rien passé.

— C'était bien, dit James Lowe dans l'oreille de Jim. De te retrouver. C'était bien.

Jim, qui n'est pas Jim, qui est Byron, après tout, murmure que oui, c'était bien.

— *Tout va bien,* dit courageusement James en français. C'est plutôt sa bouche qui articule la forme de ces mots. Les deux hommes se séparent.

Pour se dire au revoir, ils se serrent la main. Contrairement à la première fois, et contrairement à leur étreinte, c'est à la fois rapide et guindé. Du même portefeuille, James Lowe sort une de ses anciennes cartes professionnelles. Il montre le numéro de son téléphone portable, qui est resté le même.

— Si tu passes un jour par Cambridge, tu dois venir me voir.

Jim hoche la tête et dit oui, il le fera, tout en sachant que jamais il ne quittera la lande de Cranham, qu'il sera toujours là, sa mère aussi, que maintenant qu'il a retrouvé James, il n'y aura plus de coupure avec le passé. James Lowe se détourne et sort de la vie de Jim aussi discrètement qu'il vient d'y revenir.

— Ça avait l'air drôlement intense, fait observer Paula. Tu vas bien ?

Darren insinue que Jim pourrait avoir besoin de quelque chose de fort. Jim demande s'ils peuvent l'excuser un instant. Il a besoin d'air frais.

On le tire par la manche. Jim baisse les yeux vers Mr Meade, rouge comme une framboise, qui suggère que Jim serait sans doute plus à l'aise si, si – il n'arrive pas à le dire, tant il est gêné –, s'il retirait son chapeau orange.

7

Un nom

Byron n'avait pas prévu de changer de nom. L'idée ne lui était même pas venue à l'esprit. D'après lui, quand on a un nom, ce nom vous représente, on ne peut y échapper. Son nouveau nom lui était venu de la même manière que la mort de sa mère s'était produite, ou que Besley Hill était entré dans sa vie, ou que les nuages passaient sur la lande. Tous ces événements se manifestaient au moment même où ils se terminaient. Ils ne s'annonçaient pas. Ce n'était que rétrospectivement qu'il avait pu mettre des mots sur ce qui s'était produit et de l'ordre dans ce qui lui échappait, de manière à trouver un semblant d'explication.

Quand son père ne vint pas le chercher au poste de police, Andrea Lowe s'en chargea. Elle expliqua que Seymour lui avait téléphoné de Londres pour demander son aide. Byron était assis, très calme. Il entendit le commissaire répondre que le pauvre enfant était en cellule, parce qu'ils ne savaient que faire de lui. Il avait parcouru près de cinq cents kilomètres en pyjama, blazer d'uniforme et chaussures. Il n'avait sans doute rien mangé depuis des jours. Byron tenta de s'allonger. Ses pieds dépassèrent du matelas. La couverture rêche était trop courte.

D'une voix tranchante, rapide, Andrea Lowe confia qu'il y avait des problèmes dans sa famille. Byron lui trouva un air effrayé. La mère était morte. Le père – comment dire ? – n'assumait pas. Byron n'avait pas d'autre membre de sa famille en vie, à part sa petite sœur, au loin en pension. Le problème, c'était qu'il posait un problème. Il causait des ennuis.

Il ne savait pas pourquoi elle disait ça à son propos.

Le commissaire fit remarquer qu'il ne pouvait pas garder cet enfant en cellule, simplement parce qu'il s'était enfui de son école. Il demanda si Andrea Lowe pourrait le prendre pour la nuit, mais elle répondit qu'elle ne le pouvait pas. Elle ne se sentirait pas tranquille, toute seule avec un jeune homme accablé par un tel passé.

— Mais il a seize ans, et il va très bien, répétait le commissaire. Il se dit dangereux, mais il suffit de le regarder pour voir qu'il ne ferait pas de mal à une mouche. Il est en pyjama, bon sang !

Il éleva même la voix. Celle d'Andrea Lowe demeura sourde. Byron devait rester tout à fait immobile pour l'entendre, au point qu'il n'était presque plus lui-même. Elle parlait très vite, crachant ces mots qu'elle ne voulait pas garder dans sa bouche. Est-ce que la police n'était pas au courant ? Byron avait été envoyé en pension parce qu'il créait des problèmes. Les faits parlaient d'eux-mêmes : il était resté sans rien faire pendant que sa mère se noyait. Il avait même mangé du cake aux funérailles.

— Du cake ! répéta-t-elle.

Comme si ça ne suffisait pas, il avait aussi été responsable d'une blessure infligée à sa sœur et qui aurait pu être fatale. Il manifestait des signes de troubles depuis toujours. Quand il était petit, il avait failli tuer son fils dans un étang. Elle avait dû retirer James de l'école !

Byron ouvrit grand la bouche en un cri silencieux. Il n'en pouvait plus d'entendre ce genre de choses. Il avait voulu aider sa mère. Jamais il n'aurait fait de mal à James, et quand il avait apporté l'échelle devant la fenêtre, c'était pour sauver sa sœur. Il avait l'impression qu'on parlait de quelqu'un d'autre, d'un garçon qui n'était pas lui, même s'il lui ressemblait. Et si elle avait raison ? Et si tout était de sa faute ? Le pont et l'accident de Lucy – et s'il avait toujours voulu les blesser, alors qu'une autre part de lui-même ne l'aurait jamais voulu ? Et s'il était deux garçons ? L'un qui faisait des choses terribles tandis que l'autre voulait y remédier. Byron se mit à trembler. Il se leva et décocha un coup de pied dans son lit, puis dans le seau, en dessous. Le seau en étain tournoya, lui donnant le vertige, et alla s'écraser contre le mur. Il le ramassa et le jeta à nouveau contre le mur. Bientôt c'en fut trop, de continuer à frapper le seau tout cabossé. Il était sur le point de se casser complètement. À la place, il se mit à cogner sa tête contre le mur, pour cesser d'entendre, pour cesser de sentir, pour affronter quelque chose de solide. Il criait en lui-même parce qu'il ne voulait pas être impoli et crier à haute voix. Le mur était froid et dur contre sa tête, et c'était fou de faire ça. C'est sans doute la raison pour laquelle il ne pouvait s'arrêter. Il entendit des cris à la porte de sa cellule. Tout semblait monter d'un cran, se produire d'une manière qui échappait à toute logique.

— C'est bon, c'est bon, mon garçon ! dit le commissaire.

Comme Byron n'arrêtait pas, il le gifla. Andrea Lowe poussa un cri.

Ce n'était pas pour lui faire mal, expliqua le policier, juste pour le faire revenir à lui. Il paraissait horrifié d'avoir giflé Byron. Figée à la porte, Andrea Lowe était blanche. Le commissaire faisait les cent pas. C'en était trop, répétait-il. Il n'arrivait visiblement pas à croire ce qui se passait.

— Je provoque des accidents, murmura Byron.

— Est-ce que vous entendez ? cria Andrea Lowe.

— Je dois aller à Besley Hill. Je veux aller à Besley Hill.

— Vous avez entendu ce qu'il a dit ? insista Andrea. Il veut y aller ! Il demande à y aller ! Il a besoin de notre aide.

Un coup de téléphone plus tard, Andrea Lowe partit chercher sa voiture. Elle était dans tous ses états. Prenant sur elle, elle déclara qu'elle était une amie de la famille, qu'elle réglerait le problème. Elle ne le laissa pas s'asseoir devant. Quand il demanda où ils allaient, elle ne répondit pas. Il tenta autre chose, une question sur James, s'il aimait sa nouvelle école, mais elle ne lui répondit pas davantage. Il voulait lui dire qu'elle avait tort pour l'étang, que le pont, ce n'était pas son idée, mais celle de James. C'était trop dur. C'était plus facile de rester assis, d'enfoncer ses ongles dans ses paumes et de ne rien dire.

La voiture d'Andrea Lowe tressauta sur la grille antibétail et la lande s'ouvrit devant eux, sauvage, infinie. Byron ne savait pas du tout ce qu'il faisait dans cette voiture. Il ne savait même pas pourquoi il s'était enfui de sa pension ni pourquoi il s'était rendu au poste de police ni pourquoi il s'était cogné la tête contre le mur. Peut-être voulait-il leur montrer qu'il ne supportait pas la situation, qu'il était malheureux. Il aurait si facilement pu revenir à ce qu'il était avant ! Si seulement il pouvait arrêter la voiture, tout arrêter un moment ! Ce n'était pas trop tard, il pourrait revenir à son état antérieur, mais la voiture tournait déjà dans une allée d'accès et des gens descendaient déjà les marches d'un perron pour les accueillir.

— Merci, Mrs Lowe !

Elle jaillit hors de la voiture et fila vers le bâtiment.

— Sortez-le de ma voiture ! Sortez-le de là !

Ils arrivèrent si vite qu'il n'eut pas le temps de penser. Ils ouvrirent sa portière et bondirent sur lui comme s'il risquait d'exploser d'une minute à l'autre. Il enfonça ses ongles dans le siège, s'accrocha à sa ceinture de sécurité, mais quelqu'un le prit par les pieds et quelqu'un d'autre le tira par les bras. Il criait « Non, non, je vous en prie ! » D'autres gens apparaissaient avec des couvertures. Ils disaient « Attention à sa tête », ils se demandaient s'ils trouvaient ses veines, ils remontaient ses manches et il ne savait pas s'il pleurait ou s'il n'émettait pas le moindre son.

— Quel âge a-t-il ? cria quelqu'un.

— Seize ans, cria Andrea Lowe en retour. Il a seize ans.

Andrea Lowe pleurait, à moins que ça n'ait été quelqu'un d'autre.

Toutes les voix se mélangeaient, parce que sa tête n'était plus la sienne. On l'emportait vers le bâtiment. Le ciel volait au-dessus de lui, puis il se retrouva dans une pièce avec des chaises, puis il n'y eut plus rien.

***

Le premier jour à Besley Hill, il était incapable de bouger. Il dormait, se réveillait, se rappelait où il se trouvait, éprouvait une violente douleur et se rendormait. Le deuxième jour, il montra davantage de signes de calme, et c'est alors qu'une des infirmières lui suggéra de marcher un peu.

C'était une petite femme toute proprette. Était-ce à cause de ses cheveux, coiffés en une boule dorée ? Il sentit qu'elle était gentille. Elle lui fit visiter le dortoir où il dormirait, la salle où il se laverait, où il irait aux toilettes. Elle indiqua le jardin par la fenêtre et regretta qu'un si joli parc soit laissé à l'abandon. Il entendit de temps à autre des voix qui criaient, ou riaient, mais le silence régnait, en général, un silence si profond qu'il aurait pu croire que le reste du monde avait été effacé. Il ne savait pas s'il en était triste ou content. Depuis les injections qu'on lui avait administrées pour lui calmer les nerfs, il remarquait que ses émotions s'interrompaient avant qu'il ne les éprouve, que le noir de la tristesse, par exemple, se retrouvait presque violet, avec la légèreté d'un oiseau qui ne se pose jamais.

L'infirmière déverrouilla la salle de télévision et, quand il demanda pourquoi ils devaient l'enfermer derrière une porte vitrée, elle sourit et l'assura qu'il ne devait pas avoir peur, qu'il serait en sécurité, à Besley Hill.

— On va veiller sur toi.

Son visage rose et poudré évoqua en lui du sucre glace sur un gâteau, une mousse au sucre, et il se rendit compte qu'il avait faim, que cette faim était un trou en lui.

Elle lui dit qu'elle s'appelait Sandra.

— Et toi ?

Il allait répondre quand quelque chose l'arrêta. Cette question lui fit penser à une porte, une porte en verre, en un lieu où il croyait ne trouver que des murs.

Byron songea au tour qu'avait pris sa vie. Il songea à toutes les erreurs qu'il avait commises. Il y en avait tant qu'il en eut le tournis. Avec cette honte, cette solitude, cette peine constantes, comment pouvait-il continuer à être la même personne qu'avant ? C'en était trop. Le seul moyen d'aller de l'avant, c'était de devenir quelqu'un d'autre.

L'infirmière sourit.

— Je t'ai seulement demandé ton nom. Tu n'as aucune raison de t'inquiéter.

Byron plongea la main dans sa poche, ferma les yeux et pensa à l'être le plus intelligent qu'il connaissait, à cet ami, à cette part de lui qui lui manquait, qu'il adorait autant qu'il aimait sa mère. Il replia les doigts sur le scarabée porte-bonheur.

— James, murmura-t-il avec une sensation de douceur et de nouveauté dans sa bouche.

— James ? répéta l'infirmière.

Il regarda par-dessus son épaule, craignant que quelqu'un ne bondisse et ne rectifie : « Ce jeune homme ne s'appelle pas James, il s'appelle Byron. C'est un raté, il est foutu. » Personne ne vint. Il hocha la tête pour confirmer à l'infirmière qu'il était bien James.

— Mon neveu s'appelle James, dit l'infirmière. C'est un joli nom mais, tu sais, mon neveu ne l'aime pas. Il veut qu'on l'appelle Jim.

Le diminutif lui parut drôle. Gym ! Il rit. L'infirmière aussi. Ils partageaient enfin quelque chose et ça le soulagea.

Il revit sa mère en train de sourire, le jour où ils avaient acheté des cadeaux à apporter à Digby Road, et sa curieuse référence à un homme qui aimait le champagne. Il entendit ses différentes voix, de la légèreté d'une plume pour Seymour, pleine de tendresse pour les enfants. Et son rire avec Beverly ! Elle était capable de se glisser, telle une flaque d'eau sous une porte, dans une autre personne. Était-ce si facile que ça ? Il suffisait peut-être de donner un nouveau nom à qui vous étiez, et vous deveniez cette autre personne. Après tout, James n'avait-il pas déclaré qu'on pouvait appeler un chien un cha-peau et découvrir, ce faisant, qu'on avait raté quelque chose, tout ce temps ?

— Oui, affirma-t-il avec assurance, je suis Jim aussi.

Déjà, ça ne semblait plus autant un mensonge, depuis qu'il utilisait le diminutif. Il avait l'impression que son ami était là, près de lui, à Besley Hill. Il n'avait plus peur. Il avait juste faim.

— Je vais te laisser t'installer, Jim, dit l'infirmière avec un sourire. Pourquoi est-ce que tu ne retirerais pas ta ceinture et tes chaussures ?

Une petite file d'hommes passa en pyjamas, à pas lents. Il eut envie de leur faire un signe. Ils avaient l'air si fatigué ! Tous portaient des marques rouge coquelicot sur le front.

— Tu vois, beaucoup de messieurs mettent des pantoufles, quand ils sont ici.

Par la fenêtre, la lande montait toucher le ciel d'hiver et ses nuages lourds de neige. Byron se souvint du soleil qui traversait les fenêtres de Cranham House et formait des carrés nets et chauds sur lesquels il pouvait se tenir avec la sensation de s'éclairer.

Byron se pencha pour retirer ses chaussures.

8

Une fin différente

Là-haut, sur la lande, un voile de pluie. Même dans l'obscurité, Jim a conscience des prémices du printemps. Des feuilles recroquevillées percent la terre, si neuves qu'elles sont aussi fines que des brins d'herbe. Il trouve une chélidoine jaune, parfaite, et des petites feuilles qui ne tarderont pas à devenir du persil sauvage et des orties. En ville, il a vu des fleurs sur les cerisiers, des chatons, de nouveaux bourgeons de la taille d'une miette de pain. Une fois de plus, la terre change.

Jim pense à James Lowe et à Diana, à sa sœur, Lucy, qu'il ne voit plus, à son père, dont il a raté les funérailles sans que ça fasse la moindre différence. Toutes ces années de ruban adhésif, de vérifications, de « B-bonjour ! » Il voit tout si clairement que ça lui coupe le souffle, tant c'est douloureux. Jamais il ne pourra être en sécurité. Peu importe le nombre de fois où il a exécuté les rituels, jamais ça n'a pu le protéger, parce que ce qu'il craignait le plus s'est déjà produit. Ça s'est produit le jour où il a regardé sa montre et où il a cru qu'on avait ajouté les secondes. Ça s'est produit le jour où sa mère est partie marcher sur l'étang et où elle s'est dissoute dans la pluie. Le pire n'est pas à venir. Il est déjà là. Il l'a accompagné pendant plus de quarante ans.

Il y a tant d'éléments à absorber ! Il se tient immobile, le souffle court, comme si on le frappait à l'intérieur de la poitrine. Il ne sait pas comment il va retourner au café, reprendre ses anciennes occupations. Le fossé entre le passé et cet instant est si profond qu'il se sent échoué sur un morceau de glace, incapable de raccorder les autres pans de sa vie qui flottent autour de lui. Il se dit qu'il est parfois plus facile d'écarter les erreurs qu'on a commises que de mobiliser l'énergie et l'imagination nécessaires pour les réparer.

Il pense aux années, aux jours, aux minutes qui se sont écoulés depuis que sa mère a jeté sa montre dans l'étang. Les mesurer ne rime à rien.

James Lowe a raison. Leur rencontre était prévue depuis toujours. L'univers l'exigeait. Cependant, afin qu'une personne en aide une autre, afin qu'un acte de gentillesse soit une réussite, beaucoup de choses doivent bien se dérouler, une myriade d'éléments doivent trouver leur place. Plus de quarante années se sont écoulées, sans que le temps pendant lequel ils ne se sont pas vus ait brisé leur amitié. James Lowe a occupé un bon emploi ; il a une épouse et un crédit sur sa maison. Byron a fait des petits boulots, ne s'est jamais marié, ne possède pas de maison. Pourtant, ils se sont accrochés à l'espoir que ce moment arriverait, un jour. Ils ont attendu. Il a conservé le scarabée porte-bonheur de James ; James a conservé la carte des thés Brooke Bond. Des larmes brouillent ses yeux et les étoiles clignotent au ciel. Il sanglote, des sanglots d'enfant. Pour la perte, la souffrance, la douleur. Pour ce qui a été gâché, ce qui a mal tourné. Pour les erreurs. Pour son ami. Pour le pardon.

Dans un frémissement d'ailes, un vol d'étourneaux s'élève, ruban noir qui se dévide dans le ciel. Il s'enfonce dans la lande, plus loin, dans la nuit.

Byron, disent le vent, l'herbe, la terre. À un moment, il tente de le dire aussi :

— Je suis Byron, Byron Hemmings.

Il n'est plus deux personnes. Il n'est plus cassé en deux histoires. Il est un.

Épilogue

La soustraction du temps

1er janvier au petit matin, l'air est limpide, des nuages géants passent lentement devant les étoiles. Hérissé de gel, chaque brin d'herbe scintille à la lueur de la lune. Il est trop tôt pour le voir, mais le vent s'insinue entre les feuilles mortes et les tiges de lierre, qui émettent le plus doux des chuintements. Par-delà les collines, la cloche de l'église sonne six heures.

Byron, en manteau et bonnet de laine, est assis devant son camping-car. Il a déjà vérifié ses plantations et dégagé le tapis de feuilles gelées. Eileen dort encore dans la banquette-lit, les cheveux éparpillés sur l'oreiller. En se levant, il a bien bordé les couvertures autour d'elle. Elle a grincé des dents, mais ne s'est pas réveillée. Elle est habillée. Il s'est émerveillé une fois de plus de la petite taille de ses bottines et du vert houx de son manteau, accroché derrière la porte. Les stylos dans leur papier cadeau dépassent de la poche. Il remarque qu'une manche est pliée. Il s'arrête, saisit le poignet, où sa main devrait se trouver, et redresse la manche.

Il se surprend à se demander s'il devrait le faire vingt et une fois. Ses doigts s'agitent. Il laisse le manteau où il est et referme doucement la portière du camping-car derrière lui.

Il n'a pas exécuté l'ensemble complet des rituels, la veille. Il s'est contenté d'une partie seulement. Chez Eileen, ils avaient bu du thé, puis ils avaient gagné la lande en voiture avant d'atteindre à pied un point de vue élevé pour regarder le feu d'artifice. Le sentier continuait jusqu'à Cranham Village, jusqu'au jardin public, jusqu'à son camping-car. Ils n'avaient même pas discuté de ce qu'ils étaient en train de faire. Leurs chaussures avançaient. Ce n'était qu'en atteignant l'impasse qu'il avait compris ce qui se passait et qu'il s'était mis à trembler.

— Est-ce que ça va ? demanda Eileen. Je peux rentrer chez moi.

Il lui fallut un bon moment pour lui dire qu'il aimerait qu'elle reste.

— On va prendre notre temps, assura-t-elle.

Il lui avait appris son vrai nom et lui avait raconté l'histoire de James, de Diana et de l'accident, de Cranham House aussi – comment sa maison avait été vendue à des promoteurs, comment il avait regardé les bulldozers la raser. Il lui avait décrit les différents traitements subis au fil des années et, avec difficulté, il lui avait expliqué qu'il ne se sentait en sécurité qu'après avoir exécuté des rituels. Rien de tout cela n'avait été facile à dire, les phrases sortant comme des éclats de verre de sa gorge et de sa bouche. Ça avait pris des heures. Tout ce temps, Eileen avait écouté, attentive, la tête immobile, ses yeux bleus arrondis. Elle n'avait pas dit qu'elle n'arrivait pas à le croire. Elle n'avait pas dit qu'elle devait aller dormir. Elle n'avait rien dit de tel. La seule chose qu'elle avait mentionnée, c'était qu'elle aimait bien Cambridge, qu'elle aimerait y aller en visite, un jour. Il lui avait montré sa carte des thés Brooke Bond.

Près du camping-car, il déplie une table de camping et deux chaises Zip Dee. Il apporte une théière, du lait, du sucre, des tasses et un paquet de biscuits. L'autre chaise est pour Eileen. Elle est là, vide, qui le regarde, qui l'interroge.

Tant qu'il y est, il tourne la tasse d'Eileen pour que l'anse soit face à elle, quand elle s'assiéra.

Si elle s'assoit.

Il tourne la tasse pour que l'anse soit face à lui.

Il la tourne de côté, à mi-chemin.

— Tasse d'Eileen, bonjour !

Prononcer son nom, c'est comme la toucher en une partie de son corps où elle ne le remarquera pas, comme le doux poignet de son manteau. Il se revoit allongé près d'elle la nuit, sent le frottement de ses vêtements, l'odeur de sa peau, sa respiration à l'unisson avec la sienne. Il se demande s'ils dormiront jamais nus, mais cette pensée est si énorme qu'il doit la chasser avec un biscuit. Il a un vertige.

En vérité, il n'a pas dormi. Il était plus de quatre heures quand il comprit enfin qu'Eileen restait. Il expliqua qu'il n'avait pas dit « Torchon, bonjour », « Matelas, bonjour », et elle haussa les épaules. Qu'il ne se gêne pas pour elle. Elle attendrait. Après dix séries de portière verrouillée et déverrouillée, après avoir sursauté à chaque entrée en découvrant la silhouette massive à côté de son réchaud à deux plaques, il l'entendit lui signaler :

— Tu ne m'as rien dit.

— Pardon ?

— Tu n'as pas dit « Eileen, bonjour ».

— Tu ne fais pas partie de mon camping-car.

— Je pourrais.

— Tu n'es pas un objet inanimé.

— Je ne dis pas que tu devrais le faire. Je dis juste que ce serait gentil.

Le courage lui manqua, après ça. Il déplia la banquette et alla chercher des couvertures dans l'espoir de terminer quand elle dormirait. Elle s'était allongée et lui avait demandé s'il voulait s'allonger près d'elle. Il s'était assis, d'abord, à hauteur de ses genoux, puis il avait doucement levé les pieds avant de soupirer comme s'il n'avait pas remarqué qu'il s'allongeait. Elle avait posé la tête sur son bras et s'était endormie en quelques minutes.

Tout contre Eileen, il avait serré les paupières dans l'attente d'un événement terrible. Sans ruban adhésif, l'espace lui paraissait vulnérable, terrifiant – si quelqu'un était nu, c'était bien le camping-car –, mais rien ne se produisit. Elle n'eut pas d'accès de somnambulisme. Elle ronfla très vite. Il sut qu'il se couperait le bras plutôt que de la déranger.

Il mange un deuxième biscuit. Il a si faim qu'en prendre un à la fois n'est pas suffisant.

Quand Eileen sort le rejoindre, une de ses joues, rougie, porte la marque des plis de l'oreiller. Elle a mis son manteau – en décalant les boutons –, dont le tissu se plisse autour de sa taille. Ses cheveux se soulèvent en deux ailes géantes. Elle s'assied en face de lui, sans rien dire. Son regard suit le sien. Elle saisit la tasse comme si elle était à elle et se sert du thé avant de piocher des biscuits.

— C'est agréable.

C'est tout ce qu'elle dit.

Déjà, l'aube pointe. À l'est, un trait d'or fend la nuit juste au-dessus de l'horizon. Le lierre frissonne, chuinte, et les mots sont inutiles. Soudain, Eileen se lève, les bras serrés autour de son torse, et frappe des pieds.

— Tu t'en vas ? demande-t-il en prenant l'air de celui qui s'en moque.

— Il me faut une couverture, si je dois rester dehors.

Elle monte dans le camping-car, les mains contre le chambranle de la portière, comme si elle l'avait fait de nombreuses fois, comme si elle allait continuer à le faire des centaines d'autres fois.

— Il y a quelque chose que j'aimerais te montrer, Eileen.

— Donne-moi deux secondes, mon chéri.

Elle disparaît dans le camping-car.

***

Byron entraîne Eileen vers le jardin public. La lune est encore haut dans le ciel, mais c'est l'aube, et elle perd de sa luminosité. Sous leurs chaussures, l'herbe gelée se brise. Il se souvient qu'Eileen préfère le givre à la neige, et il est heureux qu'ils vivent un tel jour. Ils ne se tiennent pas par la main mais, une ou deux fois, leurs épaules ou leurs hanches se frôlent et ils ne s'écartent pas d'un bond l'un de l'autre.

Eileen et Byron s'immobilisent près des premières maisons de l'impasse.

— Regarde ! dit-il.

Il tente de ne pas rire, mais l'excitation accélère les battements de son cœur.

Il montre la maison des étudiants étrangers. Aucun n'est réveillé. Ils ont abandonné une caisse de bouteilles et de canettes de bière sur le paillasson, à côté de plusieurs paires de baskets. Eileen fronce les sourcils.

— Je ne comprends pas. Qu'est-ce que je suis censée voir ?

— Là, regarde !

— Je ne vois rien.

Il l'entraîne plus près. Ils sont contre une fenêtre, mais aucun bruit ne sort de la maison. Tout doucement, il écarte la couche de feuilles qui recouvre la jardinière en plastique. Eileen se penche et découvre deux crocus mauves encore en bouton.

— Des fleurs ?

Il hoche la tête et pose un doigt sur ses lèvres en chuchotant.

— C'est moi qui les ai plantées.

— Pourquoi ? s'étonne Eileen.

— Je sais pas. Peut-être que c'était un peu pour toi.

— Pour moi ?

— Peut-être.

— Mais tu ne me connaissais pas, à l'époque !

— Eh bien, j'en sais rien !

Il rit. Eileen prend sa main entre les siennes. Elles sont aussi chaudes qu'un gant. Ça ne l'effraie pas. Il ne frémit pas.

— Tu aurais préféré des stylos ?

— Non, j'aime ces fleurs.

Il l'entraîne vers la jardinière suivante. Celle-ci est dissimulée sous le fil à sécher le linge, linge qui n'a jamais été décroché. Aucun signe de vie non plus dans cette maison. Sous la couche de feuilles gelées percent deux fines tiges vertes. Elles sont encore trop menues pour porter des fleurs, mais elles sentent le propre, le pin.

— Celles-là aussi ?

Byron dit que oui, celles-là aussi.

Finalement, Eileen comprend tout. Elle ne se contente pas de regarder les deux maisons devant elle, avec leurs jardinières en plastique. Les mains en visière, créant une sorte de tunnel, elle parcourt toute la longueur blanchie de l'impasse. Les maisons sont toutes semblables. Sous les feuilles gelées, il y aura partout des petits signes d'une nouvelle vie perçant la terre.

— Quand ? Quand as-tu fait ça ?

— Quand les gens dormaient.

Elle le regarde avec une telle intensité qu'il se demande s'il a un bout d'épinard sur une dent, sauf qu'il n'en a pas mangé.

— Beau travail !

Main dans la main, ils traversent l'étendue de boue que les habitants appellent le « jardin public » et se dirigent vers la fosse clôturée au milieu. Cette fois, il n'a pas besoin de montrer, d'expliquer. Instinctivement, Eileen sent ce qu'elle va trouver. Les feuilles qu'il a dégagées plus tôt forment une pile scintillante sur un bord.

À l'intérieur de la clôture, des mottes de terre sont ornées de nombreuses couleurs : petits crocus, aconits, perce-neige, dames-d'onze-heures. Toutes les plantes ne sont pas en fleurs. Certaines sont encore en boutons bien serrés.

— C'est ici que ma mère est morte.

— Oui.

Elle s'essuie les yeux.

— Rien ne poussait. L'eau ne cessait de revenir. Pas en grande quantité, juste assez pour creuser une fosse. L'eau ne fait pas toujours ce que veulent les gens.

— Non, approuve-t-elle.

— C'est peut-être ce qu'on doit accepter : l'eau va et vient.

Eileen sort un mouchoir en papier de sa manche et se mouche bruyamment.

— Alors, j'ai apporté de la terre. J'ai transporté du fumier. J'ai planté des bulbes. Chaque nuit, je viens vérifier que tout va bien.

— Oui, oui…

Eileen lâche Byron et s'avance vers la clôture. Elle contemple le parterre de fleurs hivernales, où jadis il y avait un étang. En la voyant, Byron a l'impression que quelque chose s'éveille en lui. Il voit à nouveau sa mère, en équilibre sur l'eau. Et sent la chaleur de cet été 1972, quand elle dormait à la belle étoile et que l'air embaumait de giroflées et de nicotianas. Il retrouve les meubles de sa mère : la lampe à pompons, les guéridons, le fauteuil en chintz. Tout est si clair qu'il a du mal à croire que plus de quarante années ont passé.

James Lowe avait raison : l'histoire est imprécise. Byron ose à peine ciller, de crainte de perdre ce que ses yeux lui offrent.

C'est tout autour de lui. À gauche, il ne trouve plus les rangées de maisons modestes avec leur antenne satellite en guise de chapeau. Une maison de style géorgien se dresse, solide, seule contre la lande. Il y a des balançoires pour les enfants, les parterres de roses de sa mère. Depuis la terrasse, il entend la musique sur laquelle elle danse, il voit le banc où ils s'étaient assis par une chaude soirée de septembre pour regarder les étoiles filantes.

Eileen se retourne. Soudain, dans l'air gelé, se forme un nuage de mouches estivales qui convergent vers ses cheveux telles de minuscules lumières. Elle les chasse de ses mains. Il sourit et, à cet instant, sa mère, la maison et les mouches ne sont plus. Elles étaient là, à une époque, elles étaient à lui, et elles ont disparu.

Lentement, le soleil s'élève à l'horizon, ballon d'hélium qui projette sa couleur sur le ciel. Les nuages s'enflamment, la terre aussi. La lande, les arbres, l'herbe gelée, les maisons, tout rougit, tout prend la teinte des cheveux d'Eileen. Des voitures passent déjà. Des gens promènent leur chien. Tous lancent des « Bonne année ! » Ils s'arrêtent pour regarder le lever du soleil, les tours de nuages safran, le fantôme de lune. Certains remarquent les fleurs plantées par Jim. La brume s'élève sur la terre, si douce qu'elle pourrait être une respiration.

— On rentre chez toi ? demande Eileen.

Byron va la rejoindre à l'étang.

***

Depuis l'intérieur de sa maison, le vieil homme regarde sa jardinière. Il fronce les sourcils, presse son front contre la vitre. Il fait un pas dehors, teste l'air, le sol. Il porte des pantoufles et une robe de chambre écossaise ceinturée et sa nouvelle casquette de base-ball. Avec la légèreté d'une hirondelle, il s'approche à petits pas de la jardinière et regarde.

Le vieil homme effleure les deux corolles mauves, l'une, puis l'autre, les soutient entre ses doigts. Il sourit comme s'il avait attendu ça depuis toujours.

Dans d'autres pièces, d'autres maisons, il y a Paula et Darren, Mr et Mrs Meade, Moira et le percussionniste. Il y a James Lowe et sa femme, Margaret. Lucy et son banquier. Quelque part, oui, il doit même y avoir Jeanie, mariée pour la troisième fois, à la tête de la lucrative affaire d'import-export de sa mère. Les étudiants étrangers. L'homme avec ou sans chien méchant. Tous les résidents de Cranham Village. Chacun croyant, en ce matin du Nouvel An, que la vie peut changer et devenir un peu meilleure. Leur espoir est menu, aussi fragile qu'une nouvelle floraison. On est au milieu de l'hiver et Dieu sait que le gel tuera peut-être cet espoir, mais pour le moment, au moins, il est là.

Le soleil monte, perd de sa couleur, jusqu'à ce que la lande prenne une teinte bleu poudré.

Remerciements

Toute ma reconnaissance à Susanna Wadeson, Kendra Harpster, Clare Conville, Alison Barrow, Larry Finlay, Claire Ward, Andrew Davidson, Hope, Kezia, Jo et Nell, Amy et Em, mais surtout à Paul Venables, qui connaît cette histoire aussi bien que moi.

Cet ouvrage a été composé par IGS-CP
à l'Isle-d'Espagnac (16)

Impression réalisée par

La Flèche (Sarthe)
en janvier 2014

N° d'édition : 2518/01 – N° d'impression : 3003638
Dépôt légal : février 2014

Imprimé en France